BASTEI
LÜBBE

Jón Kalman Stefánsson wurde 1963 in Reykjavík geboren. Er studierte an der University of Iceland Literatur, arbeitete als Kritiker für die größte isländische Tageszeitung sowie den nationalen Rundfunksender und als Übersetzer (u. a. der Gedichte Charles Bukowskis). Jón Kalman Stefánsson veröffentlichte zunächst drei Lyrikbände. Sein erster Roman *Skurðir í rigningu* (dt. Gräben im Regen) erschien 1996 und wurde für den NV-Literaturpreis ausgezeichnet. 1997 folgte *Sumarið bakvið brekkuna* (dt. Der Sommer hinter den Hügeln), und 1999 stellte er mit *Birtan á fjöllunum* (dt. Das Licht auf den Bergen) den dritten Band der Trilogie fertig, die von der Literaturkritik in den höchsten Tönen gelobt wurde. Unter dem Titel *Der Sommer hinter den Hügeln* erscheinen bei BLT die ersten beiden Bände dieser Trilogie auf Deutsch.

Jón Kalman Stefánsson

Der Sommer hinter den Hügeln

ISLAND ROMAN

Ins Deutsche übertragen von
Karl-Ludwig Wetzig

BASTEI LÜBBE

BASTEI LÜBBE TASCHENBUCH
Band 26431

Vollständige Taschenbuchausgabe

Bastei Lübbe Taschenbücher ist ein Imprint
der Verlagsgruppe Lübbe

Die im Text zitierten Passagen sind folgenden Ausgaben entnommen:
Knut Hamsum: *Unter Herbststernen.*
Zit. n. d. dt. Übs. von Sandmeier/Angermann, in:
Ders., *Sämtliche Romane und Erzählungen,*
Bd. 2, München: List 1977.
Haldór Laxness: *Islandglocke.*
Zit. n. d. dt. Übs. von E. Harthern, Frankfurt: Suhrkamp 1980.
Halldór Laxness: Maistern, in: *Weltlicht.*
Zit. n. d. dt. Übs. von E. Harthern, Frankfurt: Suhrkamp 1955.

Die isländischen Originalausgaben erschienen unter den Titeln
Skurðir í rigningu & *Sumarið bakvið brekkuna* bei Bjartur, Reykjavík

Einbandgestaltung: Bianca Sebastian
Titelbild: © Lane Kennedy/CORBIS
Autorenfoto: © Jolanda Stefánsson
Satz: hanseatenSatz-bremen, Bremen
Druck und Verarbeitung: Nørhaven Paperback A/S, Viborg
Printed in Denmark, Juni 2005
ISBN 3-404-26431-2

Die Übersetzung dieses Buches wurde gefördert
durch Stipendienaufenthalte im Europäischen
Übersetzerkollegium Straelen und im
Gunnar-Gunnarsson-Institut, Skriðuklaustur/Island.

»Das Gras ist unglaublich hoch für mich,
der ich mit der Nase auf der Erde liege.
Beuge ich mich, so tief ich kann,
wächst meine Welt sich groß.«

(Tom Kristensen, aus: Græs)

Inhalt

1. Buch

I

Gräben im Regen

Vorwort

Eins steht fest: Island hat es seiner Isolation zu verdanken, dass es dem Wahnsinn der Weltkriege entgangen ist, die das zwanzigste Jahrhundert hervorgebracht hat. Der Erste hat uns immerhin die *Briefe an Laura* von Þórbergur Þórðarson und Halldór Laxness' *Großen Weber von Kaschmir* beschert. Der Zweite beinhartes Geld, Nylonstrümpfe, Süßigkeiten und Marlene Dietrich. So hat der Tod anderer unseren Körper und Geist genährt.

Und noch etwas hat uns die Isolation beigebracht: dass nämlich die Vorboten großer Ereignisse nicht unbedingt geheime Treffen in den Hinterzimmern der Großmächte sein müssen und dass sich Gefahr nicht nur in den Schlagzeilen großer Blätter ankündigt, sondern auch dann, wenn ein blauer Landrover auf der Kuppe auftaucht und mit einem Affenzahn näher kommt, wie in aussichtsloser Flucht vor dem Staubdrachen, der sein Maul ins Hinterteil des Fahrzeugs verbissen hat und es zu verschlucken droht.

Eins

Tageslicht sickert durch die Wolken wie der langsame Satz einer Sinfonie. Der Junge sucht vergebens Þórbergur auf den Hühnerhaufen zu hetzen. »Fass!«, ruft er, aber der Hund betrachtet nur teilnahmslos die Hennen, die hochmütig über den Hofplatz stolzieren, gähnt und trottet ins Haus. Es ist weder heiß noch kalt, trocken oder nass, nur ein gewöhnlicher bedeckter Sommertag, und die Berge schlafen. Der Junge steckt die Hände in die Taschen, kickt einen Stein weg und geht ins Haus. Der Hund ist schon im Vorbau eingeschlafen, die Frau döst in der Küche über einem Buch. Der Junge holt einen Stuhl aus dem Wohnzimmer, schleppt ihn mühsam in den Flur und stellt ihn unter den alten Spiegel, den großen elliptischen in vergoldetem Rahmen. Vorsichtig steigt er auf den Stuhl, sieht sich selbst im Glas auftauchen und schaut auf die Welt, die sich in die Wand hinein öffnet, und er denkt an all die Gesichter, die der Spiegel geschluckt hat, an all die Helligkeit und die Düsternis, die in ihn eingesickert ist. Er denkt auch an jene Nächte, in denen er vor dem im Dunkel glänzenden Spiegel zu sich kam und seinen Namen wispern hörte. Da hatte er die Augen niedergeschlagen, die Fäuste geballt und gedacht: Nicht hinsehen, bloß nicht hinsehen, die Gesichter im Spiegel wollen mich ins Dunkel ziehen. Und er hatte sich weder zurück ins Bett getraut noch in den Vorbau zu Þórbergur, sondern war ins Bad geschlichen, hatte in der Wanne geschlafen, nur mit einem Handtuch zugedeckt. Und am Morgen danach sagen alle und verstehen gar nichts: »Wieso übernachtest du denn hier, Junge?«

Was im Dunkeln furchterregend ist, kann manchmal im Hellen mit Zauberkraft locken. Der Junge presst eine Wange ans Glas, kümmert sich nicht um den Fettfleck, der dabei entsteht, und versucht, tiefer in die Wand hineinzusehen. Er schließt die Augen, faltet die Hände und murmelt dreimal hintereinander:

»Beschütze mich.« Dann legt er die Stirn an den Spiegel und sagt das Alphabet rückwärts auf. Ganz langsam, um nicht durcheinander zu kommen. Er wartet darauf, dass sich ein Kosmos mit anderen Gesetzen aufschließt, dass er in den Spiegel einsinkt, in eine andere Welt, und wer weiß, ob nicht die undeutliche Erinnerung an ein Paar warm umfangende Arme dort Wirklichkeit wird.

Er ist bis zum K gekommen, als die Frau in der Küche, die Salvör, plötzlich sagt: »Was für ein Lärm ist das eigentlich?«

Und sofort hört der Himmel über den Wolken auf zu gähnen.

Zwei

Der Landrover nähert sich in rascher Fahrt, biegt in die Auffahrt nach Karlsstaðir. Auf der Beifahrerseite springt ein Mann heraus, geht auf das Gatter los, schmeißt es an die Wegkante und springt wieder ins Auto, das den lang gezogenen Hang hinabschießt und den kurzen, steilen wieder hinauf, auf dem Hofplatz stiebt der Hühnerhaufen kreischend auseinander, hinter dem Fenster im Obergeschoss des Hauses taucht ein altes Gesicht auf. Zwei Männer stürzen aus dem Wagen ins Haus, der erste fällt über Þórbergur, der im Halbschlaf auf der Diele liegt.

»Hölle, Tod und Teufel, der Satansbraten«, bricht es aus dem langen, stolpernden Kerl.

Der Hausherr dagegen, Þórður Hergils, steigt über den Hund hinweg, nimmt mitten in der Küche Aufstellung und sagt: »Keiner verlässt das Haus ohne Begleitung.«

Er sagt es ruhig, aber bestimmt, und zupft dabei am Hemdärmel, der unter dem dicken Pullover hervorlugt.

Dann klärt er den Jungen und Salvör über die drohende Gefahr auf. Die Frau setzt sich, schaut ratlos von einem der Brüder zum andern. Þórður, immer noch mitten in der Küche stehend und an der Manschette fummelnd, etwa mittelgroß, untersetzt, ohne dick zu sein, ein breites Gesicht mit einem entschlossenen Mund darin und einer kurzen, kräftigen Nase unter wirrem roten Haar. Der Junge findet es beruhigend, wie der stark mit Sommersprossen und hellroten Haaren besetzte Handrücken über den Hemdärmel streicht. Salvör, breitbeinig dasitzend, wie es Schwangere häufig tun, schaut von ihrem Mann auf Starkaður, der sich in den Stuhl unter dem Zeitungsregal hat fallen lassen. Lang aufgeschossen, schwarzes Haar, gebogene Nase in einem länglichen Gesicht, der Adamsapfel riesengroß wie eine Kartoffel, die er nicht ganz schlucken kann.

»Ist das wahr?«, fragt Salvör, ohne wirklich zu fragen, und Starkaður antwortet auch nicht, blickt nur kurz auf und heftet die dunklen Augen dann wieder auf den Boden, diese Augen, die manchmal so verschwommen und abwesend wirken, wenn sie aus einem Buch auftauchen und irgendwie unbestimmt in die Ferne blicken.

Tock, tock, hört man auf der Diele, tock, tock, und Jónas ist heruntergekommen, geht zu Þórður und bohrt ihm umstandslos den Stock in den Bauch: »Was ist das für eine Fahrweise, du Nichtsnutz?! Willst du unbedingt meine Hühner umbringen?«

Þórður schiebt den Stock von sich. Jónas wendet sich ab und guckt in die Ecke, wo Starkaður sitzt und ihm jetzt die Neuigkeit verkündet. Der Stock poltert zu Boden und bleibt dort wie tot liegen, während Jónas zum Südfenster der Küche hinkt, sich mit krummen Fingern am Rahmen festhält und halb blind hinausstarrt. »Wenn mir doch jemand mal eben dreißig Jahre von den Schultern nehmen könnte«, seufzt er, »oder wenigstens zwanzig.« Darauf folgt ein langes Schweigen. Es steigt aus der Unruhe auf, die den beiden Männern folgte, hüllt die Menschen ein und füllt jeden Winkel.

Drei

Wenn ich den Grund der Furcht ohne Umschweife aufdeckte, würden erfahrene Weltbürger und ihre Konsorten es für kaum der Mühe wert halten, sich länger damit zu befassen. Immerhin setzen sie sich tagtäglich mit Hungersnöten in Afrika oder dem kollektiven Selbstmord der Metropolen auseinander und erinnern sich gar an das Schicksal der Inkas oder die Katastrophen der alten Ägypter, die Gott und die sieben Plagen gegen sich hatten. Und es ist ja auch zweifellos etwas dran: Hat man diese gigantischen Tragödien vor Augen, dann klingt es ziemlich vermessen, wenn einer sagt: Diese Gemeinde hatte Guðmundur auf Hamrar. Es ist nicht mal ein klangvoller Satz. Man wird sich allenfalls wundern und fragen, welcher Schrecken denn schon von einem isländischen Bauern ausgehen kann. Warum, um alles in der Welt, sausten Þórður und Starkaður wieder aus dem Haus von Salvörs Eltern, zwei dampfende Kaffeepötte ebenso Seite an Seite zurücklassend wie zwei angebissene Käsebrote, und der Landrover, der sich rasch entfernt – wozu all diese Hast? Eine weitere drängende Frage: Wozu am Ende des zwanzigsten Jahrhunderts über eine isländische Landgemeinde schreiben, wenn sich gleichzeitig die Megastädte aufblähen und die Menschlichkeit zusammenschnurrt? Ist es überhaupt zu rechtfertigen, den Satz zu äußern: Diese Gemeinde hatte Guðmundur auf Hamrar, als ob das irgendeine Rolle spielte? Ich weiß es nicht. Weiß nur, dass Guðmundur an manchen Tagen einsilbig und ebenso verschlossen ist wie die Felsen, die sich über seinem Hof türmen. An anderen Tagen dagegen hinreißend komisch und unterhaltsam, ein wahrer Alleinunterhalter, der sogar zum Fußballtraining auf dem Plan erscheint. In jener Gemeinde muss man sich nämlich nicht durch besondere Talente auszeichnen, um beim Fußball dabei zu sein. Die einzige Bedingung ist, dass der Betreffende ein Paar Beine vorweisen kann, was allerdings ein viel zu schmächtiges Wort für Guðmundurs Säulentrommeln darstellt. Hinter der Deckung aufgebaut, sorgen sie dafür, dass dem Gegner, der mit dem Ball gegen den Troll heranstürmt, der Himmel bald nicht mehr so offen steht, wie er glaubte.

Aus diesem und anderen Gründen sind in der Gegend Redensarten entstanden wie etwa: »Ist doch gut, wenn man Guðmundur hat« oder »Wenn man jetzt einen Guðmundur hätte«. Den ersten Ausruf benutzt man, wenn einem etwas außergewöhnlich gut von der Hand geht, den zweiten im Angesicht kleinerer oder größerer Mühen, etwa wenn man eine Schotterfläche abzäunen oder einen umgestürzten Traktor wieder aufrichten muss.

Unter Guðmundurs Altvorderen befanden sich einige ziemlich ungeschlachte Gesellen, und nach alten Überlieferungen soll sich im dreizehnten und vierzehnten Jahrhundert der eine oder andere aus der männlichen Linie des Geschlechts sogar mit Trollweibern eingelassen haben. Romantik oder Fabel vielleicht, doch es gibt Tage, an denen sich Guðmundur mit zwei, drei Flaschen Schnaps einschließt, mit einem wunderlichen Augenausdruck wieder erscheint, ein Pferd sattelt – und der Herrgott schaut dann lieber anderswohin.

Vier

Es war vor drei Jahren: Der Herbst war schon im Anzug und der Bauer auf Bátsendar schaute gerade die Zufahrt zu seinem Hof entlang, da sah er das Urvieh von Guðmundur stockbesoffen auf seinem Pferd heranzockeln, Fäuste geballt und schmutzige Lieder grölend. Der Bauer ging zum Telefon, legte die Hand auf den Kasten und ergriff mit der Rechten die Kurbel.

»Jetzt ist er an der Einfahrt«, sagte seine Frau vom Fenster her.

Da drehte der Mann die Kurbel und rief nach der Polizei im Ort.

»Sind in zwanzig Minuten da«, versicherte der Diensthabende und düste mit Blaulicht los. Vollbremsung auf dem Parkplatz vor dem Kaufladen, der Wachhabende stürmte ins Lager, um den Substituten zu finden, der auch eine Viertelstelle als Polizist bekleidete und verpflichtet war, stets eine Uniform zu Hause und eine am Arbeitsplatz bereitzuhalten. Beide sprangen uniformiert ins Auto, Zündschlüssel gedreht, und man hörte weder piff noch paff unter der Motorhaube. – Einem der beiden Beamten musste man anschließend mit heftigen Rückenschmerzen ins Haus helfen, Hexenschuss, vermutete er, nachdem er sich zu tief über den Motor gebeugt hatte; der andere schnitt sich böse auf der Suche nach Werkzeug. Und so kam es, dass Guðmundur wild und ungehindert auf den Hof ritt. Die Hunde rissen aus, der Bauer trat aus dem Haus.

»Jaja, Mundi«, sagte er mit der spröden Stimme eines Mannes, dem ausgesprochen kühl ist. Doch Guðmundur sprang ab, ergriff den Bauern, ohne zu fackeln, beim Schlafittchen, riss ihn hoch und wirbelte ihn so munter über seinem Kopf, dass der arme Mann nicht mehr wusste, wo oben und unten war, sondern erst wieder klarer sah, als er schon auf dem Rücken eines halb aufgezäumten Pferdes saß, einem riesenhaften schwarzen Biest, und Guðmundur suchte gerade in den Hosentaschen nach etwas Heuballenschnur, fesselte den Bauern damit an den Sattel und befahl ihm, die ersten zwei Strophen aus *Galopp* von Hannes Hafstein zu singen, was der Bauer auch tat.

»Noch mal! Das war ja ganz ohne Gefühl«, brüllte Guðmundur, und als der Bauer lauthals sang: »Und wie der Kolben Luft zerkeilt / Mein Zelter reitet ...«, nahm der Grobian ein Tauende, das auf der Erde herumlag, zur Hand und zog damit dem Gaul dermaßen eins über die Kruppe, dass er im Galopp lossprang, mit rollenden Augen und einem singenden Bauern die Auffahrt hinab und auf kürzestem Weg nach Hause raste. Dreißig Minuten Höllenritt über zwei Flüsse, Wiesen und hinein in ein flaches Tal. Halt erst auf dem Hofplatz in Hamrar. Ein halb bewusstloser Bauer hob und senkte sich im Sattel mit den jagenden Atemzügen des Tieres und murmelte wie in einer anderen Welt: »Zügele den Lauf, mein Rösslein / Schaue doch / Eine Steigung wartet noch / Und die ist gar nicht klein«, bis Guðmundurs Frau ihn losband und ins Bett trug, »armer Junge« zu dem knapp vierzigjährigen Mann sagte, ihm heiße Milch und ein dickes Stück Marmorkuchen eintrichterte.

Von Guðmundur ist zu berichten, dass er lange dem sich entfernenden Pferd samt Bauern hinterherschaute, dabei zuerst lustig in die Hände klatschte und dann lauschte, wie Gesang und Hufgetrappel verklangen. Danach sackten seine Schultern herab, und eine Weile sah es so aus, als wolle er sich gleich dort auf dem Hofplatz zum Schlafen niederlegen, doch dann richtete er sich plötzlich wieder auf, zog einen großen Flachmann aus der Anoraktasche, nahm einen tiefen Schluck, sagte »bah« (die Gesichter in den Fenstern verschwanden blitzschnell), stakste schräg den Hang hinab zum Stall, riss die Tür aus den Angeln, rang einen drei Winter alten Stier zu Boden, den man aus Sicherheitsgründen eingesperrt hatte, ergriff schließlich Schaufel und Mistgabel und machte sich mit solchem Getöse davon, dergleichen man noch nie in der Gemeinde vernommen hatte.

Fünf

»Soll man sich so etwas bieten lassen«, fragt Jónas, »oder gibt es nur noch feige Zwerghühner hier in der Gegend?«

Starkaður blickt auf, will etwas sagen, aber da klingelt das Telefon: zweimal kurz.

»Þórður, du gehst nicht ans Telefon«, kommandiert seine

Frau entschieden. Stattdessen stakst mit langen Schritten Starkaður in den Flur, hebt vorsichtig den Hörer ab und deckt die Hand über die Sprechmuschel. In der Küche zischeln Jónas und die Frau einander »psst«, »psst« zu.

»Man sagt Sveinn auf Brekka über Guðmundur Bescheid«, flüstert Starkaður, und dann klingelt in den nächsten Minuten unablässig das Telefon an der einzigen Leitung, an die alle angeschlossen sind:

Zweimal kurz, einmal lang, einmal kurz.

Einmal kurz, dreimal lang.

Einmal lang, zweimal kurz

... und so weiter durch die ganze Gemeinde, auf allen Höfen – außer auf Karlsstaðir.

»Rufst du Þórður an?«, fragt einer den anderen.

»Ach, kannst du nicht selber ...?«

»Keiner will uns anrufen«, wispert Starkaður hin und wieder in die Küche, wo die Frau und Jónas wütend und anklagend Þórður anstarren, der seinerseits gedankenvoll aus dem Fenster schaut.

»Das war das letzte Mal, dass du dich in anderer Leute Gespräche eingemischt hast!«, sagt die Frau zu Þórður. Der antwortet nicht, aber seine Lippen sind ein trotziger dünner Strich.

Starkaður rapportiert leise in die Küche, was am Telefon gesagt wird, Jónas fixiert immer noch wütend seinen älteren Sohn. Im vergangenen Winter hatte der nämlich die selten gehörte Unart angenommen, ungeschriebene Gesetze zu brechen, indem er mitten in die Telefonate anderer Leute platzte und ihre sprachlichen Schnitzer, Deklinationsfehler und ausländischen Fremdwörter korrigierte. Mittlerweile hatten schon Leute aus der ganzen Gegend den Gemeindevorsteher mehrfach dringlich aufgefordert, etwas in der Sache zu unternehmen und Þórður nachdrücklich zurechtzuweisen.

So scharf echote es zurück, ja, so eingeschüchtert waren die

Leute, dass sie – anstatt nach dem Drehen der Kurbel laut und deutlich den entsprechenden Hofnamen zu rufen, meinetwegen »Brekka, Brekka« nach zweimal kurz – mit dem Hofnamen zögerlich zurückhielten, bis endlich ein klägliches »Brekka« ertönte, gefolgt von der sofortigen Nachfrage: »Ist Þórður in der Leitung? Þórður, bist du in der Leitung?!«

Damit war er festgenagelt. Antwortete er nicht, hätte aber kurz darauf mit seinen Berichtigungen begonnen, so wäre er der Lüge überführt gewesen, seine Anwesenheit zu Beginn des Telefonats geleugnet zu haben. Nun war Þórður aber aus dem Holz geschnitzt, dass er lieber seinen gesamten Viehbestand hätte abstechen lassen, als sich auch nur der kleinsten Lüge schuldig zu machen.

Nun, als es ruchbar wurde, dass der Gemeindevorstand mit Þórður ein ernstes Wörtchen reden wollte, nahm der Bauer auf Karlsstaðir am Telefon abendliche Lesungen auf, jeden Abend von elf bis halb zwölf. Er begann mit *Dem Einen zur Lehre, dem Andern als Rat* von Þórbergur Þórðarson und widmete seinen Vortrag Gemeindevorsteher Jón. Anfangs reichte ihm die reine Lektüre, doch ab der dritten Session fügte er in wohl abgezirkelten Sätzen eigene Interpretationen hinzu und knüpfte an vergangene Zeiten in der Gemeinde an.

Jetzt aber hockt Þórður in der Küche, Starkaður in der Diele, vorgebeugt, mit der Hand über der Muschel, und dreht dem Spiegel den Rücken zu, der seit einhundertundfünfzig Jahren Gesichter und Welten in sich aufgenommen hat.

Sechs

Zwei Wochen bevor Guðmundur sturzbetrunken ein Pferd sattelte und seinen Schatten über die Gegend warf, erlegten Þórbergur und der Junge einen Nerz. Sie waren in südöstlicher

Richtung ein gutes Stück vom Hof entfernt den Weg entlanggeschlendert, der Junge plapperte gerade mit dem Hund, als der plötzlich seinen Monolog mit einem Knurren unterbrach und im hohen Gras jenseits der Wegkante verschwand.

»Þórbergur!«, rief der Junge verblüfft.

In Doppelsprüngen erschien der Hundekopf über dem Gras, als wolle er sich orientieren, dann schoss etwa dreißig Meter vor dem Jungen dünn und lang gestreckt ein Nerz über die Straße und Þórbergur kläffend hinterher. Der Junge rief, rannte los; der Mink fegte einen Zaunpfahl hinauf, und ein widerlich beizender Gestank breitete sich aus. Ohne nachzudenken klaubte der Junge einige Steine vom Wegrand auf und traf das Tier mit dem dritten Wurf. Es verlor das Gleichgewicht und fiel vom Zaunpfosten. Þórbergur stürzte sich auf den Mink, packte ihn um die Mitte und schüttelte ihn so heftig hin und her, dass es manchmal aussah, als hätte er drei Opfer in den Fängen und nicht nur eins. Als er das Tier losließ, war es tot. Der Junge fiel auf die Knie, schob den aufgeregten Hund beiseite und strich über den kleinen Marderschädel, las die Angst in seinen gebrochenen Augen.

»Verzeih«, sagte er leise. »Kannst du mir vergeben?«

Für die meisten überraschend, fuhr Þórður und nicht Starkaður mit dem Jungen zum Gemeindevorsteher, um die Prämie für den Schwanzzipfel zu kassieren.

»Hallo, Þórður, wirklich schön, dich mal wiederzusehen! Schaut euch den Jungen an, hat richtig Mumm in den Knochen«, sagte das Honoratiorenpaar, und dann wurde Kaffee getrunken, über Neuigkeiten geplaudert, über den Graswuchs auf den Heuwiesen und Pläne für den Neubau des Gemeindesaals, und in dieser letzteren Angelegenheit waren Jón und Þórður von einer derartigen Einmütigkeit, dass der ebenfalls anwesende Schwager des Gemeindevorstehers aus lauter Nervosität einen Anfall von Geschwätzigkeit erlitt.

Später sagte Þórður »Danke für den Kaffee« und machte Anstalten zum Aufbruch, da sagte Jón ganz ruhig: »Wollen wir uns nicht reinsetzen, lieber Þórður?«

Wollen wir uns nicht reinsetzen. Das waren keine alltäglichen Worte aus dem Mund des Gemeindevorderen. Reinsetzen hieß Zigarre und manchmal Whisky in der Bibliothek im Kellergeschoss. Ein Raum von gut vierzig Quadratmetern, die Wände rundum mit Büchern bedeckt, bis auf einige ausgesparte Stellen, an denen Porträts berühmter Dichter hingen: Snorri Sturluson, Hallgrímur Pétursson, Jónas Hallgrímsson, Pfarrer Matthías Jochumsson und vier Bilder von Halldór Kiljan Laxness – vier Jahre alt auf dem ersten, siebzehn auf dem zweiten und vierzig auf dem dritten. Das vierte aber hing auf dem Ehrenplatz gegenüber dem schweren Ledersessel und war sozusagen taufrisch. In die linke Ecke hatte der Autor geschrieben: Für Jón, zum Sechzigsten.

Das war ein großer Tag in der Gemeinde gewesen, als der Nobelpreisdichter in eigener Person erschien und Jón das Bild und eine Kiste Havannas überreichte. Früh im März war es, stiller Frost, und der Schnee knirschte unter ihren Füßen, als der Schriftsteller und der Gemeindevorsteher gemeinsam zu den Ställen hinüberschritten. Lange verharrten sie vor einem Pferch, schauten über die vierhundert dort versammelten Schafe, die zumeist wiederkäuend auf dem Boden lagen und vom Saft in frischem Sommergras träumten, und der Poet deutete fragend mit dem Finger: »Und wie heißt das da? Und das?«

Und Jón antwortete nach Belieben: »Das ist meine *Islandglocke*, und das meine *Diljá*, *Kirchspielchronik*, *Snæfríður*, *Salka Valka* ...«

»Fabelhaft«, sagte der Dichter.

Dann gingen sie in den Verschlag, wo die Böcke in lebenslanger schlechter Laune standen und Namen trugen wie: *Feuer in*

Kopenhagen, Lichtwikinger, Großer Weber von Kaschmir oder *Jón Prímus*. Doch die schmollenden, nur auf ihre Selbsterhaltung bedachten Hammel hoben nicht einmal die Köpfe, obwohl ihre Namen in Gegenwart des Dichters aufgerufen wurden. Nur einmal verzogen sie das Gesicht, als der Hund *Steinn Elliði* aus Empörung zweimal bellte.

Wollen wir uns nicht reinsetzen? Der legendäre Satz konnte bedeuten, dass der Auserwählte fortan zum Gemeindeadel zählte, der sich regelmäßig beim Gemeindevorsteher traf, und anerkanntermaßen durchströmte den Angesprochenen ein feierliches Gefühl, wenn Jón diese fast sakrale Formel fallen ließ, und man antwortete darauf üblicherweise: »Ich wäre hocherfreut.«

Heimgekehrt, würde der Betreffende wahrscheinlich kein Sterbenswörtchen über die Beförderung verlauten lassen, sondern womöglich erst beim Abendessen des folgenden Tages aus gedankenverlorenem Schweigen versonnen wie zu sich selbst murmeln: »Ja, das Gebäck der Vorstehersfrau ist nicht schlecht, doch als ich für die gute Bewirtung dankte und mich zum Aufbruch rüstete, da sagte Jón: ›Wollen wir uns nicht reinsetzen?‹«

Damit würde der Glückspilz verstummen; doch gleich am nächsten Tag erschienen die Nachbarn zu Besuch, um einen Bericht über das Großereignis zu erheischen, und die, die im Dunkel der Uneingeweihtheit leben mussten und niemals aufgefordert worden waren, sich »reinzusetzen«, fragten: »Stimmt es eigentlich, dass in dem Raum ...«

Sieben

Die Aufforderung in der Küche traf Þórður zweifellos völlig unvorbereitet, aber es gelang ihm, seine Gesichtszüge nicht entgleisen zu lassen und scheinbar ahnungslos zu antworten – und diese Antwort bekam bald Flügel in der Gegend: »Reinsetzen? Ja, wohinein denn, Jón?«

Was sich genau in der Bibliothek zutrug, ist nicht bekannt; doch sicher wollte Jón Þórður eine milde und väterliche Ermahnung erteilen und sich zugleich für Einvernehmen und Zusammenarbeit in hehren Angelegenheiten aussprechen. Was immer er jedoch im Sinn gehabt haben mochte, so mündete ihre Unterredung schnell in einen heftigen Disput, ja, in einen flammenden Literaturstreit, der seinen Höhepunkt erreichte, als Þórður Jón entgegenschleuderte, dass *Dem einen zur Lehre, dem andern als Rat* gegen Halldór Laxness gerichtet sei. Darüber dürfe man sich auch kaum wundern, meinte Þórður und nannte eine Unzahl von Beispielen stilistischer Entgleisungen, die jener Herr von sich gegeben hätte, und schloss mit dem Vorwurf, dass Halldór Laxness überhaupt ein eingebildeter, überheblicher Plagiator wäre.

Das war mehr als sich ein Jón bieten lassen konnte. Er sprang aus seinem tiefen Sessel auf und verpasste Þórður eine schallende Ohrfeige.

Der blickte furchteinflößend aus der Wäsche, ging langsam auf die Gabe zum Sechzigsten zu, spuckte dreimal darauf, griff sich eine Whiskyflasche vom Tisch (Chivas Regal), schritt mit ihr die Treppe hinauf und raus auf den Hof, jagte mit durchdrehenden Reifen davon und bremste abrupt erst am Fuß der Auffahrt, weil er sich an den Jungen erinnerte, der ihm, mit einem fröhlich kläffenden Steinn Elliði um sich herumspringend und den Tränen nahe, hinterherrannte. Verlässliche Quellen behaupten, der Gemeindevorsteher sei daraufhin, rot angelaufen, mit dem Bild und Þórðurs Glas in die Küche gekommen, habe beides mit den Worten: »Spül das mit Desinfektionsmittel!«, seiner besseren Hälfte übergeben, sei dann auf den Hof hinausgestürzt und habe mit der versammelten Kraft seiner Lungenflügel gebrüllt: »Komm sofort mit der Whiskyflasche zurück, du Arschloch!«

Der Junge habe daraufhin vor Schreck zu heulen begonnen und die letzten Meter bis zum Landrover in einem ans Unglaubliche grenzenden Spurt zurückgelegt.

Wie immer sich das auch abgespielt haben mag und was sich auch im einzelnen genau zutrug, so war Þórður bei der nächsten abendlichen Lesung Blitz und Donner, und über den Gemeindevorsteher war in Erfahrung zu bringen, dass er in Schottland eine Sonderlieferung von 500 Rollen Toilettenpapier bestellt haben sollte – mit dem Porträt von Þórbergur Þórðarson auf jedem Blatt.

Acht

Das zweite Küchenfenster auf Karlsstaðir weist nach Nordwesten und rahmt nässegesättigte Wolken ein, die über den Himmel ziehen, sanft gewölbte Berge und die Straße, die sich über die Anhöhe verliert und erst viele Kilometer westlich wieder zum Vorschein kommt, wo das Land sich dem Meer öffnet. Dort liegen weite, flache Wiesen, die sicher langweilig zu mähen sind.

»Sieh an, der Russe fährt los!«, sagt Þórður plötzlich, als er aus dem Westfenster peilt. Er angelt nach dem Fernglas und hebt es, schwer und schwarz, an die Augenlider. Die Welt verwandelt sich in Nebel, klart aber wieder auf, als Þórður die Schärfe auf seine Augen einstellt und die Ferne zu sich heransaugt. Das wirkt, als habe er neue und schärfere Augen bekommen, und er schwenkt sie nach rechts, ein klein wenig zurück nach links, etwas höher und: Das Haus der Nachbarn erscheint in Reichweite, der Hofplatz mit dem kaputten braunen Cortina und dem Zetor, dem im vergangenen Winter die Motorhaube fliegen gegangen ist, sodass er jetzt wie ein splitternackter, abgemagerter Greis aussieht. Wenige Millimeter nach links, und da steht der Ferguson, ein ursprünglich himmelblauer Traktor; doch vor zwei Jahren sah man die Nachbarn ihn mit Pinsel und Farbe umringen, roter Farbe, und damit wollten sie ihm den Sonnenuntergang auf die Front der Haube malen, aber es kam nichts Besseres dabei heraus, als dass der Traktor nun, aus der Ferne betrachtet, Nasenbluten zu haben scheint.

Þórður schweift mit seinen neuen Augen bis zum Abzweig hinab. Da hat der Russe seine lautlose Fahrt wieder aufgenommen, und der Karlsstaðirbauer fühlt sich plötzlich an einen Stummfilm erinnert, den er in seiner Kindheit einmal gesehen hat, allerdings nicht in Farbe, und Starkaður murmelt in der Küche: »Zum Henker, fahren die schnell!«

Jónas presst sein Gesicht an die Fensterscheibe. Ein Paar neuer Augen, bitte! Noch einmal das ganze Gesicht, aber wie sehr er sich auch bemüht, bleibt er doch im Nebel stehen, der einen guten Teil der Welt vor ihm verbirgt. Er flucht leise. Auf der Scheibe Spuren einer alten, runzligen Stirn.

Þórður: »Es sitzen alle im Auto. Die Kinder hinten und, doch, doch, sie vorne, aber, wartet mal, wartet mal!«, sagt er, und alle Bewohner von Karlsstaðir grinsen jetzt breit, vom Jungen bis zum Alten, auch wenn es sich bis zu Jónas' Grinsen etwas hinzieht; aber dann bricht ein Kichern aus ihm heraus, und er kann sich nicht mehr halten und keucht: »Sitzt niemand am Steuer?«

»Nein, verdammt und zugenäht«, antwortet Þórður, »man *sieht* jedenfalls niemanden am Steuer.«

Und Lachsalven zerreißen Þórbergurs Träume in der Garderobe. Der Feldstecher wandert von Hand zu Hand; als Letzter darf der Junge durchschauen, und da verschwindet der Russe gerade braun und klobig hinter der Anhöhe; verschwindet und lässt einen Lindwurm aus Staub zurück, der auf der Wiese unterhalb der Straße verendet.

»Sie sind geflohen«, sagt Jónas.

»Ängstlich wie die Hasen«, ergänzt Starkaður.

Und dann sagt jemand: »Jetzt wäre es doch nett, Kaffee zu trinken.«

Salvör taut Brot auf, Schmalzgebäck, Blechkuchen. Þórður klopft die Pfeife aus, Jónas kaut auf einer Zigarre, Starkaður setzt Kaffee auf, und während die Maschine gurgelt und klares Quellwasser in nachtfarbene Plörre verwandelt, ruft Þórður noch einmal den letzten Besuch des Ehepaars vom Nachbarhof in Erinnerung, und es ist nicht gelogen, dass Þórður ein Erzähler von Gottes Gnaden ist. Merkwürdig allerdings, dass es ihm dennoch so schwer fällt zu lügen. Er ist auch selten dafür zu haben, Geschichten vor größerem Publikum zu erzählen. Nur mit Widerwillen fand er sich bereit, auf dem Þorrablót, dem traditionellen Festschmaus des Winteropfers, vor fünf, sechs Jahren den Unterhalter abzugeben; aber dann stand er plötzlich auf der Bühne, und eine geschlagene Stunde lang sprudelten die Geschichten nur so aus ihm heraus. Danach wollten alle Þórður von Karlsstaðir: »Komm her und trink einen mit uns!« – »Du solltest im Radio auftreten!« Und ehrwürdige Bauersfrauen plinkerten flirtend mit den Augen, gaben gurrende Laute des Wohlwollens von sich und streichelten sogar ganz leicht über Þórðurs sommersprossigen Handrücken, während der sich alle Mühe gab, nicht überheblich zu wirken, weshalb er in Gedanken angelegentlich einige Lieblingssätze aus Þórbergur Þórðarsons *Die Steine reden* zitierte und es nicht zu bemerken schien, als Starkaður ihn Hemingway rief.

Doch als sich die Frau des Doktors einen Weg durch die

Trauben der Bewunderer bahnte, setzten die Þórbergur-Zitate aus, und zu Þórðurs großem Leidwesen stiegen hartnäckig nur noch Sätze aus Laxness' *Lichter Maid* in seinem Gedächtnis auf, denn die Gattin des Arztes war so unglaublich blond und sie teilte die Menge zwischen ihnen, und dann griff sie dem Geschichtenerzähler unters Kinn, ihre Lippen so rot, ihre langen schwarzen Wimpern glichen Rabenschwingen, und ihre Augen so dunkel und tief wie die Nacht, so schwarz wie die tropische Nacht, in die sie Þórður auf magische Weise zu bannen versuchte: Vielleicht stellte sie sich den Bauern auf Karlsstaðir nackt in einem breiten Bett liegend vor, Schweiß springt auf in der feuchten Hitze, Mondlicht sickert durch ein schütteres Dach aus Palmblättern, und Þórður liegt in jenem breiten Bett und späht in das Dunkel des angrenzenden Zimmers, und aus diesem Dunkel kommt sie, schreitet durch die Strahlenbahnen des Mondlichts auf ihn zu, ein langes, durchsichtiges Negligé teilt sich, Þórður denkt an etwas Erhabenes; draußen gedämpftes Rauschen der Brandung, Zikadengesang.

Im Neonlicht des Gemeindesaals aber schaute der halbe Landkreis zu, wie die Doktorsfrau sanft Þórðurs Hand ergriff und auf ihre linke Brust legte, die plötzlich nackt aus ihrem geblümten Kleid geglitten war. Die Szene erinnerte an das furchtlose Vorgehen der Tochter Eriks des Roten, des Wikingers und Grönland-Entdeckers, die nach Auskunft seiner Saga bei einem Überfall der Indianer in Vínland ihre Brüste aus dem Kleid hob und die Eingeborenen allein dadurch in die Flucht schlug, dass sie mit der flachen Seite eines Schwerts daraufpatschte.

Der Junge von Svarfhóll sollte in den kommenden Jahren oft über diesem Bild einschlafen: Þórðurs schwielige Hand auf einer weißen, steifen und zugleich ungeheuer empfindsamen Frauenbrust. Manchmal gelang es dem Jungen, die Hand aus dem Bild wegzuretuschieren, die Frau aus dem Kleid zu schälen, dem geblümten Kleid, und beides, die grausame Kampflust und die Weichheit, lag vor ihm, die Tropennacht in den Augen, und dann hielt das Glück Einzug auf Svarfhóll. Und obwohl dieser Augenblick im Gemeindesaal für den Jungen eine Ewigkeit bedeutete, vergingen kaum drei Sekunden, nicht einmal zwei, ehe Þórður die Hand zurück – und sich sein Jackett herabriss, es der Frau Doktor umlegte und sagte: »So, das wollen wir jetzt alles ganz schnell vergessen.«

Aber natürlich vergaß niemand diesen Auftritt, am allerwenigsten Salvör, die die Umstehenden beiseite fegte und der Frau des Arztes das Sakko wieder herunterriss. Die Zuschauer hielten den Atem an, denn die Hausfrau auf Karlsstaðir ballte die Fäuste, Blitze zuckten aus ihren Augen.

»Wie gut, dass der Doktor nüchtern ist und Bereitschaft hat«, flüsterte jemand; doch der vernichtende Schlag blieb aus. Salvörs Faust öffnete sich zu einer Hand, die das geblümte Kleid richtete, und die Tropennacht in den Augen der Frau Doktor erlosch.

»Was glotzt ihr so?«, fauchte Salvör die Leute an, die sich im Bemühen, den Ring der Umstehenden aufzulösen, gegenseitig auf die Füße traten. Die Kapelle, die aufgehört hatte zu spielen, zählte »Eins, zwei und drei« und stürzte sich in eine wilde Polka, und Þórður und Salvör geleiteten die Frau hinaus.

Das Nächste, was man von ihr erfuhr, war, dass Salvör Briefe aus einem Sanatorium in Florida erhielt. Zuerst einen langen, dann hin und wieder kürzere, die außer Salvör niemand zu lesen bekam – und die ist verschwiegen wie ein Grab.

Seitdem hat Þórður zum Þorrablót keine Geschichten mehr zum Besten gegeben.

Neun

Der Junge hat noch immer das Fernglas in der Hand und hält es sich jetzt verkehrt herum vors Auge. Die Welt wird in die Länge gezogen, und da ist Þórður, weit, weit weg, und inszeniert den letzten Besuch der Leute vom Nachbarhof, und alles in der Küche bebt vor Lachen. Eine Ausgelassenheit nicht ganz ohne heimliche Verwunderung, denn Þórður beteiligt sich sonst nicht an der allgemeinen Stichelei über dieses Paar. Jetzt aber steht er mitten in der Küche und schildert, wie der Russenjeep von der Straße abbog, den langen Hang hinabfuhr, in der Senke verschwand und den kurzen wieder heraufkam, zuerst das fleckige Dach, dann der obere Teil des Führerhauses, dann die Frau, dann das Lenkrad – und wer scharfe Augen hatte, konnte sehen, dass kleine Hände es umklammert hielten. Mehr war vom Fahrer nicht zu erkennen. Doch, hin und wieder zeigte sich ein verzweifeltes Gesicht, wie bei einem Mann, der über eine Felskante gestürzt ist, sich gerade noch über einem tiefen Abgrund irgendwo anklammern konnte und nun ab und zu die Nase über die Kante hebt, um nach Hilfe Ausschau zu halten.

Dann hält der Wagen auf dem Hofplatz, die Frau steigt aus, groß und kräftig; so üppig, dass ihr Hals in Speckfalten versunken ist, pralle Backen, eine gestupste, dicke Nase, kleine Äuglein und ein Mund in ständiger Bewegung. Dann taucht der Ehemann auf, und man muss die Dinge einmal beim Namen nennen: Der Mann ist ein spindeldürrer Hänfling und sieht aus wie ein mit dem Punkt nach oben gedrehtes Ausrufungszeichen. Seiner Frau reicht er gerade bis zur Achselhöhle, und man kann es sich schlichtweg nicht verkneifen, sich auszumalen, wie es bei ihnen im Schlafzimmer zugeht, wenn die Natur ruft.

Während die Frau auf dem Hofplatz steht und redet und redet und redet, breit und fest verankert wie eine prall mit Heu gefüllte Scheune, flattert er um sie herum, zupft an seinen gestreiften

Hosenträgern und räuspert sich in einem fort: »Ehemm«. Es zuckt in seinem weichen Gesicht, »ehemm«, er stellt sich auf die Zehenspitzen und schaut rasch zur Seite, zweifellos, um einmal zu sehen, wie die Welt in halbwegs normaler Höhe aussieht ... und nun kann Starkaður, der gerade an einem Stück Gebäck kaut, sich nicht länger eines schallenden Gelächters erwehren, als sich sein Bruder auf die Zehenspitzen hebt und verhuscht um sich blickt. Das Lachen bricht aus ihm heraus und nimmt das Gebäckstück mit, schleudert es in hohem Bogen über den Tisch und genau auf Jónas' Schoß, der unruhig auf seinem Stuhl hin und her rutscht. Diese Unruhe kann nur eins bedeuten. Sobald Þórður in seinem Erzählfluss nur ein wenig nachlässt, beginnen undeutliche Laute aus dem Alten zu blubbern wie Blasen: »Mmmh, ummh, eeh, tja, äh, na ja.«

Auf diese Weise beginnt jede von Jónas' Geschichten. Mit diesem merkwürdigen Gemurmel. Als hätte er vergessen, wie man Laute zu Wörtern fügt, und müsse in aller Hast in Gedanken erst das Alphabet durchforsten, würde dabei auf dem Weg zur Sprache aber unterwegs schon einmal den einen oder anderen Buchstaben aus dem Mund fallen lassen. Doch endlich begann seine Geschichte.

Zehn

Es war vor hundert Jahren oder mehr, als Urgroßvater diesem irdischen Tal der Tränen entschlief und die winterliche Kälte so unbarmherzig schnitt, dass Vögel, die dumm genug waren, sich in die Luft zu heben, steifgefroren wieder zur Erde fielen. Es war daher überhaupt nicht daran zu denken, ein Grab auszuheben, sodass Großvater seinen Vater vor die südliche Hauswand bettete und er dort bald unterm Schnee verschwand. Aber diese Ruhestatt gefiel ihm keineswegs, und mit seinem Jammern über die Kälte, das jeden Abend einsetzte und bis spät in die Nacht anhielt, wollte er die Lebenden im Haus zum Wahnsinn treiben, die den lieben Gott auf Knien baten, bald das nächste Tauwetter zu schicken und ... und ... und, was ich, ja, was ich sagen wollte, ist nämlich, ja, also, das war nämlich so ... genauso verhielt sich die Sache, dass ... und ... und ...

Starkaður tunkt ein Zuckerstück in den Kaffee, schaut zu, wie der Zucker sich mit Flüssigkeit vollsaugt und dunkel wird. Þórður schneidet sich ein dickes Stück Blechkuchen ab, Salvör streckt sich nach der Pfeife, der Junge bohrt in der Nase, schlenkert mit den Füßen und gähnt, und alle warten, während Jónas verwirrt zwischen zusammenhanglosen Wörtern herumirrt; denn mittlerweile ist er so alt geworden, dass an manchen Tagen ein plötzlich aufkommender Nebel sein Hirn verdunkelt, sodass er sich zuweilen sogar in seinen eigenen Geschichten verirrt und den Überblick verliert. Doch um seine Beschämung zu verbergen und keinen anderen zum Zug kommen zu lassen, stößt er ziellos Worte hervor, während er nach dem roten Faden sucht, geballte Hände in den Nebel stößt und darin herumtastet, bis er einen Faden findet, den er überglücklich ergreift, festhält und nun bis zum Ende verfolgt. Meist gehört dieser Faden allerdings zu einer anderen Geschichte, einer ganz anderen, die zudem überhaupt nichts mit der ersten zu tun hat und gemessen an Ort, Zeit und Stimmung völlig fehl am Platz ist.

So hatte Jónas ursprünglich vorgehabt, eine berühmte Geschichte über die Vorväter der Nachbarfamilie zum Besten zu geben, er verirrte sich aber in eine andere, vielleicht nur in eine altbekannte Sage, die möglicherweise nicht einmal aus der Gegend stammte, und genau das hielt man überhaupt für den größten Fehler an den Erzählungen der Männer auf Karlsstaðir. Sie waren verdammt gute Geschichtenerzähler, darin waren sich alle einig. Sie knüpften die unglaublichsten Schlingen in ihre Textgewebe, wucherten mit überflüssigen Dingen wie Bildern, Metaphern und Gleichnissen. Das mochte man ja noch hinnehmen, aber das Schlimmste war ihre Neigung, in ihren Erzählungen die Grenzen des Bezirks zu überschreiten. Man kannte doch weder Kopf noch Schwanz dieser fremden Personen, hatte nie in den beschriebenen Bergen Schafe getrieben. Na ja, genug dazu. Die Erzählung jedenfalls, die Jónas mit dem halbgekauten Kuchen im Schoß vortrug, die Geschichte vom Bauern und seiner Stute, ist in der ganzen Gegend berühmt; doch man hat lange darüber diskutiert, wie viel Übertreibung in der Geschichte steckt, ob sie nicht sogar größtenteils Jónas' eigene Erfindung ist. Sie beginnt ungefähr so: Es war einmal ein Bauer, der baute sich einen Hof auf einer uralten, verlassenen Siedlerstelle weit oben auf einer Heide. Von dort waren es gut zwei Reitstunden bis ins nächste bewohnte Tal.

Þórður, Salvör und Starkaður beugen sich vor, wie um die Worte besser zu verstehen. Worte einer Geschichte, die sie alle auswendig können und doch nie müde werden, aufs Neue zu hören. Der Junge ist dagegen der wortreichen rhetorischen Ergüsse herzlich müde geworden. Er schleicht sich zur Tür, und in dem Moment, als sich der Gemeindevorsteher mit zwanzig kräftigen Männern dem Hof auf der Heide nähert, schlüpft er aus der Küche und zum Windfang hinaus in den lichten Tag.

Elf

Die Wolken sind tiefer gesunken und haben den obersten Teil des Miklafell verschluckt, der sich an klaren Tagen über die anderen Berge der Umgebung erhebt. Der Junge füllt sich die Taschen mit kleinen Steinchen, geht hinters Haus und vertreibt sich die Zeit damit, die Hühner zu bewerfen. Er hatte versucht,

Þórbergur mit sich zu locken, aber der Hund scheint es zu riechen, ob eine Unternehmung gut für die Landwirtschaft oder zu nichts nutze ist. Einige Schritte trottete er mit, machte dann kehrt und ringelte sich in der Garderobe wieder in seine Traumwelt. Schreckliche Angewohnheit für einen Hund. Man konnte nicht einmal darauf bauen, dass er den Jungen spätabends in den Melkstall begleitete, wenn das Augustdunkel von den Bergen herabkroch und der Schimmer der Außenlaterne gerade bis zur Stallmitte reichte. Dahinter begann die Finsternis.

Dieses Dunkel ist voller Laute und der Junge vollständig wehrlos, ohne Hund, bloß mit hellen Milchkannen, die er wie tote Lichter um sich schwenkt. Das Herz rast und wummert in der Brust. An die Geräusche kann man sich vielleicht gewöhnen, nicht aber an den schauerlichen Gedanken, dass vor Jónas' Zeiten der Bauer auf Karlsstaðir als Einsiedler lebte und eines Tages im Kuhstall in die Knie brach und Blut spuckte. Die blutige Spur ließ sich bis zur Türschwelle des Hofgebäudes verfolgen, und dort hatte man ihn am Abend des nächsten Tages gefunden. Die Kühe brüllten in ihren Boxen. Er hatte keinen Hund. Bestimmt war er ein guter Mann gewesen, doch der Tod veränderte sicher viele, und der Junge hatte die Blutspur im Mondlicht schimmern gesehen.

Er macht Licht im Stall, doch im hinteren Teil bleibt alles bis zum Rand gefüllt mit einer Finsternis, die atmet, und zwischen Licht und Dunkel steht nur eine dünne Brettertür, die nicht mehr Schutz bietet als eine Eierschale. Doch der Junge muss dem dunklen Stallteil den Rücken zukehren, um die Kannen füllen zu können, und ganz bestimmt ist es nur eine Frage der Zeit, ehe das Rasseln zu hören ist, mit dem weiße, kalte Hände eine Eisenkette über den Steinboden schleppen. Die Tür knarrt, die Kette wird ihm um den Hals geschlungen, die Milch verschüttet, und es stellt sich die Frage, wie die Welt aussieht, wenn man tot ist. Wie kann alles weiterexistieren, wenn man es nicht länger sieht? – Oder hört man vielleicht nie auf zu sehen?

Zwölf

Außer Sichtweite des Hofes zieht der Junge seine Kleider aus, behält nur die Gummistiefel an, pinkelt und versucht übermütig, mit dem Strahl die Fliegen zu treffen. Er lässt hingebungsvoll und unter Aufbietung aller Kräfte einen fahren und lacht. So weit draußen im Abenddunkel und mit den Kleidern unter den Arm geklemmt, läuft er nackt um eine tiefe Felsspalte herum, die sich oberhalb und ein Stück weit am äußersten Rand der Hauswiese erstreckt. Er hüpft derart bleich im Gras herum, dass er die Schafe auf der anderen Seite des Hofbachs scheu macht und zwei Lämmer blökend aufs Bátsfell rennen. Der Berg heißt so, weil er daliegt wie ein mit dem Kiel nach oben gedrehtes Boot, und in seiner Traumwelt hat der Junge das Boot längst einmal umgedreht und ist damit in das Tal hineingefahren, das wie ein Messer ins Land schneidet. »Da ist er«, murmelt das Volk und versteckt sich, während er sich einen Hammel greift, um ihn mit den Zähnen zu zermalmen; dann ruft er ihren Namen, und alle laufen splitterfasernackt im Gras umher. Es ist unvergleichlich; kitzelt einen geradezu im Hals. Nichts ist so schön, wie nackt mit einem Kitzeln im Hals im Gras herumzuhüpfen.

Als der Junge die oberste Felsspalte erreicht, wird er langsamer, zieht sich die Kleider über und schiebt sich vorsichtig auf dem Bauch an die Kluft heran. Mit zusammengebissenen Lippen lugt er über die Kante und späht hinab. Schließlich kann man nie wissen, ob solche Spalten nicht plötzlich über einem zuklappen und einen für immer und ewig einschließen.

In sicherer Entfernung setzt er sich auf, sucht einige zerknitterte Blätter aus der Tasche hervor, streicht sie glatt, breitet sie um sich herum aus, schließt die Augen, wählt eines auf gut Glück aus und liest mit andächtiger Miene:

Ich habe natürlich kein Recht, dir zu schreiben, und wenn sie davon erführen, würden es bestimmt viele schlecht aufnehmen, meinen, es gehöre sich nicht. Darum soll es unter uns bleiben. Erinnere dich nur immer an das, was ich dir vor einiger Zeit gesagt habe: Man sollte niemals aufhören, Kind zu sein. Ein Mann aus dem Ausland hat einmal geschrieben, wenn man niemals aufhöre zu wachsen, werde auch die Welt wieder groß. Glaub mir, Junge, ich kenne Leute, denen die Welt klein vorkommt, und es geht ihnen nicht gut damit. Doch habe ich dir eigentlich schon von den Schwimmkäfern erzählt? Wusstest du, dass in Nächten, in denen alle schlafen und niemand wacht, Teufel aus der Erde sprießen, Bäche, Teiche und das Wasser in Felsspalten aufsuchen, um hineinzuspucken, und dass sich die Spucke im Wasser in Schwimmkäfer verwandelt und jeder von ihnen also einen Abkömmling aus dem Treiben der Teufel darstellt? Schwarz und hinterhältig lauern sie im Wasser darauf, dass jemand kommt und sich mit offenem Mund über sie beugt. Dann springen sie ihm in den Mund, wandern hinab in den Magen und vermehren sich dort. Man sollte sämtliche verfluchten Schwimmkäfer erschießen, verbrennen und zerquetschen!

Dreizehn

Als der Junge wieder zum Hof aufbricht, hat er aus Spaß die Schuhe verkehrt herum an den Füßen. Regenschwere Wolken segeln über den Himmel. Es gab einmal eine Frau, die behauptete, regennasse Wolken seien die frisch gewaschenen Kittelchen der Engel, die diese zum Trocknen aufhängten. Dann starb die Frau, obwohl sie noch sehr jung war. Sie starb einfach, ohne dass dazu jemand nach seiner Meinung gefragt worden wäre. Starb und wurde allem und jedem entrissen, und trotzdem soll man daran glauben und darauf vertrauen, dass eine gütige Vorsehung über uns wacht. Nein, der Junge hatte gelernt, allen Geschichten über göttliche Milde mit Misstrauen zu begegnen, und darum murmelt er lieber eine selbstgebastelte Litanei, als er den Hügel in der kleinen Mulde oberhalb des Hofes besteigt. Es ist ein ziemlich großer Hügel, überall mit Gras bewachsen, außer dort, wo der Fels es abgeschüttelt hat und nackt und grau über die Gebäude und hinab auf die Hauswiese blickt. Der Junge hat davon gehört, dass in Hügeln nicht nur Elfen wohnen, sondern auch einfache und anständige Verstorbene, die ihr nächstes Leben lieber in der Erde als im Himmel verbringen wollen, wo man sicher die gesamte Ewigkeit mit Beterei vertun muss. Manche haben schon Musik und Gesang aus solchen Hügeln gehört, und daher kann man nicht wissen, ob es nicht ganz lustig wäre, nach Ablauf dieses Lebens in einen Hügel zu verschwinden, und ob dort nicht Gelage, Gesang und ausgelassenes Feiern auf einen warten.

Aber der Junge nimmt alles mit Vorsicht, denn wer kann schon wissen, ob nicht plötzlich Hände aus dem Fels hervorkommen, ihn um die Knöchel fassen und schreiend ins Innere ziehen, und da muss er dann alle Tage um sich schlagen und gegen das Glas ankämpfen, das von außen wie Gestein aussieht. Oder vielleicht würde er nur bis zu den Achseln ins Erdreich gezogen, Steine würden ihn festkeilen, nur Kopf und Schultern noch herausstehen. Und dann käme ein Rabe und würde seine Kumpane rufen.

Der Junge ist so gut wie oben angekommen, als er so erschrickt, dass er mitten im Schritt erstarrt und das Herz zwei Schläge lang aussetzt. Der Hals wird schlagartig trocken, und er muss die Bauchmuskeln anspannen, um sich nicht in die Hose zu machen. Da steht ein Pferd, ein fremdes, extra großes Biest mit Sattel, das Gras mampft und mit dem Zaumzeug klimpert. Es steht auf der anderen Seite der Abzäunung, gerade unterhalb der Straße, und genau in diesem Moment beginnt jemand mit einer dunklen, schleppenden und etwas unsicheren Stimme zu singen. Immer wieder die gleiche Strophe. Nach dem dritten Mal kann der Junge sie auswendig:

Ich stieg auf einen Buckel,
Und rat mal, was ich find'!
'ne feuerrote Muschel,
Und Mattes steckte drin,
Stehеckte drin!

Als der Gesang abbricht, ist die Furcht des Jungen verflogen, und er tritt neugierig zwei Schritt näher, bleibt aber sofort wieder stehen, als der Gesang erneut einsetzt. Diesmal wird die Strophe nur einmal abgesungen.

Der Junge macht drei Schritte.

»Sie schleiften sie heraus, an ihirem Feigenbusch«, grölt die Stimme irgendwo aus dem hohen Gras am Wegrand.

Das Pferd schaut kurz auf, sieht den Jungen, schüttelt sich und grast dann weiter. Einige Meter vom Pferd entfernt, hebt sich ein großer, gewaltiger Schädel aus dem Gras mit langem, wirren und graugesprenkeltem Haar, Vollbart, Augenbrauen wie Stacheldraht, das Gesicht, grob geschnitten, gleicht einem Felsblock in steiler Bergwand, abgesehen von der rot geschwollenen Nase, die wohl nur etwa halb so groß sein kann wie die von Mattes, der in dem Lied drinsteckte.

»Na, Jungchen«, dröhnt es aus dem Schädel, ehe er wieder im Gras versinkt. Der Junge kriecht unter dem Stacheldraht hindurch und steht dann über den Mann gebeugt, der wie ein Troll auf dem Boden ausgestreckt liegt, und das Gras könnte man so von oben auch als norwegischen Wald am Fuß eines Bergstocks ansehen. Der Troll richtet sich mühsam auf den Ellbogen auf, versucht sich umzusehen, stöhnt unter dem eigenen Gewicht, lässt sich zurück ins Gras plumpsen, schließt die felsgrauen Augen.

»Wo bin ich?«, fragt er. »Ach so, bei Þórður«, fährt er fort, nachdem der Junge Auskunft gegeben hat. »Es hätte schlimmer kommen können, viel schlimmer! – Verfluchte Mähre«, sagt er nach einer kurzen Pause, und der Junge schaut auf das Pferd, dann wieder auf den Troll.

»Stimmt es, dass du ein Pferd hochheben kannst?«, fragt er.

Es flackert in den felsgrauen Augen.

»Ein Pferd hochheben! Ein Pferd hochheben! Ich hab schon ein Pferd gestemmt, als ich noch in deinem Alter war!«, antwortet der Troll pikiert und versteckt das Felsengrau hinter den Augenlidern. Das Pferd rupft eifrig Gras. Der Troll öffnet die Augen.

»Ist es nicht herrlich, so winzig zu sein?«, fragt er und scheint die Erfahrung auszukosten, einmal wie ein Säugling auf dem Rücken liegend zu brabbeln.

»Findest du es gut, zu pupsen?«, fragt der Junge zurück. Da stöhnt der Troll auf und schließt die Augen.

»Zur Hölle mit der Verdauung! Mittlerweile kann man überhaupt nicht mehr vernünftig kacken. Ich gäbe dem Teufel alles für einen anständigen Schiss ... und einen guten, langen Schlaf.«

Schluss

Salvör steht in der Tür, die Brüder auf dem Hofplatz und halten Ausschau.

»Wo ist der Junge?«, hatte sie gefragt, und daraufhin war Hektik ausgebrochen. Außer bei Jónas.

»Dem Jungen passiert nichts«, sagte er, aber man hört ja nicht auf alte Leute, und darum sind die drei jetzt draußen.

Þórður pfeift nach Þórbergur. Der kommt auch, macht aber auf dem Hinterlauf kehrt, als er die Schrotflinte in der Hand seines Herrchens sieht, und verkriecht sich im Wohnzimmer.

Starkaður steigt ein Stück weit den Hang hinter dem Haus hinauf, sieht das Pferd hinter der Umzäunung und den Jungen den Hügel herabkommen.

»Wessen Pferd ist das?«, fragt er aufgeregt, und Salvör holt das Fernglas. »Guðmundurs«, stellt er kurz angebunden fest und lässt das Glas sinken.

Þórður sucht mit verbissenem Gesichtsausdruck in der Hosentasche nach Schrotpatronen, Starkaður läuft rot an und geht dem Jungen ein paar Schritte entgegen.

Der kommt ganz außer Atem an und keucht etwas davon, dass der Troll Guðmundur dort oben liege und bald anfangen würde, Zaunpfähle auszurupfen, Pferde k.o. zu schlagen und Schafen den Kopf abzureißen. Wenn die Brüder ihn holen wollten, sei es sicherer, Gewehre mitzunehmen. Gegen andere Waffen sei der Berserker gefeit.

»Starkaður, du nimmst den Jeppi«, knurrt Þórður, reicht Salvör die Flinte und stapft langsam die Mulde im Hang hinauf, den Teufel herauszufordern. Der Junge dackelt in einigem Abstand hinterher, Starkaður legt den Weg im Auto zurück.

»Na, komm schon«, sagen sie dann zu Guðmundur, der irgendwas ins Gras brummelt, nachdem er gerade über die linke Schulter gekotzt hat. Starkaður holt etwas Putzwolle aus dem

Landrover und würgt selbst, während er das Gröbste abwischt. Dann versuchen sie den Troll auf den Weg und ins Auto zu zerren, aber Guðmundur ist schwer und ohne eigene Kraft.

»Als ob er Steine statt Knochen im Leib hätte, verdammt!«, keucht Starkaður, und Þórður kratzt sich am Kopf.

»Hör mal, Bruder«, sagt er, und zehn Minuten später kommt Starkaður auf dem roten Zetor samt Heuwagen, und die große Heugabel für die Ballen wippt auf dem vorderen Hebearm mit ihren großen Zinken.

Den Hänger koppeln sie an den Landrover und versuchen den Traktor an Guðmundur heranzubugsieren, was aber gar nicht so einfach ist. Starkaður walzt einen Zaunpfahl nieder, und Þórður gestikuliert wild mit den Armen; aber irgendwie klappt es, und sie wälzen den Troll auf die Heugabel, binden ihn fest, damit er nicht herunterfällt, während der Zetor auf die Straße hinaufschaukelt. Dann wird die Gabel auf dem Anhänger abgesetzt, der Troll auf die Ladefläche gerollt und am Gitter vertäut, und schließlich erörtern die Brüder, ob sie Guðmundur heim nach Hamrar kutschieren oder bei sich ausschlafen lassen sollen.

Während sie noch diskutieren, schütten die Wolken ihre Regenlast über der Landschaft aus. Þórður holt eine alte Wolldecke aus dem Landrover und breitet sie über Guðmundur, doch Starkaður schaut über die Wiese, und als sein Bruder sagt: »Jaja, worauf warten wir noch?«, fragt er plötzlich: »Sag mal, Þórður, gibt es eigentlich etwas Traurigeres als Gräben im Regen?«

II

Was sich verändert

Eins

Als der Bauer die Hauswiese erweitern wollte, wurde der Mann mit dem Bagger gerufen.

»Da kommt der Bagger«, rief jemand, und im Fernglas raupte er den Hang herab wie ein depressives Gürteltier. Es war immer ein Ereignis, wenn ein Fahrzeug auf der Höhe auftauchte und sich gegen den Himmel abzeichnete. Nur wenige Auswärtige bogen von der Nationalstraße ab und nahmen die Nebenstrecke hinter den Bergen entlang. Die Menschen biegen nämlich selten von der Hauptstraße ab. Ich wage nicht, die Strecke von der Anhöhe bis zu uns auf den Hof genau anzugeben, wage nicht, eine Kilometerzahl zu nennen; aber manchmal schaffte ich es, wenn etwas wie ein Fragezeichen auftauchte und für einen Moment den Himmel zu berühren schien, bis zu den Außengebäuden zu rennen und sie in normalem Schritttempo zu umrunden, den Kuhstall, den Schafstall und die Scheune. Gewöhnlich schaffte ich eine Runde plus zehn bis fünfzehn Meter, ehe das Auto die Auffahrt erreichte. Manche fuhren allerdings nur die halbe Strecke, das heißt, sie bogen hinauf zum Nachbarhof und ernteten dafür unseren Spott. Andere wiederum bogen weder hinauf zu denen noch hinab zu uns, sondern fuhren einfach weiter geradeaus, verschwanden hinter dem Buckel, und wenn sie nicht einige Minuten später, mit der Staubfahne hinten angeheftet, wieder auftauchten und folglich an dem verlassenen Hof weiter unterhalb vorüberfuhren, dann waren sie nach Miklafell abgebogen. Das war interessant, und wenn nicht gerade dringliche Arbeiten auf dem Hof anstanden, unternahmen wir alle zusammen eine Spritztour im blauen Landrover, Modell 67, mit dem Fernglas auf jemandes Schoß.

Was für ein Unterschied, in Zeiten gelebt zu haben, in denen völlig fremde Leute einen ganzen Tag allein dadurch unvergesslich machten, dass sie in einem Auto saßen, das hinter einem Buckel verschwand! Welches Geschenk für das Gedächtnis, solche Zeiten erlebt zu haben! Einmal tauchte zum Beispiel ein Bus auf der Höhe auf. Ein ganzer Bus! Das war kein Fragezeichen, das sich gegen den Himmel abzeichnete, sondern ein Ausrufungszeichen. Und als er langsam am Hof vorüberrollte, sahen wir, die wir alle draußen standen, dass die Scheiben voll besetzt waren mit ausländischen Gesichtern.

»Guckt mal, die haben sogar Fotoapparate!«, rief ich.

Sich das vorzustellen: Nur wenige Wochen später wurden wir in einem weit entfernten Land entwickelt, in eine unverständliche Sprache hineingezogen, und merkwürdige Wörter bezeichneten isländisches Staunen. Aber es muss hier auch deutlich hervorgehoben werden: Aufgrund emsiger Beschäftigung verpasste man häufig Fahrzeuge, die über die Berge kamen. Vielleicht war man gerade beim Heuwenden, blinzelte gegen die Sonne, um die Schwaden auseinander zu halten, und dann fragte jemand in der Kaffeepause: »Habt ihr das Auto gesehen?«

Zwei

Vier Wochen lang dröhnte der Bagger gelb im Moor, und nur am ersten Tag glich er dem depressiven Gürteltier. Danach glich er in

Wahrheit nichts, was ich jemals gesehen hatte. Viele Jahre später schaute ich mir im Kino *Star Wars* an, und da gab es etwas, was mich an den gelben Bagger im Moor erinnerte. In den ersten zwei Wochen war er auf der rechten Seite im Fenster des Kuhstalls zu sehen, und ich beobachtete manchmal fasziniert zwischen zerquetschten Insektenkadavern hindurch, wie der riesenstarke Arm in eine Erdwunde tauchte und mit einer Schaufel voll lang verflossener Jahre wieder zum Vorschein kam.

Mittags kam der Baggerführer zum Essen zu uns, roch nach Schnupftabak, war mager und sehnig, mit festem Blick und einer Spur von Bass in der Stimme. Ein guter Zentimeter fehlte vom Mittelfinger seiner rechten Hand. Seine Anwesenheit warf alle Gesetze des Hauses über den Haufen. Mir wurde bedeutet, mich anständig zu benehmen, was bedeutete, vollständig die Klappe zu halten; und wenn ich dennoch einmal etwas sagte, wurde es nicht beachtet. Kaum setzte sich die Hausfrau mit an den Tisch. Doch der Herr des Hauses und der Baggerführer palaverten endlos über Dinge, die kaum den Hof und die Landwirtschaft betrafen, ja, eigentlich überhaupt nicht. Manchmal strich sich der Baggerführer über den schwarzen Bart, und ein Krümel Schnupftabak rieselte auf das Essen oder in die Kaffeetasse. Ich durfte dem Bagger nicht nahe kommen, weder tagsüber noch am Abend. Durfte nicht einmal in die Nähe des Moores. Begründung: keine.

Drei

Eines Abends, als der Mann mit seinem Skoda verschwunden war und die Baggerschaufel auf einem Haufen Erde ruhte, schlich ich mit einem ziemlich flauen Gefühl im Magen näher. Es war das erste Mal, dass ich nah an einen Bagger heran kam, und ich rechnete halbwegs damit, dass er unter seiner Motorabdeckung schwer atmen und mit den Scheiben zum Berg hinüberblinzeln würde. Aber er stand bloß da, natürlich unglaublich groß, zwei- oder sogar dreimal größer als der Zetor, der außerdem alt, verbeult und ohne Führerhaus war. Sicher, er war groß, aber auch einfallslos, und der Berg hinter mir war eben noch größer, und der Himmel darüber endlos. Darum kletterte ich unverzagt auf eine der beiden Ketten, doch zu meinem grenzenlosen Erstaunen war das Führerhaus abgeschlossen. Nie hatte man gehört, dass jemand in dieser Gegend jemals etwas abgeschlossen hätte. Ich wurde stinksauer, und da ich glücklicherweise gerade einen heftigen Druck auf der Blase verspürte, knöpfte ich den Hosenschlag auf, und ein kräftiger Strahl ergoss sich über die Klinke. Damit nahm ich zugleich Rache für das langweiligste Mittagessen, das ich bis dahin je erlebt hatte.

Das ereignete sich in der vierten und letzten Woche. Das Moor war dabei, auszubluten, der Gesang der Vögel verklang. Ich stand lange am ersten Graben, betrachtete die unterschiedlich gefärbten Bodenschichten, einen Baumstrunk, der in zwei Metern Tiefe zum Vorschein kam. Lange stand ich und schaute viele tausend Jahre in der Zeit zurück. Dann sprang ich hinein und erschrak ein wenig, als ich auf einem zerbröselnden Totenschädel landete. Aber es war ein heller Sommerabend und die Dunkelheit nur ein undeutlicher Schatten. Ich bückte mich. Neben dem Schädel lag ein Haufen versteinerter Worte. Ohne zu zögern, steckte ich einige von ihnen ein.

Als ich wieder aus dem Graben kletterte, war der Berg nicht länger ein Berg.

Erinnerungen aus dem Schlachthaus

Eins

Es war in den Tagen, als noch ein einziges, gemeinsames Telefonkabel für die gesamte Gemeinde das Aufkommen von Langeweile verhinderte. Es wurde allmählich Winter, der Schnee kroch von den Bergen und die Finsternis zwischen den Sternen wurde mit jeder Nacht tiefer. Ich hatte gerade die Mindestschulzeit verbüßt, zu der die Gesellschaft jedes ihrer Mitglieder verdonnert, und mir geschworen, es damit genug sein zu lassen. Meine Schulkameraden in der Stadt gingen derweil aufs Gymnasium, und wenn ich ihnen irgendwo über den Weg lief, schauten sie zur Seite und in die Luft und benutzten auf einmal Ausdrücke wie: »Mich deucht«, und sie lachten auch nicht mehr aus dem Bauch, sondern oben im Kehlkopf. Die Frage, was ich vorhatte, schob ich vor mir her, oder eher noch hatte gar nicht *ich* etwas vor, sondern ich hoffte inniglich, dass irgendetwas was mit mir vorhatte. Landwirtschaft erschien mir zum Beispiel als etwas Hehres, aber ich konnte mir auch vorstellen, in die Fremdenlegion einzutreten und danach an der ersten bemannten Raumfahrt zu einem entfernten Sonnensystem teilzunehmen. Ich hatte *Perry Rhodan* und Ähnliches gelesen und wusste genau, welche Gefahren in den Tiefen des Weltalls lauerten.

Es war mein erster Herbst im Schlachthaus. Der Mannbarkeitsherbst. Bis zum Ort waren es etwa zwanzig Kilometer, und ich bekam eine Mitfahrgelegenheit mit Leuten vom Nachbarhof. Jeden Morgen stand ich an der Auffahrt und verkniff mir ein Grinsen, wenn der VW-Käfer nahte. Obwohl der Käfer häufig nächtelang wie ein zusammengerollter Löwenwelpe auf dem Nachbarhof kauerte, stammte sein Besitzer aus einer anderen Gemeinde. Der Hof, von dem er kam, lag ein gutes Stück unterhalb der Hauptstraße Richtung Ortschaft. Blutig von Rost, lagen dort in wüsten Haufen Maschinenteile um die Gebäude verstreut. Die ganze Familie war seit ewigen Zeiten als hoffnungslose Bauern verschrien. Der Käferfahrer ging mit der Tochter des Nachbarn.

Sie war vielleicht zehn, zwölf Jahre älter als ich, hatte kurz geschnittenes Haar, gescheitelt und kohlrabenschwarz, auch die Augen rabenschwarz, ihre Jeans viel enger als in der Gemeinde zulässig, und außerdem sagte man ihr nach, sie sei stinkfaul. Sie war sehr zierlich und kaum 160 Zentimeter hoch. Gemeinsam hockten wir in jenen verflossenen Herbstmorgen auf der Rückbank des Käfers. Ihr Liebster war dagegen von vierschrötigerem Kaliber, mit Pranken von der Größe geräumiger Schneeschaufeln und gewaltigen Schultern, die sich unter der eigenen Last zu beugen schienen. An der Seite des Mädchens glich er einem Troll an der Leine. Stets saß er zusammengekauert hinter dem Lenkrad und füllte trotzdem die halbe Frontscheibe aus. Er bewegte sich langsam und gemächlich, fast behäbig, aber ich hatte immer den Eindruck, dass die Kraft einer Urgewalt in seinem Blut simmerte und er sich eines Tages hinter dem Lenkrad aufrichten und nur mit seinen Schultern das Dach des Käfers abheben würde. Neben ihm auf dem Beifahrersitz hockte sein Bruder, etwa um die Hälfte kürzer, aber so ein kleiner Zäher. Er war älter, schon mit grauen Bartstoppeln wie Frostflecken im Gesicht. Auch er saß zusammengekrümmt da, ewig mit dem blöden Grinsen eines Halbidioten auf den Lippen, und es schien ihm versagt zu sein, sich jemals mit seinen schmalen Schultern gerade aufzurichten. Man erzählte sich, dass er in seinen jungen Jahren einmal einen heftigen Lachanfall bekommen hatte und seitdem so krumm geblieben war. Das waren also die beiden Brüder, und dann saßen noch wir beide im Fond: Sie & ich. Vielleicht war sie in einen braunen Parka gehüllt, aber ich spürte trotzdem eine Art Unruhe von ihr ausgehen, die kein Parka ersticken kann. Manchmal erschien mir diese Frau im Halbschlaf, wenn man keine Kontrolle darüber hat, wohin einen sein Unterbewusstsein führt. Dann besuchte sie mich und sank mit mir in die Tiefen des Schlafs zurück. Ich glaube, in solchen Nächten verstand ich das merkwürdige Lächeln im Halbdunkel der Rückbank. Mich selbst hielt ich für die reinste Unschuld, aber sie für etwas ganz anderes.

Zwei

An diesen gut dreißig Morgen, die ich auf dem Weg zum Ort in dem Käfer hockte, wurde nicht viel gesprochen. Eigentlich wurde an all diesen Morgen überhaupt kein einziges Wort gesagt. Auf dem Kassettenrekorder spulte *Boney M.* eine Umdrehung nach der anderen ab, und ich saugte den Herbst und die Spannung auf der Rückbank auf. Es war, wie gesagt, meine erste Herbstsaison im Schlachthaus, und am vierten Tag wurde ich durch eine Sehnenscheidenentzündung arbeitsunfähig. Nach drei Tagen Ruhe kehrte ich zurück, mit noch immer halb gelähmtem Arm, und für den Rest der Schlachtzeit stand ich meist hinter dem Bolzenmann am Fließband und wendete die Tierleichen, nachdem er den Abzugshahn betätigt hatte. Mir gegenüber arbeitete ein Mann mit pflaumenartigem Gesicht, der den armen Viechern den Hals durchschnitt und sich dabei mit mir nur sehr kurz angebunden unterhielt. Manchmal musste ich mich beeilen, einen Zettel an eins der Hinterbeine zu hängen, ehe das Leben das Lamm mit zuckenden Tritten verließ. Eine recht eintönige Arbeit, doch ab und zu löste mich ein altersschwacher Rentner ab und ich kam stattdessen ins Kühlhaus. Einmal wurde ich zum Assistenten des Bolzenschützen ernannt, einem hoch aufgeschossenen, hageren Kerl mit Adlernase, dem meine typisch anfängerhafte Begeisterung den letzten Nerv raubte. Sonst erinnere ich mich an kaum etwas an diesem Tag, nur wie ich die Lämmer in die Schlachtbox drängte und der Bolzenmann ihnen den Lauf der Luftpistole auf die Stirn setzte. Ich sehe ihre Augen vor mir, dunkelblau in den hellen Schädeln und erfüllt von einer solchen Reinheit, dass es mehr als Worte bedarf, um es irgendwie wiederzugeben. Dann krümmte der Bolzenmann den Finger am Abzug, der Stahlbolzen jagte durch die Schädeldecke und zerspaltete den Sommer im Inneren.

Drei

In der dritten Woche geschah es. Sie war genau so alt wie ich, ein wenig kleiner, und wenn sie sich bewegte, dachte man an seidenweiche Geschmeidigkeit, Anmut ... an einen Traum. Es war in der dritten Woche. Ich schaute von meinem Kaffee auf, sah, dass sie mich beobachtete, und erblickte ihre Brüste, die sich unter dem Pullover hoben und senkten. Da versank zum ersten Mal die Welt um mich herum. Alles verschwand, bis auf dieses Mädchen, und etwas wunderbar Mächtiges, Lautes rauschte mir durchs Blut. Im Bruchteil dieses Augenblicks überwand ich die Anziehungskraft der Erde, die physikalische ebenso wie die spirituelle Schwerkraft, und schwebte in einem Zustand, den ein englischer Dichter einmal Weltvergessenheit nannte. Um ihn zu erreichen, hätte jeder andere in Katastrophenwetter die härtesten Gipfel der Alpen bezwingen müssen. Ich dagegen brauchte nur jung zu sein und einem Mädchen im Schlachthof in die Augen zu blicken, um ihn zu erleben.

Als von der Schlachtsaison nur noch eine Woche übrig war, borgte mir ein Bauer seinen Namen. Ich ging damit auf die Post, telefonierte nach Reykjavík und bestellte Aquavit. Am Abschlusstag mischte ich den Sprit mit Pilsener. Um mir einen Anteil an der ungehemmten Ausgelassenheit dieses Tages zu sichern, hatte ich mich schon vorher zur Position des Aufsehers an der Teilung der Bandstraße emporgeredet und arbeitete die letzten Tage auf einer erhöhten Plattform bei den Keulen mit Aussicht auf das Hauptband. Ganz in der Nähe meines Postens schufteten die beiden Brüder Seite an Seite. Kurz vor Mittag stoppten sie das Band. Jeder von ihnen hatte eine Schnapsflasche bei sich. Der Kleinere baute sich breitbeinig mitten in der Halle auf, setzte seine Flasche an den Mund und nahm einen tiefen Schluck, der die Pulle bis zu den Schultern leerte. Dann wischte er sich mit dem Handrücken über den Mund, blickte mit diesem schiefen Grinsen um sich und galoppierte mit weit aufgerissenen Augen zum Klo. Jetzt zog der ungeschlachte Größere seine Flasche hervor, entjungferte sie ohne weitere Umstände, fast gleichgültig, und leerte sie dann bis über die Hälfte. Danach schraubte er seelenruhig den Verschluss zu, stopfte die Flasche in den Hosenbund und setzte das Band wieder in Gang.

Am Abend war Ball, und ich umkreiste das Mädchen wie ein Satellit, bis sie endlich kam und mich zum Tanzen aufforderte. Ich war in dem Alter, wo die Triebe jede Empfindung durcheinander bringen, mit aufgewühlter Phantasie begabt und noch aufgewühlteren Träumen. Doch dort auf dem Tanzboden sah ich nur Augen. Vergaß alles andere. Vergaß die weichen Bewegungen unter der engen weißen Bluse, wie ihr kastanienbraunes

Haar manchmal wie ein Vorhang über ihr Gesicht fiel, vergaß diesen Körper, der mir den Atem verschlagen hatte. Vergaß alles bis auf ihre Augen. Vergaß die Kapelle, die außer Rand und Band die Bühne zum Erzittern brachte, vergaß, ja, vergaß völlig die Geliebte im Dunkel der Rückbank und den ungeschlachten Troll, den sechs Mann gleich nach Mittag aus dem Schlachthof getragen hatten. Vergaß alles bis auf diese Augen, es gab nur sie. Den Dienst in der Fremdenlegion hatte ich quittiert, das Interesse an fernen Sonnensystemen war zugunsten des Mädchens verblichen: Sie war die Erde unter mir und der Himmel über mir, und das Glück schnürte mir den Hals zu.

Als die Band eine Pause machte, diskutierte ich mit zwei Bauernlümmeln mit lauter, heiserer Stimme über die Marktpreise für Lämmer und stakste dann hinaus zum Auto, um mir Mut für den *final touchdown* zu holen. Jetzt oder nie. Nachdem ich das Bier aufgebessert hatte und gerade wieder hineingehen wollte, sah ich sie herauskommen und in einem gelben Lada Kombi verschwinden, zusammen mit einem Vater dreier Kinder, der obendrein nicht aus unserer Gegend kam. Kurz darauf begann der Lada zu wippen und zu schaukeln, die Sterne fielen vom Himmel, und ich wusste genau, dass die Sonne niemals wieder auf diese Welt scheinen würde.

Am Tag danach wachte ich mit heftigen Kopfschmerzen auf. Der Kummer saß mir wie ein Messer im Herzen und drang mit jedem Atemzug tiefer ein. In der Nacht war unsere beste Milchkuh in die Tonne mit dem Kraftfutter eingebrochen und an Überfressung verendet.

Als die Welt wieder groß wurde ...

Eins

Wer eine Geschichte erzählen will, darf sich nicht von der Oberfläche blenden lassen. Er ist ja kein Imitator und darf deshalb nicht einfach das wiedergeben, was das Auge ohnehin sieht. Wer eine richtige Geschichte erzählen will, muss sich immer vor Augen halten, dass es kaum ein unvollkommeneres Organ des Menschen gibt als das Auge. Darum darf man es auch keinesfalls Übertreiben nennen, wenn eine Person in einer Erzählung um zehn Zentimeter größer oder kleiner gemacht wird. Das heißt nur, verborgene Größe zu enthüllen.

Heute weiß ich es. Aber in jenem Herbst, als ich wieder zur Schule ging, in jenem Herbst, als ich die Kindheit hinter mir ließ und es im Hinblick auf das Erwachsenwerden für gut hielt, der Phantasie Zügel anzulegen, in jenem Herbst unterbrach ich Sveinn auf Brekka mitten in einer Geschichte, indem ich fröhlich ausrief: »Jetzt lügst du aber!«

Vermutlich ist damals allen Anwesenden schlagartig klar geworden, dass ich trotz allem letzten Endes nur ein Zugereister in der Gemeinde war. Ich erinnere mich, wie mein Gesicht anlief, erinnere mich, dass ich hastig nachzubessern suchte: »Ich meine, du übertreibst doch ... ich meine, ganz so hat es sich doch nicht zugetragen.« Und ich erinnere mich, dass die Geschichte sofort zu Ende war, erinnere, dass Sveinn mich schräg von der Seite ansah und leise wie zu sich selbst sagte: »So etwas wie Übertreibungen gibt es gar nicht. Nur unterschiedliche Perspektiven.«

Zwei

In jenen Herbstmonaten, als ich Sveinn auf Brekka mitten in seiner Erzählung unterbrach, fragte ich mich immer wieder, wann endlich die Tage großer Begebenheiten wiederkehren würden. Nicht genug damit, dass Eintönigkeit die Landgemeinde in Fesseln schmiedete, nein, es lag Lethargie über dem gesamten Land oder sogar über der ganzen Welt. Bestimmt hatten Zwerge die Weltherrschaft an sich gerissen und alles so weit miniaturisiert, dass sie selbst in keinem Schatten mehr standen. Gebirge hatten sie zu Hügelchen eingeebnet und Höhenzüge zu Wiesenhöckern.

Später, als ich mich endlich mit Recht erwachsen nennen durfte, kam ich zu dem Ergebnis, dass die Welt als solche weder geschrumpft noch gewachsen war. Ich stellte nur fest, dass meine eigene frühere Gutgläubigkeit die Menschen größer gemacht und meine kindliche Einbildungskraft die Welt um imaginäre Dimensionen erweitert hatte. Ich kann nicht verhehlen, dass ich ein wenig stolz und selbstzufrieden über diese Einsicht war, zufrieden nämlich, die Verhältnisse durchschaut zu haben. Das ist es, was man Reife nennt, dachte ich. Ich war weise geworden. Ich kannte die Welt.

War ein Weltbürger.

Ein Mann auf der Höhe seiner Zeit.

Damit schnurrten die Weiten zusammen, und die Geheimnisse schlossen sich. Ich wusste jetzt, dass Satelliten im Weltall kreisten und jeden Quadratmeter der Erde fotografierten, überall waren Anthropologen, Archäologen, Historiker, Physiker und Ärzte dabei, Mythen zu entschleiern. Ich wusste, bald war es möglich, den Menschen zu studieren wie eine Zwiebel: Schicht für Schicht abzuschälen, bis nur noch Leere zurückblieb. Ich wusste, das Zeitalter der Materie war angebrochen.

Doch dann wachte ich in einer Winternacht mit der bohrenden Frage auf: Ist es wirklich so einfach? Hatte ich das feierliche Versprechen vergessen, niemals erwachsen zu werden? Vielleicht hatte ich es nicht völlig vergessen, es aber mit den Worten Pfarrer Jón Steingrímssons und des Apostels Paulus abgetan: »Da ich ein Kind war, da redete ich wie ein Kind und war klug wie ein Kind und hatte kindische Anschläge; da ich aber ein Mann ward, tat ich ab, was kindlich war.«

Nun aber erwachte ich mit dieser hartnäckigen Frage: Ist es wirklich so einfach? Ich schaute aus dem Fenster, und da war er, der gestirnte Himmel in all seiner Unergründlichkeit, und er machte mir klar, dass nichts so einfach ist, wie wir es gern hätten, dass wir erst das erste kleine Hühnerschrittchen auf unserem Weg zur Erkenntnis unternommen haben. Ich schaute aus dem Fenster, und meine so genannte Weisheit schmolz dahin wie im isländischen Volksglauben der Teufel auf dem Misthaufen, wenn man eine gute Tat verrichtet, und die Welt begann wieder größer zu werden. Eine Tür öffnete sich in der Wand, eine Frage in der Antwort, Staunen im Alltagseinerlei.

Dennoch ist es mir nicht gelungen, mein Staunen vollständig zurückzugewinnen und ebenso wenig meine Leichtgläubigkeit. Wahrscheinlich fehlen mir der Mut und die konsequente Aufrichtigkeit von Þórbergur Þórðarson, der genau wusste, dass der einzige Weg zurück darin besteht, die Sprache wieder zu vergessen und auf allen Vieren zu krabbeln wie ein Baby, das noch nicht sprechen kann. So verhalten sich die wahren Meister: Sie gehen nicht zu den Büchern, sondern auf die Knie.

... wurde folgende kleine Geschichte vom Mann ...

Drei

So unterschiedlich die besten Geschichtenerzähler der Landgemeinde und des Ortes in ihren Charakteren auch waren, zeichnete sie doch alle gemeinsam ihre Bescheidenheit aus. Alle verstanden sie, dass Demut das oberste Gebot des Erzählers ist. Geht sie ihm ab, artet seine Erzählung unweigerlich in leeres Geprahle aus. Von der Art war auch Sveinn: So zurückhaltend und schüchtern, dass er an seinem eigenen Spiegelbild unbemerkt vorüberlief. Sobald ihn eine Frau anlächelte, ergriff er die Flucht. Dabei war er überaus beliebt. Ging es jemandem schlecht, weil er von Schwermut oder gar Depressionen verfolgt wurde, war das beste Mittel dagegen ein Besuch bei Sveinn auf Brekka. Es fehlte nur noch, dass der Doktor im Ort Rezepte darauf ausstellte: Gegen Depression verordnet: Vier Hausbesuche bei Sveinn auf Brekka.

Als Sveinn die vierzig überschritten hatte, sagten die Leute: »Na, wenn der mal kein ewiger Junggeselle bleibt.«

Doch an einem Tag im Frühling bog ein Laster von der Nationalstraße ab. Einige Minuten später mühte er sich die lang gezogene Steigung nach Brekka hinauf und hielt keuchend auf dem Hofplatz. Guðrún sprang heraus und grüßte freundlich Sveinns Eltern.

»Wo steckt er?«, fragte sie.

»Er muss hier irgendwo sein«, antworteten sie und riefen zweimal laut: »Sveinn, Sveinn!«

Als er sich nicht blicken ließ, wechselten sie betreten von einem Fuß auf den anderen. »Ist doch merkwürdig, gerade war er noch hier und reparierte den Gartenzaun. Schau, da liegen noch Hammer und Nägel. Lass uns noch ein paar Mal gemeinsam nach ihm rufen.«

»Sveinn!«, brüllten alle drei mit vereinten Kräften. Selbst der Lkw-Fahrer kurbelte die Scheibe herunter, streckte den Kopf aus dem Führerhaus und brüllte mit: »Sveinn!«

Aber der Gesuchte blieb wie vom Erdboden verschluckt.

»Vielleicht möchtet ihr eine Tasse Kaffee?«, fragten die Eltern ratlos.

»Danke für die Einladung«, antwortete Guðrún, »aber ich will erst eine Antwort auf die Frage, ob ich bleiben oder gleich wieder verschwinden soll.«

Damit pfiff sie dem Hund, beugte sich zu ihm herab, packte seinen Kopf, schaute ihm fest in die braunen Augen und fragte: »Wo ist Sveinn?«

Der Hund wedelte eifrig mit dem Schwanz und stürzte davon, Guðrún folgte ihm bis in die dämmrige Scheune, und siehe da, Sveinn steckte hinter ein paar Heuballen vom letzten Sommer.

»Na, sieh mal einer an, bist du etwa hier eingeschlafen?«

»Total eingeschlafen«, antwortete er, erhob sich und errötete, während sie ihm ein paar Halme abzupfte.

»Ich habe gesagt, ich würde kommen, und hier bin ich«, sagte sie.

»Und hier bist du«, sagte er.

»Hast du etwas dagegen? Dann sag es jetzt!«

»Nein, nein«, sagte er.

»Ich kann gut kochen«, sagte sie, »Tiere vergöttern mich, ich wache früh auf, habe die gute Laune meines Vaters und den

Optimismus meiner Mutter geerbt und kann manchmal vernünftige Vorschläge machen.«

»Hört sich gut an«, antwortete er.

»Bist du sicher? Ich möchte dich am liebsten neu einkleiden. Guck mal, wie deine Hosen um dich herumschlottern, und der Pullover steht dir überhaupt nicht. Rot passt nicht zu dir, du solltest Grün oder Schwarz tragen ... Nein, musst dir nicht sofort den Pullover runterreißen, Mann! Aber da siehst du gleich, was ich meine: Hin und wieder wirst du meine Zudringlichkeit etwas dämpfen müssen.«

Sveinn: »Das kriegen wir schon irgendwie hin.«

Guðrún: »Sveinn, entscheide dich! Sagst du nein, verschwinde ich sofort aus der Gegend und behellige dich nie wieder. Sagst du ja, werde ich mich um dich kümmern und du dich um mich, und nichts wird uns trennen, nicht einmal der Tod. Sveinn, sag was!«

Sveinn: »Sollen wir hier rumstehen und den ganzen Tag verquasseln oder lieber schon mal dein Zeug reintragen? Muss doch ganz schön teuer sein, den Chauffeur warten zu lassen.«

»Das ist doch ein Verwandter«, sagte sie lächelnd, und beide traten, gefolgt vom Hund, aus dem Dämmer der Scheune in das helle Licht des Frühlings.

So bahnte sich diese Ehe an, und ein Paar, das enger zusammenstand als diese beiden, gab es nicht: Sie war die Frau an seiner Seite, und er war der Mann an ihrer Seite. Stieß man irgendwo auf Sveinn, war Guðrún garantiert nicht fern, und umgekehrt. Wie die folgende Geschichte in gewisser Weise deutlich macht.

... und dem Stier erzählt

Vier

Jetzt erinnere ich mich nicht mehr genau, wann es sich zutrug, aber es war ungefähr zwei oder drei Jahre, nachdem der Laster mit Guðrún auf dem Beifahrersitz auf den Hof gerollt war. Der genaue Zeitpunkt spielt auch keine Rolle, die Hauptsache ist, dass ein roter, menschenfressender Stier wie eine Feuersbrunst die Gegend verheerte. Vier Winter alt und die reinste Bestie, raste er brüllend überall herum, zerfetzte Weidezäune, machte die Holzgestelle für die Milchkannen dem Erdboden gleich und bölkte und brüllte mit solchem Furor, dass die Elfen tiefer in ihre Hügel flüchteten und die Hunde mit eingezogenem Schwanz in Deckung gingen. Die ganze Gemeinde hing am Telefon, und es wurde nach Waffen gerufen.

»Wo, zum Teufel, steckt Óli?«, fragte einer und meinte den Besitzer des Ungeheuers, Óli auf Skógar. Den Junggesellen Óli, der mit seinen dreißig Kühen noch immer bei seiner Mami wohnte. Er war einer der wenigen Bauern des Bezirks, der einen ganz gewöhnlichen Pkw fuhr, und zwar einen recht neuen Volvo, und er sang mit einem schönen Bariton seinen Kühen beim Melken etwas vor und schwor darauf, dass ihm seine Gesänge mindestens fünfzig Liter Milch pro Tag mehr einbrächten. Ihm also gehörte der wild gewordene Stier, der für gewöhnlich mit einigen kleineren Bullen in einem Hochsicherheitstrakt untergebracht war, außer wenn Óli ihn auf den Hänger führte und zu einem Hof kutschierte, wo die Kühe stierig waren. Es war jedes Mal ein sehenswertes Schauspiel, wenn der Bauer von Skógar mit seinem langen Russenjeep und dem wippenden Hänger irgendwo auf den Hofplatz rollte, die brunftschäumende Kreatur den Kühen zuführte – das Zeugungswerkzeug wie eine riesengroße Rübe unter dem Rumpf zuckend –, der Stier dann aufsprang und die Kühe unter seinem Gewicht in die Knie gingen.

»Ja, ja, der Óli. Wo steckt der verrückte Hund eigentlich?«

»Wollte er nicht in die Stadt, zum Zahnarzt?«

»Ach ja, genau. Verflixt und zugenäht! Óli ist im Süden«, stöhnte jemand. Das war nicht gut, denn wenn das Untier in seiner Raserei auch kaum einer Nashornherde in Afrika nachstand und die massivsten Eckpfosten im Nu zu Streichholzspänen verarbeiten konnte, so empfand es doch gehörigen, mit Furcht gemischten Respekt vor Óli, der seinerseits keineswegs eine herausragend stattliche Erscheinung abgab; aber wenn Óli einmal böse wurde und dem Biest zeigte, wer der Herr im Haus war, dann schlich es sich davon wie ein beschämter Hund. Doch jetzt war der Stier durchgedreht und Óli im Süden beim Zahnarzt. Jemand machte den Vorschlag, dem Ungeheuer eine Kuhherde zuzutreiben und es dadurch zu besänftigen.

»Aber bitte sehr, von mir aus darfst du deine Kühe diesem Monster herzlich gern in den Weg stellen!«

»Hm. Ach ja? Wenn man die Sache allerdings so betrachtet.«

»Was ist mit einer Kanone?«, kreischte Böðvar von Fjallabak dazwischen. »Wie wäre es, wenn wir das dreimal verfluchte, verhurte und vermaledeite Miststück einfach über den Haufen schießen?«

So hingen einige, ohne zu einem wirklichen Ergebnis zu kommen, am Telefon, während andere den Stier mit Feldstechern verfolgten.

»Sieht ihn jemand?«, wurde immer wieder gefragt, gefolgt

von einem kurzen Schweigen, worauf es von zwei, drei, manchmal sogar vier Höfen gleichzeitig zurückkam: »Ja, wir haben ihn. Er ... Scheiße!«

Jemand wollte Þorvaldur, den Polizisten, alarmieren.

»Ausgeschlossen! Wir wollen sie sich doch nicht im Ort das Maul darüber zerreißen lassen, dass wir hier nicht mit einem verdammten einzelnen Bullen zurecht kommen.«

Darauf hieß es, man müsse einen Trupp Freiwilliger zusammenstellen, aber niemand machte Anstalten, und die Telefonleute fragten die Fernglasleute noch eifriger: »Was macht er jetzt gerade?«

Der Stier hatte die Hofeinfahrt von Brekka erreicht.

Von drei Höfen aus war er gut zu beobachten, von zwei weiteren einigermaßen. Vor der Einfahrt stemmte er die Beine in den Boden, blieb wie angewurzelt stehen und glotzte den Briefkasten an, der feuerrot auf einem mächtigen Stempel thronte. Der Bulle glotzte eine ganze Weile; dann schüttelte er den gewaltigen Schädel, sprang überraschend schnell und leichtfüßig an, und nur Minuten später war der Briefkasten bloß noch ein roter Haufen Blech und der Pfosten gleich mehrfach geknickt. Obwohl er schon gereizt genug war, schien dieses kleine Scharmützel den Stier noch weiter zu befeuern. Kampfeslüstern schaute er um sich, wutschnaubend, und entdeckte den ganzen Stolz des jungen Paares auf Brekka: das Holzmännchen.

Dieses Kunstwerk hatten sie in ihrem ersten Winter selbst geschnitzt, und jetzt stand es mit dem Brekka-Schild zwischen seinen hölzernen Händen unten bei der Auffahrt.

Im ersten Sommer des Holzmännchens war einmal ein Aushilfsarbeiter auf Brekka, ein tüchtiger, dreizehnjähriger Junge aus der Stadt, die Auffahrt hinabgeschlendert, hatte der Skulptur seinen Pullover übergezogen und sich nahebei ins hohe Gras am Wegrand gelegt und unter dem Sommerhimmel ein

Nickerchen gehalten. Da geschah es, dass ein paar ausländische Touristen von der Hauptstraße abbogen, in gemächlichem Tempo über den Höhenzug kamen und am Abzweig nach Brekka Halt machten. Der Fahrer streckte den Kopf zum Seitenfenster heraus, und der Junge hörte deutlich, wie der Tourist das Holzmännchen fragte: »Do you need a lift? Is this Brekka far from here?«

Ehrlich.

Jetzt hatte der Stier das Holzmännchen ins Visier genommen. Er begann mit dem rechten Vorderfuß im Schotter zu scharren, tänzelte dann über den Straßenrand hinaus und war schon Augenblicke später von einer Staubwolke und umherfliegenden Grasplaggen eingehüllt. Dann brach er in stampedehaftem Galopp aus der Staubwolke hervor und stürzte sich auf das wehrlose Holzmännchen. Im gleichen Moment schwenkten die Zuschauer auf den anderen Höfen fünf Ferngläser unwillkürlich höher, und einige stießen verwunderte Rufe aus, denn da kam Sveinn, Bauer auf Brekka, die Auffahrt herabgewetzt, so schnell ihn seine kurzen Beine trugen; untersetzt und kompakt, wie er war, breit in den Schultern und mit überaus kräftigen Armen.

»Donnerwetter!«, brach es noch einmal aus ihnen heraus, als dreißig Schritt hinter ihrem Gemahl auch Guðrún nahte, im Laufen eine Schrotflinte ladend.

»Hoffentlich verletzt sie sich nicht«, murmelten die Männer, aber ihre Frauen setzten ein überlegenes Lächeln auf.

Tatsächlich, da kam Sveinn. Der Mann war dafür bekannt, dass er jedem Streit mit übergroßer Langmut aus dem Weg ging. Aus irgendeinem Grund ließ er sich auch niemals auf Geschichten ein, bei denen es ums Kräftemessen ging, sondern wischte sie beiseite wie jede andere kindische Angeberei; aber die Leute betrachteten seine dicken Arme und dachten sich ihr

Teil. Doch jetzt kam er da vor ihrer aller Augen, schüttelte im Laufen die berühmten Arme, näherte sich rasch dem Stier, brüllte vermutlich selbst, denn das Untier ließ urplötzlich von dem Holzmännchen ab und stierte stattdessen auf den Mann aus Fleisch und Blut, der ihm entgegen gesprungen kam. Endlich etwas, das sich bewegt, dachte der Stier sicher frohlockend und sah es schon vor sich, wie er den Menschen mit den Hörnern über sich hinweg nach hinten schleudern würde, malte sich aus, wie das zappelnde Menschlein in hohem Bogen weit hinter ihm durch die Luft segeln würde. Aber Sveinn schwang sich über das Tor und ging ohne viel Federlesen zum Angriff über.

»Jetzt passiert was. Ganz sicher passiert jetzt was«, flüsterten die Leute an den Ferngläsern mit vor Spannung zusammengebissenen Zähnen.

Der Brekkabauer sprang den Stier an, umklammerte blitzschnell seinen Nacken, quetschte seine kräftigen Finger in die empfindlichen Nüstern, und ehe er sichs versah, wusste der Stier nicht mehr, wo oben und unten war, die Welt wirbelte um ihn herum, und schon lag er auf der Straße, und Sveinn hockte rittlings auf ihm und griff gemächlich in die Hemdtasche nach Pfeife und Tabaksbeutel. Die Frau entlud lächelnd die Flinte, und der Stier ... der lag flach auf der Straße mit dem Mann auf sich, muhte leise und wollte nach Hause.

III

Jónas' Geschichte

– aus dem Gedächtnis aufgezeichnet

Es war einmal ein Bauer, der baute sich einen Hof auf einer alten Siedlerstelle auf einer abgelegenen Hochheide, und es war ein gut zweistündiger Ritt von dort ins nächste bewohnte Tal. Es gab unterschiedliche Meinungen über das Unternehmen, einen Hof gerade an diesem Ort zu errichten. Der Bauer wohnte dort einsam und allein, seitdem seine Frau schon im ersten Jahr ihrer Ehe verstorben war. Sie starb im Februar, aber unten im Tal erfuhr man erst im Frühjahr davon. Der Mann hatte schon vorher als etwas sonderbar gegolten, doch nach dem Tod der Frau wurde es bedeutend ärger mit ihm. Er drückte sich vor der Selbstverständlichkeit, müden Durchreisenden eine Erfrischung oder gar ein Nachtlager anzubieten, und es kam so weit, dass er sich unter keinen Umständen mehr vor der Tür sehen ließ, wie dringlich Besucher auch bei ihm anklopften. Nie ließ er sich im Tal blicken. Zuweilen konnte man ihn vom höchstgelegenen Hof aus in den Abendstunden auf einer fuchsroten Stute umherjagen sehen. Einmal näherte er sich sogar der Hauswiese dieses Gehöfts, machte dann aber kehrt und verschwand wieder auf der Heide. Den Leuten kam dieses Verhalten ziemlich seltsam vor, und es war an langen Abenden oft Gesprächsthema. Schließlich kam das Gerücht auf, der Bauer ritte auf einem nicht ganz gewöhnlichen Pferd.

»Woher kommt es denn überhaupt?«, fragte man vielsagend, und niemand wusste eine Antwort darauf, bis sich die älteren

Leute einer alten Legende über einen Geist auf der Heide entsannen.

Ein schreckliches Hexenweib sollte es einmal gegeben haben, das jedes Pferd im Lauf einholen konnte, den Reiter von dessen Rücken pflückte und ihm anschließend die Knochen brach, dass man es bis unten ins Tal krachen hörte.

Die Alten wussten, was sie wussten, und als sie die Behauptung aufstellten, der Einödbauer habe mit Zauberei und Magie die Hexe aus ihrem langen Schlaf erweckt und nun sei sie bei Tag seine Stute und in der Nacht seine Geliebte, da wagte es niemand zu widersprechen, und die Leute begannen den Hof auf der Heide zu meiden. Da es dort aber gutes Weideland gab und viele Land bis an die Grenzen des Hofes heran besaßen, waren sie mit diesem Zustand wenig zufrieden. Die Bauern auf den höher gelegenen Höfen klagten zudem nach dem Abtrieb im Herbst über viele verirrte und verloren gegangene Schafe, strenggläubigen Christen missfiel es außerordentlich, diesen Heiden über sich zu wissen, und junge, leichtsinnige Frauen wisperten miteinander, dass der Einsiedler, um einer ausgewachsenen Hexe Genüge zu tun, unten herum recht ansehnlich gewachsen sein müsste.

Da schien es dem Gemeindevorsteher an der Zeit, in der Angelegenheit etwas zu unternehmen, und er stellte ein Aufgebot von zwanzig kräftigen Männern zusammen. Im ersten Morgenlicht näherten sie sich dem Hof, brachen die Tür auf, holten den Sonderling heraus, hoben dann ein großes Grab aus, zerrten auch die Stute herbei und begruben das seltsame Paar lebendig.

Dass der Delinquent während des kurzen Prozesses nicht ein einziges Sterbenswörtlein verlauten ließ, wurde als schlechtes Omen vermerkt. Im nächsten Herbst begannen die Schauergeschichten zu sprießen. Ein Arbeiter des Gemeindevorstehers erreichte mit Müh und Not völlig außer Atem dessen Hof und berichtete von Pferd und Reiter, in denen er den Einödbauern und seine rote Stute wiedererkannt hatte. Der Gemeindevorstand ließ das Gehöft kurzerhand abreißen und Weihwasser über das Grab sprengen.

Wenige Abende später – es war eine stockfinstere Nacht – erzitterte das Hofgebäude unter schweren Schlägen, dann war dunkles Wiehern und sich entfernendes Hufgetrappel zu vernehmen. Niemand traute sich vor die Tür, ehe der helle Morgen anbrach, und da lag mit zermalmten Knochen ein Bock auf der Schwelle. Das Gleiche wiederholte sich am nächsten Abend: Dumpfe Schläge, als wieder ein Hammel massakriert vor der Tür abgeladen wurde, dunkles Gewieher und Hufschlag. Als der Gemeindevorsteher seine Herden auf der Sommertrift aufsuchte, waren alle Hammel tot.

Der Gemeindevorsteher, ein Mann von gewaltiger Leibeskraft, schlug in ohnmächtiger Wut die Fäuste zusammen, ritt zu Bekannten in der Nachbargemeinde hinüber und kam von dort mit einem überdimensionalen Hackebeil zurück, einer Wikingerstreitaxt wie aus der Sagazeit.

Im Winter hielt er sich einmal auf einem Hof auf, und es dunkelte bereits, als er sich auf den Heimweg machte. Das Anerbieten einer Begleitung lehnte er dankend, aber bestimmt ab, hob nur die Axt und grinste. In der Nacht erwachte sein Hausvolk daheim von Klopfen und dunklem Wiehern. Am Morgen fand man den Gemeindevorsteher tot auf der Schwelle seines Hauses. Die Geschlechtsteile waren abgerissen. Sie waren nirgends zu sehen und wurden auch nie gefunden. Sein Pferd fand man hingegen zwei Tage später. Der Kopf allerdings fehlte und war auch nirgends aufzutreiben.

Am Tag nach der Beerdigung reiste die Witwe mit drei Begleitern ab, rastete nicht, ehe sie den Arnarfjörður im nordwestlichen Landesteil erreichte und traf dort ein Übereinkommen mit einem landesweit bekannten Zauberer. Der kam drei

Wochen später. Gegen Abend begab er sich auf die Heide unter strikter Anweisung, ihm unter keinen Umständen zu folgen, ehe es nicht wieder heller Tag sei. Als er aufbrach, herrschte klirrende Kälte, der Himmel war frostklar und blank. Nur eine halbe Stunde später brach ein gewaltiger Schneesturm los. Mitten in der Nacht hörte man in weiter Ferne ein Pferd sehr dunkel wiehern, und die ganze Nacht hindurch schlugen die Hunde an. Gegen Morgen beruhigte sich der Sturm, Stille breitete sich endlich über die Gegend und die unausgeschlafenen Menschen. Furchterregende Stille. Drei Pfarrer und dreißig Mann ritten los und fanden den Zauberer mehr tot als lebendig in der Nähe des Einsiedlergrabs. Mehrere Wochen lag er danach bettlägerig im Kirchhof der Gemeinde und war sehr schweigsam. Das Einzige, was man aus ihm herausbekam, war, dass man den Einödbauern und die Hexe nicht länger zu fürchten brauche. Nach guter Pflege erholte sich der Zauberer größtenteils wieder und wurde im ganzen Land berühmt, doch auch auf die eindringlichsten Bitten der Leute aus seinem Heimatbezirk hin erzählte er nie, was sich in jener Nacht zugetragen hatte. Kein Sterbenswörtchen ließ er sich entlocken. Nicht einmal, als später britische Soldaten den Arnafjörður besetzten und ihm Geld und eine ziselierte Reitpeitsche boten. Man hielt es allerdings für erwiesen, dass der Zauberer nach dem Kampf mit dem Bauern und der Hexe nie wieder seine Frau zufrieden stellen konnte – obwohl sie schön und voll heißen Verlangens war.

IV

Als die Wolken das Schweigen brachen

ERSTER TEIL

Vorwort

(Es muss nicht unbedingt ein Zusammenhang mit dem Folgenden gesehen werden, aber zweifellos gibt es ihn.)

Die Vergangenheit vergeht niemals. Alles, was du jemals gedacht oder getan hast, kommt in irgendeinem Bild wieder zu dir zurück. Wenn nicht in diesem Leben, dann im nächsten. Wo immer es sich abspielen mag. Die Vergangenheit folgt dir auch in den Hügel und verdirbt die Festfreude. Oder sie überschreitet die Grenze, die das eine vom anderen trennt, und tippt dir leicht auf die Schulter: Kennst du mich noch ...?

Nein, du entkommst ihr nicht, der Vergangenheit. Solltest du auch gar nicht. Darfst du nicht einmal. Wenn du den Ausgangspunkt des Weges nicht kennst, würde nämlich gleich der nächste Schritt schon in der Weglosigkeit enden. Deshalb ist es gut, sich ab und zu von der brausenden Gegenwart abzukoppeln und sich an den Ozean aus vergangener Zeit zu setzen: Psst, leise! Es herrscht ein so ausgedehntes Schweigen an seinem Ufer; das Meer verbirgt sich dort im Nebel, und alles ist still; kein Regenpfeifer auf dem Stein; nichts rührt sich, bevor das alte Ruderboot langsam aus dem Nebel hervorgleitet ... – Auf ähnliche Weise geht es jedenfalls vor sich, werden dir langsam Erinnerungsbruchstücke zugeflößt. Vielleicht wie man dir einmal heiße Schokolade mit frischen Pfannkuchen und Sahne servierte. Oder wie dein Name zum ersten Mal so ausgesprochen wurde, dass es alles bedeutete. Vielleicht auch Bruchstücke jenes Sommers, als der erste Heubinder in den Bezirk kam und ein bedeutender Mann im Ausland starb. Vielleicht ...

Eins

Der Tag geht bereits zur Neige, als Björn auf Hnúkar mit dem Heubinder über den Pass kommt. Wer die Nationalstraße von seinem Hof aus im Blickfeld hat, steht dort mit aufgepflanztem Fernrohr oder zusammengekniffenen Augen und murmelt: »Was für ein Wahnsinnsgerät schleppt Björn denn da an?«

Es ist bedeckt, an wenigen Stellen nur leuchtet ein heiterer Himmel durch, den unterschiedlich dunkle Wolken immer gleich wieder überziehen wollen. – Merkwürdig, wie schweigsam diese großen Wolken sein können.

Schweigsam?

Ein gutes Jahr, bevor der Heubinder in die Gegend kam, war der Bauer auf Tunga, der Hörður, ein Mann von gut dreißig Jahren, eines Nachts plötzlich aufgewacht, hatte sich halb aufgerichtet, längere Zeit gelauscht und schließlich seine Frau angestoßen und geflüstert: »Unnur, Unnur!«

Unnur träumte gerade. Sie streifte durch saftiges grünes Gras, als aus dem Himmel ihr Name gewispert wurde: »Unnur, Unnur!« Davon erwachte sie halbwegs und riss die Augen auf.

»Was ist los?«, seufzte sie.

»Hörst du nicht das Rascheln?«

»Doch, im Gras«, antwortete Unnur und sank wieder in Schlaf. Hörte schon nicht mehr, wie Hörður flüsterte: »Nein, Unnur, nicht im Gras, sondern in den Wolken. Es raschelt in den Wolken!«

Zwei

In der Tat gab es vieles, was sich in jenem Sommer ereignete, ehe der Heubinder kam. Geschehnisse, die sich schwerlich in einer Handvoll Worte abhandeln lassen. Man könnte eine ganze Vielzahl fast legendärer Ereignisse anführen, wie zum Beispiel das, als Starkaður das Badezimmer auf Karlsstaðir gelb malte.

Zuerst mauerte Þórður das Badezimmerfenster zu. Damit kam alles ins Rollen. Das Fenster wies hinaus zur Straße, und Þórður hatte festgestellt, dass mit Mutwillen, und zwar besonders am Abend, wenn das Licht angeknipst war und man vergessen hatte, die Gardine vorzuziehen, ja, dass das Klosett an solchen Abenden geradezu auf die Straße gaffte – wenn der Deckel hochgeklappt war.

»Maßlose Übertreibungen«, sagte Salvör, und ja, doch, Þórður konnte das sogar einräumen. Mauerte das Fenster aber trotzdem zu. Von da an konnte es auf dem Klo wirklich pechfinster sein. Das aber gefiel Þórður und de facto auch dem Jungen echt gut. Der Lichtschalter befand sich draußen auf dem Flur, und es hatte etwas Großartiges, mit einem Schritt aus der hell beleuchteten Umgebung in eine Welt der Dunkelheit treten zu können. Der Junge konnte stundenlang in dem warmen Dunkel hocken, während sich das Bad vom Haus abkoppelte und durch die Tiefen des Alls schwebte oder auf das Meer der Tagträume hinausgetrieben wurde.

Mitten in der gleißenden Helle eines Sommertags in stockfinsterer Nacht sitzen zu können, ohne fürchten zu müssen, dass einem ein eiskalter Finger den Nacken heraufstrich, und ohne dass man sich muckste. Dennoch geschah es, dass die ungezügelte Phantasie des Jungen dort auf dem Klo die grauenhaftesten Gespenster zum Leben erweckte. Sie stiegen aus dem Waschbecken, der Badewanne, ein schauderliches Haupt lüftete die Klosettschüssel. Ja ja, so was trug sich durchaus manchmal zu. Aber dann genügte es, zur Tür zu springen, nach der Klinke zu tasten, sie niederzudrücken und: Helligkeit strömte herein, das Dunkel schmolz zu einem fahlen Schatten hinter dem Spülkasten, und die Gespenster verröchelten.

Þórður erwähnte die Klogeister niemals; aber er behauptete, es flutsche einfach besser im Dunkeln. Diese Feststellung flutschte ihm allerdings am Telefon heraus, und als Reaktion hörte man einen merkwürdigen Laut in der Leitung, so als würde sich jemand hinter vorgehaltener Hand den Mund vollstopfen. Wie zu erwarten, erschien kurze Zeit später Guðmundur auf Hamrar höchstpersönlich zu Besuch. In voller Lebensgröße. Er setzte sich an den Küchentisch, nahm dankend den Kaffee an, schüttete davon fünf Becher pechschwarz und brühheiß in sich hinein, musterte aber ansonsten eingehend den Fußboden, antwortete einsilbig bis unzusammenhängend, erhob sich dann, stand erst wie matt und gebeugt, reckte dann plötzlich seine ungeheuren Schultern, und die Küche schrumpfte. Dann streckte er sein gewaltiges Haupt der kaum zweijährigen Tochter der Karlsstaðirbauern entgegen, sein Gesicht klaffte in einem Lächeln auseinander, dann richtete er sich wieder auf, während das Kind zu brüllen begann. Dem Jungen, der am Tisch saß und den Troll anstarrte, klopfte er einige Male kumpelhaft aufs Schädeldach, achtete allerdings nicht auf die Schwere seiner Pratze, denn die Welt begann sich vor den Augen des Kurzen für eine ganze Weile zu drehen.

»So, so«, sagte der Troll und beklopfte weiter angelegentlich den Jungen. Klapp, klapp, klapp. »Was ihr nicht sagt.« Klapp.

»Ich meine schon«, antwortete Þórður.

Klapp, klapp. »Also dann ...«

Damit stiefelte Guðmundur ohne weitere Vorankündigung mit langen Schritten zur Küchentür hinaus auf den Flur und hinein ins Bad, riegelte sich ein, ohne Licht zu machen. Der

Junge hielt sich unterdessen an der Stuhlkante fest und wartete darauf, dass die Welt aufhörte, sich zu drehen.

Zehn Minuten später war zu vernehmen, wie abgezogen wurde. Guðmundur kam heraus, steckte den Kopf grinsend zur Küche herein, dankte für die Bewirtung und verschwand. Bevor der Abend kam, hatte der Herr auf Hamrar im Lager der Genossenschaft einen Sack Zement erstanden.

Trotz des unschätzbaren Vorzugs der Umbaumaßnahme ließ sich Salvörs Feststellung nicht widersprechen, das Bad wirke ohne Fenster kleiner. Es traf auch zu, dass das Licht der Glühbirne fahl aussah, und ebenso, dass die weiße Farbe das Licht kalt reflektierte. Daher fuhr Starkaður in den Ort und kaufte im Lager neue Farbe. Sicher hätte sie nicht so gelb ausfallen müssen, und vielleicht strich er deswegen in der Nacht. Jedenfalls betrat die Familie am nächsten Morgen ein gelbes Badezimmer. Ein sehr gelbes.

»Mann, du bist verrückt geworden!«, ruft Salvör, und Þórður fügt hinzu: »Ja, komplett übergeschnappt.«

Anfangs schweigt Starkaður verstockt; doch nach und nach kann man aus ihm herausbekommen, dass er vor einigen Nächten geträumt hat, wie sich die Sonne ins Bad hineingesprengt und dort die Helligkeit sämtlicher Tage auf den Wänden zurückgelassen hätte. Das erscheint dem Ehepaar als ein so starkes Argument, dass es die Farbe akzeptiert.

Aber der alte Jónas. Welcher Ausdrucksweise der sich befleißigte, als er endlich selbst zur Toilette humpelte und schreckgelähmt auf der Schwelle verharrte, während die gelbe Farbe aus dem Dämmer hervorquoll! Nach einer Wagenladung grässlichster Schimpfworte und Flüche ließ er sich (unverrichteter Dinge) wieder auf der Küchenbank nieder. Salvör versuchte seinen Ärger durch ein Gläschen vom stärksten Selbstgebrannten zu besänftigen. Und tatsächlich, der Ärger legte sich, aber eine Drohung nahm er nicht zurück: So lange die gelbe Farbe an der Wand bleibe, werde er nicht aufs Klo gehen. Zur Bekräftigung stakste er stehenden Fußes hinab zum Kuhstall, ließ sich am Rand des Misthaufens auf die Hacken nieder und schiss. Völlig aussichtslos, den alten Mann zur Vernunft zu bewegen. Gleich, ob die Sonne brannte oder es in Strömen goss, fortan humpelte Jónas zum Misthaufen und fügte ihm eine Kleinigkeit hinzu.

Die gleiche Trotzköpfigkeit bei Starkaður, wenn nicht sogar noch schlimmer. Wenn man die Farbe im Bad ändern wolle, drohte er, werde er alles gelb malen: Die Kühe gelb, den Jeep gelb, die Fenster gelb, den Rhabarber gelb, das Gras gelb, den Wind gelb. Die ganze verdammte Erde werde er gelb streichen. Außerdem, fügte er noch hinzu, sei Papas Stuhlgang viel besser, seit er ins Freie gehe.

Das stimmte.

Den Ausschlag gab dann ein offizieller Besuch von Gemeindevorsteher Jón.

Er kam mit einer Mütze und in einem Anzug, den ihm seine Frau nach der Vorlage alter Amtmannsuniformen aus dem 19. Jahrhundert selbst geschneidert hatte. Darin baute sich Jón auf dem Hofplatz auf und stemmte die Fäuste in die weichen Hüften. Da traten Þórður und Salvör heraus, während Starkaður und der Junge unter der Tür stehen blieben, Starkaður mit dem plärrenden kleinen Mädchen auf dem Arm.

»In dieser Gemeinde scheißt keiner auf den Misthaufen«, sagte Jón mit Entschiedenheit.

Da schwoll Þórður natürlich der Kamm. Er gab dem Jungen ein Zeichen, zu ihm zu kommen, flüsterte ihm etwas ins Ohr, und der Junge rannte ins Haus. Wenig später hielt Þórður ein Buch in der Hand, schlug es auf und las, gleichsam abwesend:

»Am Breidafjord gibt es üppige Gehöfte, in allen Wieken wimmelt es von Eidergänsen. Robben schlafen auf den Klippen.«

Jón bekam kugelrunde Augen, seine Hände sackten langsam an den Seiten herab, es zuckte in seinen fleischigen Wangen. Þórður schaute nachdenklich in den Himmel, so wie man nach dem Wetter Ausschau hält, suchte in der Hosentasche nach einem Feuerzeug, und schon näherte sich eine züngelnde Flamme dem Buch. Jón hob die Hände, demütiges Bitten und Wut rangen in seinem Gesicht miteinander.

»Ich glaub's wohl«, grinste Starkaður, aber die raschen Blicke, die er Þórður zuwarf, waren nicht frei von Nervosität. Der Buchrücken der *Lichten Maid* begann bereits zu schwelen.

»Dein Misthaufen interessiert mich überhaupt nicht«, stieß Jón da heftig hervor.

Þórður steckte das Feuerzeug ein. Gemeindevorsteher Jón fuhr davon.

Im Winter geleitete Salvör ihren Schwiegervater auch im schlimmsten Wetter hinaus, und es trug sich gerade während eines furchtbaren Unwetters, in tosendem Nordsturm und wütendem Schneetreiben zu, dass der alte Jónas, auf seinen Fersen hockend, seiner Schwiegertochter zurief: »Zum Teufel noch mal, mein Lebtag habe ich noch nicht so prächtig geschissen!«

Drei

Es ist schön, auf dem Hofplatz von Tunga zu stehen, das fast neue Wohnhaus im Rücken, die Nebengebäude zur Rechten, und auf die Nationalstraße hinabzuschauen. Man hat von dort einen weiten Blick über die Gegend. Im Süden verschwindet der Weg in Richtung Brekka, im Norden verschmilzt das Land mit dem Meer. Dennoch zählte Hörður nicht zu denen, die Björn mit dem Heubinder kommen sahen. Er war es nicht, der auf dem Hofplatz von Tunga stand.

»Es raschelt in den Wolken.«

»Wie raschelt es denn?«, fragte Þórður.

»Wie wenn man durch trockenes Heu läuft und ab und zu mit den Füßen ein Büschel hochschleudert. So etwa raschelt es. Und manchmal raschelt es nicht, sondern kreischt.«

»?«

»Ja, wenn die Berge Wolken anziehen und sie dann aufschlitzen, dann kreischt es.«

Dann kam langanhaltender Nordwind und fegte den Himmel blank. Schiere Bläue über allem. Da raschelte und kreischte es nicht mehr, sondern die Stille brach über den Tungabauern herein: Wenn sie sich nicht wie flüssiges Blei in seine Gehörgänge ergoss, war es, als ob ihm jemand einen Schraubenzieher in die Ohren stieße und darin herumzwirbelte. Hörður wälzte sich vor Schmerzen schreiend auf dem Boden, der Hund sprang kläffend über den Hof, die beiden kleinen Jungen hielten sich in der Küche eng aneinander geklammert, und Unnur griff zum Telefon und drehte wie wild an der Kurbel, bis Nachbarn zu Hilfe eilten. Hörður wurde zuerst ins Krankenhaus in die Stadt und dann sogar ins Ausland gebracht. In den kommenden Nächten schliefen alle übrigen Familienmitglieder gemeinsam im großen Ehebett, Unnur und die beiden Kinder und auch der Hund. Alle kunterbunt durcheinander.

Über dem Bauern von Tunga waren die Wolken verstummt. Ihr Schweigen verfolgte ihn bis in die Hauptstadt und ins Ausland, sogar bis in ein Hospital in der riesigen Metropole New York. Ein weltberühmtes Krankenhaus, weitberühmt vor allem für die Abteilung, in die Hörður eingeliefert wurde. Eine

Abteilung, die sich auf die heftige Phobie spezialisiert hatte, die den heutigen Menschen im Angesicht der Stille befällt. Der isländische Bauer weckte dort natürlich beträchtliches Aufsehen. Die fähigsten Spezialisten drängten sich um sein Bett, und am dritten Tag hatten bereits vier Doktoranden entschieden, dass sie ihre Dissertation über den Fall Hörður schreiben wollten. Wenn das keine Aufwertung des isländischen Volkes bedeutete! Hatte die Nation nicht Grund, auf diesen ihren Sohn stolz zu sein? Ich bin überzeugt, dass manch einer den Falkenorden aus geringerem Anlass umgehängt bekam. Diese Faszination, die ein einfacher isländischer Bauer auslösen konnte! Das muss man sich einmal vorstellen: Die ganze Technologie, die hoch versierten Forscher, drum herum die Weltmetropole – und dann taucht ein isländischer Bauer auf, noch ein paar Halme Heu im Wollpullover, und alles steht Kopf. Leute, die mit dem gesammelten Wissen der ganzen Welt ausgestattet sind, stehen vor einem Haufen ungelöster Fragen.

Drei Wochen, nachdem sich Hörður schreiend auf dem Fußboden gewälzt hat, fällt völlig unerwartet ein zehnköpfiges Forscherteam jener berühmten medizinischen Abteilung auf den Hof Tunga ein. Es sollte die Verhältnisse in Hörðurs Umgebung genauestens untersuchen. In der Hoffnung, das Geheimnis hinter dem Rascheln der Wolken und der Stilleunverträglichkeit des Bauern auf diese Weise lüften zu können, wurden alle möglichen Parameter gemessen, Proben genommen, Geräusche auf Band aufgezeichnet. Es sagt mehr als tausend Worte über die Professionalität des Teams, dass es sich weder von den jämmerlichen Gesichtern der Kinder noch von Unnurs todtrauriger Miene in der Konzentration stören ließ.

»Wir sind die, die sich mit den großen Fragen auseinander setzen, wir stürmen Gipfel, keine Wiesenhöcker, und können uns deshalb nicht groß auf die Schicksale einzelner Individuen einlassen. Dafür gibt es Priester, Psychologen und Schriftsteller«, hatte der Chef der Abteilung dem Schwarzen Samuel W. Jones erklärt, ehe dieser als Leiter der Expedition seine Islandreise antrat. Obwohl Samuel, meist einfach Sam genannt, erst ein knapp dreißig Jahre alter Doktorand war, hielt man ihn bereits für den fähigsten und kompetentesten Mann der Abteilung nach dem Chef. Und die Tatsache, dass die Abteilung diesen aufgehenden Stern an den Schauplatz sandte, zeigte die Wichtigkeit des Falles, die Bedeutung Hörðurs.

Der Chef erwartete, dass Sam Ergebnisse mitbrachte. Warum war ein Bauer auf Island, aufgewachsen also in unmittelbarer Nachbarschaft zur ewigen Stille und mehr als einmal mit dem Schweigen der Hochheiden in Berührung gekommen, warum hörte ein solches Naturkind auf einmal die Wolken rascheln und ging vor der Stille in die Knie? Was hatte das zu bedeuten? Warum brachen die Wolken ihr Schweigen? Warum in dieser Gegend, weit, weit draußen im Norden an der Grenze zum ewigen Winter? Müssen wir damit rechnen, dass das Schweigen in den kommenden Jahrzehnten auch andernorts zum Angriff übergeht und der Jetztzeit solch heftige Wunden schlägt, dass sie daran verblutet und sich der Abgrund des Schweigens über alles legt?

Vier

Nicht dass die Stille ausgerechnet die Menschen dieser Gemeinde sonderlich beunruhigt hatte. Sie war einfach da wie alles andere auch, genauso selbstverständlich wie das Rauschen des Regens. Am ehesten hatte noch Starkaður über die Stille sinniert.

»Sie ist«, meinte er einmal, »das Gebirge hinter den Wörtern.«

Jetzt aber zurück zur gelben Farbe im Badezimmer ... (dem Gemurmel vergangener Tage an einer gelben Wand. Wie oft hatte der Junge im Dunkel diese Wand betastet, sein Ohr an sie gelegt und gelauscht, nein, ihre Laute aufgesaugt. Niesen hatte er gehört, als ob in weiter Ferne eine Frau nieste. Auch bezaubernden Gesang hatte er gehört.) Oder eher noch zurück zu Starkaður: Er und der Junge trieben einmal Schafe von der Hauswiese. Wahrscheinlich war es in einem Juni, nachdem die Frühjahrsarbeiten erledigt waren und es bis zur Heumahd noch eine Weile dauerte. Das Gras stand gerade erst fußhoch. Da griff Starkaður mit seinem langen Arm nach dem Jungen, zeigte auf seinen Hals und fragte: »Siehst du den Adamsapfel?«

»Und ob ich den sehe!«, antwortete der Junge überrascht und dachte leise, wie man diese riesige Kartoffel in dem dünnen Vogelhals jemals übersehen könne.

Starkaður: »Als ich klein war, nicht größer als so …« (die Linke strich waagerecht vom Körper weg), »da kam irgendetwas Kleines, Weiches angeflogen, und ich sperrte gerade unversehens das Maul auf, da flog es hinein. Jetzt ist dieses Ding mein Adamsapfel. Frag mich nicht, wie es dazu geworden ist, aber eines Tages wird es müde werden, da im feuchten Dunkel zu dösen, und an dem Tag wird es wieder aus mir herausfliegen. Der Knubbel ist entweder ein Engelchen oder ein Teufel, weiß nicht so genau. Ist es ein Teufel, du weißt, durch und durch böse, dann fliegt es einfach davon und kümmert sich nicht darum, ob mir danach der Hals zusammenfällt wie ein geleerter Sack. Verstehst du? Ich laufe blau an, stehe eine Weile da wie ein veilchenblaues Sommerblümchen und fange dann an zu verröcheln. Ist das Klümpchen dagegen ein Engel, also durch und durch gut, dann beginnt es im gleichen Moment, in dem es mich verlässt, eine uralte Litanei. Stell dir vor, wir laufen gerade die Hauswiese hinab, um diese Wollknäuel auf vier Beinen zu treiben, trab, trab, trab, da schreist du auf und zeigst voller Staunen auf diese unglaubliche Helligkeit, die aus mir aufsteigt. Sie fliegt hoch in die Luft und verschmilzt mit dem Himmel.

Was? Du gaffst und gestikulierst, denn mein Hals ist plötzlich gerade wie ein Stahlrohr, es zuckt in meinem Gesicht, und du wirst Zeuge meiner Wiedergeburt. Ich verliere zwar einen Engel, aber er singt dieses uralte Lied, und deshalb strömen die Worte aus mir bis an meinen letzten Tag, ein steter Strom aus Gedichten und Geschichten, der verhindert, das mein Hals einfällt, mit Göttlichem gemischte Dichtkunst. Wow! Ich werde *Ofvitinn, Der Überkluge*, und *Lichtwikinger* in ein und derselben Person! Außer, na ja, außer es ist doch Luzifer. Engel und Teufel sind ja nicht leicht auseinander zu halten. Aber dann siehst du mich hustend zusammenbrechen, ich erbreche einen dunklen Klumpen, und dann ist es wieder das veilchenblaue Sommerblümchen ...«

Tja, ja, die Wörter! Früher einmal war alles einfacher. Früher einmal konnte er sich zwischen die Wiesenhöcker klemmen, das Gras streicheln und mit dem Himmel reden; alles war so klar und einfach, und die Wörter, die waren genauso selbstverständlich wie der aufrechte Gang.

Das war einmal. Aber so ist es nicht mehr.

Der Junge wälzt ein Wort herum und starrt verblüfft auf alles, was darunter umherwimmelt. Uff! Bald lag nichts mehr offen vor Augen, sondern bald sah er nur noch verschlossene Türen und Kisten, wohin er auch blickte, und die Sprache war ein riesiger Schlüsselbund, mit dem er sich abmühte. Schlüssel waren daran, die die merkwürdigsten Schubladen öffneten und die dunkelsten Hinterzimmer mit düsteren Kabuffs und verwinkelten Gängen.

Einstmals waren Brüste einfach Brüste, nur so zum Beispiel.

Eine ebenso selbstverständliche Feststellung, wie die, dass Marmorkuchen leckerer Kuchen war, Regen nass und der Zetor schwergängig in der Lenkung. Nichts weiter als eine simple, selbstverständliche, keinerlei Begeisterung auslösende Tatsache. Oder? Und dann kommt früh in diesem Sommer die neue Aushilfe, und kurz darauf hat der Junge folgenden Traum:

Er träumte, er wäre in Reykjavík. Das war an und für sich schon schlimm genug: Von Beton und Asphalt zu träumen! Zu allem Überfluss schwamm er auch noch mit einem Flugzeugträger die große Verkehrsader der Miklabraut hinauf. Als das Schiff in langsamer Fahrt die Wohnblocks von Safamýri backbord liegen ließ, warf er ein Netz aus und zog eine nackte Frau aus der Tiefe.

Zuerst lag sie reglos in dem Haufen triefnasser Maschen, schrecklich nackt und schleimig überzogen von Wasserpflanzen. Kleine Fischlein lugten aus ihrem Nabel hervor. Dann öffnete sie die Augen und sagte etwas. Der Junge – was war das denn? – war plötzlich auch nackt. Er legte sich zu ihr, fühlte etwas Feuchtes und ... und ... erwachte. Auf Zehenspitzen schlich er hinaus ins Dunkel der Nacht und vergrub die klebrige Unterhose im Misthaufen. Als er, von Scham niedergedrückt, wieder hineinschlich, war er darauf gefasst, dass sich die schwere Falltür des Himmels öffnete und der kochend heiße Zorn Gottes auf ihn herabstürzen würde.

Aber dieses Mädchen, die Aushilfe:

»Also das ist die Brynja«, hatte Salvör sie vorgestellt, als die beiden zum ersten Mal hereinkamen und das Mädchen noch nach Bus roch.

»Hallo!«, sagte Starkaður.

»Umpff«, sagte der Junge.

Jónas holte sein Gebiss heraus und hielt es ihr hin, damit sie es reinigen konnte, oder war das Mädchen etwa nicht deswegen gekommen?

Starkaður und der Junge prusteten über den braunen Küchentisch, während das Mädchen sich ins Bad verzog. Salvör weichte die Wäsche ein, und Þórður schimpfte seinen Vater aus.

Sie war in Ordnung. Natürlich ahnungslos wie ein Säugling, was das Schafetreiben anging, aber wer war schon vollkommen?

Es war spät am Nachmittag. Eine regenschwere Wolke trieb tief über der Landschaft. Es fehlte nicht viel, dass Miklafell ihren Bauch ritzte und die ganze Regenlast herabrauschte. Der Junge saute sich gerade dabei ein, oberhalb der Scheune das Gitter von einem alten Heuwagen abzureißen. Eine ungemein wichtige Arbeit, die er da versieht, er ist völlig davon in Beschlag genommen, legt das Brecheisen höchstens einmal kurz zur Seite, um bedeutungsvoll »hmm« zu äußern, die Hände ins Kreuz zu pressen und hinzuzufügen: »Ja, ja, so ist das nun mal. Ein wichtiger Augenblick«.

Da kommt Brynja absichtslos angeschlendert, und er fuhrwerkt oben auf dem Heuwagen. Mag sein, dass Regen in der Luft liegt, aber der Wind ist nicht kalt, und sie trägt blaue Jeans, ein grobes, kariertes Hemd und eine offen stehende Windjacke. Auch Sportschuhe, blauschwarze. Und als sie vielleicht gerade noch drei Meter vom Heuwagen entfernt ist, muss sie die Schuhe unbedingt noch einmal fester schnüren. Er sieht von oben vom Heuwagen herab, wie sie sich bückt, und da baumeln sie, wie zwei übergroße Milchtropfen. Der Junge hatte dem Mädchen eigentlich etwas Nettes zurufen wollen, er kann nämlich richtig charmant sein. Doch da muss sie sich unbedingt bücken, und das Hemd beult sich so weit aus, dass der Wind und die Wolken ungehindert hineinfahren könnten. Und er erblickt *sie*, vollständig und weiß. Er zuckt zusammen, reisst das Brecheisen hoch und geht wie ein Berserker auf den Heuwagen los.

Es war keine Täuschung: Er hatte Brüste gesehen!

Damit konnten sich nicht alle brüsten.

Echte Brüste gesehen zu haben.

Wer einmal Brüste gesehen hatte, stand gleichrangig neben

einem, der schon einmal in Kopenhagen auf dem Tivoli gewesen war.

Jetzt hatte er was zu erzählen! Er hatte echt was zu erzählen!

»Stimmt was nicht?«, fragt sie. Fertig mit dem Schuhezubinden.

»Lass das überflüssige Gelaber!«, schreit er außer sich zurück.

»Leck mich!«, sagt sie und verschwindet.

Brüste hatte er gesehen, daran gab es nichts zu deuteln. Es quälte ihn, als hätte sie ihm stattdessen einen Buckel auf dem Rücken gezeigt, Zehen statt der Finger, eine nackte Schnecke und keine Zunge herausgestreckt. Nun ja. Es ist am Abend danach, Brynja ist gerade aus dem Bad gekommen, das Haar noch nass und in ein kurzärmeliges weißes T-Shirt gekleidet, und er sieht, wie sich darunter alles abmalt und bewegt. Da erbietet er sich, für sie die Badewanne auszuspülen, wollte sowieso noch selbst ein Bad nehmen.

Salvör überrascht: »Aber du hast doch gestern erst gebadet.«

»Mmmh, äh, tja, na ja«, antwortet der Junge.

Da fährt Jónas wütend auf: »Der junge Spund will mich wohl auf den Arm nehmen!«

Er spülte die Badewanne nicht aus, sondern ließ gleich frisches Wasser einlaufen. Dabei schaute er zu, wie ein langes, dunkles Haar sich vom Boden löste und an die Oberfläche trieb. Dann ließ er sich in die Wanne sinken. Was war es nur, was da um ihn herumschwamm? So vergingen einige Tage, und der Junge wurde so klinisch rein, dass Þórbergur seine Witterung verlor.

Doch alles geht einmal zu Ende. Nach zwei strahlend sauberen Wochen kaufte Starkaður ihm eine Flasche After shave. Der Junge leerte sie in der Nacht über dem edlen Spender aus. Dann rannte er hinaus auf die Hauswiese und lachte sich kaputt über den wütenden, aber duftenden Mann. Es macht ungeheuren

Spaß, so in die Nacht hinauszulaufen! Beide barfuß, frischer Tau ist gefallen, die Kühe dösen, und selbst die Berge haben sich das Schweigen über die Köpfe gezogen.

Manchmal lösen sich Probleme auf unvorhergesehen einfache Weise, ribbeln sich auf wie ein fehlerhaft gestrickter Pullover: Man hält den Pullover in der Hand, zieht an einem Fädchen und schon hält man keinen Pullover mehr in der Hand. Einige Wochen vergingen, und alles war wieder wie vorher. Keine Felsen türmten sich mehr beklemmend auf seiner Brust, kein Kribbeln mehr, als ob Tausende von Ameisen im Todeskampf in seinem Innern eingesperrt seien. Nein. Nein, völlig cool gegenüber Brynja. Aber wie er diesen Zustand erreicht hatte, über die genaue Reihenfolge von Ursache und Wirkung, war er sich nicht ganz im Klaren, wusste nur noch, dass er sich einmal allein im Haus aufgehalten hatte, die anderen waren vielleicht alle zum Einkaufen in den Ort gefahren. Jedenfalls sitzt er also allein zu Hause und liest die Briefe von einer Freundin Brynjas. Nein, natürlich liest er sie nicht wirklich, blättert nur so ein bisschen darin, überfliegt sie. Und da standen Sätze, die stachen. Manche wie Stricknadeln, andere wie Messer. Einer stach nicht. Der schnitt durch ihn hindurch wie ein scharfgeschliffener türkischer Krummsäbel: »Ist der Junge wirklich noch so ein ahnungsloses Riesenkalb, Baby?«

Unglaubliches Pack, diese Flittchen, die Brynja als Freundinnen ansah! So etwas konnte ihm doch gar nichts anhaben. Kein bisschen. Nicht wirklich. Höchstens minimal. Nicht der Rede wert. Gut, es tat vielleicht ein wenig weh. Ging einem vielleicht eine Woche lang nach. Höchstens zehn Tage: »Ist er wirklich noch so ein ahnungsloses Riesenkalb, Baby?« Blöde Zicken! Da stiefelte man umher wie ein erwachsener Mann, brummte: »Ja ja, so ist das nun mal« in alle Richtungen, versuchte Ansichten über alle möglichen stinklangweiligen Dinge zum Besten zu geben, Besorgnis zu zeigen, die glatte Stirn in Falten zu legen – und dann: Ist er wirklich noch so klein, Baby? Sollte er, nur so zum Beispiel, auch da unten herum stets so unscheinbar bleiben? Einmal füllte er ein kleines Säckchen mit Steinen, band eine Schnur darum, ließ die Hosen herunter, hängte sich den Beutel mit der Schlinge ans Glied, schloss die Augen und ließ den Sack eine ganze Weile als Beschwerer hängen und in die Länge ziehen. – Nein, die Zeiten waren nicht einfach.

Fünf

Ja, was geschah nicht alles in jenem Sommer, bevor jener Mann im Ausland starb und der erste Heubinder in die Gegend kam? Im Sommer, ehe Björn auf Hnúkar mit dem Heubinder aufkreuzte.

Dieser Björn war eben kein Mann, der nur ausgetretene Pfade beschritt. Sobald das Lammen vorüber war, lieh er sich von der Straßenmeisterei eine Planierraupe, rasselte damit auf ein großes und lang gestrecktes Wiesenstück nahe der Hauptstraße und walzte dort vor und zurück, vor und zurück. Zwei Tage später flatterten über das ganze Feld verteilt an kleinen Stöcken neun Wimpelchen.

»Was hat das jetzt wieder zu bedeuten?«, fragten die Leute verblüfft. Hatte Björn ein Schräubchen locker? Man schüttelte den Kopf. Diese ›Fahnenmasten‹ waren nicht einmal zwei Meter hoch, die dreieckigen Fähnchen aus Segeltuch. Die Kinder aus der Nachbarschaft glaubten, endlich wäre ihr Traumspielplatz gekommen; die Fahnen sollten Burgen und Heerlager symbolisieren. So kam es, dass eines Abends, als Björn sein Wiesenstück überblickte, dort die berühmtesten Schlachten der Weltgeschichte tobten: Hier marschierten unter furchterregend blitzenden Lanzenspitzen die Legionen Roms, die Berge erzitterten unter der Kanonade Napoleons, der Zigarrenrauch Churchills kräuselte sich in die Luft, John Wayne griff zu seinem Rifle, während die unbesiegbaren, stolzen Apachen in gellende Kriegsrufe ausbrachen, und Jörundur, der isländische König, der hundert Tage die Dänen in Grund und Boden schoss.

»Zum Donnerwetter noch mal!«, brüllte Björn so laut und wütend, dass selbst sein Vater aus dem Nickerchen hochschreckte, der alte Skúli, der oben in der Dachkammer lag und darauf lauschte, wie ihm das Leben langsam aus dem Blut tickte.

Aber was wollte der Mann mit der Wiese? Und mit den Fähnchen? Einer fragte den anderen.

»Das wird sich noch zeigen«, sagte Björn geheimnisvoll und wichtigtuerisch. Und das tat es auch.

An einem schönen Tag im Juni, windstill und vollkommen klar, kamen drei Stadtmenschen in einem funkelnagelneuen Bronco. Sie parkten auf dem Hofplatz von Hnúkar, inspizierten die von der Hausfrau hergerichteten Gästezimmer, zogen sich um und fuhren zur Wiese hinab. Dort nahmen sie mit eigenartigen Eisenschlägern in den Händen Aufstellung und knickten dazu in den Knien ein, als litten sie an hartnäckiger Verstopfung.

»Zahnärzte«, sagte Björn. »Sie spielen Golf.«

Zahnärzte! Salvör schüttelte sich: »Stellt euch vor, mit euren Händen bei völlig fremden Leuten im Mund herumzufuhrwerken! Da finde ich es ja noch sauberer, den Hühnerstall auszumisten. Denkt nur mal an den ganzen Mundgeruch!«

Starkaður: »Genau! Der Gestank fauliger Wörter.«

Sie spielten Golf, und sie tranken. Herzhaftes Gelächter schallte weit durch den Juniabend. Welche Stille! Und dieser klare Himmel! Der Wind schon oben auf den Heiden vollständig eingeschlafen und das Himmelreich zur Erde herabgestiegen. Sie lachten, und ihr Gelächter wurde durch das weit geöffnete Fenster der Dachkammer hereingetragen, wo der alte Skúli im Sterben lag.

Der Pastor geht aus der Kammer und überlässt sie der Familie, damit sie sich noch einmal um den Sterbenden sammeln kann. Er selbst geht derweil mit der Hausangestellten hinters Haus. Nein, sie will sich nicht ins Gras legen.

»Ich werde doch ganz grün am Rücken.«

»Ach was, ach was«, sagt er beruhigend. »Hier ist mein Talar.«

Und er nestelt sich das Gewand von den Schultern, ein großartiger Schwung, und es breitet sich wie eine schwarze Schwinge über das grüne Gras.

»Oh Gott«, seufzt die Wirtschafterin kurze Zeit später, »oh mein Gott!«

Skúli aber, der liegt stark abgemagert unter der Bettdecke mit wackelndem Kopf und schütterem Haar, das Gesicht grau und gezeichnet.

»Wo ist mein Trockenfisch«, schreit er plötzlich und mit so unerwarteter Kraft in der Stimme, dass die anderen zu Tode erschrocken zusammenfahren. Ohne sich zu besinnen, stürzt Björn die fünfzehn Stufen in vier Sätzen nach unten.

»Hier, Papa, hier«, keucht er und legt seinem Vater ein erstklassiges Filetstück auf die eingefallene Brust. Die runzligen Finger tasten danach und schließen sich fest um den Trockenfisch. Dann haucht Skúli sein Leben aus.

Vorher aber, gerade bevor er nach dem Stockfisch rief, kam draußen eine Gruppe von Leuten über den Höhenrücken herab, acht oder neun Mann, zwei von ihnen in Lodenkleidung, drei mit Schnapsflaschen im Hosenbund.

Die Gruppe zögert etwas beim Anblick des Pastors und der Wirtschafterin, ist aber taktvoll genug, sich zurückzuziehen, ehe sie Gott anruft.

»Nein, sieh mal!«, rufen die Leute dann selbst fröhlich und zeigen mit den Fingern. Denn wer kommt ihnen da entgegen, mit einem erstklassigen Stück Trockenfisch winkend und strahlend jung?

In der Dachkammer weint die Familie um ein paar sterbliche Überreste.

Sechs

Einige behaupteten, Björn auf Hnúkar habe den ganzen Wirbel nur veranstaltet, um die bedrohlich werdende Macht von Gemeindevorsteher Jón zu erschüttern. Man ging noch einmal die Vorfälle des letzten Winters durch, als Björn aus dem Gemeinderat austrat, und zwar mit einem »großen Knall«, wie er es selbst so treffend ausdrückte, wenn er von Hof zu Hof fuhr und Geschichten von den autoritären Allüren Jóns auftischte. Im selben Atemzug ließ er einfließen, dass er sich das große Englisch-Isländische Wörterbuch angeschafft und eine ausländische Zeitschrift abonniert habe, die unter anderem Bildreportagen aus fernen Ländern brächte und das berichtete, was wirklich wesentlich sei und die Welt bewege. Ganz etwas anderes als die erstickende Reglosigkeit und Stagnation, die der Gemeindevorsteher um sich verbreite, fügte er in fließender Beredsamkeit hinzu. Dann stand er rasch vom Küchentisch auf, lehnte sich ein wenig zurück, und seine blinkenden Äuglein sprühten Funken in dem rundlichen Gesicht, während die Finger der Linken immer wieder geschäftig den Ziegenbart strichen und die der Rechten nicht weniger eifrig seinen beträchtlichen Schmerbauch kratzten.

Diese Zeitschrift! Dem Postboten erschien es als so feierliches Ereignis, die Nachrichten der großen, weiten Welt in den Händen zu halten, dass er den weißen Trabant mit dem roten Dach jedes Mal bis direkt vor Björns Haustür chauffierte und ihm die Zeitschrift persönlich überreichte.

Außer der Zeitschrift hat sich Björn auch eine Lesebrille zugelegt, sieht es doch erheblich besser und bedeutungsvoller aus, Englisch mit einer Brille auf der Nase zu lesen und ab und zu ein wenig gravitätisch und sorgenvoll von der Lektüre aufzublicken. Leider ist in die Fassung nur normales Fensterglas eingesetzt, aber das Lesen und ständige Blättern im Wörterbuch strengt die Augen doch dermaßen an, dass man zur Entlastung wenigstens ein bisschen dagegen tun muss. Oder etwa nicht?

An zwei Abenden im Monat kommt der Postbote zu Besuch nach Hnúkar; dann jedoch nicht in seiner Eigenschaft als Briefträger, sondern als Bauer auf Staður, und mit ihm kommt Þórðurs Nachbar samt seinem Schwiegersohn, dem Troll an der Leine. Ein echtes Wunder, dass sich dieser Riese überhaupt im Trabi verstauen lässt. Alle sitzen in Björns Arbeitszimmer, die Frau kommt leise mit Kaffee und Gebäck herein, verschwindet ebenso unauffällig wieder, und die Gäste bleiben zurück, der Troll auf einem gefährlich knarrenden Holzstuhl, die Nachbarsleute und der Briefträger auf dem alten Sofa, der Hausherr selbst hinter seinem Mahagonischreibtisch, die beiden letzten Ausgaben der Zeitschrift vor sich. Er schaut seine Gäste über die Brille hinweg an und geleitet sie durch die Schreckensnachrichten der Welt. Kann sein, dass er den Briefträger fragt: »Was hast du letzte Woche am Mittwochnachmittag getan?«, und der Mann ist auf diese Frage gut vorbereitet: Erst kratzt er sich unter dem pechschwarzen Vollbart, auch die Finger übrigens schwarz von Öl, denn der Postbote ist gleichzeitig der Mechaniker der Gemeinde. Gut, er fährt sich also durch den Bart, verdreht den hageren Oberkörper in der Enge des Sofas, zerrt einen verknitterten Taschenkalender aus der Gesäßtasche und fängt an zu blättern: »Hm, vor zehn Tagen, sagst du. Wollen mal sehen. Ja, hier steht's: Mittwoch. Von 16.08 Uhr bis 24.18 Uhr habe ich am Dodge gearbeitet; abzüglich einer Essenspause von 19.11 Uhr bis 20.10 Uhr.«

Damit klappt er sein Büchlein zu, und alle blicken wieder gespannt auf Björn. Der nimmt dann eines der beiden Zeitschriftenhefte, schlägt es ungefähr in der Mitte auf und sagt: »Währenddessen ereignete sich Folgendes.« Und die Leute betrachten eine Fotoserie über ein brennendes Dorf, und es gibt auch eins mit einem Panzer, der in hellen Flammen steht. »Seht mal, der Fahrer hängt zur Hälfte aus seiner Luke!«

Das muss man sich einmal vorstellen!

Die Leute in der Gemeinde regen sich über alltägliche kleine Dinge auf, aber Björn bekommt jede Woche die Welt mit der Post zugestellt. Ein solcher Mann steigt mächtig in unserer Achtung. Und währenddessen rutscht ein sogenannter Gemeindevorsteher in seiner Überheblichkeit tatenlos auf seinem obrigkeitlichen Hintern herum! Ein Gemeindevorsteher Jón kann jedenfalls nicht durch den Bezirk fahren und seinem Volk die Welt in seiner Hand präsentieren. Absolut nicht. Er bittet allenfalls ein paar Männer in seine Bibliothek – was immer dann auch dort stattfinden mag. Ein paar Männer wohlgemerkt. Na ja, kurz vor Ostern durften auch einmal zwei Frauen ihre Nase hineinstecken.

»Aber sicher nur, um zu putzen«, kommentiert Björn knapp.

Ja ja, der Jón. Es geschah nämlich am Tag, nachdem man die sterbliche Hülle Skúlis der Stille der Erde übergeben hatte, oder vielleicht war es auch eine Woche später – das kann man nicht so leicht sagen, weil sich nämlich in diesem Sommer so vieles nahezu gleichzeitig ereignete, dass man einfach damit rechnen muss, dass der Lauf der Ereignisse ein klein wenig durcheinander gerät. Jedenfalls ruft der Jón seinen treuesten Anhänger an, Bæring auf Þúfa, und sagt einfach so aus heiterem Himmel: »Wir erwarten einen Lastwagen aus der Stadt.«

»Aus der Stadt, sagst du«, antwortet Bæring und scheint völlig ahnungslos zu sein.

»Ja, allerdings. Er soll uns etwas liefern.«

»Aha?«

»Jawohl, und zwar Parkett.«

»Wie? Ist das nicht einfach Bretterholz?«

»Nun ja, so etwas Ähnliches, nur viel feiner. Das Allerfeinste sogar. Parkett ist das Ausland selbst und auch die heutige Zeit. Bei uns trampelt man von jetzt an auf dem Ausland herum!«

Und dann kommt der Laster mit dem Parkett.

Zuerst einmal muss aber die gesamte Einrichtung hinausgetragen werden, dann reisst man den Teppichboden heraus, und schließlich dauert es noch geraume Zeit, bis man die ganze Herrlichkeit verlegt hat. Dann ist endlich alles fertig. Der Schwager des Gemeindevorstehers und Bæring ergreifen den Sessel des Hausherrn. Er muss allem voran. Noch vor allen anderen aber schreitet natürlich Jón höchstselbst über die Schwelle. Dann verschwinden auch die beiden mit dem Sessel im Haus, während die Übrigen draußen warten, jederzeit bereit, die restlichen Möbel hineinzuschleppen. Viele tragen zur Feier des Tages Sonntagskleidung; schließlich latscht man nicht mit Stallmist an den Schuhen über spiegelblankes Parkett!

Schon nach kurzer Zeit kommen Bæring und der Schwager mit eingezogenen Köpfen wieder heraus, den Sessel zwischen sich. Die Frau Gemeindevorsteherin begibt sich ins Innere. Ein windstiller Tag, und die Leute hören deutlich, wie das Absatzgeklapper der Dame im Haus verhallt. Welch ein Ton! Absatzklöppeln auf Parkett: Wie Musik!

»BIST DU WAHNSINNIG GEWORDEN?!«

Der Zorn Jóns echot durch die leeren Hallen, und schon steht seine Frau wieder bei den Leuten auf dem Vorplatz und hält ihre Schuhe in der Hand.

In dieser und den folgenden Nächten schlafen alle in der Scheune, und Stück für Stück wird auch der Hausrat dort hineingetragen. Ab dem vierten Tag beginnt es recht gemütlich zu werden, nur Jón schleicht unermüdlich im Wohnhaus umher. Den Blick angelegentlich aufs Parkett geheftet, zückt er hier und dort ein samtweiches Tuch, geht auf die Knie, haucht zart auf den Boden und wischt vorsichtig mit dem Tuch. Steinn Elliði steht in der Haustür und knurrt jeden an, der es wagen wollte, ins Haus zu kommen.

Allerdings hat sich am zweiten Tag ein neugieriges Huhn hineinverirrt, war vielleicht durch ein offenes Fenster hineingeflattert. Als die Karlsstaðir-Brüder den Hof besuchen, liegt es mit umgedrehtem Hals tot auf der Schwelle. Das war wohl am siebten Tag, und Jón hatte aufgehört, mit seiner Frau noch ein Wort zu wechseln.

Die Brüder steigen aus dem Auto, schauen zur Scheune hinüber und sehen die Gesichter in ihrem Fenster. Dann gehen sie zum Wohnhaus, Seite an Seite, so nah, dass sich ihre Hände beinah berühren. Steinn Elliði knurrt. Sie steigen die Treppe hinauf. Er bleckt die Zähne. Starkaður fährt langsam mit der Hand in die Tasche, und siehe da, ein großes Stück Schokolade kommt in seiner Handfläche zum Vorschein. Steinn Elliði nimmt das Stück und leckt Starkaður dankbar die Hand.

Sie finden den Gemeindevorsteher im Keller. Er steht dort tief gebeugt mitten auf dem Fußboden und späht angestrengt über das Parkett.

»Hallo, Jón!«, grüßen die beiden munter. Dann unternimmt Starkaður einen Rundgang durchs Haus. Jón war abgemagert, und die ständige Anspannung sowie anhaltende Schlaflosigkeit hatten die bläulichen Schatten tiefer Erschöpfung über sein Gesicht gelegt.

Þórður: »Was sagst du, die Schuhe ausziehen? Ach, ich bin doch nur in diesen alten Gummistiefeln, guck, die Sohlen schon ganz abgelaufen. Taugen nicht mehr viel bei Eisglätte. Starkaðurs Schuhe solltest du mal sehen! Richtige Wanderstiefel, sage ich dir. Die Sohlen so grob, dass sich ganze Berge drunter festsetzen. Starkaður? Wo bist du überhaupt? Ach da. Was machst du eigentlich? Rennst durch das ganze Haus! Hörst du das, Jón? Durchs ganze Haus ist er gelaufen. Manch einer ist schon wirklich neugierig! Komm Junge, zeig dem Herrn Gemeindevorsteher mal deine Schuhsohlen! Siehst du, was die für grobe Stollen haben, Mann? Und all die Steine! Musstest du denn wirklich den ganzen Hofplatz hier hereintragen, Junge? Ja ja, wir wollen uns nicht lange aufhalten. Hübsches Parkett übrigens, und tschüs!«

Damit stiefeln die Brüder hinaus. Þórðurs Gummistiefel geben ein langgezogenes Quietschen von sich und hinterlassen breite, schwarze Streifen, doch Starkaðurs Bergschuhe machen »krisp, krisp«. An einigen Stellen gleicht das Parkett einer Landkarte mit Tintenflecken.

In dieser Nacht sinkt der Gemeindevorsteher völlig erschöpft und ausgeweint in den Armen seiner Gattin in Schlaf. Sie liegt lange wach, streicht ihrem Mann mechanisch über den Kopf und horcht auf die Schlafgeräusche der anderen in der Scheune.

Sieben

Die Nacht hat tausend Gesichter. Starkaður und der Junge blieben lange auf, saßen mit ausgestreckten Beinen auf dem Hügel oberhalb des Hofs. Eine Fliege surrte im Gras.

Es ist die helle Jahreszeit, und nicht weit von der Fliege schiebt sich eine Schnecke durchs Gras, trunken von Mitternachtssonne. Solche Stunden löschen jeden Unterschied an Alter, Erfahrung und Wissen aus. Wer jetzt wacht, sollte alle schönen Wörter einfach beiseite legen: Vernunft, Reife, Erfahrung, Alter. Erst recht solche Hülsen wie Ruhm und Reichtum. In derartigen Stunden ist solche Hühnerkacke so viel wert wie ein blutendes Atom-U-Boot in reichen Fischgewässern. Aber Vernunft, Reife, Wissen, Erfahrung, Alter, die soll man allesamt fein säuberlich zusammenfalten, wegpacken und später einmal in Verstehen und Empfindung umwandeln. In solchen Stunden würde sich selbst ein Untier sacht ins Gras legen und die Schnecke um Verzeihung bitten.

Starkaður hat gerade eine Riesengeschichte erzählt, die vom Zauberwald und den Heringen, die im Wasser niesen. Dann kauen sie auf einer Handvoll Grashalme und werden zu einem untrennbaren Bestandteil der Berge und des Schneckengangs im Gras. Im Haus schlafen alle.

»Bist du sicher, dass ihr das Richtige getan habt?«, hatte Salvör noch gefragt.

»Absolut sicher«, antwortete Þórður schläfrig. »Um die Schrecken der Finsternis zu besiegen, muss man Gespenster einsetzen.«

»Hoffentlich«, murmelte Salvör.

Hoffentlich, dachte die Frau des Gemeindevorstehers und streichelte ihren völlig erledigten Mann. Sein Kopf war auf ihre Brust gesunken, und allmählich gingen ihre Atemzüge ineinander über.

Starkaður und der Junge erheben sich. Die Schnecke bekommt einen Schreck, als das niedergedrückte Gras mit einem grünen Dröhnen in die Höhe schnellt und den Himmel verdeckt. Dann kommt der Schlaf mit einem Sack voller Träume. Alle schlafen, und die Vorstehersfrau kichert leise, weil sie träumt, sie und Jón lägen abseits von den anderen und Jón risse einen Grashalm aus und zeichne damit komplizierte Muster auf ihren Leib. Alle schlafen, bis auf Stefán, den jungen Bauern auf Hóll. Er sitzt aufrecht im Bett und kratzt einen weiteren

Strich in die Wand hinter seinem Kopfende. Strich Nummer 114. Er sitzt im Bett und wacht. Den Schlaf hat er über die Gegend fahren und Träume über die Höfe streuen gesehen. An Hóll ging er ohne anzuhalten vorüber. Er verteilte dort erst recht keine Träume. Stefán sitzt im Bett und denkt: Geht diese Nacht denn nie zu Ende?

Ist denn alles zum Stillstand gekommen? Ist die Zeit vielleicht der Schnecke im Gras auf den Buckel gekrochen, liegt jetzt dort, die Hände im Nacken verschränkt, auf dem Rücken und pfeift irgendwas Unbestimmtes vor sich hin und erkennt in einer Wolke ein ausgestorbenes Mammut wieder? Und, au weia, jetzt ist die Schnecke auch noch eingeschlafen, völlig weggepennt da im Gras, mit der Zeit auf dem Rücken, und alles hört auf zu vergehen. Meine Damen und Herren, es herrscht ewige Nacht auf Erden, ewige, schrecklich helle Nacht!

Stefán braucht deshalb gar kein Licht zu machen, als er aufsteht und barfuß durchs Haus läuft. Manchmal bleibt er vor geschlossenen Türen stehen und sagt auf einmal laut und ausgelassen glücklich: »Ach, da bist du«. Dann reißt er die Tür auf und lacht die totenstillen Möbel an. Anschließend fährt er damit fort, langsam den Fußboden abzuschreiten. Er dankt der Vorsehung, dass er in einem Holzhaus wohnt. Darin kann man sich nämlich mit vielem die Zeit vertreiben. Zum Beispiel kann man lange nach Ästen im Holz suchen. In dieser Nacht entdeckt er einen neuen gegen drei Uhr morgens. Was die Welt noch so alles in petto hat! Stefán läuft gerade auf eine Ecke los und ruft: »Da steckst du also!« Von dem lauten Ruf erwacht der Hund und beginnt jaulend an der Tür zu kratzen.

Ist das etwa ein Zauberhund? Jedenfalls erwacht selbst die Zeit von seinem Gejaule und regt sich auf der Schnecke.

»Guter Hund«, sagt Stefán zu dem Tier, das leise winselt. Unglaublich, wie viel Empfindsamkeit in den Augen eines Hundes liegen kann. Der Mann und sein Hund gehen hinunter in den Keller. Der Mann öffnet eine Truhe und nimmt eine Plastiktüte daraus hervor. Er reißt das Klebeband ab und nimmt einen gelben Pullover in die Hand. Beide schnuppern daran, der Mann und der Hund. Dann beginnen beide zu winseln. Stefán wickelt sich den Pullover um den Kopf und schläft endlich ein.

Acht

Etwa um die Mitte des Sommers kam das konzentrierte Forscherteam den weiten Weg aus New York.

Die Weltmetropole selbst auf einmal auf dem Hof Tunga! Oder wenigstens ein Teil von ihr in Gestalt von zehn Genies. Denn Genies darf man diese zehn Wissenschaftler ruhig nennen. Die Sonne des Wissens schien in ihrer Brust. Nun endlich sollte die Gemeinde Aufklärung über die Verrücktheit Hörður bekommen, und noch über so manches andere, was man gern wissen wollte. Es war geplant, den Sonnen der Wissenschaft einige schwer zu lösende Rätsel zu unterbreiten. Einige wollten gern wissen, woraus die Wolken bestanden oder ob man den Ertrag der Milchkühe noch steigern könne. Solcherart Fragen also. Nur Starkaður fragte nach dem Wind:

»Weht eigentlich immer der gleiche Wind, und wenn nicht, wie lange lebt beispielsweise der Südwind von heute, wie groß ist er, wie schwer, und, wenn er über mein Gesicht streicht, hat er dann schon in den Straßen weit entfernter Städte herumgeschnüffelt, die Gesichter anderer berührt, unverständliche Worte aufgeschnappt, kann er mir alles mitteilen, was er gesehen und gehört hat, kann man die Kenntnisse des Windes messen? Und noch eins: Hat der Wind, der um mein Fenster braust, vielleicht letzte Woche die Hände eines Mörders liebkost? Darf man in diesem Fall über ein Verbrechen hinwegsehen ...«

»Nein, halt, stopp, Starkaður! Bitte nicht so lange und komplizierte Fragen«, sagte der Ausschuss, der sich mit den Genies treffen sollte. Zwei Tage lang war dieser Ausschuss, zwei Männer, eine Frau, von Hof zu Hof gefahren und hatte englische Vokabeln gesammelt, um die Fragen richtig vortragen zu können. Es gab nicht viele, die überhaupt ein Wort Englisch sprachen. Der Ausschuss bekam zahlreiche »Yes« und »No« ausgehändigt, auch eine Handvoll »Olrait«, aber damit hatte es sich schon fast. Leider hatte der vielbelesene Björn Skúlason nach Ankunft der Expertengruppe unbedingt in die Stadt reisen müssen. Völlig unerwartet, und sicher war damit ein umfangreicher Wortschatz dahingegangen. Dagegen war es fast unheimlich, was Gemeindevorsteher Jón in dieser Hinsicht draufhatte!

Er hatte sich so weit wieder erholt.

Sein Schwager hatte ihm einen Fußabtreter besorgt und vor die Tür gelegt und darüber ein großes Schild befestigt.

Bitte Schuhe oder Stiefel ausziehen, danach auf die Matte treten und die Füße kräftig abtreten! Das Parkett im Innern ist sehr empfindlich, und durch die Matte werden kleine Steinchen, die sich unter den Socken festgesetzt haben könnten, entfernt.

Jón war zwar noch nicht so weit wieder hergestellt, dass er den Vorsitz im Ausschuss übernehmen konnte (und so geschah es, dass zum ersten Mal seit zwölf Jahren in der Gemeinde ein Ausschuss seine Arbeit ohne Vorsitz des Gemeindevorstehers aufnahm), aber ohne ihn wären nicht viele Fragen zum Vortrag gekommen. Der Mann wog vielleicht nicht die Angelegenheiten ferner Länder in seinen Händen und er stand Björn auch wesentlich in der Kunst nach, über den Rand einer Brille zu peilen, aber der Ausschuss erhielt nicht weniger als vier Dutzend englische Wörter von ihm. Und zwar wichtige Wörter und so beschaffen, dass man sie auf unzählige Weise miteinander kombinieren und so die verschiedensten Sätze aus ihnen bilden konnte.

Es war daher eine ziemlich geballte Ladung, die der Ausschuss vor die Sonne der Genies tragen konnte. Diese waren auch voll freundlichen Interesses, selbst wenn sie etwas befremdete Blicke auf das Kleeblatt warfen, das ihnen in merkwürdig geschraubten und verdrehten Formulierungen die wunderlichsten Fragen vorlegte. Aber das machte nichts. Die Forscher hatten sich auf die Begegnung mit Eingeborenen sorgfältig vorbereitet und überreichten ihnen zunächst einige Farbfotografien amerikanischer Präsidenten, eine Kiste Coca-Cola, die Nationalhymne (mit Noten), sowie die farbige Abbildung eines Hamburgers mit Pommes. Ihre Antworten allerdings waren unverständlich. Das heißt natürlich, sie waren für die drei Köpfe des Ausschusses zu hoch. Warum hatte Björn auch unbedingt so überstürzt nach Süden fahren müssen, obwohl er doch daheim die Welt in den Briefkasten bekam. Er hätte sie bestimmt verstanden, und der Gemeindevorsteher vielleicht ebenfalls, aber nein, strikte ärztliche Verordnung: Keine unnötige Aufregung! Und der Dolmetscher, seines Zeichens eigentlich Fahrer des Überlandbusses? Der machte sich am dritten Tag davon. Nachdem er beim Bauern von Bátsendar drei Flaschen Schwarzgebrannten geleert hatte. Er war verschwunden und nicht zurückzuerwarten, ehe die Untersuchungen der Forschungsgruppe abgeschlossen waren. Der Wirrkopf hatte der Gemeinde noch geraten: »Stört die Ausländer so wenig wie möglich, und kümmert euch vor allem nicht um den Schwarzen, der die Anweisungen gibt! Der Junge hat schon Schwierigkeiten gehabt, der verträgt keine weiteren Zwischenfälle.«

Schwierigkeiten?

Ja, Sam Jones, der Cleverste von allen, war in Schwierigkeiten geraten.

Neun

Geringschätzung ist das rechte Wort, um Sam Jones' Interesse an Island in jenen ersten Tagen zu bezeichnen, nachdem sich das Flugzeug aus der Bläue des Himmels der schwarzen Ödnis der Lava entgegen geneigt hatte. Anödung wäre ein noch treffenderes Wort. Oder Melancholie. Schon im Flugzeug legte sich diese Melancholie auf ihn, und das Heimweh nach himmelhohen Gebäuden, nach der größeren Nähe von Menschen, dem Geruch von Beton, Glas, Auspuffabgasen, der lauten Hektik des Tages und dem dumpf brodelnden Rauschen der Nächte. Sam Jones hatte die feste Gewohnheit, auf den höchsten Wolkenkratzer zu fahren, sich gefährlich weit über die Brüstung der Dachterrasse zu beugen und die riesige Stadt zu umarmen. Sein Herz schlug im Gleichklang mit dem ihren. Seine Adern waren ihre Straßen, der Verkehrsstrom sein Blut. Ein Land ohne Häuser war wie ein Buch ohne Wörter. Das war ihm ein geläufiger Vergleich. Ein Land ohne Häuser ist wie ein Buch ohne Wörter. Sam Jones hatte nämlich auch eine poetische Ader. Seine Dissertation über Hörður sollte zum Beispiel den Titel tragen: *Warum die Wolken ihr Schweigen brachen*. Und dort oben im Flugzeug, hoch über den Wolken, da befiel diesen Stadtbewohner mit Stahlbeton in der vierten Generation die Anwandlung, sich vorzubeugen, die schwarzen Hände in das Blau des Himmels zu tauchen und damit das Gesicht zu waschen. Das war nach dem dritten Glas. Nach dem dritten Glas bekam er meist die wunderlichsten Einfälle. Darum trank er immer mindestens drei.

Aber jetzt zu den Schwierigkeiten! Sobald der Schatten der Esja auf Reykjavík fiel, bekam Sam Jones das Zittern. Er saß schräg hinter dem Busfahrer. Zuerst hörte man merkwürdige Geräusche.

Wieso merkwürdig?

»Etwa so, wie ein junger Hund winselt.«

Sagte der Busfahrer. Und weiter:

»Dann begann die ganze jämmerliche Gestalt zu zittern, und ich meine buchstäblich die *ganze*! Teufel noch mal, es sah aus, als hätte der Kerl einen Pressluftbohrer in den Grapschern, und zwar einen verdammt großen! Ich biege auf eine Seitenstraße ab und halte den Bus an, da wackelt der Jammerlappen schon, als ob drei von ihm auf dem Sitz säßen und nicht nur einer. Na ja, wir tragen ihn also raus, was übrigens eine ganz schöne Sauerei war, weil ihm Rotz oder Schleim oder so was aus dem Maul quoll, und ich rechnete schon damit, dass der Kerl in Trance fiel und irgendwelche schwarzen Geister aus dem tiefsten Arsch von Afrika am Fuß der Esja zu steppen anfingen. Bäh, war das eine Suppe, die da rauslief! Was soll ich sagen? Wir legen ihn ins Gras, und seine Kumpane labern die ganze Zeit amerikanisch. Macht ja eigentlich nichts. Man versteht ja üblicherweise das meiste, aber die quasselten wie ein Wasserfall. Und so ist es ja bei einem Wasserstrahl: Du siehst das Wasser, aber nicht die einzelnen Tropfen, versteht ihr? Na ja, die hätscheln und tätscheln ihn, benetzen Tücher im Bach und pampern ihn auf alle erdenkliche Weise, und die Schwarzhaut stöhnt und jammert und zittert überall wie Wackelpudding, und ich meine überall. Der Teufel ist in ihn gefahren, hätte mein alter Großvater gesagt, meines Vaters Vater meine ich. Aber nein, der Schwarze war nicht vom Teufel besessen. Damit kenne ich mich aus. Bin weit herumgekommen, als ich noch zur See fuhr, hab das eine oder andere gesehen. Und mittendrin, während sie ihn da noch klapsten und streichelten wie ein Baby, fiel mir ein, was ich vor dreißig oder vierzig Jahren – Satan, ist man alt geworden! – erlebt habe. Ich schipperte damals im Nordmeer ’rum, und ich meine ganz oben im Norden. Es war so kalt, dass einem die Wörter im Mund gefroren und man sie wie Tiefkühlfleisch ausspuckte. Einer wollte sich mal den Gang aufs Klo sparen und einfach steuerbords über die Reling pinkeln, aber die Pisse gefror schon in der Luft. Stellt euch vor: Da steht ein gebogener Harnstrahl in der Luft, ein gelber Strich, der bis zurück in seinen Ursprung zu Eis erstarrt. Wir mussten dem armen Kerl kochend heißes Wasser über sein Ding gießen, damit er den Strahl abklopfen konnte ... Na ja, vielleicht übertreibe ich ein wenig, aber glaubt mir, es war kalt. Eines Morgens kamen wir zu zweit auf die Brücke. ›Guckt mal‹, sagten die Jungs von der Wache und zeigten, und ich machte drei Kreuze. Blaue See und minimale Eisbildung, als ich mich schlafen legte, und jetzt eine Treibeisdecke, so weit das Auge reichte! Der weiße Tod, Jungens, der weiße Tod! Der Bursche, der mit mir raufgekommen war, war kein Schlappschwanz, aber er fing genauso an zu zittern und zu jaulen wie der Schwarze im Bus. Aber mit dem Teufel hatte das nichts zu tun, der mag die Kälte nicht, ist so ein Warmduscher mit Baskenmütze. Jedenfalls steht der Junge also da, winselt wie ein Welpe und bibbert wie Espenlaub, da stellt der Käptn seinen Kaffeepott beiseite, geht auf den Jungen zu, und plaff! kriegt er einen auf die Zwölf und geht ohne einen Pieps zu Boden. Danach holt einer ’nen Schnaps, flößt ihn dem Bengel ein, und alles ist wieder in Butter. So weit dazu. Wir aber sind immer noch an der Esja. Ich bin weit herumgekommen, habe das eine oder andere gesehen, das der Erinnerung wert ist, und ich sag also zu den Leuten: ›Pardon mi‹, und schieb sie zur Seite. Dann nehm ich mir den Wackelpeter vor, zerr ihn auf die Füße, und, bitte sehr, gehört alles zum Service, kriegt er eine mit rechts und eine mit links auf die Backen und sackt mir weg wie ein Plumpssack. Alles kreischt aufgeregt durcheinander.

Hab ich zu fest hingelangt? Aber nein, da regt sich noch was in ihm. Ich frage nach Schnaps und bekomme Whiskey, trichtere ihm ein paar Tropfen ein, und, hast du nicht gesehen, springt er auf und kommandiert herum wie ein wieder geborener Caesar.«

Oh ja, Anweisungen konnte er geben. Die anderen Forscher gehorchten ohne Einwände und hantierten mit allerlei wissenschaftlichem Gerät. Ziffern wurden notiert, Überlegungen angestellt, Bücher gewälzt, Formeln angewandt, Theorien gehisst.

In der ersten Woche lief alles blendend. Sam empfing lächelnd den Ausschuss, winkte dem gemeinen Volk zu, das unten an der Straße zusammengekommen war, sich aber nicht zum Hof hinauf traute. Er nahm das Ungekünstelte in Unnurs Bewegungen bei der Hofarbeit wahr, maß die Kälber mit starrem Blick und versuchte einige ihrer Körperteile mit dem Fleisch in Übereinstimmung zu bringen, das er zu Hause bei einem Polen aus seinem Viertel kaufte.

Zwei Dinge müssen in diesem Zusammenhang klargestellt werden: 1.) Die Beobachtung der Umgebung lenkte in keiner Weise von der Forschungsarbeit ab. 2.) Der Umstand, dass Sam seine Umgebung eingehender betrachtete als seine Kollegen, war keineswegs ein Zeichen dafür, dass es ihm in Vergleich zu ihnen etwa an Konzentration mangelte oder er sich von der Lebendigkeit der Natur und der Menschen zu leicht ablenken ließ, vielmehr zeigte es die Überlegenheit des Schwarzen und die Originalität seines Denkens. Er wusste nämlich genau, dass in einem so schwierigen Fall wie dem Hörðurs ein Teil der Lösung ebenso gut in den Mienen der Nachbarn, Unnurs Art, sich zu bewegen, den Spielen der Kinder und dem Muhen der Kälber zu finden war.

Die Originalität verdankte Sam seiner poetischen Ader. Sie

hatte ihn oft auf kürzestem Weg zu einer Antwort geführt. Allerdings hatte der Chef der Abteilung Sam auch schon häufig davor gewarnt, dass Poesie einem Wissenschaftler gefährlich werden kann.

»Lyrik«, sagte er väterlich zu seinem schwarzen Mitarbeiter, der früh seine Eltern verloren hatte und bei schweigsamen Verwandten aufgewachsen war, »Lyrik ist wie Haschrauchen, sie nebelt den Verstand ein, und die Lektüre von Romanen ist wie ein Alkoholrausch. Die Einbildungskraft kann dich auf Abwege führen, einfache Dinge kompliziert machen. Denk immer daran: Literatur kann einen ehrenwerten Mann im Handumdrehen zum Idioten machen, einen genialen Wissenschaftler zum Pfuscher. Vergiss das nie!«

Vergiss das nie! Zu Beginn der zweiten Woche steigt Sam mit einem Messgerät auf die Heide von Tunga. Was für Umstände! Musste er denn unbedingt schon um fünf in der Frühe aufbrechen und genau auf die Stunde treffen, da alles verstummt ist und selbst der Wind, ins Heidekraut gebettet, schläft wie ein Stein? Gegen Abend musste er sich mit glühend heißer Stirn zu Bett legen. Am Tag darauf begann er, im Fieber zu phantasieren. Völlig ausgeliefert lag er zwischen Bergen; Wasserläufe, Erdhaufen und Gräben wälzten sich über ihn, tanzten auf seiner schwarzen Brust und drangen dann in sie ein. Dieser ganze Tumult hörte nicht wieder auf, obwohl das hohe Fieber etwas nachließ. Schon merkwürdig, wie so ein ganzer Berg ins Zimmer passte, ohne ihn unter sich zu zerquetschen. Oder auch das Meer. Grauenerregend, Millionen Liter Meerwasser mit Händen, Köpfen und Füßen hereindonnern zu sehen, Abermillionen Liter salziger Brandung voller Treibgut, Seetang, Fischen und ertrunkener Seeleute! Alles stürzte über ihm zusammen und führte ein wildbewegtes Tänzchen auf seiner Brust auf. Dass er nicht ertrank!

So ist das also, dachte Sam merkwürdig unbeteiligt, wahnsinnig zu werden, und dabei dachte ich, es verliefe ganz anders, das Leben ...

Nach der dritten Woche kam der Bus, um das Forschungsteam abzuholen, und kein anderer als Sam Jones höchstpersönlich sitzt wieder schräg hinter dem Fahrer. Keine Spur mehr von Wahnsinn in seinem Gesicht zu finden. Ganz im Gegenteil. Wer es betrachtet, findet darin deutlich eingravierte Züge von der Klarheit der Wissenschaften.

Zehn

Dieser Sommer. Jener großartige Sommer, bevor der Heubinder in die Gemeinde kam und ein großer Mann im Ausland von seinen Reichtümern wegstarb; weg von seinen Feldern, Wäldern und Gärten, Landsitzen, Unternehmen, Autos, Bediensteten, Jachten und dem eigenen Golfplatz, weg von Ruhm und seinem bekannten Namen, von schwindelerregend hohen Bankkonten. Von all dem starb er weg, und wer weiß, ob er nicht auf der anderen Seite bettelarm erwachte, barfuß obendrein, sofern ihm nicht ein isländischer Heimatdichter ein paar Socken lieh.

In diesem Sommer marschierte der Junge manches Mal in südlicher Richtung vom Hof weg, bis er mit einem so entschlossenen Gesichtsausdruck in der rauen Lava der großen Spalte verschwand, als müsse er Schafe von der Hauswiese vertreiben. Doch sobald das Haus außer Sicht kam, bröckelte die Entschlossenheit von ihm ab und ein ratloser Junge blieb zurück. Dieser Junge legte sich schweigend ins Gras, und die Traurigkeit kam und gesellte sich zu ihm. Unterhalb der Stelle, wo er lag und wo das Gelände ebener wurde, war er splitterfasernackt und mit einem Kitzeln im Hals durchs Gras gehüpft. Vor tausend Jahren. Jetzt war er dazu zu alt; auch um die Schuhe verkehrt herum an die Füße zu ziehen. Die Briefe hatte er ebenfalls sorgfältig vergessen. Oder vielleicht nicht völlig vergessen, nicht direkt. Erinnerte sich nur schlecht und schleppend. Er kam jetzt in das entsprechende Alter, wenn das Kind im Mann in tiefen Schlaf fällt und bei manchen nie wieder aufwacht. Jedenfalls nicht in diesem Leben. Solche Menschen laufen also gewissermaßen mit einem toten Kind in sich durchs Leben. Und verstehen daher alles falsch. Solche Leute glauben, der Mensch sei deshalb von den Bäumen herabgestiegen und habe sich auf zwei Beine aufgerichtet und die Sprache entwickelt, um nur zu arbeiten, zu arbeiten und nochmal zu arbeiten. Nicht um die Erde zu bestellen, sondern um das Leben in Beton zu gießen und es in Autos verrosten zu lassen. Nein, wenn es Gott gefiele, sein Schweigen zu brechen und zum verwirrten Menschengeschlecht zu sprechen, dann würde er es nicht mit irgendwelchen Gleichnissen durcheinander bringen oder zur Freude der Gelehrten zweideutige Orakel von sich geben, sondern er würde ganz einfach sagen: Arbeitet in Maßen! Ihr wurdet nicht erschaffen, um euch für ein Ledersofa abzurackern, in das ihr euch dann aus Zeitmangel sowieso nicht setzen könnt. Es reicht vollkommen, hin und wieder genügend Geld für einen Busfahrschein aufs Land zusammen zu bekommen, damit ihr wieder einmal barfuß oder auch nackt durch Gras laufen und mit dem Bauch und nicht mit dem Kehlkopf lachen könnt.

Doch, doch, der Junge erinnerte sich an einzelne Abschnitte aus den Briefen, vielleicht nicht Wort für Wort, aber an einzelne Sätze, und das Ende des Letzten konnte er, ohne nachzudenken, auswendig hersagen:

Nun wird sich der klare Himmel bald verdunkeln. Nicht mehr lange, und du wirst der kindlichen Unschuld den Kopf bis auf die Schultern spalten und den Zauber der Unberührtheit verlieren. Du kommst allmählich in das Alter, da alles drunter und drüber geht, die Klarheit nicht mehr den Himmel über dir darstellt, das Kind einschläft; aber auch diese schreckliche Zeit wird vorübergehen, und dann stellt sich die große Frage: Wie stark bist du? Wenn du in einigen Jahren wieder denselben Himmel musterst, wirst du dann beschämt den Kopf schütteln, vielleicht auch eine Spur verärgert, oder wirst du irgendetwas Unverständliches hinter dich murmeln und davonlaufen, um wieder mit einem Kitzeln im Hals durchs Gras zu hüpfen? Erwacht wieder, was schlafen gegangen war, oder stirbt es endgültig? Denk immer daran, Junge, immer: Es erwacht nicht von allein, wie Dornröschen. Es braucht Mut, um sich durch die Dornenhecke zu kämpfen! Überall lauern Gefahren. Giftige Spinnen speicheln dir vorherbestimmte Bahnen und Wege ins Blut, von den Zähnen der Giftschlangen trieft das korrekte Benehmen, und im dichtesten Dickicht wartet eine bucklige Hexe darauf, dich verrückt zu machen nach dem Ledersofa und einer Zweitageslizenz für den teuersten Lachsfluss. Kommst du endlich abgekämpft und blutig gekratzt, aber siegreich aus der Hecke hervor, dann wartet erst die schwerste Herausforderung auf dich: Über dem Schloss droht ein feuerspeiender Drache und trägt den grauenerregenden Namen »Die öffentliche Meinung«. Er schwebt über dem Schloss und verdeckt die Sonne. Dann erinnere dich: In diesem Kampf gilt die alte Regel, ist dein Schwert zu kurz, greife zum Bogen. Und wenn deine Pfeile von seinem Schuppenpanzer abprallen, dann streck ihm die Zunge heraus! Jede verrückte Albernheit stutzt ihm die Flügel.

Der Junge gähnt.

Dann sagt er dort im Gras, die Augen zum Himmel gewendet, laut vor sich hin: »Na, ich glaubs wohl, Donnerwetter, dass einem so was zu Ohren kommt, was du nicht sagst«, und leiert eine ganze Weile all die Phrasen herunter, die das Wechselgeld einer Alltagskonversation ausmachen. Da steht der Berg Bátsfell. Der Junge setzt sich auf, dreht das Boot um und rudert ins nächste Tal hinein, jenes lange, schmale, das wie ein Dolch ins Land schneidet. Er ruft den Namen des Mädchens, das einmal das A und O des Alphabets war. Und schon kommt sie angelaufen, aber er schaut ihr diesmal nicht in das helle Gesicht oder die leuchtenden Augen, oh nein, diesmal giert er unverstellt auf die Bewegungen unter ihrem Pullover und in seinem Kopf wallt alles durcheinander. Seine Gedanken sind eine Handgranate, die detoniert, als er den Mund öffnet, um herauszulassen, worum es geht, und die Worte reißen das helle Gesicht in Stücke. Nein, besser lässt man das Boot Boot sein. Dort kommt auch der Postbote in seinem weißen Trabi mit dem roten Dach. Er fegt den Weg entlang, kommt rasch näher, verschwindet aus dem Blickfeld ... und ist jetzt bestimmt gerade dabei, die Zeitung *Tíminn* in den Briefkasten zu stopfen; drei Nummern auf einmal und vielleicht wieder einen Brief an ihn, so einen blöden Brief, der ihn und andere an die Welt da draußen hinter den Bergen erinnert und irgendwelche Ansprüche an ihn stellt. In Schlangenlinien trottet der Junge den Hügel hinauf, hört, wie sich der Trabant wieder entfernt ... Gott sei Dank, kein Brief an ihn, aber der gute, alte *Tíminn* lässt einen nicht im Stich. Nanu, kommt da etwa noch ein zweites Auto? Er kneift die Augen zusammen, bis er es identifizieren kann.

Es ist der Apostel höchstpersönlich.

Er scheint hierher zu kommen. Der Junge kriecht unter dem Stacheldraht hindurch, macht einen weiten Schritt über den Bach und kauert sich so flach in eine Senke, dass er fremden Blicken entzogen ist, als der gelbbraune Landrover runterschaltet und in den Abzweig nach Karlsstaðir einbiegt.

Der Junge öffnet die Umschläge und nimmt die drei Zeitungen heraus. Das ist immer ein feierlicher Moment, den er darum auch gern in die Länge zieht und auskostet. Was für eine Bedrohung sollte über dem Drachen schweben? Bald sollte das Leben des Helden um neun Standbilder weiterspringen. Er schlägt die erste Zeitung auf: Anzeige für einen Heuwender. Doch, die Bauweise gefällt ihm. Auf der nächsten Seite führt jemand eine Fehde gegen jemand anderen. Und da, eieiei, sein Herz verwandelt sich blitzartig in eine dumpf pochende Basstrommel: das Bild einer Frau. Sie lächelt dem Jungen zu. Scheint gerade aus dem Wasser gestiegen zu sein, Wassertropfen perlen über ihren sonnengebräunten Körper, und sie trägt nichts als einen Bikini, einen aus sehr wenig Stoff. Er verhüllt, offen gesagt, weniger, als er zeigt. Ob ihr nicht kalt ist, da in der Senke unter einem bedeckten isländischen Sommerhimmel?

Elf

Der Apostel gilt nicht gerade als herausragender Bauer, jedenfalls nicht in der üblichen Bedeutung des Wortes. Manchmal befindet er sich gerade mitten in einem Telefongespräch oder mistet den Schafstall aus, lädt Heu auf den Hänger oder ist beim Essen, da kann er mit einemmal völlig abschalten, antwortet auf Anrede nichts oder zusammenhangloses Zeug und ist dann plötzlich blitzschnell verschwunden. Der Löffel steht noch in der Suppe, der Traktor tuckert im Leerlauf auf der Wiese, der Telefonhörer baumelt an der Strippe, und eine verwirrte Stimme darin ruft immer wieder: »Hallo? Hallo?«

Aber weder seine beiden Söhne noch seine Frau machen sich auf die Suche nach ihm. Die Frau schüttet die Suppe in den Topf zurück, einer der Söhne schwingt sich auf den Traktor. Sie wissen genau, sofern das Auto auf dem Hof steht, hockt dieser knochige, hoch aufgeschossene Mann mit den hängenden Schultern in einer Ecke der Scheune. Dort sitzt er, tief in Gedanken versunken, und seine langen, schmalen Finger drehen einen Bleistiftstummel. Vielleicht herrscht drinnen Dämmerlicht, schmale Bündel von Sonnenstrahlen können sich durch kleine Ritzen hereindrängen und beleuchten das Universum der Staubpartikel. Manchmal schaut der Apostel nur so vor sich hin, betrachtet abwesend diese hellen Bänder in der Luft und sieht die zahllosen Staubkörnchen zittern wie ferne Kometen aus dem Fenster eines donnernden Raumschiffs. Dann stöpselt er die Handlampe ein, die Kometen verlöschen, der Bauer legt den Bleistift weg, ergreift stattdessen den Füllfederhalter, und die Worte Gottes strömen über das Papier.

Das muss ein erhabener Anblick sein, besonders zeitig im Winter, wenn die Scheune voller Heu ist. Dann sieht man den Mann über sein Werk gebeugt, allein beim Licht der Handlampe, umgeben von den dunklen Bergzacken der Heuballen. Allein? Nein, er ist niemals allein. Wenn er derart gedankenverloren dort sitzt, hat er eine Unterredung mit Gott. Sie wägen untereinander Worte ab, vergleichen ihre Bücher miteinander. Und zuweilen, während er schreibt, ihm die Worte aus der Feder fließen, kommt es schon einmal vor, dass der Apostel sagt: »Nicht so schnell, Herr, ich komme nicht mit.« Oder: »Herr, könntest Du vielleicht ein wenig lauter reden?«

Sein Schreibtisch besteht aus einigen ungehobelten Planken auf zwei Böcken. Darauf links ein Stapel unbeschriebener Blätter, rechts einer mit beschriebenen. Drei Füllhalter und der Bleistift in der Mitte. Und acht Bibeln. Eine von ihnen die berühmte Hendersonbibel von 1813. Sie ist vielleicht nicht die schönste, das Papier nicht viel wert, und der berüchtigte

Druckfehler springt unweigerlich ins Auge: *Klageleder Jeremias*. Aber es ist nun einmal die Familienbibel, und nicht nur das: Sie ist, wenn man es so nennen darf, der Anstoß zu der neuen Bibel, mit der der Apostel ringt: *die* eine wahre und richtige Bibel.

Es hatte schon mit dem Großvater des Apostels begonnen. Als junger Mann hatte er es wild getrieben, gefaulenzt, gesoffen und herumgehurt. Das Schwein im Manne herausgelassen. Dann trug es sich zu, dass ihm einmal Gott im Traum erschien und mit der Zuchtrute seiner Worte tüchtig die Leviten las. Und siehe da: Lasterhaft und voll der Sünden war er zu Bett gegangen und vor Reinheit strahlend wachte er mit dem Lobpreis des Himmels auf den Lippen auf. Da war er schon fast vierzig Jahre alt und der erbärmlichste Hungerleider im ganzen Bezirk. Der eigene Vater hatte ihn hinausgeworfen und verstoßen. In der gleichen Nacht, in der der Herr den lästerlichen Sohn mit der Geißel seiner Worte züchtigte, starb der Vater mit einem letzten Seufzer der Vergebung auf den Lippen. Einige Tage später stand der Großvater des Apostels über dem Staub seines Vaters, mit der Familienbibel in Händen. Diesem heiligen Buch, das der Wanderprediger Henderson eigenhändig dem Großvater des neugeborenen Sohnes überreicht hatte. Ein wahrhaft heiliges Buch. Trotzdem von allen »Lederbibel« genannt, denn dort stand nun einmal: *Klageleder Jeremias*, nicht *Klagelieder Jeremias*. Das war nicht zu bestreiten. Doch alles wird von oben vorherbestimmt. Wegen dieses einen Druckfehlers begann der Großvater des Apostels an der Heiligkeit einzelner Wörter zu zweifeln, auch einzelner Sätze und sogar ganzer Kapitel. Ihm schwante, dass nicht alle Worte in der Bibel vom Herrn selbst stammten. Dieser Verdacht keimte in ihm, als er 42 Jahre alt geworden war. Weitere sechzehn Jahre vergingen, ohne dass er sein großes Werk begann. Dann sagte der Herr zu ihm: »Warum hast du eigentlich immer noch nicht angefangen?«

Der Vater des Apostels setzte das Werk fort, und jetzt rang bereits die dritte Generation damit, es zu Ende zu führen. Jedes einzelne Wort der Heiligen Schrift wurde dazu aus seiner Seite gelöst und gegen das Licht Gottes gehalten und durchleuchtet.

Diese Männer waren langsam und sorgfältig das heilige Buch durchgegangen und hatten die hinterlistigen Tücken und Fallstricke des Bösen entfernt. Sie hatten die Schafe von den Böcken geschieden und die Wölfe von den Lämmern. Vielleicht noch fünf Jahre, bis sich der Apostel eine Schreibmaschine zulegen wird, um die reine Bibel ins Reine zu schreiben. All die geröntgten Worte und dazu das Säuseln der Ewigkeit, das der Apostel von Gott vernommen hat. Dann wird das Böse aus der Welt verschwinden, denn jeder, der seine Augen in *das* Buch steckt, wird gereinigt werden durch seine heiligen, heiligen Worte.

Allerdings soll der Einwand nicht unterschlagen werden, dass selbst die zurückhaltende Ehefrau dieses Ehrenmannes ab und zu über die Verständnislosigkeit des Herrn in Fragen der Landwirtschaft in Rage gerät.

»Ach«, sagt sie manchmal zu ihrem Mann, »ach, wenn du dich doch nur ein wenig mehr um den Hof kümmern würdest.«

Dann streicht ihr der Apostel sanftmütig über den Handrücken, und sie beruhigt sich wieder. Was hätte er auch antworten sollen? Sie hatten doch zwei tüchtige Söhne, und was machte es schon, wenn ihn andere einen Faulpelz schimpften. Solche Leute waren nur zu bedauern. Gott standen sie nicht nahe, sie hatten nie seinen Herzschlag vernommen. Der Herr sprach nicht zu ihnen. Wie sollten sie da verstehen? Sollte seinerseits er, der Apostel, etwa einfach damit fortfahren, Mist zu schaufeln, Heu auf den Hänger zu laden oder Zäune zu flicken, sollte er weiteressen, als ob nichts wäre, anstatt durch die Gemeinde zu fahren oder sich an seinen Schreibtisch zu setzen, wenn der Herr sich dazu herabließ, seine Hand auszustrecken, seine Lippen anzurühren und zu sprechen: »Siehe, ich lege dir meine Worte in den Mund.«

Sollte der Apostel etwa Fleischbrocken in denselben Mund schieben, weiterhin Mist ausfahren und den göttlichen Auftrag missachten?

Nein, ein Apostel lässt sich durch die Engstirnigkeit und Kleingeisterei einiger Nachbarn nicht beeinflussen. Er fährt durch die Gegend mit Gott an seiner Seite, und beide führen heilige Worte im Mund.

Auf Karlsstaðir begegnet man ihm anders.

Und deshalb kommt es dort so, dass, während draußen eine mit einem grausam knappen Bikini bekleidete Frau und ein reinlicher Drache um die Aufmerksamkeit des Jungen in der Senke kämpfen, sich drinnen der Apostel beim Hefegebäck bedient, ein ordentliches Stück von der Schokoladentorte absäbelt und über weltliche Angelegenheiten plaudert, während der Herr geduldig draußen im Auto wartet.

Schon vor langer Zeit sind sie nämlich übereingekommen, der Apostel und Þórður, dass der Erstgenannte auf Karlsstaðir nur Bauer und Weisheitssucher ist. Gott hat dafür Verständnis. Er ist nämlich ein cleveres Kerlchen. Weiß genau, dass der Apostel trotz der Reinheit seiner Seele ein Mann aus Fleisch und Blut ist und sich manchmal als solcher betätigen muss. Deshalb hat er zum Beispiel zwei Söhne. Deswegen hat das Ehepaar in einmütiger Wallung der Fleischeslust zweimal das Ehebett in Trümmer gelegt. Der Herr weiß genau, dass man entweder Engel oder Mensch ist. Wer versucht, einen Mittelweg einzuschlagen, ist weder Fisch noch Fleisch. Daher wartet

Er gleichmütig, auch wenn der Apostel auf Karlsstaðir an der Küchenbank klebt. Wenn ihm dann irgendwann doch die Geduld ausgeht, drückt Er auf die Hupe.

»Ach was, mein lieber Starkaður«, sagt der Apostel dann und grinst, »das ist nur ein Kurzschluss.«

Zwölf

Der alte gelbbraune Landrover des Apostels müht sich wieder über die Anhöhe, und beide Insassen, der ehrenwerte Mann und sein Herr, winken dem Jungen zu, der mit den Zeitungen unter dem Arm auf den Hof zukommt. Salvör auf dem Hofplatz beschattet die Augen mit den Händen und schaut ein wenig besorgt dem Geländewagen nach, der sich allmählich entfernt und verschwindet. Der Apostel sitzt am Steuer, der Herr an seiner Seite mit einem Schild zwischen den Händen, auf dem mit fein ausgezogenen roten Pinselstrichen geschrieben steht: *Und Gott wird alle Tränen von deinen Augen abwischen.*

»Wohin fährst du jetzt?«, hatte Starkaður in der Küche noch gefragt, und der Apostel hatte sorgsam die Kaffeetasse abgesetzt, sich den Mund gewischt, die Lippen gespitzt und sich langsam, aber fest durch das zurückgekämmte graue Haar gestrichen.

»Hm, zu, äh, Stefán.« Er wiegte den Oberkörper vor und zurück. »Tja, also zu Stefán, glaube ich«, wiederholte er.

Zog dabei ein besorgter Schimmer über das rotwangige, aber magere Antlitz des beherzten und edlen Streiters Gottes?

»Wie geht es ihm denn?«, fragte Salvör behutsam.

Der Apostel blickte eine Weile leer vor sich hin und antwortete erst dann: »Es ist ein langer und gewundener Pfad, gütiger

Gott! Das will ich nicht verhehlen. Alles Licht verlischt in der Düsterkeit dieses Menschen.«

Und dann lehnte er sich blitzschnell weit zurück, fiel fast hintenüber und hätte beinahe vergessen, dass damit sein schlimmstes weltliches Laster und vielleicht sein einziges im Begriff stand, ihm einen Streich zu spielen. Es waren sicher mehr als acht Jahre vergangen, seit er damit aufgehört hatte, auszuspucken, aber noch immer traten Momente auf, in denen der Apostel fast so weit war, einen Mundvoll loszuwerden und Dunkelrotes auszurotzen. Besonders dann, wenn der Anlass geeignet war, einen besorgten, fast traurigen Seufzer loszuwerden und gleichzeitig damit eine Art eingefärbter Resignation. Dazu macht er unwillkürlich Anstalten wie jetzt in der Küche: Lehnt sich, ausholend, flink zurück, der Speichel strömt in der Mundhöhle zusammen, und er möchte sich, bitte schön, der ganzen Ladung auf den Fußboden entledigen.

Zu aller Erleichterung kam er gerade noch rechtzeitig zur Besinnung, presste mit erschrockener Miene und weit aufgerissenen blauen Augen die Hand auf den Mund, beugte sich vor und verbarg die ganze Schande, die ihm ins Gesicht stieg und sich mit seinem Erschrecken mischte. Die Gastgeber schauten schweigend und mitleidig auf den gebeugten Rücken, auf die Schulterblätter, die wie Flügelstummel aus den schmalen Schultern ragten, auf den langen schneeweißen Nacken. Sie waren der Ansicht, der Kummer über die dunkle Reise Stefáns auf Hóll hätte den Apostel so schwer getroffen, dass ihm der Schlag beinahe das Leben verkürzt hätte. Doch mitnichten; Stefáns Schicksal ist eher ein Stachel in den Eingeweiden des Ehrwürdigen. Und wer hätte nicht über sein Schicksal geweint, wem hätte sich beim Blick in Richtung des Hofes, auf dem Stefán von Einsamkeit und Trauer aufgezehrt wurde, nicht ebenfalls ein Stoßseufzer entrungen?

Dreizehn

Gibt es so etwas wie eine natürlich angemessene Trauer? Erreicht sie irgendwann einen Höhepunkt, beginnt von da an wieder abzunehmen und in den gleichförmigen Ablauf der Tage einzumünden, sinkt zu einer Strophe unter anderen in der Komposition eines Tages herab, einer traurigen Strophe, wie der Blues einer Mundharmonika? Traurig, aber zu verkraften und manchmal kaum aus der Gesamtflut der Töne herauszuhören. Ist das, was wir Leben nennen, immer stärker als der Tod, oder ist es, umgekehrt, unnatürlich, wenn man die Verhältnisse andersherum sieht? An diesem Punkt wäre es vielleicht angebracht zu fragen: Was ist Leben? Oder eher noch: Was ist der Tod? Die Endstation? Eine Umsteigehaltestelle? Zweifellos werden einige den Kopf schütteln, ja, verständige Menschen schütteln ganz bestimmt den Kopf und sagen: »Solche Fragen führen dich in eine Sackgasse. Früher oder später stößt du an eine Mauer, und über die kommt niemand in diesem Leben ...«

Gibt es eine natürlich angemessene Trauer? Stefán hatte irgendwo einen Auszug aus einem wissenschaftlichen Artikel gelesen, in dem behauptet wurde, das Leben bestehe aus dem Kreislauf der Materie; im Grunde würde der Mensch niemals sterben, sondern nur in andere Zusammensetzungen von Materie verwandelt: in Würmer, in das Wachstum des Grases und der Bäume. Der Artikel fachte Stefáns Skepsis an, doch auch sein Trauerempfinden wurde stärker, als man es sonst in der Gemeinde kannte. Die Leute hier sind nämlich nicht ans Joch der Materie gekettet. Sie glauben zu wissen, ohne den Finger auf Zeugnisse legen zu können, sie verstehen sozusagen spontan, dass der Materialismus als Philosophie wie ein geriebener Politiker ist, der rhetorisch eine Pfütze zum Weltmeer aufbläst.

Genauso verhält es sich mit der Materie: Wer sich über ihre Begrenzungen hinwegtäuscht und meint, alle Antworten innerhalb finden zu können, der hat noch nie den alten Skúli erblickt, wie er Freunden und Verwandten entgegenkommt und dabei fröhlich mit erstklassigem Trockenfisch winkt. So ist es nun mal. Doch Stefán stößt andauernd mit den Zehen gegen irgendwelche wissenschaftlichen Tatsachen und fällt auf die Nase. Ständig verheddert er sich im Spinnennetz der Materie, zappelt, um wieder frei zu kommen, und kann sich doch bald nicht mehr rühren. Dann kommt der Materialismus auf seinen acht behaarten Beinen, in seinen Drüsen das Gift, das die Phantasie auflöst.

Wie viele Nächte hindurch hat Starkaður mit seinem Freund zusammengesessen und versucht, die tollwütigen Hunde der Trauer zu verscheuchen, Stefán einen Ausweg zu öffnen: Denk doch mal an all die Festfreuden! – Aussichtslos. Manchmal fällt Stefán während der Arbeit einfach buchstäblich in sich zusammen; auf der Hauswiese, in den Stallungen, am Grabenrand, kippt um wie tot. Dann jagt sein Hund los. Nicht etwa auf kürzestem Weg zum nächsten Hof, sondern die ganze Strecke über das Bátsfell, und es ist Þórbergur, der ihm anschließend die Wunden der Anstrengung leckt, und Þórður tritt das Gaspedal des Landrovers bis zum Bodenblech durch, wobei Starkaður und Salvör neben ihm noch fragen: »Gehts nicht schneller?«

»Die ewige Skepsis ist meine Hölle«, sagte Stefán einmal zu Starkaður. Von daher packt ihn manchmal der fürchterliche Verdacht, dass das, was er verloren hat, vielleicht auf ewig verloren ist. Das ein Teil von *ihr* vielleicht in einem Wurm steckt. Unerträglicher Gedanke! Stefán hasst nämlich Würmer, hasst sie seit seiner Kindheit. Und Gott? Wo, zur Hölle, steckt dieser verdammte Gott?

Vierzehn

Gott hatte zum Apostel gesprochen und gesagt: »Dieser Mann muss gerettet werden. Mildere seine Versuchungen mit deinen gesalbten Worten!« Und der Apostel suchte Stefán auf.

Es war nie genau aus ihm herauszubekommen, was sich dann zwischen ihnen abgespielt hatte, nur so viel: Stefán hatte auf einmal seine einläufige russische Flinte in den Händen. Der Gang krachte ins Getriebe des gelbbraunen Landrovers, und Ehrwürden duckte sich und schrie: »Jetzt sehe ich schwarz, Herr!«, als die Schrotladung auf die Heckscheibe prasselte.

Wie gehts?

Tja. Der Apostel dachte sich neue und besinnlichere Maßnahmen aus. Deshalb sitzt Gott neben ihm im gelbbraunen Landrover und hält ein Schild zwischen seinen verehrungswürdigen Händen. Dreimal wöchentlich halten die beiden Kumpane an der Auffahrt zu Stefáns Hof und nageln unterschiedlich große Schilder an den massiven Eckpfosten der Umzäunung.

Anfangs wurde Stefán ungeheuer wütend und war drauf und dran, sich in Hinterhalt zu legen und das alte Autowrack zu durchsieben, egal, was der Gemeindevorsteher über versuchten Totschlag faselte. Das erste Schild riss er, wie gesagt, in kochendem Jähzorn herunter, fluchte Hölle und Schwefel und wollte dem Schild mit dem Vorschlaghammer den Garaus machen, das verfluchte Gotteswort zermalmen, es zu Streichhölzern verarbeiten, oder Zahnstochern seinetwegen, ja, sich mit dem Wort Gottes zwischen den Zähnen herumstochern! Aber eins ließ sich nicht abstreiten: Die Handschrift des Apostels war so gestochen, dass jeder Pinselstrich einem Kunstwerk glich. Und es ließ sich auch nicht abstreiten, dass die Worte mit viel Geschmack und Stil ausgewählt waren. Der Hammer fuhr in Stefáns Händen zum dritten Mal in die Höhe ... und sank, ohne Schaden anzurichten, wieder herab. Der Kunstverstand in der Ausführung der Buchstaben und die Tiefsinnigkeit der Worte besänftigten den Zorn des Mannes. Von daher können die beiden Kumpel also jetzt ungehindert ein weiteres Schild am Zaunpfosten anbringen: *Und Gott wird alle Tränen von deinen Augen abwischen*. Schild Nr. 37.

Stefáns Nachbar beobachtet die Aktion, in der Ehrwürden und der Herr die Verheißung anschlagen, durchs Fernglas. Ja, Stefáns Nachbar.

Hier sollte man wahrscheinlich kurz innehalten und etwas erklären. Nur wie mach ichs am besten?

Seht mal, die Wege, die das Schicksal nimmt, sind ja manchmal sehr merkwürdig, und es klingt natürlich ziemlich unwahrscheinlich, na ja, vielleicht sogar idiotisch, aber trotzdem ist es eine glasklare Tatsache: Dieser Nachbar Stefáns ist, nun ja, kein anderer als unser Samuel W. Jones. Schon klar, jetzt wird manch einer sagen: »Was?« Und andere werden die Köpfe schütteln und sogar spöttisch fragen: »Ist dieser geniale Wissenschaftler, dieser schwarze Großstädter etwa plötzlich Bauer auf dem platten Land in Island geworden, einfach so? Saß der nicht schon vor Wochen im Bus nach Süden, mit dem Flugticket nach Hause in der Tasche?«

Ja, doch, stimmt schon. Er saß im Bus, er war auf dem Weg in die Stadt; und doch bleibt es dabei, was der so genannte gesunde Menschenverstand auch immer an Senf dazugibt: Als der Apostel unter Assistenz des Herrn das Schild annagelt, ist es Sam, der mit dem Feldstecher auf dem Hof von Tunga steht. Und er verfolgt das Geschehen genau. Immerhin haben die beiden Nachbarn verabredet, mit den ganzen Schildern ein gemeinsames Silvesterfeuer zu veranstalten. (Ausgenommen die, welche solche Kunstwerke sind, dass man sie nicht auf den Scheiterhaufen werfen kann.) Und es war gerade der poetische Sam, der, kurz bevor er den Stapel in Brand setzen wollte, sagte: »Denk an, in wenigen Augenblicken wird der Rauch von Gottes Wort über der Gemeinde aufsteigen!«

Fünfzehn

Man konnte die Uhr danach stellen: Jeden Morgen um Viertel vor sieben trat Sam Jones aus der Tür des Wohnhauses auf Tunga auf den Hof, zog prüfend die Luft ein, musterte das Wetter, schlurfte dann zur Ecke des Kuhstalls hinüber und schlug sein Wasser ab. So begann jeder Tag auf Tunga. Ob in der Helle der Sommertage oder in der Finsternis des Polarwinters. Lediglich bei wütendem Nordsturm ließ Sam es dabei bewenden, den Kopf zur Tür herauszustrecken und dem Toben einen Guten Tag zu wünschen. Der Hof liegt vor Schnee ziemlich geschützt, trotzdem gibt es Tage, an denen Sam in aller Frühe erst über einige Wehen hinwegsteigen muss. Dann steht er mit den Füßen im Schnee vergraben an der Stallwand und muss ein wenig fummeln, um den Reißverschluss aufzukriegen; doch dann sieht man's schwarz auf weiß, ehe es gelblich in den Schnee plätschert. Meist ist er früh genug wieder drinnen, um zu hören: »Radio Reykjavík. Es ist sieben Uhr.« Außer, es ist so viel Neuschnee gefallen, dass die fünfzig Meter zwischen Haus und Stallwand nahezu unpassierbar sind. Oder wenn ihn nur die Morgenstille umfängt, wenn sich absolut nichts regt, der Himmel blaues Schweigen, Raureif auf Steinen und Gräsern. An einem solchen Morgen geht er rasch zum Stall hinüber, lässt sein Wasser und läuft wieder hinein, erscheint aber bald darauf mit zwei Kaffeebechern auf dem Hof, auf den Fersen gefolgt von Unnur mit der Kanne.

Tja.

Sam Jones ist wieder da.

War lediglich bis Reykjavík gekommen.

Frisch vom Lande zurück, hatten die Forscher im Foyer des Hotels gestanden, und Sam kümmerte sich selbstsicher und souverän ums Einchecken. Da steckte er die Hand in die Jackentasche. Woher kam dieser Stein? Seine langen, kräftigen Finger schlossen sich um den Geröllbrocken. War es der gleiche, den er auf der Heide aufgelesen hatte? Plötzlich war er so durcheinander, dass der zweite Mann der Truppe das Einchecken übernehmen musste, war so verwirrt, dass man ihn halbwegs auf sein Zimmer führen musste. Am Abend und an den drei folgenden Tagen antwortete er zusammenhangloses Zeug, wenn man ihn ansprach. Er schlief kaum, wenn überhaupt, und saß im hintersten Winkel seines Zimmers und drehte den Stein zwischen den Fingern. Manchmal führte er ihn ans Ohr und lauschte hinein, berührte ihn mit der Zunge, hielt ihn an die Nase und schnupperte lange. Dieses Geröll. Dieser Stein. Viele tausend Jahre Schweigen hatte er auf der Heide getrunken, alle Arten von Wetter waren über ihn gegangen. Roch er den Geruch von Winter, schmeckte er den Sommer? Barg der Stein die Helligkeit und die Düsternis dieses Landes in sich? Seinen Herzschlag?

Am dritten Abend sprang Sam auf. Er warf den Stein verächtlich in die Ecke, schlüpfte in sein feinstes Paar Schuhe, schwarze, spiegelblank gewienerte Lackschuhe.

»Hotel Holt. Ihre Freunde sind ins Hotel Holt gegangen«, sagte der Angestellte an der Rezeption.

»Sam!«, riefen sie, aufgekratzt über ihr gutes Essen und den Wein. Dann senkte er seine weißen Zähne in saftigzartes

Lammfleisch, trank Wein in großen Zügen und hörte sich die Theorien seiner Kollegen über den Fall Hörður an.

Eine Frau aus Alabama ließ sich über die unglaubliche Tatsache aus, dass es in diesem Land donnerstags kein Fernsehen gab, ja, und wie alle wissen, auch den gesamten Juli hindurch nicht. (Der Monat war erst zur Hälfte verstrichen, und die Forscher blickten sich grinsend um; die Frau aber baute ihre Argumente auf:) Gewiss sei das Fernsehen überhaupt noch eine Neuerung in diesem Lande, aber könnte es nicht sein – so unwahrscheinlich es sich auch zunächst anhörte –, dass dieser isländische Bauer gewissermaßen ein geborener Großstädter sei? Ein urbaner Metropolenmensch und kein Trampel vom Lande? Zum Leben in der Stadt geboren, und zwar gleich mit Stilleallergie, Unverträglichkeit gegenüber anhaltendem Schweigen. Was das Fernsehen damit zu tun habe? Nun, dieses Fenster zur Welt habe seine wahre Natur aus ihrer Lähmung befreit. Sie sei zu Bewusstsein erwacht und gleich wieder wie in einem Teufelskreis in das schweigende Loch der Donnerstage gefallen, in den Abgrund des Juli. »Wie würdet ihr euch denn an all diesen fernsehlosen Abenden fühlen?!«

Den Wissenschaftlern lief ein kalter Schauder über den Rücken, aber der Spaßvogel der Truppe rettete die Stimmung, indem er schalkhaft fragte, ob nicht vielleicht das Bierverbot Hörður so übel mitgenommen hätte. Dann rief er den Kellner und bestellte zum zehnten Mal ein Budweiser. Witzbold!

Gegen Mitternacht schauten alle betreten, als ihr hochgelehrter Chef, das Mensch gewordene Genie, der pechschwarze Sam, auf die Theke einer Bar kletterte, dort sturzbetrunken herumschwankte, den Kopf zurückwarf und wie für sich selbst vor sich hin zu singen begann: *»He made that poor piano moan with melody, o Blues!«*

Wo war die Überlegenheit, die auf die Sache gerichtete Konzentration des genialen Wissenschaftlers? Das Nächste, woran

Sam sich später erinnern konnte, war, wie er auf allen vieren durch sein Zimmer gekrochen war und jammerte: »Wo bist du? Wo bist du?« Endlich fand er den Stein und sagte immer wieder zu ihm: »Mein herzensguter Freund«, überzeugt, dass er nie ein wahreres Wort gesprochen hatte als dieses »Freund meines Herzens«.

Es war am Morgen danach, die Uhr zeigte Viertel vor sieben, als ein US-amerikanischer Schwarzer, aufgewachsen in Harlem East, New York, hoch gewachsen und schlank, mit kräftig ausgeprägtem Kiefer, ein wenig aufgeworfener Oberlippe und blitzenden Augen, ins Foyer des Hotels Esja herabkam. Er trug einen rötlichen Rollkragenpulli, dunkle Jeans und Sportschuhe. Kerzengerade aufgerichtet ging er zur Rezeption und bat um eine Tüte für die Bücher, die er im Arm hielt. Dann wandte er sich um und schaute einem mittelalten Isländer geradewegs in die Augen. Der saß bereits den dritten Morgen in Folge im Foyer, jedes Mal von halb sieben bis zehn Minuten nach. Er war ebenfalls recht groß, breite Schultern, kräftige Hände, die meist auf den Knien ruhten, dichter, dunkler Vollbart, am Hinterkopf begann sich das Haar zu lichten, das Gesicht war kräftig vom Wetter gegerbt. Der Mann war vor drei Tagen plötzlich hereinspaziert und hatte sich in einen Sessel gegenüber der Rezeption gepflanzt, ohne die Fragen des Nachtportiers einer Antwort zu würdigen: Wie er hereingekommen sei und was er wolle? Der Nachtportier, ein gut gebauter, leicht aufbrausender junger Mann, war gleich über die Rezeptionstheke gefedert und hatte mit brennendem Gesicht die muskelbepackten Arme in Kampfstellung gebracht, um den Eindringling mit ein paar Judogriffen zur Strecke zu bringen; doch da bekamen die Augen des Mannes einen so stechenden Ausdruck, dass der Portier einige Schritte zurückwich und ziemlich unsicher fragte: »Möchten Sie vielleicht

Kaffee?«, die Antwort gar nicht abwartete und dem Mann ein Gedeck, eine Kanne mit heißem Kaffee und zwei Scheiben Brot mit Käse servierte.

»Hab Dank«, grummelte der Mund irgendwo aus dem Bartdickicht, und das wars. Als der Schwarze im Foyer erschien, kaute der Gast gerade den letzten Bissen.

Sie schauten einander in die Augen, der Schwarze und der Bärtige. Der Letztere hob fragend die Augenbrauen, der Schwarze zögerte. Dann nickte er. Sie gingen hinaus und stiegen in einen Bus, den der Nachtportier aus irgendeinem Grund bisher nicht bemerkt hatte, obwohl er groß und grün war und sozusagen direkt vor seiner Nase parkte.

Kurz vor Mittag hielt der Bus ächzend und staubig auf dem Hofplatz von Tunga. Die Tür öffnete sich, eine dunkle Stimme sagte etwas, dann fuhr der Bus davon. Die beiden Jungen kamen aus dem Schuppen, Unnur stieg vom Heuwagen, und dann standen alle drei samt Hund da und schauten verdutzt auf einen Samuel W. Jones, der in die Scheune kroch und zärtlich das Gras streichelte wie einen lang vermissten Herzensfreund.

Sechzehn

Man darf es nicht mit Schweigen übergehen: Viele wunderten sich über Sams Rückkehr.

»Hat er vielleicht noch etwas zu erledigen?«

»Ich weiß nicht, er streift nur überall herum und betrachtet alles mit großen Augen.«

»Ist er vielleicht krank?«

»Neee, eher verängstigt.«

»Kann man mit ihm reden?«

»Eher weniger. Er spricht meist Amerikanisch, ich Isländisch.«

»Meinst du, er unternimmt etwas, um Hörður zu helfen?«

Unnur schaute Salvör zuerst an, als bekäme sie einen Tobsuchtsanfall, dann brach sie in Tränen aus.

Auch die Jungen hatten in den ersten Wochen viel geweint, dann aber kaum noch nach dem Vater gefragt. Da waren seine Kleider, die Stiefel, da die Rechnungen auf seinen Namen, dort ein Bild von ihm. Trotzdem war es, als sei er nie bei ihnen gewesen. Manchmal betrachtete Unnur ausdauernd Fotografien von ihm, wie um Erinnerungen heraufzubeschwören. Merkwürdig, wie distanziert er auf allen Bildern wirkte. Auf dem einen zum Beispiel hielt er sie lächelnd im Arm, aber seine Augen, das war ihr vorher nie aufgefallen, wirkten unendlich abwesend.

Eigentlich sollte es sie nicht sehr überraschen, oder hatte sie jenen Morgen vergessen? Gut ein Jahr, bevor die Wolken das Schweigen brachen, war es gewesen. Als er damals aufwachte, hatte er sich mit einem befremdeten Gesichtsausdruck aufgesetzt, sie völlig entgeistert angeschaut und sich nicht einmal an die Namen seiner Söhne erinnert. Einmal musste sie ihm aufs Neue die Handgriffe und Verrichtungen im Stall beibringen. Ein Hirnschaden? Der Arzt hielt es für unwahrscheinlich, gestand aber auch ein, dass er derartige Symptome noch nie beobachtet hatte.

»Unnur«, hatte Hörður manchmal geflüstert, in jenen Wochen, in denen der Schrecken jedes Morgens in einem Himmel bestand, der finster war wie die Hölle. »Unnur, hilf mir!«

Da hatte sie Hörður fest in die Decke gewickelt, seinen Kopf gehalten und gestreichelt und dabei gesummt: »Na, komm, sososo.« Und sie hatte versucht, die Angst zu besänftigen, die ihr seine Augen machten, versucht, ihre Tränen und ihr Erschrecken zu unterdrücken.

»Ich habe Angst.«

»Ich weiß ... ich auch.«

»Bin ich ein schlechter Mensch? Du bist meine Frau, sie sind meine Söhne, und trotzdem wache ich manchmal auf und erkenne euch nicht. Manchmal fürchte ich mich vor Kühen, vor den Bergen, manchmal ...«

»So, so, so, das kommt schon wieder in Ordnung. Ich werde dir helfen, ich bin bei dir. Das kriegen wir wieder hin ...«

»Nein, du bist nicht bei mir, du bist weggegangen; nein, ich bin weggegangen. Warum schaust du mich so an, willst du mich vielleicht vergessen? ... Verzeih, ich verstehe mich selber nicht, nicht meine eigenen Worte. Ich muss ein schlechter Mann sein, ein sehr schlechter ...«

»Na, na, na. Komm! So, schlaf jetzt.«

»Nein, vielleicht wache ich dann wieder auf, und alles ist verschwunden bis auf eine schreckliche Leere ... Weißt du, manchmal höre ich den Lärm von Tausenden von Autos, jetzt, au! ... Ich träume auch von Häusern, so hoch, dass man sich auf den Rücken legen muss, um an ihnen hochzusehen ... Unnur?«

»Ich bin bei dir.«

»Nein, du bist ... Doch, du bist so gut.«

Nein, sie ist nicht gut. Hörður liegt allein und leidend in einer fernen Stadt, und sie muss sein Bild anstarren, um ihn nicht aus dem Gedächtnis zu verlieren. Ein guter Mensch vergisst nicht so schnell.

»Du bist nicht böse.«

»Doch Salvör, sicher bin ich ein schlechter Mensch.«

Dann kam Sam. Staunte in den ersten Tagen alles hilflos an. Unnur tat so, als wäre er gar nicht da. Die Jungen mieden ihn. Der Hund auch. Doch eines Morgens wird sie von Hammerschlägen geweckt. Es ist gerade mal halb acht und Sam schon mit einem Hammer aufs Scheunendach geklettert.

»Das Dach muss repariert werden.« Wie oft hatte Hörður

diese Feststellung getroffen. Sogar das Wellblech war längst bestellt, aber die Platten waren schon fast wieder vom Gras überwuchert, als es in den Wolken zu rascheln begann. Der Zaun um die Hauswiese war größtenteils in den Graben gesunken. Das Gestell für die Milchkannen? Dieser verrottete Haufen aus Moder und Schimmel würde im Herbstwind davonfliegen. Das alles lag nicht an Unnur, sie war alles andere als eine untaugliche Bäuerin. Mehrfach schon war sie selbst losgezogen, das Wellblech aus dem Gras zu bergen und den Zaundraht aus dem Graben; doch hatte sie alles immer wieder abgebrochen, weil sie Hörður doch nicht, noch dazu vor aller Augen, etwas vormachen konnte. Was würden die Leute sagen, wenn sie, eine Frau, den Zimmermannshammer auf dem Scheunendach und den Vorschlaghammer auf der Hauswiese schwingen würde, während der Bauer selbst verschreckt wie ein Hase um sich blickte.

Sam hatte längst das Dach repariert, ein neues Gestell für die Milchkannen gezimmert und den Zaun aufgerichtet, als Hörður anrief.

Was für Zeiten!

In dem einen Sommer wird aus dem Ausland angerufen! Und zwar aus New York. Im nächsten kommt der Heubinder. Wo soll das noch alles enden, was?

Das Klingelzeichen für Tunga ertönt: Zweimal lang, zweimal kurz, und der ältere der Jungen nimmt ab. Dann starrt er einen Moment irritiert den Hörer an, ehe er ihn zögernd seiner Mutter weiterreicht, und geht hinunter auf die Hauswiese, wo sein jüngerer Bruder einen Zaunpfosten hält, Sam gerade mit dem Vorschlaghammer ausholt und der Hofhund Kolur im Gras döst.

»Hast du das Wasser vergessen?«, fragt Sam den Älteren in nahezu fehlerfreiem Isländisch. Zwei Wochen ist es gerade her, seit Unnur von den Hammerschlägen aufwachte, doch seitdem hatte jeder Tag Sam Dutzende neuer Wörter zugetragen, manchmal sogar hundert. Es war, als müsse er die Sprache nur auffrischen, nicht von Grund auf neu lernen. Und an den letzten Morgenden waren die Jungen mit Sam zusammen aufgewacht, hatten wie er die Nase in den Wind gesteckt und gewittert, und schließlich hatten sie alle drei einträchtig nebeneinander an der Stallecke gestanden und gepinkelt. Halt, alle vier. Kolur auch. Unnur hatte natürlich kaum in seine Richtung geguckt, aber zum Frühstück doch ein viertes Gedeck aufgelegt.

Und jetzt, jetzt steht sie hier im Flur und hält den Telefonhörer in der Hand. Das Gerät ist nicht schwer und zudem fest in der Nordwand des Hauses verschraubt, der Hörer wiegt kaum mehr als ein Finger. Aber wie passt, um Himmels willen, eine ganze Stadt, noch dazu New York, in einen solchen Hörer? Kann man das erklären, ohne den Verstand zu verlieren? Wie kann sie an diesem Allerweltsort stehen, auf die rosengemusterte Tapete gucken, gegen den Türrahmen schlagen und gleichzeitig Autos durch ferne Straßen fahren hören? Wäre es nicht gesünder für den Verstand, die Verbindung zu unterbrechen und den Zauber zu beenden?

»Unnur, bist du da? Hörst du mich?«

»Du bist so weit weg, Hörður«, antwortet sie, ohne wirklich zu verstehen, was die Worte bedeuten.

Und die Nachbarschaft? Die Leute in der ganzen Gemeinde? Einige halten den Hörer ein Stück weit vom Ohr ab, um nicht in die unerhörte Tatsache hineingesaugt zu werden, dass eine ferne Weltstadt in der Leitung braust. Starkaður und der Junge gehen hinaus und starren den Telefondraht an. Starkaður zeigt: Da ist Hörður, und da auch die Stadt.

Hörður lacht: »Ich bin doch nur in New York. Vielleicht ein bisschen weit weg, aber mir kommt es gar nicht so vor.«

»Hm, also ...« Unnur zögert. »Wann kommst du nach Hause?«

Hörður: »Hörst du die Autos? Warte, ich halte mal den Hörer aus dem Fenster ... Hörst du sie jetzt? Wunderbar! Ist das nicht wunderbar? Weißt du, Unnur, ich bin endlich aufgewacht ... wie nach einem langen, merkwürdigen Traum. Der Lärm der Großstadt! Hörst du den Lärm? Das ist das Leben, Unnur! Der Lärm hat mich geheilt, hat mich geweckt ... Ich schaute um mich und wusste sofort: Hier bist du zu Hause. Unnur, verstehst du, ich bin endlich aufgewacht!«

Unnur verstand.

»Soll ich dir etwas schicken?«

Hörður lacht wieder. Er hatte doch alles. Wie sollte sie ihm etwas schicken können? Er sagt nur noch: »Es war schön, dich kennen gelernt zu haben, euch kennen gelernt zu haben. Herzlichen Dank dafür ...«

»Hörður?«

Sie hängt den Hörer auf, die Weltstadt verschwindet aus der Leitung, alles wird wieder wie vorher. Unnur dreht sich um. Sam steht in der Tür. Die Hand auf dem Kopf des Älteren. Der Jüngere hat den Kopf zwischen Sams Beine gesteckt und scheint einen Hund zu spielen. Das findet Kolur lustig. Deshalb bellt er.

In der Nacht flüstert Unnur: »Ach, du liebe Güte, du bist ja überall so schwarz!«

Siebzehn

Natürlich verursachte auch Sam Jones Kummer in der großen Stadt New York. Sein Chef schrieb eine Unzahl von Briefen, manchmal zwei am Tag. Alle voller Fragen, Angstrufen, Anklagen, Selbstanklagen, Drohungen, Bitten. Eine Antwort bekam er nie. Es war, als wäre Samuel W. Jones vom Erdboden verschwunden.

In der Gemeinde hingegen machte sich nicht Kummer breit, sondern Kopfzerbrechen. Im Herbst verschwand ein Mädchen vom Hof Foss, vier Kilometer in nordwestlicher Richtung von Tunga entfernt. Verschwand und traf sechs Stunden später mit wehen Füßchen in der Küche von Tunga ein, nass und bis über die Knie mit Schlamm bespritzt.

»Kind!«, rief Unnur aus. »Was machst du denn hier?«

Aber das Mädchen würdigte Unnur nicht einmal eines Blickes, sondern ging geradewegs auf Sam zu, der gerade an der Kaffeemaschine stand, blieb etwa einen Meter vor ihm stehen, verschränkte die kleinen Händchen auf dem Rücken, legte den Kopf zurück und musterte ihn eingehend. Sam beugte sich zu ihm hinab, das Mädchen streckte zaghaft seine rechte Hand aus, kratzte damit ganz leicht die dunkle Haut, schaute, was sich davon unter ihren Fingernägeln gesammelt hatte, kratzte noch einmal, fester, schaute wieder unter den Nägeln nach und war sichtlich erstaunt. Dann ergriff es Sams andere Hand, drehte sie um und brach in Lachen aus, als es den Farbunterschied zwischen Handrücken und -innenfläche wahrnahm. Danach erhielt es ein Glas Milch und einen Schmalzkringel, ließ eine Weile die Füße baumeln und legte sich einen mustergültigen Milchbart zu und begann schließlich laut zu weinen, weil es doch so weit von zu Hause weg war.

Nicht nur ein kleines Mädchen unternahm in diesen ersten Wochen derartige Exkursionen. Nacheinander traf die gesamte

Jugend des Bezirks ein, ebenso unbeholfene wie unverhohlene Neugier ins Gesicht geschrieben. Die erwachsenen Einwohner aus dem Ort fuhren langsam vorüber, Feldstecher in Bereitschaft, und die Frauen vom Lande fragten Unnur: »Wie ist er denn so?«

Das taten sie auf Karlsstaðir, während der ersten Nähzusammenkunft des Herbstes. Die gute Stube voller Frauen, von denen keine ernsthaft nähte, sondern alle waren vollauf mit den Fragen über Sam beschäftigt, die an Unnur gerichtet wurden. Der Junge stand währenddessen vor dem Spiegel auf dem Flur und drückte und presste und quetschte in seinem Gesicht herum, in der Hoffnung, das Massaker würde endlich die noch immer ausbleibenden Pupertätspickel zum Blühen bringen.

Das war so etwa um den 10. September, und bald sollte für die Lämmer die blutrote Dämmerung anbrechen.

Zwei Wochen zuvor hatte der Junge es rundweg abgelehnt, in die Stadt zurückzufahren. Sich einfach geweigert und, ohne mit der Wimper zu zucken, felsenfest behauptet, er sei noch nie, außer in seinen Alpträumen, in der Stadt gewesen.

»Ich komme aus der Felsspalte oberhalb des Hofs. Erinnerst du dich nicht, Salvör? Eines Morgens vor vielen, vielen Jahren bist du in aller Frühe aufgewacht, und da lag ich, klitzeklein, zwischen dir und Þórður und roch nach Erde. Bis zum Mittag hattet ihr keine Ahnung; dann wurdest du so müde, dass du eingeschlafen bist, und im Traum kam eine Frau in einem blauen Rock zu dir und sagte: ›Würdest du für mich auf ihn aufpassen, bis ich wiederkomme?‹ – Erinnerst du dich nicht? Sie hat dich vor allem darum gebeten, mich niemals nach Süden in die Stadt zu schicken, dort würde ich verkümmern und innerlich absterben. Das musst du doch noch wissen!«

Und Salvör wurde tatsächlich etwas unsicher, erst recht, als

Starkaður die Geschichte des Jungen bestätigte und einige lebensfrische Anekdoten aus seiner Zeit als Kleinstkind auf Karlsstaðir zum Besten gab, sodass Salvör, nun ja, sich schon auch an einige Einzelheiten zu erinnern begann, sogar an die Frau im blauen Kittel. Und als zu guter Letzt auch noch Þórður das eine oder andere Wort zur Bekräftigung von Starkaðurs und des Jungen Aussagen einfließen ließ, da wusste Salvör kaum noch, was an der ganzen Geschichte Wahrheit und was Einbildung war. Was ist Wahrheit? Wer ist schon berufen, darüber zu entscheiden?

Dann hatte das Telefon geklingelt.

Aus dem verfluchten Gerät, bar jeder Phantasie und ans Joch nur dreier Dimensionen geschmiedet, fragte es: »Hat der Junge den Bus verpasst?«

Ja, der Junge durfte bis nach dem Schafabtrieb bleiben und stand auf der Jagd nach Pickeln im Flur, während die Frauen auf Unnur einstichelten: »Wie ist er denn?«

»Was meint ihr eigentlich?«

Unnur gab sich ahnungslos, aber da prasselten die Fragen nur so auf sie herab, und einige kicherten ununterbrochen: Ach, komm, tu nicht so, du weißt schon, im Bett, man hat davon gehört, dass diese Schwarzen kräftiger gebaut sein sollen, die reinsten Wilden, oh, hätte man doch mal ein ganzes Dorf voll solcher Wilder für sich, mich juckts schon beim bloßen Gedanken! Aber Ásdís! Ach was, ich sag das ja bloß so daher. Riecht er anders? Wie ist es, ihn zu berühren? Hat die Zunge ein helleres Rosa? Hat er anderen Fußgeruch? Stimmt es, dass sie keine Milch vertragen? So schnürten sie Unnur mit Fragen ein wie in einen dicht gestrickten Pullover. Aber die lachte nur über sie, und das Lachen sprudelte noch immer aus ihr heraus, als der Junge die Treppe zu dem alten Mann hinaufstieg, der mit unter dem Kopf verschränkten Händen im dichtesten Nebel auf dem Bett lag, die neue Brille auf dem Nachttisch.

»Willst du irgendwas?«

»Deine Brille ausprobieren«, wiederholte der Junge.

»Hm«, brummte Jónas nachdenklich. Kaum drei Wochen her, seit er Salvör und Þórður nachgab und sich damit einverstanden erklärte, endlich eine Brille anzuschaffen. Allerdings trägt er sie nur sonn- und feiertags. Vielleicht ist es ihm ganz angenehm, Stimmen aus dem Nebel zu vernehmen, vielleicht bildet er sich sogar ein, dass die Mutter der Brüder, die Þóra, gar nicht tot ist, sondern noch immer durch diesen Nebel geistert. Er nennt die Brille immer Svanur, denn irgendwann einmal hat ein Svanur undurchdringlichsten Nebel über Heide, Berg und Tal gezaubert, wie andere eine Mütze aufziehen. Und anschließend den Nebel wieder verschwinden lassen, wie andere die Mütze abnehmen. Ja, dieser Svanur war herumgelaufen und hatte die Taschen mit Nebel vollgestopft.

»Hm«, brummt Jónas, »wozu?«

Nun, der Junge konnte sich vorstellen, damit in die Zeit zurückzublicken.

????????

»Die Welt so sehen wie damals, als du in meinem Alter warst. Sehen, wie damals alles war.«

Kurz darauf hockt Jónas auf der Bettkante und blinzelt in die Richtung des Jungen, der vorsichtig und feierlich die Brille aufsetzt.

Der Junge: »Ich setze sie jetzt auf.«

Jónas: »Und, was siehst du, was siehst du?«

Achtzehn

Der Herbst ist gekommen, und mit ihm die Dunkelheit. Sie füllt das Tal, stiehlt die Berge, unterbricht Wege und Straßen, und die Geister wimmeln um die Lichter der Höfe wie Fliegenschwärme. Aber es gibt auch Nächte, die den Mond und die Sterne an den Himmel malen. Dann kehren die Berge zurück, und die Geister verschwinden murrend im Dunkel der Außenställe oder sammeln sich bei verlassenen Höfen, wo sich der Wind an zersprungenem Fensterglas blutig schneidet.

Die Karlsstaðirbrüder und auch Salvör sind feste Gäste auf Tunga geworden, und Sam hat damit begonnen, sie regelmäßig anzurufen, um Gedichte des volkstümlichen Dichters Páll Ólafsson aufzusagen oder sich über das Geniale in Gunnar Gunnarssons *Advent im Hochgebirge* auszulassen (»Was Kaffee ist, weiß nur, wer ihn in einer Höhle unter der Erde getrunken hat, bei 30 Grad Kälte und inmitten einer Wüste von Unwetter und Bergen.«) Manche schimpfen und fluchen, wenn diese Telefongespräche in die zweite Stunde gehen, aber es kann einem nun mal nur Gutes bescheren, der Dichtkunst zu lauschen. Sie vereinigt nämlich in sich das Gesunde von Lebertran mit der Herrlichkeit eines gekühlten isländischen Branntweins. Es ist auch sehr bekömmlich, wenn Þórður und Starkaður in Tunga anrufen, die Tierkapitel aus Guðmundur Hagalíns Autobiografie *Der Elfenbeinpalast* vorlesen oder amerikanische Lyrik zitieren wie andere das Bauernblatt, ihren Großvater oder den Wetterbericht. So vergehen die Tage, und der Herbst altert. Es ist an einem kalten, windstillen Herbsttag ...

Neunzehn

Es ist an einem kalten, aber windstillen Herbsttag. Der Pfarrer denkt im Kuhstall an dies und jenes, als die Hauswirtschafterin den Kopf zur Stalltür hereinsteckt und Besuch ankündigt.

»Ach ja?«

»Unnur und Sammi. Sie wollen heiraten.«

»Und Hörður?«, fragt der Pfarrer.

»Das ist erledigt«, sagt die Wirtschafterin.

»Ausgezeichnet.« Der Pfarrer reibt sich das Gröbste an der Hose ab, geht hinaus und begrüßt die Anwesenden. Sie gehen in die Kirche. Der Pfarrer zieht den Talar über. Die Stallgummistiefel schauen unten heraus. Dann gibt der Stallknecht des Herrn Samuel W. Jones und Unnur Þorkelsdóttir in den heiligen Bund der Ehe zusammen. In Anwesenheit der beiden Söhne der Braut, des Hundes Kolur und der heulenden Hauswirtschafterin des Pfarrers.

ZWEITER TEIL

Ein Winter vergeht.

DRITTER TEIL

Eins

Ein neuer Sommer kommt. Der mit dem Heubinder, dem toten Ausländer und dem Reitertreffen auf dem Plan. Nicht das erste Turnier und bei weitem nicht das letzte, aber das mit Abstand bemerkenswerteste (»bemerkenswert« ist als Bezeichnung eigentlich nicht großartig genug, muss aber vorläufig genügen). Immerhin darf an dieser Stelle noch eingeschoben werden, dass Starkaður Mitte Mai den halben Weg bis Reykjavík fuhr, um den Jungen aus dem Bus zu erlösen. In dieser Gegend vergisst man nämlich die Seinen nie.

Als außerdem etwa eine Woche vor dem Treffen das Ableben des Ausländers publik wurde, suchte eine Abordnung der Bauern Sam auf Tunga auf. Nach einem gebührendem Vorspiel von Ähemm, nun ja, ich denke schon, sieh mal an, kamen sie endlich zur Sache: »Du hast doch mal im Ausland gewohnt; hast du da diesen Mann irgendwie gekannt?«

Dann blickten sie, von Unsicherheit gedrückt, schnell wieder zu Boden, denn wie eine angriffslustige Küstenseeschwalbe stürzte sich der Gedanke auf sie alle, dass Sam doch eigentlich auf Tunga geboren und aufgewachsen wäre. Sam dachte eine ganze Weile nach – die Bauern duckten sich weiter unter der rabiat kreischenden Seeschwalbe –, dann antwortete er endlich (und die Seeschwalbe flog davon): »Ich würde ihn einfach aus dem Gedächtnis streichen. Solche Menschen hören auf, von Bedeutung zu sein, sobald sie sterben. Vergesst ihn einfach! Es ist viel wichtiger, mit guten Nachbarn Kaffee zu trinken.«

Und genau das taten die Bauern: Sie vergaßen den Mann im Ausland und griffen nach den Kaffeetassen. Damit verschwindet der Ausländer aus dieser Geschichte. Sam und Starkaður saßen jedoch später an diesem Tag im Hang oberhalb von Tunga, betrachteten die schwer mit murmelnden Regentropfen beladenen Wolken, lauschten sorgfältig auf das Rauschen, mit dem sie sich ihrer Regenlast entledigten, und saßen lange und schauten auf die Gräben im Regen. Endlich erhoben sie sich, zogen die Gummistiefel aus und wateten durch das Gras hinab zum Hof, bekamen Thermoskannen mit Kaffee und zwei Scheiben Brot mit Käse herausgereicht und watschelten platschend über die Hauswiese. Es grenzt einfach an Zauberei, barfuß im Gras Kaffee zu trinken, während einem der Regen aufs Schädeldach prasselt. So vergeht ein regnerischer Tag in dieser Gemeinde, doch es macht kaum Sinn, sich noch länger beim Geräusch des Regens aufzuhalten, da alles schon dem Reiterball auf dem Plan entgegenfiebert.

Zwei

Da ist also zunächst einmal das Zusammenkommen selbst: Gegen Mittag beginnen die Leute auf den Plan zu strömen; grüßen hier, grüßen da; die Härtesten holen um eins die Flaschen hervor, die Schlappsten unter den Harten schlafen bereits vor dem Abendessen ein.

Die Frauen, die im Gemeindesaal das Kuchenbüffet aufbauen, kommen beladen mit Schnittchen, Schmalzkringeln, süßem Streuselkuchen Marke »Eheglück«, Windbeuteln, Pfannkuchen, Weihnachtsgewürzkuchen und sogar einer siebenschichtigen Sachertorte nach Art der Westisländer aus Kanada. Für diese Torte steht die Hausfrau auf Núpur gerade. Sie, das heißt die Frau, ist in Winnipeg geboren und aufgewachsen. Als Zwanzigjährige kam sie mit ihren allmählich alt werdenden Eltern erstmals zu Besuch auf die alte Heimatinsel.

Aus irgendeinem unerfindlichen Grund fuhr der Bus durch unsere Gegend – an und für sich ungewöhnlich, denn von hier war niemand nach Amerika ausgewandert. Na ja, gleich unterhalb von Núpur platzt ein Reifen. Vielleicht drückte das Schicksal selbst einen unsichtbaren Nagel durch Mantel und Schlauch? Ein übellauniges Pfeifen war zu vernehmen. Erst aus dem Reifen, dann aus dem Fahrer. Während der Busfahrer anschließend mit saurer Miene über dem geplatzten Reifen kauerte, hüpften die Passagiere froh gelaunt um ihn herum. Einige traten im Straßengraben aus, einer riss Grashalme ab und kaute darauf herum, drei jagten ein Kalb auf der Weide. Allesamt ältere Mitbürger, mit Ausnahme der Tochter. Sieben Stunden lang war der Bus zuvor ohne Pause durch die Landschaft gerasselt, weil der Fahrer in seinem Übereifer annahm, seine Eile mache alle glücklich. Davon waren diese Westisländer nun so ruhebedürftig, dass sie gleich auch aus allen anderen Reifen die Luft herausließen.

Deswegen sank der Bus also insgesamt mit lautem Pfeifen tiefer, deswegen also schwang der Fahrer den Felgenschlüssel hoch über dem Kopf und brüllte, jetzt sollten Schädel krachend bersten und Blut die Erde röten. Bestimmt war es ein köstlicher Anblick: ein übereifriger, überwütender Busfahrer mit kreisendem Felgenschlüssel und lachend und kreischend auseinander laufende Westisländer, die sich seit Jahren nicht mehr so königlich amüsiert hatten.

Ausgerechnet die zwanzigjährige Tochter war vermutlich die Einzige, die keinen Spaß an der Sache hatte. Sie hatte sich nämlich den Fuß umgeknickt, lag wehrlos am Straßenrand und sah den Fahrer mit dem Felgenschlüssel auf sich zukommen. Den hatte inzwischen jegliche Vernunft verlassen – ihr letzter Rest rollte gerade in den Graben –, und der Felgenschlüssel verwandelte sich in seiner Hand in die aus der Saga berühmte Axt Rimmugýgur, er selbst in den Rächer Skarphéðinn, und die Tochter musste demzufolge Þráinn sein, der noch rasch versuchte, sich den Helm überzustülpen.

Dreierlei rettete der Frau das Leben.

Erstens: Die verzweifelte Aufregung der Mitreisenden, die allerdings zu weit entfernt waren, um dem Busfahrer/Skarphéðinn gefährlich zu werden.

Zweitens: Der Chauffeur geriet durch ihre Schreie und angesichts der Tatsache ins Zögern, dass er gemäß der alten Handschrift erst in einem Satz über den Fluss Markarfljót springen musste, ehe er zuschlagen konnte. Er überlegte kurz, ob er den Graben überwinden und dann wieder auf die hiesige Seite springen solle, um Þráinn/der Frau die Axt in den Schädel zu setzen, wie es geschrieben stand.

Das Dritte war der Bauernsohn auf Núpur, der tatsächlich über den Graben gesprungen kam, dem Fahrer das Werkzeug aus der Hand rang und beides nacheinander, Schlüssel wie Mann, in besagten Graben warf. Dann kniete der Sohn zu Füßen der Tochter und alle Glöcklein im Himmel bimmelten.

Ja ja, die Jahre waren seitdem vergangen, und nun war sie Bäuerin auf Núpur und servierte auf dem Plan eine siebenschichtige Sachertorte. Die lange Tafel im Gemeindesaal bog sich unter all den Leckereien, und die Frauen waren völlig davon in Beschlag genommen, ständig Neues aufzutragen, beziehungsweise die Mitbringsel der anderen wieder in die Küche zu bringen, damit die eigenen Köstlichkeiten umso besser zur Geltung kamen. Der Gemeindevorsteher sitzt ununterbrochen drei Stunden lang bei ihnen, steht nicht auf, bevor er von allem probiert hat, erhebt sich endlich, mit dem Wohlbehagen des Satten grunzend und stöhnend, und legt sich draußen ein wenig an der Südwand des Hauses nieder. Dort beglückwünscht er die Frauen, die sich eine nach der anderen mit einem vollgehäuften Teller zu ihm hinausschleichen, und versichert jeder einzelnen, dass ihre Delikatesse ohne Zweifel alle anderen aussticht. Schließlich pfeift er schwach nach Steinn Elliði und bedeutet ihm, sich zu ihm zu legen.

Während Jón vor dem Haus liegt und sein Leben von Steinn Elliðis Fresslust abhängt, jagen Pferde um den Rennplatz und Björn Skúlason geht zwischen den Leuten umher, zeigt eine Broschüre über Heubinder herum, erläutert gleichsam im Vorübergehen das Wunder der Technik, lässt gähnend eine Bemerkung über den Preis fallen, lächelt gönnerhaft über die einfältigen Fragen einiger Bauern. Das Einzige, was die Vollkommenheit seines Glückes trübt, sind zwei Teenager, die ihm ständig auf den Fersen bleiben und ausführlich die Details der Technik erläutert haben möchten. Noch so blutjung und fressen einen Narren an einem alten Mann wie mir, denkt Björn betrübt.

Drei

Der Junge darf nicht mit auf den Ball. Daher steht er allein auf dem Hofplatz, als der Landrover mit vier lauthals singenden Erwachsenen an Bord davonfährt. Þórður sitzt am Steuer, und es könnte sein, dass der Wagen etwas von einer Straßenseite auf die andere pendelt, aber das ist kaum der Rede wert. Na na.

Etwa um die Zeit, da sich die Kühe schwerfällig ins raue Gras am Rande des Moores niederlegen, ein wenig zu dösen beginnen, schon einmal nachdenklich muhen, ein summender Fliegenschwarm über ihnen, eine Bekassine in Sturzflug übergeht und der Wind ihre Schwanzfedern zu dem charakteristischen lauten Surren bringt, da fragt der Junge die Brynja aus heiterem Himmel: »Magst du Ópal?«

?

Sie ist überrascht.

»Oder vielleicht Síríusschokolade oder Kóngi-Bonbons oder Prins Póló?«

Brynja guckt nur und versteht überhaupt nichts. Ja, doch, er wolle mal eben zum Plan rübergehen und irgendwas zum Naschen aus dem Kiosk dort besorgen. Wie er dorthin kommen wollte? Na, auf dem kürzesten Weg selbstverständlich: geradewegs über das Bátsfell.

»Du spinnst.«

Der Junge reagiert nicht auf diese Feststellung.

Das Mädchen schaut über seine Schulter hinweg auf den bis etwa zur halben Höhe mit Gras bewachsenen Bergstock. Oberhalb davon ragen steile Geröllhänge auf. Sicher, nicht mehr als dreihunderteinunddreißig Meter hoch, aber überwiegend *sehr* steil.

Das Mädchen, das den Jungen allmählich kennt, immerhin ist es ihr zweiter Sommer in der Gemeinde, versucht es noch einmal: »Was glaubst du, was Þórður dazu sagen wird?«

»Der ist blau.«

»Salvör?«

»Die auch. Und dann tanzt sie.«

Da holt das Mädchen Kleingeld hervor, will am liebsten Síríus und Prins Póló; auf keinen Fall Lakritz von Ópal. Dann fängt sie auch schon an, ihn zu bemuttern: »Bist du warm genug angezogen? Hast du was gegessen? Wie kommst du über den Fluss?«

Er drückt die schmalen Schultern durch, versucht sorglos und unbekümmert zu lächeln und senkt die Stimme um eine Oktave.

»Machs gut. Das ist doch nur ein Rinnsal und der Berg ein etwas überdimensionierter Wiesenhöcker.«

Beinahe hätte er ein »liebe Frau« angehängt, schafft es aber gerade noch, das herunterzuschlucken. Sonst wäre sie womöglich noch aus ihrer Rolle in ein höhnisches Grinsen verfallen.

Am Rhabarberbeet dreht er sich noch einmal um und winkt lässig. Sie winkt vom Küchenfenster zurück. Vielleicht hätte ich sie küssen sollen, denkt er auf dem Weg über die Wiese. Die Arme um sie legen und sie an mich pressen. Ob ihre Lippen sehr weich sind? Wie weich fühlen sich Lippen an?

Vier

Einige Rotschenkel begleiten ihn laut trillernd hinab zum Fluss. Dort zieht der Junge die Joggingschuhe aus, stopft die Socken hinein, biegt den Oberkörper zurück und wirft mit aller Kraft. Zweimal. Beide Schuhe fliegen in hohem Bogen über den Fluss. Er krempelt die Hosenbeine bis über die Knie auf und steigt ins Wasser. Der Körper erstarrt, nur der Kopf ruckt in die Höhe: Verdammt, ist das kalt!

Himmelherrgottverdammtescheißenochmal, ist das Wasser kalt! Und breit. Der Fluss war doch vorher nicht so breit! Erst atmet er schnell und stoßweise, watet dann in die Strömung hinaus. Bei den ersten Schritten wackeln bedenklich Steine unter den Fußsohlen, dann gewöhnen sich Geröll und Sohlen aneinander. Der Fluss schlägt Kräusel um die schmalen Schienbeine, durchtränkt dort, wo er am tiefsten ist, tüchtig die Hose.

Manchmal muss sich der Junge gegen die Kraft des Wassers anstemmen, den Blick von der schwindlig machenden Strömung wenden. Es braust in seinen Ohren. Das ist der betörende Singsang des Stroms:

Komm doch, komm doch,

Weiter unterhalb brüllt der Wasserfall.

Schließlich gelangt er ans andere Ufer. Trippelt auf Kies, und warmes Moos umschmeichelt seine Füße. Wie warme Hände. Der Junge setzt sich auf die Böschung, zieht Strümpfe und Schuhe an, krempelt die Hosenbeine herunter und springt rasch auf. Das Verlangen nach dem weichen Moos. Auf dieser Seite kein Rotschenkel, dafür ein Sandregenpfeifer mit viel Sanftmut im Gesang. Er schaut zurück über die Hauswiese, wie dort alles sacht ansteigt, als ob der Hügel, auf dem der Hof thront, seine Grasdecke über den höhnischen Schädel breiten wollte, den der Hofplatz bildet. Vielleicht ist Brynja am Küchenfenster mit dem Fernglas dabei, ihn an sich zu ziehen und in der Küche gefangen zu halten. Er winkt nicht, will nicht im Fernglas hängen bleiben. Er legt sich flach auf den Bauch und trinkt das Wasser aus dem Fluss.

Fünf

Wer seinen Durst in einem klaren Fluss stillt, hat das Land in seinen Adern. Alle anderen sind aus Beton. Sie sind nicht aus Land, sondern aus Beton. Nicht die Sinfonie des Landes klingt in ihrem Blut, sondern das Getöse des Betonmischers, das Stimmengewirr der Masse. Solche Menschen können überall wohnen, hier wie da, in Island, Irland, Spanien, Amerika, Iran, Singapur, Sudan. Hauptsache, das Wasser rauscht in der Leitung, das Auge weidet sich an Beton, das Leben rast auf hell erleuchteten Autobahnen dahin, und die Lichtkuppeln der Städte halten das ursprüngliche Dunkel fern. Solche Leute sind flexibel, beugen sich, aber brechen nicht. Man kann sie in jedes beliebige Betonland verpflanzen, und sie werden sogleich neue Wurzeln schlagen. Das sind die Bürger der Welt, Weltbürger. Sie legen sich niemals flach auf den Bauch und trinken direkt aus einem klaren Fluss, außer vielleicht auf organisierten und sündhaft teuren Pauschalreisen. Nein, aber die, die mehrfach im Jahr aus den Flüssen trinken, die haben das Land in sich. Sie tragen in sich den Gesang der Vögel, die Berge, die Wiesenhöcker, das Blöken der Schafe, das Heidekraut und die Gräser. Sie haben die Sinfonie in sich, denn das Land ist ein Streichinstrument und der Fluss der Bogen dazu. Diese Menschen sind nicht biegsam, sondern entweder gerade oder gebrochen. Ist das nicht auch besser? Gerade zu sein oder zu brechen? Jedenfalls niemals krumm. Oh ja, geh und trink Wasser aus einem klaren Fluss! Wenn du noch nie oder erst selten solches Wasser gekostet hast, beginne damit, in ein unbesiedeltes Tal hineinzuwandern, steige auf die nächste Heide hinauf und trink! Trink das Land aus seinem Wasser! Und kennst du jemanden, der in einem Land wohnt, wo alles verschmutzt ist, wo die Flüsse nicht klar, sondern von der Zivilisation trüb sind, wenn du jemanden aus einem solchen Land kennst, dann sollst du zu ihm sprechen: Wenn der Tag kommt, an dem kein klares Bächlein mehr durch dein Land fließt, da sollst du dich zum Sterben niederlegen, denn alles hast du verraten, was heilig ist: Dein Land, die Natur und deine Nachkommenschaft. Oder du sollst zu den heftigsten Worten greifen, solchen, die Wolkenkratzer zerspalten und Wachstumsphantasien wie Läuse ins Feuer pfeffern: puff. Gerade oder gebrochen.

Sechs

Wer hat das gesagt?

Der Junge steht mitten im Berghang und versucht sich zu entsinnen, wer das gesagt hat. Sind es nicht Übertreibungen, ja, rundweg falsche Verallgemeinerungen? Wie mies, dass er ausgerechnet jetzt solchen Müll denken muss! Er kämpft sich weiter den Hang aufwärts, hinauf, hinauf auf den Rand des Gipfelplateaus, und endlich steht er, verschwitzt und glücklich, oben. Er legt sich sogleich ins Gras und atmet den Berg ein. Sieht dann zum Himmel auf, wo sich ein zaghaftes Sommernachtsdunkel mit der klaren Bläue des Tages mischt. Piiiep. Da ist ein Goldregenpfeifer. Piiiep. Läuft von einem Wiesenhöcker hinüber zum nächsten. Piiiep. Und da wird von weiter weg geantwortet: Pipiiep, pipiiep. Birgt dieser Flötton nicht den ganzen Sommer in sich? Pipiiep – die Geschichte eines Sommers. Der Junge erhebt sich, blickt nach Nordwesten, wo das Land seine Arme nach dem Meer ausstreckt oder eine große Schale hält, bis zum Rand mit Seewasser gefüllt.

Auf der Westseite ist der Berg dichter bewachsen, auch nicht so steil, und auf dem Abstieg beobachtet der Junge, wie das Polizeiauto aus dem Ort die Landstraße Richtung Plan entlang jagt, über die Schotterflächen und Grashänge holpert und schließlich beim Gemeindehaus vorfährt. Er sieht, wie zwei uniformierte

Gestalten ins Haus stürzen und kurz darauf mit einem Mann in ihrer Mitte wieder herauskommen. Der Wagen setzt sich in Bewegung, fährt, langsamer jetzt, zurück in den Ort. Haben sie also den Apostel abgeholt, der berühmte Þorvaldur und sein Assistent Jón, den man stets »Nur-Jón« ruft.

Der Apostel war, wie üblich, früh aufgekreuzt, die Uhr zeigte gerade erst acht, als der gelbbraune Landrover in aller Ruhe über Schotter- und Grasflächen heranrumpelte. Er war allein, denn für den Herrn ist es ganz okay, wenn ein Mann sich ab und zu mal die Kehle befeuchtet. Doch, doch. Die Akkordeonspieler waren noch nicht aufgetaucht, aber eine kleine Menschengruppe hatte sich an diesem milden Sommerabend schon vor dem Haus versammelt. Diejenigen, die es für Zeitverschwendung hielten, zwischen Turnier und Tanz noch einmal nach Hause zu fahren. Die Zeit ließ sich doch besser nutzen, indem man die Flaschen hervorholte und gemeinsam sang. Die meisten standen vor der Nordwand und bildeten einen geschlossenen Kreis, indem sie einander die Arme um die Schultern legten, und dann wurde gesungen. Das flüssige Leuchten des Alkohols in allen, und die Konzentration auf den Gesang so groß, dass der Schweiß in Strömen troff. Gemütsbewegung und Mienenspiel von himmelhoch jauchzend bis zu Tode betrübt. Derart überwältigende Empfindungen, dass die Leute nur auf die eigenen Füße starrten und die Stimmen dumpf ins Gras polterten und vielleicht sogar das Lied selbst immer tiefer in den Boden einsickerte und tiefer und noch tiefer und t
i
e
f
e
r

– und einige Nächte später hören die Australier vielleicht einen traurigen Gesang im Schlaf, eine merkwürdige Mischung aus

Frohsinn und Sentimentalität, gesungen in einer harten Sprache:

Selbst wenn graue Stoppeln meine Wangen überziehn,
süße Erinnerungen niemals vergehn.
Kenn ich doch all die Landzungen,
wo ich einst die Pfade der Kindheit besungen.

»Ach, ist das schön«, brach es aus jemandem im Kreis heraus. Glückseligkeit und Rührung leuchteten auf seinem Gesicht, und er stimmte das nächste Lied an:

Niemand beweint den Isländer
Einsam und begraben.
Allerhöchstens bekommt er
einen Kuss vom Rasen.

»Ja, küss mich!«, rief der Sänger, packte den Apostel, riss ihn zu sich empor und drückte ihm einen schmatzenden Kuss auf die Stirn. Dann hob er ihn wie ein Baby zum Himmel und presste ihn anschließend an seine Brust. So ging das eine ganze Weile in regem Wechsel und anscheinend ohne jede Anstrengung, denn der Sänger war kein anderer als der Liebste der Nachbarstochter, der Troll an der Leine. Aber gerade deshalb, weil der Apostel hoch über den Köpfen der Umstehenden abwechselnd sank und stieg, sah er mit an, wie das kleingeratene Nachbarsmädchen selbst seine behandschuhten Hände sanft um den Nacken des langen, dürren Juniors von Hlíð, den Ársæll, schloss, seinen lang gestreckten Schädel zu sich herabzog und ihm einen ebenfalls langen, inniginnigen Kuss gab; der schlaksige Junior wie ein Kopf stehendes L über das kleine r gebeugt. Zwei Köpfe, dicht aneinander geschmiegt, der eine rostrot, der andere kohlschwarz.

»Ha, ha«, lachte der Apostel und zappelte ein wenig in der Luft. »Du bist mir schon einer. Lass mich jetzt runter!«

Ab etwa halb zehn strömten die Ankommenden zahlreicher. Zwei muntere Akkordeonspieler rückten in den Gemeindesaal ein, und damit brach allgemeine Festlaune aus. Der Apostel spazierte zwischen den Leuten umher, lehnte jeden Schluck ab und erbot sich stattdessen im Gegenzug, den süßen Seim von Gottes Wort auf die Umstehenden zu träufeln. Vorerst noch höflich und zurückhaltend, doch gegen halb elf begann sein Eifer überhand zu nehmen. Ein Bauer wühlte daraufhin in seinem Wagen, fand ein kräftiges Stück Schnur, zwei andere ergriffen den Apostel, trugen ihn in die Küche.

»Setzt mich bitte auf den Stuhl am Nordostfenster«, bat er bescheiden und wurde gefesselt.

»Gehts so, Mann?«

»Ja, danke. Gott sei mit euch.«

Die nächste halbe Stunde lang konnte man sein rot angelaufenes Gesicht noch wie eine Neuauflage der Abendsonne im dunklen Fenster bewundern. Dann erschienen Þorvaldur und Nur-Jón.

»Verzeihung, altes Haus! Unsere Rostbeule hatte einen Platten«, entschuldigten sie sich bei dem Apostel und lösten seine Fesseln. Die drei Männer bestiegen das Auto und bummelten in den Ort zurück.

»Jetzt wirds lustig«, hörte man sie noch untereinander sagen, aber niemand weiß, weshalb Þorvaldur und Nur-Jón den Apostel immer vom Plan holen, noch, welchen Spaß sie miteinander haben werden. Keiner weiß es und keiner fragt. Geheimnisse sind doch etwas Schönes.

»Wie gut, dass wieder alles in geordneten Bahnen verläuft.« Sagte der Gemeindevorsteher zu Þórður, als sie zwischen

Schafpferch und Haus standen. Das heißt, Þórður stand. Der andere schwankte.

»Schau dir den Herzensjungen an«, fügte Jón gerührt hinzu. »Sieh mal, wie gründlich er ihn behandelt.«

Dabei zeigte er auf den Freund der Nachbarstochter, der gerade den Junior von Hlíð zwischen seinen gewaltigen Fäusten walkte. Ársæll schrie um Hilfe, das Liebchen stand daneben und sagte: »Oh Mann, hör doch auf!« Aber es war nicht klar, wen von beiden sie meinte, den Troll oder das Einzelkind von Hlíð.

Sieben

Es wird eine herrliche Nacht. Der Junge steht mittlerweile am Fuß des Berges, müde von seinem Gewaltmarsch, und die Sonne sinkt am Himmel herab wie ein glühender Schlusspunkt am Ende der Geschichte eines Tages. Doch noch lange später liegt ein Abglanz ihres hellen Scheins wie ein goldener Dunst über den Berghängen, und der Junge kann sich gut vorstellen, mit ein paar Eimern dorthin zu eilen, die Gefäße mit goldenem Sonnenschein zu füllen und weit ins Dunkel des Winters hineinzutragen.

Er hat die Landstraße überquert und den Plan erreicht. An einem anderen Abend hätte sich mildes Schweigen über die Gegend gesenkt. Das Schweigen nach den Sonnenausbrüchen. Aber nicht an diesem Abend und nicht hier auf dem Plan, nicht einmal über die Senke, in die sich Starkaður zurückgezogen hat, um ein Buch zu lesen. Der Schall trägt bis hierher, tröpfelt Geräusche in die Senke und füllt sie allmählich aus. Es wird nicht mehr lange dauern, bis Starkaður aus dem Buch auf- und in den Trubel um das Gemeindehaus eintauchen wird. Er wirkt keineswegs überrascht, plötzlich den Jungen vor sich zu sehen, der eigentlich auf die andere Seite des Berges gehört. Nein, gar nicht. Sobald der Junge am Rand der Senke erscheint, winkt Starkaður mit dem Zeigefinger seiner Rechten und sagt feierlich: »Hör dir das mal an: ›Sie war wie eine Flamme, nein, wie eine Tochter der Natur. In ihrem Innern spielte noch ein hinreißender Walzer.‹«

Der Vorleser wird von der Genialität dieser Formulierung so ergriffen, dass er das Buch weglegt, tief atmet, die Branntweinflasche aus dem Gras hebt und einen tiefen Zug nimmt, noch einmal seufzend durchatmet und dann zum Himmel aufschaut. »Genehmige dir einen«, sagt er wie beiläufig zu dem Jungen.

Þórður hat mehr als einmal behauptet, sein Bruder sei schon mit einem Buch in der Hand zur Welt gekommen. Und nichts fällt leichter, als schlichtweg alles zu glauben, was Þórður auf seine unnachahmliche Weise so überzeugend vorbringt. Er äußert sich so bestimmt und entschieden, bohrt seine Behauptungen geradezu in die Gehörgänge der Zuhörer, stopft noch einmal kräftig nach, und dann sitzt es in den Köpfen fest: Starkaður wurde mit einem Buch in seinen weichen Säuglingspatschehändchen geboren.

Natürlich kommt niemandem der Gedanke, einmal nachzufragen, wie denn, bitte schön, ein Buch zu dem Ungeborenen hineingekommen sein soll. Durch solche Detailfragen lassen sich die Leute in dieser Gegend nicht durcheinander bringen. Sie sehen weiter als bis zur Spitze ihrer Nase; wissen zum Beispiel auch, dass wir so wenig wissen, dass beinahe alles möglich ist. Daher fragen sie nicht aus Engstirnigkeit oder nörgelndem Zweifel nach medizinischen Einzelheiten. Nein, sie fragen genau wie andere nach jenem Mann fragten, der in Möðruvellir angeblich im Dunkeln mit einer Lampe auf dem Kopf wiederging und dabei in einem Buch las. Sie fragen natürlich: Welches Buch?

Ebenso selbstverständlich lässt sich Þórður den genauen Titel nicht entlocken, sondern streut etliche dunkle Hinweise in unterschiedlicher Richtung aus, die die Leute nur verwirren und dazu bringen, die abwegigsten Bücher in Erwägung zu ziehen. So hat etwa Björn Skúlason (wahrscheinlich um einmal mehr mit ausländischen Namen um sich zu werfen) die Behauptung aufgestellt, Starkaður sei mit dem indischen Heldenepos *Ramayana* zur Welt gekommen.

Und Starkaður selbst? Nun, im Gegensatz zu seinem Bruder zeigt er keinerlei Scheu, Titel zu nennen. Allerdings ändert er sie von Jahr zu Jahr, oder auch schon mal von Quartal zu Quartal. Doch in diesem Sommer und auch schon im vorangehenden Winter war er die Beständigkeit selbst und hat daran festgehalten, gleich mit zwei Werken das Licht der Welt erblickt zu haben, nämlich mit Knut Hamsuns *Pan* und *Unter Herbststernen*. Zur Bekräftigung verlässt er nicht einmal das Bett ohne die beiden Bücher in der Tasche. Daher also liest er nun dort in der Senke aus den *Herbststernen* vor, darum auch steckt der *Pan* in der Jackentasche (zusätzlich noch Ólafur Jóhann Sigurðssons *Zu den Laubfähren*), und darum liegt die Schnapsflasche im Gras.

Man könnte sich darüber wundern, warum ein junger Mann überhaupt mit drei Büchern in der Tasche zu einem so rauschenden Ball fährt. Gut, aber drei Bücher sind doch nicht viel. Dreißig wären es vielleicht, aber nicht drei. So.

Starkaður hat sich also, wie gesagt, von den ausschweifenden Festlichkeiten um das Gemeindehaus in die Welt der Worte zurückgezogen. Da kommt der Junge, und Starkaður sagt einfach: »Genehmige dir einen.«

Das ist ein so feierlicher Moment, dass der Junge auf die Knie fällt, die Flasche mit beiden Händen umschließt und zum allerersten Mal seine Kehle mit Alkohol benetzt. Er schluckt mit geschlossenen Augen, hustet, öffnet die Augen: alles unverändert. Also nimmt er einen weiteren Zug und noch einen, wild entschlossen, in das Mysterium des Rausches einzudringen. Starkaður betrachtet unterdessen den Himmel und vertraut dem Jungen Erinnerungen aus dem Mutterleib an. Dann füllt der Klang von Gesang, stampfenden Füßen, Akkordeonspiel und Rufen die Senke aus, und sie gehen zu den Leuten hinüber. Starkaður hoch aufgeschossen und dunkel, der Junge auf unsteten Beinen, kichernd vor Nervosität und von drei Schluck Branntwein.

Und da stehen sie, Þórður und der Gemeindevorsteher. Auch Sam.

Acht

Um diese Zeit sinken die Ersten dahin und gehen ins Walhalla des Weingottes ein. Nach guter alter Sitte werden die solcherart Gefallenen an der Südwand des Gemeindehauses aufgebahrt und Decken über sie gebreitet. Um eins liegen dort etwa fünfzehn Stück. Unter ihnen der Troll an der Leine und der dürre Bauernsohn in trauter Eintracht Seite an Seite. Drei Frauen mittleren Alters sehen abwechselnd nach den Gefallenen, legen die Decken und die Schnapsleichen zurecht und verscheuchen die Hunde. Der Gemeindevorsteher hat sich buchstäblich an Þórður gehängt und bedrängt ihn, ihn doch bitte vor der Schande zu bewahren, an der Südwand zu landen und die nächsten Wochen spöttisch bis verächtlich »Südler« genannt zu werden. Auch von den Problemen der Macht redet der Gemeindeoberste: »Jungs, ihr könnt das nicht verstehen, außer dir vielleicht, Þórður. Niemand versteht das Wesen der Macht, außer dem, der sie einmal auf seinen Schultern getragen hat. Die Verantwortung, Jungs! Ich habe nicht darum gebeten, sie wurde mir auferlegt. Þórður, du verstehst das, man ist so allein, man wird so einsam wie der Dichter, was, Starkaður, völlig einsam, wie ein Dichter. Ja, so steht man da, einsam und allein wie ein Dichter.«

»Schon gut, Jón, ist ja gut«, sagt Þórður beruhigend, und Sam streichelt dem Gemeindevorsteher über den Kopf.

An der Mauer steht Björn Skúlason und hält vernünftigen Leuten irgendwelche Unterlagen unter die Nase. Mit zittrigem Finger zeigt Jón auf ihn: »Ich kenne die Herausforderungen unserer Zeit besser als dieser Mann. Ich, nicht er, muss unpopuläre Entscheidungen fällen. Ich wünsche es keinem, in solcher Bredouille zu landen. Deshalb ist es besser, wenn ich alles allein auf meine Schultern lade. Ich stehe das durch, ich wanke nicht, ich werde alles für euch ertragen, andere würden das weder durchhalten noch wagen, die Beschlüsse zu fassen, die unsere Gemeinde betreffen; du vielleicht, Þórður, und auch du Sam, aber sonst keiner, und deshalb ist es besser, wenn ich alles allein trage. Ich verstehe die Zeichen der Zeit besser als andere, denkt nur an mein Parkett! Ich wage es, mit gutem Beispiel voranzugehen. Ach, Jungs, ihr solltet einmal in meine Bibliothek kommen! Ja, der liebe Junge auch, man muss an die Jugend denken! Sag mal, Junge, was denkt die Jugend? Welche Musik hört sie? Bring mir doch mal ein gerade beliebtes Lied bei, ach, seht, er kichert bloß, hat keine Ahnung von der Einsamkeit der Macht, sollte ich mir einen Heubinder zulegen, muss man nicht immer das Neueste vom Neuen haben, ist es nicht immer so, Þórður? Sag dem Jungen, er soll mir ein neues Lied beibringen, damit ich die Zeichen der Zeit ...« Der Kopf des Gemeindevorstehers rollt heftig von einer Seite auf die andere, als wolle er seine Befestigung auf die Probe stellen, und es kostet enorme Anstrengung, ihn halbwegs gerade zu halten, während er Þórður anstiert und jeglichen Alkoholdunst aus den folgenden Worten verbannen will: »Sag was, Þórður, etwas, das alles erklärt!«

Þórður nimmt einen Schluck aus der Pulle, reicht sie an Sam

weiter, der ebenfalls trinkt, und sagt dann: »Sieh mal, Jón, wer die Zeit anhalten will, hält niemanden auf außer sich selbst, aber wer ständig der Zeit hinterherläuft, der verliert unterwegs alles.«

Jón: »Du bist ein großer Dichter.«

Þórður: »Ach, halt's Maul!«

Genau das tat Jón. Oder genauer: Er sank ins Koma des Vollrauschs. Aus Pietätsgründen holen Þórður und Sam die dicke Hochsprungmatte aus dem Geräteraum, und wenig später ruht der Gemeindevorsteher darauf, hoch erhaben über die anderen, dem Sprit zum Opfer gefallenen Mitglieder seiner Gemeinde. Doch drinnen biegen sich die Bohlen unter den Füßen.

Neun

Was ereignet sich sonst noch auf einem solchen Fest?

Doch, doch, der Junge durfte bleiben. Þórður erkundigte sich nicht einmal, wieso er überhaupt da sei, geschweige denn, wie er gekommen war. Er durfte bleiben und war mithin dabei, als jemand Björns Stänkereien satt bekam. Der war nämlich unter den Leuten umhergegangen und hatte die allgemeine Munterkeit mit einer Unterschriftenliste gestört: Jón müsse als Gemeindevorsteher zurücktreten, er verstehe die Herausforderungen der neuen Zeit nicht wie er, Björn; eine neue, breite Straße müsse angelegt werden, damit die neue Zeit endlich den Weg in die Gemeinde fände, heutzutage kämen Glück und Wohlstand nur noch auf breiten, asphaltierten Straßen daher.

»Teufel auch, bist du ein langweiliger Spaßverderber!«, sagte jemand.

»Man sollte dir eins aufs Maul hauen«, sagte ein anderer.

»Gute Idee«, sagte ein Dritter und schlug zu.

Der Junge sah es mit an. Sah, wie Björn zu Boden ging, die Beine von sich streckte und sich den Unterkiefer hielt.

Was sich sonst noch ereignet?

Sogar Stefán tauchte überraschend auf der Party auf. Man umarmte ihn, küsste ihn zur Begrüßung ab, warf ihn vor Begeisterung hoch, und für einen Augenblick stand er selbst als das Ausrufungszeichen hinter seinem Kommen in der Luft. Doch wie sehr Stefán sich auch in die Begeisterung hineinzusteigern versuchte, starb dieser Vorsatz fast schon wieder, ehe er in die Tat umgesetzt wurde. Stefán tappte im Dunkel der Nacht zwischen den Festgästen umher, den breiten Speer der Finsternis in seine Brust gesenkt. Dann gab er auf und verzog sich mit Starkaður hinter die Rennbahn, wo die Wiese Buckel machte.

Das ereignete sich zum Beispiel und noch so manches mehr.

Björn etwa wurde Einhalt geboten, als er schreiend versuchte, den Gemeindevorsteher von der Speckmatte zu zerren. Der Junge hatte nach Björn gesucht, weil der die Oberaufsicht über den Verkauf von Süßigkeiten innehatte und den Schlüssel zur Vorratskammer um den Hals trug. Der Junge bog um die Hausecke, blieb wie angewurzelt stehen und zog sich vorsichtig zurück, um einige kräftige Männer zu alarmieren. Die zögerten nicht an der Hausecke, sondern schüttelten Björn wie ein ungezogenes Hündchen, und Sveinn von Brekka stopfte dem Balg eine Flasche in den Hals und füllte ein. So kam es, dass auch Björn kurz darauf im Tiefschlaf neben der Matte lag.

Das also auch.

Der Junge ging ins Haus, wo Salvör mitten im Getümmel stand. Mehr als die drei Schlucke bei Starkaður bekam er nicht, so knickerig ist die Welt zuweilen. Da schafft man es gerade mal, den Kopf ins Vestibül der Räusche zu stecken, wo alle gewohnten Verhältnisse durcheinander gerüttelt werden, wo die Naturgesetze auf dem Kopf stehen und mit den Beinen in der Luft zappeln.

»Du versprichst mir, keinen Tropfen mehr anzurühren«, hatte Þórður mit drohendem Tonfall in der Stimme gefordert, und der Junge versprach es. Und hier in der Gegend gilt ein mündliches Versprechen noch etwas, der Verfall in Form schriftlicher Bestätigungen hat noch keinen Einzug gehalten. Vielleicht ist die Straße zu holprig.

Die Akkordeonspieler quetschten die Freude zwischen ihren Händen. Breitbeinig saßen sie auf dem Podium, zu ihren Füßen wogte die Menge, bogen sich die Dielen. Jónas stand an einem der Fenster und kreischte, außer sich vor Vergnügen. Salvör. Da, jetzt sah sie den Jungen, aber es gab keine richtige Strafpredigt, die sich über ihn ergossen hätte. Bloß ein: »Schäm dich, ungezogener Junge, einfach hierher zu kommen!« Dann wurde er ins Getümmel gezogen. Unter gewöhnlichen Umständen hätte er sich natürlich nicht dazu bereit gefunden, so zwischen Salvör und Unnur auf dem Boden herumzustampfen, in zähem Bemühen, so etwas wie Tanz aus seinem Körper herauszuschütteln. Da wäre er vielmehr darauf aus gewesen, ein paar Gleichaltrige zu finden und etwas Heftiges anzustellen; aber er war jetzt eindeutig nicht in der Position, Bedingungen zu diktieren. Also musste er tanzen. Tanzen: Wo sollte das noch hinführen?

Die Anwesenden waren mittlerweile außer Rand und Band geraten, überschäumende Ausgelassenheit bei allen, die Kapelle schwitzte, dass sie oben auf dem Podium zu ertrinken drohte. Die Menschen, der Tanz und die Musik, alles mischte sich in zügellosem Taumel.

Doch dann.

Den Akkordeonspielern ging die Kondition aus, Müdigkeit ließ ihre Finger in Krämpfen erstarren, die Töne flossen langsamer, der Höhepunkt schien erreicht, nur noch ein Abgesang möglich.

Ja, da.

Der Beginn war nicht einmal sonderlich vielversprechend: Þórður und Sam kamen herein. Das war schließlich ein Saal für alle aus der Gemeinde, ein rauschender Ball war im Gange, was machte es da schon, dass die beiden eintraten? Vermutlich wollten sie auch das Tanzbein schwingen. Sam hielt einen kleinen Kasten im Arm, fest an sich gepresst, beinah ein wenig schüchtern. Als Þórður etwas zu ihm sagt und auf das Podium und die Kapelle deutet, schüttelt Sam den Kopf. Den Musikern ging jetzt unüberhörbar die Kraft aus, aber das Publikum versuchte, unter Volldampf zu bleiben, indem es selbst den Ton vorgab. Man tauschte die Rollen: Die Musikanten hetzten nun den Tanzenden hinterher. Þórður stieß Sam an, nein, schubste ihn vor sich her zum Podium.

Da ging es los.

Sam steht plötzlich oben auf dem Podium. Sehr ungewöhnlich. An solchen Abenden besteigt außer den Männern mit den Instrumenten gewöhnlich niemand die Bühne. Einige halten schon im Tanzen inne. Sam kriecht auf allen Vieren hinter die beiden Musiker, die ziemlich irritiert über die Schulter zurück blicken. Die Musik verschwindet in den Bälgen. Jetzt sehen alle auf. Abwechselnd auf Þórður und auf Sam. Der ist aufgestanden und hält eine Art Metallrohr in den Armen wie ein schlafendes Kind. Zweifelnd blickt er auf Þórður, der entschlossen mit dem Kopf nickt. »Was hat er sich jetzt wieder ausgedacht«, flüstert es in der Menge. Sam hebt das Metallrohr in die Waagerechte.

»Das ist ja eine Trompete«, sagt jemand, der zu Hause ein Bilderlexikon besitzt.

Nichts geschieht. Sam steht nur da mit seiner Trompete, das Mundstück etwa zehn Zentimeter vor seinen Lippen. Nichts geschieht, und alle sind ganz Ohr. Da ruft Unnur so laut, dass der Junge zusammenzuckt: »Spiel!«

Und jetzt ist es so weit:

Sam legt die Lippen ans Mundstück, holt tief Luft und bläst: ba baa ba baaa ... ba baa ba baaa ...

Er bläst, und der Ton ist wie der blaueste Himmel bei Nordwind, ebenso unvorstellbar klar und rein. Einer der beiden Akkordeonspieler blickt unsicher auf sein Instrument, mit einem Finger sucht er den Noten von Sams Melodie zu folgen, und die Leute, die Leute schauen auf dieses schwarze Gesicht, das blauen Himmel über sie trompetet. Sie sehen seinen Gesichtsausdruck, erkennen ihn genau wieder, diese wehmütige Freude. Langsam tasten sich tiefe, weite, aber unsichere Akkordeontöne an die strahlende Klarheit des Trompetensolos heran. Sam scheint daraufhin ein wenig den Faden zu verlieren, für einen Moment fährt ein überschlagender Ton durch den Saal, eine todeswunde Melodiezeile, die in völliger Dissonanz zu verbluten scheint, ein bodenloser Abgrund tut sich zwischen den Musikern auf, dann plötzlich finden ihre Instrumente in einem einzigen Ton zueinander. Zu einer langsamen, betörenden Melodie. Woher kommt sie auf einmal? Verwundert schauen die Leute auf ihre Füße: Was ist das für eine Empfindung, die durch den ganzen Körper rieselt und ihnen unten in die Beine fährt? Guck: da zucken sie! Da ist der Takt, den die Melodie aus dem Dauerfrost des Vergessens erlöste. Es handelt sich nicht um den Óli Skans aus dem Schlager, sondern höchstens um den Herrn Ólaf aus der alten Ballade, der aus den Bergen hervorsprengt. Vielleicht ist es auch eine Melodie, die schon vor vielen hundert Jahren einmal unter den Bergen hervor in die Brust des Volkes rann, das damals noch in Torfhütten saß, im erdigen Schoß des Landes hauste? Lange vergessen, nun in die Erinnerung zurückgeholt.

Die Leute. Sie tanzen, nein, sie verwandeln sich in Tanz. Sam spielt und spielt, außer wenn er die Trompete absetzt und mit heiserer Stimme Bruchstücke des Liedes singt, das er zu spielen begonnen hat:

Oooh, what did I do
to be so black
and blue

Und Þórður schwingt im Rhythmus mit – ist es Schweiß, oder sind es Tränen, die ihm übers Gesicht strömen? Er wirft beim Tanzen den Kopf zurück und führt die Strophe zu Ende:

Oh, mein ist das Leid
so drückend schwer
wie Blei

Von der Art sind Bälle in dieser Gegend.

Zehn

Zwei verpassen das alles: Starkaður und Stefán. Sie sahen nur alle anderen plötzlich im Haus verschwinden. Vorher waren verstreut dunkle Schemen unterwegs gewesen, wie Astronauten auf einem Weltraumspaziergang außerhalb ihrer Station. Dann schwebten sie schnell hinein, vielleicht des Sauerstoffs wegen, und bald war draußen niemand mehr zu sehen außer den Gefallenen, die an der Südwand abgelegt wurden wie anderer Weltraummüll. Aber die beiden Freunde achten nicht weiter darauf, sondern sitzen zusammen in der grobbrockigen Lava und reden. Oder vielmehr ist es Stefán, der redet, und Starkaður, der zuhört. Lange, sehr lange hört er zu, bis er plötzlich mit dem Finger zeigt und ruft: »Schau mal da!« Da kommt Sam in blauen Hosen und mit nacktem Oberkörper aus dem Gemeindehaus geschossen.

»Sieh mal, als ob die Nacht davonläuft! Wo will er denn hin? Und, guck, da kommt auch Þórður ... und Unnur ... Salvör ... und auch der Junge.«

Doch Sam ist ihnen so weit voraus, dass Starkaður aufsteht und berichtet: »Jetzt wirft er sich am Fluss zu Boden.«

Am Fluss? Jetzt erst merkt Stefán auf. Zehn Sekunden vergehen. Die anderen vier noch in vollem Lauf. Zwanzig. Dreißig. Sogar vierzig. Dann wird Sam zum Haus zurückgeleitet. Das war ja merkwürdig.

»Ja«, sagt Stefán mit so eigentümlichem Tonfall, dass sein Freund überrascht auf ihn hinabblickt. »Tut mir Leid«, sagt Stefán, »entschuldige.«

»Wie? Was denn entschuldigen?«

»Manchmal sucht man sich Zeit und Stunde nicht aus, sondern wird selbst ausgesucht. Verstehst du? Hast du vorhin die Trompete gehört? Das waren die Trompeten des Schicksals. Ich wusste es. Seit heute morgen schon.«

»Lieber Stefán«, beginnt Starkaður beruhigend.

Sie hatten dort in Gesellschaft der Wiesenhöcker gesessen, Starkaður las einige Gedichte aus *Zu den Laubfähren*, dann hockten sie still und beinahe reglos beieinander, bis Starkaður einen duftgrünen Grashalm ausriss, um darauf herumzukauen. Auf dem Halm nebenan hatte sich eine nette, kleine Spinne einen guten Tag gemacht, da bückte sich dieser Mensch plötzlich und riss Gras aus, diesen kräftigen grünen Pfahl, und die Spinne wankte um eine Lebensgefahr reicher und mit einem mittleren Nervenzusammenbruch von dannen.

»Magst du?«, fragte Starkaður und hielt seinem Freund kein Gras, sondern die Flasche hin.

Stefán nimmt einen Schluck.

Starkaður nimmt einen Schluck.

Dann schweigen beide.

Bis Stefán den Mund aufmacht. Ihn wieder schließt. Öffnet, schließt. Als wollte er Fisch spielen. Dann kam endlich ein Ton, zuerst eingeklemmt wie unterdrücktes Weinen, dann kamen Laute und versuchten Wörter zu bilden; einige dieser Laute taumelten weit voraus wie betrunkene Reservisten, die man zu einer unerwarteten Musterung einberuft: Die Verwirrung so groß, dass alles in einem einzigen Durcheinander endet.

Starkaður schaut seinen Freund zuerst mit großen Augen an, schlägt aber dann den Blick ins Gras nieder, um ihn nicht mit seiner verständnislosen Miene noch weiter aus dem Konzept zu bringen. Endlich bekam Stefán Disziplin in seinen Heerhaufen, und die Bataillone marschierten in geschlossener Formation aus ihm heraus. Starkaður beugte sich vor und hörte zu. Hörte zu und sah Stefán Nacht für Nacht durchs Haus schleichen: Stell dir vor, wenn sie gar nicht tot wäre! Dass sie nur kurz aus dem Haus gegangen und bald wieder zurück wäre. Vielleicht war sie sogar schon wieder da. War sie nicht in dem Zimmer dort oder gerade um die Ecke ... Er sah es vor sich, wie sein Freund mitten in der Nacht freudestrahlend Türen aufriss oder um Zimmerecken sprang. Sah, wie ihn die Wahrheit dann packte und in Stücke riss. Sah die Striche über dem Kopfende des Bettes. Vierhundert senkrechte Striche plus hundert waagerechte: fünfhundert Gitterstäbe.

»Als sie starb, starb ich auch. Warum muss man atmen und ist doch tot?«

Manchmal: Manchmal war sie zu ihm gekommen, er hatte ihre Gegenwart gespürt, ihren Geruch wahrgenommen, das Schaben ihrer Schritte gehört. Er hatte die Augen geschlossen und von nichts mehr gewusst, ehe sein Kopf in ihrem Schoß weilte. Genau wie früher.

Früher: Weißt du, früher, na ja, du weißt, früher, da waren wir immer zusammen. Sogar während wir schliefen. Doch manchmal kam sie *nicht* in meinen Träumen vor.

Und dann: Dann riss sich Stefán aus dem Schlaf, weckte sie und sagte: »Du warst nicht bei mir.«

»Oh weh«, antwortete sie, »das war nicht gut.«

»Nein, das war nicht gut«, sagte er.

Dann schliefen sie wieder ein, die Hände ineinander verflochten, sanken in den gleichen Traum.

Auf die Art: Auf diese Weise waren wir immer zusammen.

Aber: Dann ging sie und ich nicht. Manchmal kam sie zu mir und half mir beim Einschlafen. Aber weißt du, was das Schlimmste an solchem Schlaf ist? – Man wacht immer wieder auf.

Aber heute: Heute morgen war sie ihm erschienen. »Ich will nicht wieder erwachen«, hatte er gesagt. Da antwortete sie und lächelte, und es gab nichts auf dieser Welt, das ihrem Lächeln gleich kam ...

»Du weißt, wie sie lächeln konnte, Starkaður.«

»... Ja, heute erwachst du zu mir.«

Hatte sie gesagt. Und er sprang aus dem Bett, gab dem Hund

das beste Stück Fleisch, das er hatte, streichelte ihn, bis das Tier wieder die Augen schloss und ...

»Du hast doch nicht den Hund erschossen?«

»Ich musste es tun. Er hätte doch nicht allein zurückbleiben wollen. Vergib mir, Freund, vergib mir! Bis heute morgen hätte ich es selbst nicht verstanden. Du weißt, nachdem sie gestorben war, als sie den Sarg in die Erde hinabließen, da war es, als ob alles bis auf ihre stofflichen Überreste mit ihr gestorben sei. Weißt du, Starkaður, dieser Materialismus, das war, als hätte ich unheilbar Krebs.

Bis heute morgen.

Und jetzt: Vorher durfte ich noch nicht gehen, verstehst du? Da wurde noch geprüft, wie stark wir sind, ob uns etwas trennen könne. Verzeih mir, mein Freund, doch jetzt ist der Ruf ergangen, und das ist auch gut so, denn allmählich ist der Duft aus ihren Kleidern in der Truhe verflogen.«

Das mit dem Sarg und dem Geruch in den Kleidern verstand Starkaður nicht ganz, jedenfalls nicht dort zwischen den Wiesenhöckern.

»Lieber Stefán«, begann er noch einmal beruhigend ...

»Du musst mir vergeben!«

»Ver ...«, begann Starkaður, kam aber nicht weiter, weil etwas über ihn hereinbrach und er benommen zwischen die Wiesenbuckel fiel, während Stefán die Beine in die Hände nahm und rannte, rannte, rannte, rannte, rannte, rannte und rannte. Als es Starkaður endlich gelang, wieder auf die Füße zu kommen, wobei er sich das schmerzende Kinn rieb (der Schlag war ein echter Hammer gewesen!), da sah er Stefán schon zur Hälfte über die Uferböschung des Flusses hängen.

Man glaubt nicht, wie schnell Starkaður laufen kann. Seine Füße schienen kaum den Boden zu berühren. Trotzdem schien er kaum außer Atem zu kommen, jedenfalls nicht, bevor er den

Namen seines Freundes hervorgestoßen, den Lebensmüden am Kragen gepackt und seinen Kopf aus dem Wasser gezogen hatte. Erst da spürte er, wie ausgepumpt er war.

Nachwort

Wer hatte Sam diese Phrasen eingegeben, wer aus den Flüssen des Landes trinke, würde mit ihm verschmelzen? Er hatte geradewegs den Kopf in den Fluss gesteckt, um sein Wasser zu schlucken.

»Du hättest dich umbringen können!«, sagte Unnur aufgebracht, als sie ihn vom Ufer wegzogen. Sam faselte nur etwas von der Sinfonie des Landes in seinem Blut. Hatte er sich vielleicht beim Trompeten das Hirn aus dem Kopf gepustet?

»Þórður, weißt du, was Sam für wirres Zeug redet?«

»Er ist nicht ganz bei sich, Junge.«

»Nein, nein, Þórður, ich trage das Land in mir«, brabbelte Sam.

»Wir sollten ihn nach Hause fahren«, meinte Salvör. Und das taten sie.

Ist es fünf oder acht Tage später, als der Heubinder in die Gemeinde kommt?

Jedenfalls ging es auf Abend zu, als Björn mit dem Gerät über den Hügel kommt, und als Zugabe hat er für den Massey-Ferguson noch ein Führerhaus bauen lassen. Daher ist ihm auch nicht kalt im Abendwind. Jetzt würde es ihm nichts mehr ausmachen, auch im Regen auf dem Traktor umherzutuckern.

»Er kommt mit dem Heubinder«, sagt der Junge und deckt den Telefonhörer mit der Hand ab.

»Was?«, brüllt Jónas.

»Telefon für dich«, sagt der Junge grinsend und reicht ihm den Hörer. »Skúli will ein Wörtchen mit dir reden.«

»Der alte Skúli! Lange her, seit ich von ihm gehört habe.« Und Jónas ist so vergnügt, dass er vergisst, mit dem Stock auf den Boden zu tacken, während er zum Telefon humpelt. Außerdem denkt er auch nicht daran, dass Skúlis sterbliche Überreste seit mehr als einem Jahr im Boden ruhen.

Salvör hält sich gerade in der Küche auf, ist zur Hälfte im Schrank unter der Spüle verschwunden, um dort irgendetwas mit der Rohrzange zu richten, und bekommt daher nicht mit, was der Junge sagt. Brynja spielt draußen mit dem kleinen Mädchen, das gerade einen Flunsch zieht, weil es keine Spinnen und schwarze Laufkäfer in die Taschen stecken soll. Die Brüder sitzen im Wohnzimmer. Þórður liest brummend einige Verse von Starkaður, während der Jüngere seine Handflächen betrachtet, noch hagerer als sonst wirkt und es kaum aushält.

»Hm, hm«, grummelt Þórður und liest dann einige Zeilen laut, um den Klang zu hören:

Wir sollen bloß
Wir beide sollen bloß aufstehen und gehen
Gehen und nicht anhalten, bevor alles
Hinter uns liegt und nichts Menschliches
Uns mehr berührt und keine Enttäuschung
Uns mehr aufrührt und dann
Dann wirst du Verse singen
Die Felsen öffnen
Und Helligkeit wird unsere Brust erfüllen.

»Jaauu«, hebt Þórður an und dehnt das Au in diesem Lieblingswort der Isländer so lange es eben geht. »Ich meine ...«

Weiter kommt er vorerst nicht, weil genau in diesem Moment draußen auf dem Flur Jónas' gellende Stimme tönt: »Skúli, altes Haus, wo hast du gesteckt?«

Manch einer wunderte sich. Diese ungeheuer alltägliche Anrede überschattete sogar den Heubinder. Alle hörten auf, ihn anzustaunen, und man konnte sich fragen: Was ist eigentlich so Besonderes an einem Heubinder? Selbst wenn man noch das Führerhaus auf dem Traktor hinzunimmt. Nur Stahl und eine Maschine, die in die Erde rosten werden! Þórður aber hatte von den Versen aufgesehen, als sein Vater den alten Skúli nach dessen Wohlbefinden fragte. Erst blieb es still; dann sagte Jónas: »Was du nicht sagst, Skúli!«

Da stand Þórður auf und steckte den Kopf in den Flur. So bekam er nicht mit, wie sich sein Bruder ebenfalls schwerfällig erhob, zum Fenster hinüberging und die Stirn an die kühle Scheibe legte. Und so hörte er nicht, wie Starkaður murmelte: »Þórður, weshalb kommt die Dunkelheit?«

2. Buch

I

Es wird von einem unerwarteten Gast berichtet, der aus gewissen Gründen beinahe in den Götterhimmel aufgenommen worden wäre

Einige notwendige Mitteilungen vorab

Man muss von der Hauptstraße abbiegen. Nicht auf asphaltierten Autobahnen dahinrasen, sondern abbiegen und den Staublindwurm aus der Schotterpiste entfesseln. An einer angerosteten Zapfsäule vorüberfahren, an eingestürzten Häusern und einsamen Grabstellen, wo Gras die Kreuze und Gedenksteine überwuchert und ein Bekassinenpärchen zwischen längst vergessenen Gräbern aus dem Anfang des letzten Jahrhunderts brütet.

Man schlängelt sich einen gewundenen, schlaglochgepflasterten Weg empor, der das Auto auf über 400 Höhenmeter schraubt, aber höher noch, viel höher ragt der Berg über der Steigung auf, der Berg, der sich aus dem Land erhebt wie eine Morgenlatte unter dem Laken.

Man biegt also von der Hauptstraße ab, und eine halbe Stunde später kommt der höchstgelegene Hof in Sicht. Er hat seinen Namen von einer Schlucht, die sich tief in den Berg hineingräbt und, gleich wie hell die Sonne auch strahlt und das Tageslicht sich von einem Himmelsrand zum anderen ergießt, immer bis zur obersten Kante randvoll mit Dunkelheit gefüllt ist; als hätte sich die Nacht selbst dort in den Berghang gegraben.

An diese Schlucht knüpfen sich Geschichten, deutlich mehr als eine Hand voll, in denen verlorene Seelen heulen und Trolle schlummern, doch diese Geschichten müssen hinter dem zurückstehen, was ich zu sagen habe. Der Hof hat seinen Namen nach der Schlucht und heißt einfach Gilsstaðir, Schluchthof.

Den Bauern auf Gilsstaðir nennt man niemals anders als Apostel, und auch von ihm gibt es eine Geschichte zu erzählen.

Er ist möglicherweise gerade bei der Heuernte, hockt krumm und schief auf seinem roten Zetor und schleppt den Heubinder hinter sich her, der alles Heu mit rasender Geschwindigkeit in seinen unersättlichen Schlund rafft, da fällt der Mann plötzlich in tiefe Gedanken und ist mit einem Mal verschwunden. Der Zetor ist auf halber Strecke stehen geblieben, die Kabinentür sperrangelweit offen, die Bindemaschine abgewürgt, das Maul verstopft mit duftendem Heu, und der Bauer ist einfach verschwunden. Vielleicht in eine Spalte gefallen? In geistiger Verwirrung den Berg hinaufgestürmt? Nein, nein. Die Bäuerin, ihre Schwiegertochter und die beiden Söhne wissen Bescheid. Sie sind kein bisschen beunruhigt, brechen in kein »Oh weh«, »Achje«, »Herrjemine« aus. Einer von den Söhnen klettert kurzerhand auf den Zetor, der Antriebshebel wird umgelegt und wiederbelebt den Heubinder, der auch das Übermaß verdaut und bald wieder so weit ist, fertige Heuballen hinter sich auszuspucken. Der Bauer aber, dieser Apostel, hockt lang aufgeschossen, knochig und mit hängenden Schultern in einer Ecke seiner Scheune, weil ihn seine eigentliche Berufung vom Traktor abberufen hat, und während draußen die Ernte in vollem Gang ist, sitzt er in der dämmerigen Stille der Scheune und arbeitet unverdrossen daran, die Wörter in der Bibel durchzusehen, im Zwiegespräch mit Gott diejenigen von Menschenhand darin auszumerzen. Deswegen heißt er der Apostel. Die gewaltige Aufgabe hat er von seinem Vater geerbt – und der sie wiederum von seinem Vater, sodass sich mittlerweile die dritte

Generation daran abmüht, Bibelworte durchzuforsten und den Menschen darin auszulichten, damit nur Gott allein noch darin zurückbleibe.

So ist es nun einmal.

Doch niemand soll jetzt befürchten, meine eigenen Worte seien Schiffe auf der Fahrt in biblische Gewässer. Ich muss lediglich gewisse Vorabinformationen los werden, weil nämlich sonst die kommenden Ereignisse ein wenig absonderlich wirken könnten, jawohl. Der Apostel unterredet sich also in seiner Scheune mit Gott, und die Leute aus der Gegend sind schon vor langer Zeit zu der unumstößlichen Überzeugung gekommen, dass weder der Pfarrer in der Gemeinde noch der Bischof im Radio Gott auch nur im Entferntesten so nahe stehen wie der Bauer auf Gilsstaðir.

Diese fest verwurzelte Meinung kann ich, der Niederschreiber dieser Zeilen, bezeugen. Ich gehöre auch zu den wenigen, die wahrheitsgetreu die Arbeitsmethode des Apostels beschreiben können. Allerdings stütze ich mich dabei nicht auf eigene Beobachtungen, sondern auf die Aussagen Starkaður Jónassons von Karlsstaðir, dem Bruder meines langjährigen Gastgebers Þórður. So weit mir bekannt ist, war Starkaður der einzige Mensch, der jemals anwesend sein durfte, wenn der Apostel in der Scheune über seine Arbeit gebeugt saß und sich – so Starkaður – im Dialog mit Gott in seinen Bart murmelte. Sicherlich hatten verschiedene Leute bisweilen nicht mit ihrer Ansicht hinter dem Berg gehalten, der Apostel sei lediglich ein etwas verrückter Sektierer, zum Glück wenigstens ohne den Spleen, andere mit seinem Kram missionieren zu wollen. Doch die große Mehrheit sah den Gilsstaðirbauern als einen bemerkenswerten Weisen an, dessen Blick weiter reichte als der der meisten. Nun ja, wie dem auch sei, so war es doch wohl ganz normal, wenn wir alle in der Gemeinde schon seit langem auf den Augenblick warteten, in dem der Apostel das große Werk beenden und den Schlusspunkt hinter das Lebenswerk dreier Generationen setzen würde, sich endlich eine Schreibmaschine kaufte oder die von Starkaður lieh und die prophetischen Worte ins Reine tippte. Eines sonnendurchfluteten Tages (denn ein solcher Tag musste es doch wohl sein) würde der Mann mit dem dicken Buch unter dem Arm aus der Scheune treten. Und obwohl man in der Gegend bereits seit mehr als hundert Jahren von diesem Werk wusste, hatte Starkaður es geschafft, die Erwartungen noch derart anzuheizen, dass man nicht ausschließen mag, dieses Schlitzohr habe mit seinem immer so glaubhaft vorgetragenen Unsinn den einen oder anderen mächtig durcheinander gebracht.

Doch es wird Zeit, dass ich die Dinge beim Namen nenne, dass ich endlich das Anfangsglied einer langen Ereigniskette heraushuste. Doch zunächst will ich noch Folgendes klar stellen: Ich hätte auch schweigen und alles auf dem Meer des Schweigens verebben und im dichten Nebel der Sprachlosigkeit verschwinden lassen können. Das wäre bestimmt der leichtere Weg gewesen. Stattdessen ergreife ich den Bleistift, lasse nichts aus und schone niemanden. Ich werde daher kaum umhin kommen, einige Freunde und Bekannte wie dümmliche Schafe aussehen zu lassen, und ich bin nicht sicher, ob sie mir das danken werden. Ich bitte daher zu beachten, dass, sofern jemand irgendwo dumm dasteht, meist nur die Umstände unvorteilhaft sind. Bald werde ich die Worte äußern: »Niemand rechnete damit ...«, und dann gibt es kein Zurück mehr. Alle, die die Wahl treffen, sich durch meinen Wortwust zu hangeln, sollten sich daran aufrichten, dass vieles, was ihnen am Anfang völlig unverständlich erscheint, am Ende seine völlig natürliche Erklärung finden wird. Mit anderen Worten: Begegnet Ihnen etwas sehr Befremdliches, dann liegt es einfach nur daran, dass man manchmal nicht so genau weiß, wo in der Welt eigentlich oben und wo unten ist. Aber das ist auch verdammt gut so! Im Erstaunen liegt etwas Gesundes; es reinigt das Blut und verhindert geistige Thrombosenbildung. Starkaður Jónasson drückt es so aus: Staunen ist geistiger Lebertran.

Der unerwartete Gast

Niemand rechnete damit, dass Gott der Allmächtige noch einmal durch diese Gegend wandeln sollte. In Gestalt eines etwa fünfzigjährigen Mannes. Die Leute hegten vielleicht Hoffnungen, der Staatspräsident könnte einmal zu einem offiziellen Besuch eintreffen oder ein Fotograf der Zeitung *Tíminn* erscheinen, um Aufnahmen von stattlichen Außenställen, voll beladenen Heuwagen oder einem eigentlich herzkranken Jäger zu machen, der in diesem Sommer etwa vier Dutzend Nerze und Füchse zur Strecke gebracht hatte – aber der Allmächtige? Nein, keiner rechnete mit Ihm; denn es war schließlich nicht bekannt gegeben worden, dass dieser hohe Herr wieder seinen schweren, heiligen Fuß auf Islands Boden gesetzt hätte. Doch natürlich warten wir immer auf etwas. Wenn nicht auf den Herrgott oder den Jüngsten Tag, dann auf etwas anderes, denn das Leben besteht zu einem großen Teil aus nichts anderem als Warten; was ja auch wiederum ganz in Ordnung ist, denn während man auf etwas wartet, kann man schon mal eine ganze Menge erledigen. Einen Kaffee trinken zum Beispiel, in einem Buch blättern, ein Schwätzchen halten oder mit anderen Worten: Man kann leben, während man wartet.

Das Leben des Apostels seinerseits drehte sich vor allem darum, jenes große Buch zu vollenden, zu dem seine Bibel unweigerlich werden sollte, und als die Geschichte bis zu diesem Punkt gediehen war, hatte tatsächlich bereits so mancher darauf zu warten begonnen, dass der Apostel endlich mit diesem Buch unter dem Arm aus der Scheune käme. Und genau da ereignete sich das Unerwartete: Der Apostel trat aus der Scheune … und Gott schritt in Gestalt eines fünfzigjährigen Mannes in Manchesterhosen und blauen Turnschuhen an seiner Seite.

Natürlich sagte niemand: »Ach, guck mal, da ist ja Gott«, wie man mit dem Finger zeigt und sagt: »Sieh mal da, der Fahrer des Milchlasters«. Nein, nein. Anfangs redete niemand von Gott. Sein Besuch ist nämlich derart unwahrscheinlich, dass einem über die unverfrorene Zumutung der Mund offen stehen bliebe. Doch unbestreitbar war auf Gilsstaðir ein Besucher eingetroffen; noch dazu ein recht geheimnisvoller, sozusagen mit verhülltem Haupt. Das Geheimnisvolle, das ihn umwitterte, wurde dadurch nicht geringer, dass sich die Hofbewohner komplett weigerten, über den Besuch zu reden. Ich möchte jedoch, dass eins klargestellt wird: Die allermeisten neigten der Ansicht zu, der Gast sei am ehesten ein durch und durch gelehrter Mann des Geistes oder der Wissenschaft; bekannt obendrein, vielleicht ein hohes Tier aus dem Sekretariat des Bischofs oder gar ein Universitätsprofessor. Sein Anliegen? Nun ja, die Nachricht vom bemerkenswerten Lebenswerk dreier Generationen von Bauern auf Gilsstaðir könnte endlich bis in die Hauptstadt gedrungen sein, und nun komme so ein bis zum Platzen mit Gelehrsamkeit angefüllter und weitberühmter kluger Kopf, um zu untersuchen, ob eine derart alltägliche Landgemeinde über irgendwelche Wunder verfüge. Ob es tatsächlich wahr sei, dass ein völlig ungebildeter Bauer nicht nur den angesehensten Theologen unlösbare Rätsel aufgeben, sondern sogar mit traumwandlerischer Sicherheit unterscheiden könne, welche Worte in der Bibel unmittelbar von Gott stammten und welche nicht. Ob etwa auf dem platten Lande so etwas wie ein göttlicher Funke durch drei Generationen vom Vater auf den Sohn übergegangen sei.

Mit einem Satz, eine gelehrte, hoch stehende und gar berühmte Persönlichkeit könnte in aller Heimlichkeit den Wahrheitsgehalt des Gerüchts prüfen, dass der Bauer auf Gilsstaðir in engerem Kontakt zu Gott stehe als andere Menschen.

Die fachliche Integrität des seriösen Forschers mache das Versteckspiel geradezu notwendig; denn wenn herauskäme, dass der Apostel lediglich ein schlichter Bauer sei, sein Werk bloß eingebildete Flausen, würde es kaum das Ansehen einer respektierten und weltberühmten Kapazität stärken, sich mit einem solchen Windbeutel abgegeben zu haben.

Gleichzeitig sei das Inkognito aus Rücksicht und Wohlwollen entsprungen, muss man sich doch bloß einmal die Erniedrigung des Apostels vorstellen, wenn der hochgelehrte Professor öffentlich und vor aller Augen seine Arbeit als Pfuscherei entlarvte. Das wäre alles andere als angenehm.

Mit diesen Erwägungen im Hinterkopf wurde es nur zu verständlich, dass die Leute auf dem Hof diskret schwiegen und sogar ihre Nachbarn mieden. Sie befürchteten ganz einfach, die Arbeit dreier Generationen könne auf der Waagschale der Gelehrten- und Professorenwelt für zu leicht befunden werden und in diesem abschließenden Urteil würde der Respekt, den die meisten vor dem Apostel empfanden, zunichte gemacht.

So lautete die Erklärung für den Besuch, und aufgrund einer natürlichen Scheu einfacher Leute vor berühmten oder hochgestellten Persönlichkeiten unterstand sich niemand, unter einem unbedeutenden Vorwand nach Gilsstaðir zu kommen und den Gast einmal persönlich in Augenschein zu nehmen. Allerdings war nicht zu leugnen, dass die Neugier spürbar kitzelte. Als sich herumsprach, der Apostel und sein geheimnisvoller Gast unternähmen tagtäglich lange gemeinsame Spaziergänge, tauchten rasch die ersten Neugierigen auf, nahmen die Feldstecher zur Hand, und in alle Richtungen Ausschau haltend fuhren sie südwärts an Gilsstaðir vorüber in Richtung Brekka.

Ich erinnere mich, es war im August, die Blaubeeren dunkelblaue Bälle auf grünen Hängen, das Alltagsgeschäft eine schnurrende Katze, absolut einschläfernd, aber es gab einen geheimnisvollen Besucher in der Gegend, und einigen war das nicht ganz geheuer. Dabei ist nicht von dem Verdacht die Rede, der sich bald bei Vereinzelten einstellen sollte, dass nämlich der Besucher selbst möglicherweise gar nicht aus dieser Welt kam. Nein, manchen war die Sache einfach nicht ganz koscher, denn es hatte einmal einen anderen Besuch gegeben, und damals hatte nicht viel gefehlt und es wäre alles drunter und drüber gegangen.

Es gab einmal einen anderen Besuch

Obwohl diese Gegend in vielerlei Hinsicht bemerkenswert wäre und es dort so manches gäbe, für das es sich anzuhalten lohnte, alle möglichen erlesenen Schönheiten aus der Hand der Natur, Bäche und Berge, Flüsse und Schluchten, hohe Heiden, tiefe Täler und steile Felsen, hinter einem Berg einen lang gestreckten, schmalen See mit zahlreichen Fischen, dessen Wasserspiegel an manchen Abenden so still daliegt, als halte er den Atem an, ist doch trotz allem die Geschichte dieser Gemeinde arm an dem, was man üblicherweise berühmte Leute nennt. Von hier kommen keine Film- oder Fernsehstars, keine Schönheitsköniginnen, nicht einmal Stewardessen oder Politiker, Gauner, Ganoven oder Bischöfe; nein, der Held des Alltags allein trägt die Geschichte der Gemeinde auf seinen Schultern.

Dichter? Ja, selbstverständlich, doch in einer altertümlicheren und naturverbundeneren Bedeutung des Wortes. Ich meine, hier ist nicht von Dichtern die Rede, die jedes Mal auf den Hausgiebel der Welt hinaufflattern, sobald ihnen einfällt, mal wieder laut zu krähen, nein, die Skalden der Gemeinde machten sich nicht größer, indem sie viele Worte unter ihre Person stapelten. Sie gebrauchten ihre Fähigkeiten zur eigenen Unterhaltung und der ihrer Familie, straften jemanden, der eine Dummheit begangen hatte, mit einer scharfen Spottstrophe ab, murmelten Verse ins Erdreich, damit das Gras besser wachse und die eisengepanzerten Spitzen der Nachtfröste überstehe, und sie besprachen eine kranke Kuh, das heißt, ehe sich der erste Tierarzt im Ort niederließ und drohte, jeden anzuzeigen, der ihm in seine Arbeit pfuschte. Wenn sich aber die dichterische Kraft in all diesen Ausbrüchen noch immer nicht erschöpfte, den Skalden nicht in Frieden ließ und weiter nach außen drängte wie eine vulkanische Eruption aus den Tiefen der Seele, Erdstöße durch den ganzen Körper sendend, dann begaben sich diese Dichter still auf eine Heide, einen Berggipfel oder in ein unbesiedeltes Tal und vergruben ihre Gedichte in der Erde.

Dann kam ich und grub sie wieder aus.

Aus diesen Verhältnissen darf jetzt allerdings nicht geschlossen werden, die Gegend habe Jahrhundert für Jahrhundert nichts anderes hervorgebracht als dumpfe Hinterwäldler. Die Menschen dieser Gegend sind nämlich durchweg bemerkenswerte Individuen. Vor allem aber sind sie auch einfache und ehrliche Leute und als solche wenig darauf erpicht, über ihre heimatliche Umgebung hinaus berühmt zu werden. Daher also: Wenig bekanntes Volk aus diesem Trakt, und nicht nur das, geschieht es sogar nur äußerst selten, dass sich eine bekannte Persönlichkeit von auswärts dort blicken lässt.

Der berühmteste und ohne Zweifel denkwürdigste Besucher seit Menschengedenken war natürlich Halldór Kiljan Laxness. Ich nehme jenen geheimnisvollen Gast einmal aus, den einige für Gott selbst hielten. Doch was das betrifft, so neigen ja in letzter Zeit einige dazu, ein Gleichheitszeichen zwischen Halldór und Gott zu setzen. Nun, wie dem auch sei. Der weltberühmte Schriftsteller aus dem kleinen Ort Mosfellsbær hatte unsere Gemeinde nicht nur aufgesucht, als er seinem aufrichtigen Bewunderer Jón Jónsson, seines Zeichens Gemeindevorsteher auf Fell, sein Porträt überreichte, sondern er hatte es dabei nicht bewenden lassen und war sogar noch ein zweites Mal angereist. Tja, und das an keinem Geburtstag, Jubiläum oder Ähnlichem, sondern einfach so, an einem jener ganz gewöhnlichen Tage, die der Allmächtige uns schenkt. Eins, zwei, drei, stand dieser schlanke, gut gekleidete Dichterfürst plötzlich in einem seiner Maßanzüge auf dem Hofplatz von Fell. Dann holte er ein Paar glänzender schwarzer Stiefel aus dem Kofferraum seines Autos, und die beiden unternahmen einen Spaziergang, genauso wie der Apostel und sein geheimnisvoller Gast einige Jährchen später. Dieser zweite Besuch Halldórs zog nun einige Folgen nach sich. Oder besser gesagt war es schon die Nachricht von seinem bevorstehenden Eintreffen, die Auswirkungen auf die ganze Gemeinde zeitigte, denn natürlich erscheint *der* Dichter nicht einfach auf einem Bauernhof wie ein unerwarteter Satz. Derart bedeutende Menschen werfen immer ihren Schatten voraus. Von daher war also genügend Zeit, endlich einmal die Kaffeekanne richtig auszuspülen und überhaupt das ganze Haus zu putzen, das Bad frisch zu streichen, einiges am Schafstall zu richten sowie endlich allerlei in Ordnung zu bringen, was liegen geblieben war. Die Leute auf Fell ließen es nicht dabei bewenden, bei sich zu Hause mit Besen und Schrubber hinter allem her zu sein, sondern schwangen sich aufs hohe Ross und erteilten sogar Hinweise, was allgemein die öffentliche Sauberkeit in der Gemeinde anbetraf. Kurzum, ein echter Putzfimmel befiel den gesamten Bezirk.

Dieser Putzwahn artete regelrecht aus und erreichte seinen Höhepunkt, als Böðvar auf Fjallabak seine Ehefrau bat, seinen Stalloverall zu waschen. Das gute Stück hatte bis dato nicht nur von allein stehen können, sondern, so behauptete

Böðvar jedenfalls, es *ging* von allein an seinen Arbeitsplatz. Noch nie hatte dieser Overall eine Waschmaschine von innen gesehen, und wann hätte es dazu auch Zeit gegeben? Das ganze Jahr hindurch war er dreimal täglich im Einsatz. Dreimal am Tag zwängte Böðvar sich, nur in Unterhosen, in dieses unentbehrliche Kleidungsstück, stapfte darin aus dem Haus, verrichtete seine Arbeit, und das Textil trank den Schweiß des Mannes und überzog sich mit einer Schicht aus Stallmist. Liegt es da so fern, auf den Gedanken zu kommen, eines gleißend hellen Tages habe die Sonne diese Mischung aus Futter, Schweiß und Scheiße zum Leben erweckt? – Unsinn? Mag sein. Doch wie auf Seite 273 berichtet werden wird, suchte einst im letzten Jahrhundert der Altbauer seine letzte Zuflucht in den Stallungen von Fjallabak, und wer weiß, ob der Alte sich nicht auch danach noch hin und wieder des Overalls bediente. Was immer es damit auch auf sich haben mag, jedenfalls erreichte die Säuberungswelle ihren Gipfel, als Böðvars bessere Hälfte den Overall in den Waschzuber stopfte. Der alte Fetzen löste sich in der Lauge auf und sank als Mistfladen zu Boden; ein widerwärtiger Gestank machte sich breit, draußen im Stall schrie jemand gellend auf, und seitdem hat sich niemand mehr im Dunkeln allein hineingetraut.

Alles in allem ist das Leben kaum anderes als ein Kapitel in einem Buch

Man ist doch immer wieder bass erstaunt, wenn man auf Leute trifft, die sich aus tiefster Überzeugung zu sagen getrauen, was Wirklichkeit ist und was Einbildung. Sind wir erst einmal bei diesem Thema, soll auch alles dazu gesagt werden. Man ist darüber nämlich nicht nur vor Staunen wie gelähmt, sondern zugleich auch voller Traurigkeit, wenn die unterschiedlichsten

Zeitgenossen aufstehen und mit bemerkenswerter Selbstgewissheit erklären, so und so sehe die Wirklichkeit aus. Sie ziehen Linien, zeigen und erläutern: Hier verläuft die Grenze, und wer sie übertritt, verliert seine Glaubwürdigkeit. Da möchte man vielleicht einmal nett sein und entgegnet mit einer Geschichte, die zeigt, dass die Wirklichkeit etwas viel Komplizierteres ist, als diese Leute wahr haben wollen. Und siehe, wie sich die Wirklichkeit vor der Phantasie auftut! So etwa spricht man in seinem Eifer, ein Kreuzritter der Einbildungskraft. Man schüttelt seine Waffen vor dem Antlitz des Aberglaubens an den Realitätssinn und erhält doch nur eine müde und milde Zurechtweisung: Jetzt lässt du dich aber echt zu Blödsinn hinreißen!

Genau das sagte man zu Starkaður, als er uns einmal aus lauter Boshaftigkeit und Gehässigkeit darüber aufklärte, in Wirklichkeit sei unsere Gemeinde nichts anderes als das Phantasiegebilde eines Dichters, der irgendwo in der Stadt säße und sie sich mit allem was dazugehörte, dem Wind, den Bergen und den Menschen, aus den Fingern sauge, das Ganze zu Papier bringe, dafür ein Honorar, Exklusivinterviews in Zeitungen und das Lächeln schöner Frauen kassiere. So spaziere er mit dir und mir im Kopf herum, ließe den einen von uns in den Fluss fallen, ihn von einem anderen herausziehen, jenen sterben, wieder andere zu einem Seitensprung zusammenkommen. Kurz: Der freie Wille sei eine pure Täuschung, wir den launischen Einfällen eines Schriftstellers ausgeliefert.

Welches Schriftstellers? Tja, wer könne schon wissen, ob es nicht vielleicht der aus dem Mosfellstal sei, der Nobelpreisdichter aus Fleisch und Blut. Wer weiß, ob wir nicht ein paar Buchstaben von ihm sind, unsere Körper aus Worten zusammengedrechselt, Individuen von ein paar Wörtern bis hin zu einigen Seiten Umfang – verdammt unangenehme Idee, oder?

»Absurdes Geschwätz! Der Bursche will wohl nie erwachsen werden«, tuschelten und schimpften die Leute. Aber manchmal lösen gerade die abwegigsten Ideen tief gehende Zweifel aus, und obwohl es niemand offen zugeben wollte, blieb es doch nicht aus, dass sich Starkaðurs »Blödsinn« in den Köpfen der Leute einnistete. Zumindest fühlten sie sich nicht sonderlich wohl, als Halldór Laxness persönlich durch die Gegend fuhr und fast fünf Stunden lang bei Gemeindevorsteher Jón weilte. Während dieser Zeit kann man sich eine Menge einbilden und ausdenken.

So machten sich etwa zwei oder drei auf den Weg nach Karlsstaðir. Nein, nein, sie wollten sich nichts anbieten lassen, nicht einmal hereinkommen, aber sie fragten nach Starkaður, ob der nicht einmal zu ihnen heraus auf den Hof kommen könne. Und da standen sie völlig bedröppelt und betreten auf dem Hofplatz, hatten all ihre Selbstsicherheit verloren und fragten Starkaður, schamrot vor Verlegenheit, nach seinem »Blödsinn«. Der Schelm aber antwortet nichts weiter als: »Ich hoffe nur, die Gemeinde ist nicht die Phantasieausgeburt eines schlechten Autors, irgendetwas jämmerlich und geistlos Zusammengeschmiertes. Stellt euch das mal vor! Dann ersaufen wir in ungelesenen Wörtern, aus denen uns keiner erlösen wird. Nein, hoffentlich sind wir Worte des Nobelpreisdichters, denn so etwas wird immer gelesen, wenn nicht aus Vergnügen, dann wenigstens aus Pflichtgefühl.«

Absurdes Geschwätz?

Na klar, aber es zeigte Wirkung, und ich habe den Verdacht, so mancher habe im Geheimen allerlei Gesichter geschnitten und Fisimatenten gemacht, um die Aufmerksamkeit eines Lesers zu erregen, in der stillen Hoffnung, was auch immer der Autor sich gedacht haben mochte, dennoch im Gedächtnis eines Lesers hängen zu bleiben und damit eine eigenständige Existenz zu bekommen.

So geschah es, dass sich einige Frauen damit abgaben, sich tatsächlich am helllichten Tag ins Bad zu begeben. Dort standen sie vielleicht splitterfasernackt und träumten sinnend zum Fenster hinaus, das einen Streifen Berg und Himmel einrahmte, während ihre Phantasie Bocksprünge machte und sie bei sich dachten: Was, wenn gerade jetzt ein Leser das Buch zur Hand nähme und mich irgend so ein widerlicher Kerl begaffte ...

Nein, es ist nicht einfach, handelnde Figur in einem Buch zu sein, und Starkaðurs »Blödsinn« hätte beinah ein Unglück ausgelöst. Damit wendet sich die Geschichte nun dem legendenumsponnenen Recken Guðmundur auf Hamrar zu.

Als Halldór Laxness in die Gegend kam, hatte Guðmundur seit zwei Tagen im Kuhstall gesessen und kräftig geladen. Es gab keinen besonderen Anlass, er hatte nur etwas gesucht und war dabei über ein paar Flaschen Selbstgebrannten gestolpert. Hm, dachte der ungeschlachte Kerl, das könnte doch schlecht werden. Daher ließ er sich an Ort und Stelle nieder und begann zu trinken. Zwei Tage gingen darüber hin, und der Dichter kam in die Gegend. Da endlich erhob sich der Troll, sattelte ein Pferd und ritt los. Sein Vorsatz war, den dürren Dichterling ein wenig zurecht zu schütteln, ihm die Leviten zu lesen, über Landwirtschaft zum Beispiel, von der er augenscheinlich keine Ahnung hatte.

»Ich«, sagte Guðmundur im Kuhstall und wandte sich an seinen Hund. Doch auch seine Frau, die Guðbjörg, die sich hin und wieder zum Stall schlich, um die Lage zu erkunden, hörte das eine oder andere herausdringen.

»Ich«, sagte Guðmundur, »dränge mich nicht, der Ghostwriter eines Autors zu werden, der nichts von Landwirtschaft versteht. Ich möchte ihm nur einmal Bescheid sagen; denn in jedem echten Isländer, glaub mir«, sagte Guðmundur und fuchtelte mit seinem dicken Zeigefinger vor dem Hund herum, »in jedem echten Isländer stecken die Anlagen zu einem Bauern, und wenn ich dem Dichter den Kopf zurecht rücke, ihn nur ein wenig in die richtige Richtung schubse, erlöse ich vielleicht den Bauern in ihm. Ich zeige ihm einen guten Hof zum Bewirtschaften, hier in der Gegend, meine ich natürlich, und dann tritt der Autor in seine eigene Geschichte ein. Wie gefällt dir das, mein Bester?«

Auweia, zwei Tage ununterbrochenes Kampftrinken, und jeder klare Gedanke in Sprit ersäuft! In diesem Zustand kommt Guðmundur auf seinem Pferd dahergeritten, sprengt zum Tal hinaus und hinab zur Straße, kerzengerade im Rücken, mit eisenharter Miene, wie ein unbezwingbarer Fels aus einem grünen Hang ragt. Da reitet er, wie aus einer Isländersaga gesprungen, und sein Vorhaben wie gesagt: Den Bauern in Halldór Laxness wecken. Heldenhaft jagt Guðmundur dahin, eine Kanne mit Molke um den Hals.

»Hier«, hatte Guðbjörg noch gesagt, ehe der Hüne vom Hof ritt. »Hier, das löscht den Durst«, und ihm eine Thermoskanne umgehängt. Ja, die Guðbjörg kennt ihren Mann. Sicher ist auch Molke in der Kanne, aber nur so viel, wie nötig ist, um den Geschmack des Alkohols zu mildern. Der Rest ist nämlich reinster Selbstgebrannter.

Innerhalb von zehn Minuten hat Guðmundur die Kanne geleert, und nach kaum der Hälfte des Weges nach Fell muss er ganz rasch absteigen, sich auf eine Grasbülte setzen und den wackelnden Kopf festhalten, aber dennoch dreht sich die Erde weiter, schlingert schneller und schneller, dreht sich wie ein Karussell. Zuerst noch mit langsamer Drehzahl, doch die steigert sich mit jeder Umdrehung, und schließlich wird die Welt zu einem fliegenden Strich. Da kippt der Troll um und wird in den Gefilden des Weingottes freudig begrüßt.

Kurze Erklärung, eingeflochten

Wie ich jetzt Guðmundur auf Hamrar da so im Schnapskoma neben der Straße liegen sehe, fällt mir noch mehr ein, was ihn betrifft. Vor allem Dinge, die auf seine Kenntnisse und vielfältigen Eigenschaften, ja, Zauberkünste hinweisen. Wie soll man es sonst auch nennen? Hier sitze ich noch so viele Jahre später und versuche etwas über den geheimnisvollen Besucher zu schreiben, der vielleicht Gott war, und ehe ich mich versehe, wird alles, was Ihn betrifft, zur Seite geschoben. Deshalb spreche ich von Zauberkünsten: Guðmundur braucht nur irgendwo in ferner Vorzeit sternhagelvoll im Gras zu liegen, um all meine Versuche zunichte zu machen, einen richtigen Roman zu schreiben. Eine Erzählung, in der alles folgerichtig wie im Alphabet von A nach B führt.

Aber so ist es nun einmal: Schon früh hat man mir beigebracht, dass es eins gibt, was ein Geschichtenerzähler sich niemals unterstehen darf, und das ist, seiner Geschichte Gewalt anzutun. Er muss sich von ihr tragen lassen wie ein Boot von einem Fluss, denn eine Erzählung ist so etwas wie ein Fluss. Sie findet ihren eigenen Lauf, ihr eigenes, natürliches Bett, das nicht nur schöner ist als ein künstlich angelegtes. Vielmehr sind auch die Kräfte, die es formen, auf alle erdenkliche Weise tiefer und unergründlicher. Sie sind nämlich das Leben selbst. Das ist es. Schon von klein auf hieß es bei uns immer, eine richtige Erzählung ist wie das Leben: niemals geradlinig, sondern voller Biegungen und Wendungen. Immer taucht etwas Unerwartetes auf, etwas Unerklärbares, Unsinniges sogar, denn das Leben ist nicht vorgegeben wie die Reihenfolge der Buchstaben. Man kann es nicht auswendig lernen und keinen einfachen Merkreim darauf dichten. Das Leben widersetzt sich jedem Plan, kennt keine unausweichliche Folgerichtigkeit, baut nicht auf vernünftige Abläufe. Darum bin ich es ihr schuldig, der Geschichte zu folgen, wohin sie mich auch trägt, und jetzt trägt sie mich zu Guðmundur auf Hamrar, dem Riesen.

»Nun sehen Sie wohl, Fürst ...«

Guðmundur auf Hamrar? Ich hätte gerne den gesehen, der zu behaupten wagte, dieser Mann wäre kaum mehr gewesen als ein Säufer von trollhaften Ausmaßen. Dabei hatte Guðmundur mehr als dreihundert Volkssagen im Gedächtnis, konnte die Passionspsalmen vorwärts und rückwärts aufsagen, wusste *Starkads Monolog* von Einar Benediktsson und die beiden ersten Kapitel von Þórbergur Þórðarsons *Isländischer Adel* auswendig, die ihm Þórður und der schwarze Sam W. Jones auf Tunga eingetrichtert hatten, als er einmal hilflos im Bierrausch lag. Es verhielt sich nämlich so, dass Guðmundur etwas, das er einmal gelernt hatte, nie wieder vergaß, was natürlich in gewisser Hinsicht ein Fluch ist. So war es ihm nicht vergönnt, all die erbärmlichen Popliedchen wieder zu vergessen, die ihm jemals unversehens aus dem Radio entgegenträllerten. Doch konnte Guðmundur auch *Krieg und Frieden* von Tolstoj so haarklein nacherzählen, dass es etwa zehn Stunden gedauert hätte, bis dieser Born der Erinnerung einmal erschöpft gewesen wäre.

Gedauert *hätte*?

Moment mal: Dauert, muss es heißen. Es dauert jedes Mal ungefähr zehn Stunden. Denn mehr als einmal ritt Guðmundur schon volltrunken durch die Gegend, mehr oder weniger durchtränkt von Alkohol, war bereits auf mehreren Höfen eingekehrt und hatte eine Unzahl von Geschichten und einige Psalmen zum Besten gegeben, mit dieser Bassstimme, die Felsblöcke zu Kieselsteinchen zermahlen konnte, mehr als ruppig wirkend, aber im Grunde harmlos, wenn man dieses Adjektiv auf einen sturztrunkenen, aufgekratzten Koloss von zwei Metern anwenden will. Doch immerhin ging von ihm keine Gefahr für Leib und Leben aus. Trotzdem waren die Leute auf der Hut; hinter allem schlummerte womöglich die Legende von der Vermischung der Sippe derer auf Hamrar mit den Trollweibern.

»Wer weiß das schon?«, fragte sich manch einer an diesem sonst so froststillen Apriltag – denn es war an einem Tag im April, kurz vor Ostern. »Wer weiß, ob diese Legende nicht einen wahren Kern hat und Guðmundurs Eifer, eine Trollgeschichte nach der anderen hinauszubrüllen, nicht nur eine Art Ventil ist. Ob sich der Troll in ihm während des Winters derart aufgeladen hat, dass nun eine mächtige Vorzeit wie Nordsturm in seinem Blut tobt und droht, alles Menschliche hinwegzufegen.«

Man sah es schon vor sich, wie der Hamrarbauer plötzlich verstummen und sich in den Schultern vorbeugen würde: Den Griff eisenhart um die Tischplatte geschlossen, würde er einen furchtbaren Schrei ausstoßen, und das in der Küche, mit Sanyo-Radio auf dem Kühlschrank, der Zeitung im Zeitschriftenständer, »*Gott segne dieses Heim*« über der Tür.

In der Küche also, und man hatte noch so einiges vorgehabt. Will heißen, über das Übliche hinaus, Melken und so. Vielleicht sogar vorgehabt, eine breitere Räumschaufel für einen größeren Schlepper anzuschaffen, die Frau hatte schon Stoff für einen neuen, feinen Rock gekauft, damit sie sich zu Ostern im Kirchenchor besser ausnahm. Man hatte also, wie gesagt, noch Pläne und war eigentlich selig in seinen braunen Cordhosen, stand mit beiden Beinen fest auf dem Boden seines Heims, wo man jeden Gegenstand kannte. Guck, da das versilberte Tablett in seinen Aufhängeschleifchen – bäh, das müsste auch mal wieder staubgewischt werden! –, da die Platte mit dem Pferdekopf und die Thermoskanne auf dem Tisch, doch dann erhebt dieser Berserker sein Haupt und bedroht die ganze Sicherheit des Alltags. Jetzt packt er die Thermoskanne. Sieh, wie sich diese Pranke darum schließt, als wolle der Titan sie zu Staub zerbröseln. Ist das nicht vielleicht eine symbolische Handlung? Ist damit das Ende der Realität eingeläutet, ist die alte Vorzeit wie ein Erdrutsch über den Mann hereingebrochen, der Mann selbst ein Urzeitriese geworden, der mich wie einen Halm zerpflückt – und das alles in der Küche …?

… Ungefähr so dachten bestimmt viele, wenn sie den vollgesoffenen Guðmundur bei sich zu Gast hatten. Sie dachten? Nein, man muss wohl eher sagen, die Phantasie entließ alle möglichen Ausgeburten aus ihrem unerschöpflichen Füllhorn.

Jedenfalls setzten die Leute ihr Vertrauen darein, dass ein nicht abreißender Strom von Worten die Wut mit sich nehmen würde, die sich sonst durch die Fäuste Auslauf verschaffen könnte, und schenkten Guðmundur immer wieder nach, denn es ist eine ebenso alte wie noch immer gültige Tatsache, dass nichts die Fabulierlust der Isländer besser anheizt als ein paar Gläser Schnaps.

Du meine Güte! Heute gäbe ich freiwillig meine rechte Hand und tausend Bücher dazu, wenn ich noch einmal mit einem Tonbandgerät in jene Tage zurückkehren könnte, in denen der Troll sich abfüllte und den Kopf voller Geschichten hatte. Wie genialisch die Erzähltechnik dieses Mannes war! Wundervolle Unbekümmertheit gegenüber Regeln und Traditionen! Der ganze Realismusquatsch in einem Sack ersäuft wie eine Katze, die Gesetze von Raum und Zeit im Meer versenkt, wo es am tiefsten ist. Lieber Gott im Himmel! Einmal noch an einem solchen klaren Apriltag in der Küche sitzen dürfen, wo das Außergewöhnliche und das Alltägliche glücklich Arm in Arm wandelten wie ein Liebespaar! Selbst die Ängstlichsten wurden von Guðmundurs Geschichten mitgerissen. Doch wenn der

Eifer in Überschwang ausartete, warf einer der Gastgeber mit bebender Stimme ein: »Du stellst nun andauernd den Zetor über einen McCormick«, und im Handumdrehen wich die Vorzeit dem immerwährend drängenden Thema der Qualität verschiedener Traktormarken.

So vergeht ein Apriltag in der Gemeinde, und ein Hof nach dem anderen atmet erleichtert auf, wenn Guðmundur vorbeireitet, gereimten Furor krähend. Dann zieht der Abend am Himmel auf, mit tausend Sternen in seinem Bauch und dem Mond als Nabel. So hell, dass man sich draußen gut orientieren kann, und eigentlich nirgends richtig dunkel, außer in den Häusern und am Fuß der Felsklippen, die schwarz und mit finsterer Miene aus der bleichen Erde ragen. Guðmundur reitet in die Berge. Auf Bátsendar sagt man »uff«, als er vorüberklappert und außer Sichtweite gerät. Aber was ist das? Nun muss ich mich doch sehr wundern: Kaum fünf Minuten später schleicht das Polizeiauto dem Troll nach, und Bezirkspolizist Jón, genannt Nur-Jón, sitzt allein im Wagen. Wahrscheinlich hat er keine Ahnung von seinem Vordermann. Nur-Jón bummelt ein wenig durch die Gegend.

Zwei Stunden später hören wir auf Karlsstaðir Hufgetrappel, dann erscheint Guðmundur mit dem Mond unterm Arm! Der verrückte Kerl hat ihn einfach vom Himmel gepflückt, und zwar mit solchem Ungestüm, dass ein schwarzer Streifen Weltall und eine Reihe von Sternen gleich mit abgegangen sind. Doch als das Fernglas scharf gestellt ist, zeigt sich, dass dieses Weiße und Runde nicht der Mond ist, sondern ein todbleicher Nur-Jón in seiner schwarzen Uniform mit einer Reihe blinkender Knöpfe auf der Jacke.

Was genau sich zwischen ihnen abgespielt hatte, weiß keiner, doch am Tag darauf fand man den Streifenwagen mitten auf dem Weg in einer Senke südlich des verlassenen Gehöfts Svarfhóll. Ach ja, die Menschen hatten begonnen, die Gegend aufzugeben; sie blutete aus, und die Häuser blieben als stumme Mahnzeichen zurück. Da aber stand das Auto. Das Fenster auf der Fahrerseite heruntergelassen, der Motor lief noch. Wir malten uns aus, Guðmundur sei dicht ans Auto herangeritten, Nur-Jón habe die Scheibe herabgekurbelt, und der Riese habe sich aus dem Sattel gebeugt, mit einem langen Arm ins Wageninnere gelangt, Jón herausgezerrt und vor sich quer über den Sattel gepackt. Dann sagte er fröhlich: »Hier, genehmige dir auch einen, Bulle!«

Doch Jón hatte natürlich strikt abgelehnt, weil er nämlich aus irgendeinem unerfindlichen Grund beinharter Abstinenzler ist. »Manche Leute sind schon komisch. Los, stell dich nicht so an!«, hatte Guðmundur daraufhin gebrüllt, mit seiner Pranke Jóns Kinnlade gepackt und genau die gleiche Methode angewandt, mit der man sture Kälber oder Lämmer zur Räson bringt, die nicht trinken wollen. Er drückte und presste so lange, bis Jón das Maul aufsperren musste, und im gleichen Moment bekam er den Hals des Flachmanns zwischen die Lippen gestopft und kräftig Schnaps eingeflößt. Wahrscheinlich war Nur-Jón deshalb so knülle, als wir ihn auf dem Hofplatz von Karlsstaðir vom Pferd zogen und halb ins Haus trugen.

Nun, sie bekamen Kaffee, aber keinen Alkohol mehr, und da begann Guðmundur zu fluchen – grässliche, höchst unanständige Flüche kannte der Kerl! Bis die Frau des Hauses, Salvör, ihm über den Mund fuhr.

»... und außerdem gibt es hier Kinder«, schloss sie, und zwar völlig zu Recht, denn Sæunn, die damals dreijährige Tochter des Karlsstaðirpaares, Þórður und Salvör, war von dem Lärm aufgewacht und in ihrem rotgepunkteten Nachthemdchen näher geschlichen. Man sah ihren dunklen, verwuselten Haarschopf so eben im Türspalt auftauchen; darunter ein Paar großer, staunender Kinderaugen.

Ich sah sie, und auch Guðmundur, wir saßen nämlich beide mit dem Gesicht zur Küchentür, Seite an Seite, der Berg und das Wiesenhöckerchen. Vielleicht schämte sich der Hamrarbauer, so besoffen und unflätig zu sein, als die blanken, neugierigen Kinderäuglein auftauchten, jedenfalls begann er übergangslos *Krieg und Frieden* aufzusagen. Der Anfang platzte nur so aus ihm heraus: »Nun sehen Sie wohl, Fürst ...«

Dieser Satz schoss aus Guðmundur wie der Korken aus einer Flasche und landete auf dem Küchentisch. Dann sprudelte, schäumte und gurgelte es aus ihm, als wäre der Satz eine Art Druckverschluss, den gewaltige unterdrückte Kräfte endlich abgesprengt hätten. Unaufhaltsam brach der Roman aus ihm hervor, riss aller Aufmerksamkeit mit sich – außer der von Nur-Jón, der in einem Bett selig schlummerte –, und wir bekamen nichts mehr mit, bis sich die vierzehn Quadratmeter der Küche in die weiten Steppen Russlands verwandelt hatten.

Der ganze riesenhafte Roman um Krieg und Frieden quoll aus Guðmundur; natürlich nicht wortwörtlich, abgesehen von einigen Kernsätzen, an denen man nichts ändern durfte. Aber die gesamte Handlung war da und die ganze Szenerie: Der Napfkuchen verwandelte sich in einen Landsitz, die Hefeteilchen wurden zu Kutschen, Schmalzkringel zu Personen. Bis auf Napoleon. Wegen seiner geringen Körpergröße und auf Grund einer persönlichen Abneigung auf Seiten des Hamrarbauern musste sich der Kaiser damit begnügen, als Zuckerstückchen in Erscheinung zu treten.

»Seht nur, wie er sich mit Boshaftigkeit vollsaugt«, sagte Guðmundur in der vierten Stunde und tunkte den Zuckerwürfel in den Kaffee.

Mit anderen Worten: Er brauchte seine zehn Stunden, um uns die Geschichte zu erzählen. Zehn geschlagene Stunden, sagte die Küchenuhr über dem Fenster, und für uns Zuhörer, ja, für uns verflog die Zeit nur so. Sie verdunstete und löste sich ebenso auf wie unsere Umgebung. Wir saßen in Fellmäntel und Pelzmützen gehüllt, Kanonen donnerten, es krachte im brennenden Moskau, und der Feuerschein glänzte von unseren Gesichtern wider. Es knirschte unter Schlitten und echote in Palästen, und gegen neun Uhr am nächsten Morgen stakste ich steifbeinig den ganzen Weg von Petersburg bis in den Kuhstall von Karlsstaðir. Als ich dort ankam, war ich ziemlich erschossen.

Aber ich glaube, wir waren gerade bei dem geheimnisvollen Gast auf Gilsstaðir.

»Derartiges gereicht uns zum Ableben.«

Es war im August, und die Beeren dunkelblaue Kugeln im grünen Hang über Gilsstaðir. Sechs Tage lang hatte es ununterbrochen geregnet. Sechs Tage lang war der Regen vom Himmel gestürzt und hatte die eigentlich anders lautenden Wetterkarten gründlich durchweicht. An diesem sechsten Tag lagen alle zum Trocknen ausgebreitete Heuballen wie nasse Lappen auf den Wiesen der Gemeinde, während das ungemähte Gras bereits überständig war. Doch am Abend des sechsten Tags traf der geheimnisvolle Besucher in der Gemeinde ein, und am siebten löste die Sonne die regenschweren Wolken auf und trocknete alles, was feucht war, und auch die Wolken selbst hellten auf und segelten knistertrocken in die Ferne.

Am Ende verstand Gott doch etwas vom Landbau, oder wie? War Er seiner Natur nach aber Bauer, warum streunte Er dann in der Gegend herum und packte nichts an, während das Heu auf dem Tún trocknete und das ungeschlagene Gras fahl wurde? Damit nicht genug, vertrödelte Er nicht nur tatenlos die Zeit der Heuarbeit wie jeder andere Landschaftszerstörer und Städter auch, sondern zog sogar noch den armen Apostel zu sich herab. Herab ins Nichtstun, die Faulenzerei, das Bummelantentum; denn Tag für Tag schlenderten die beiden durch Wiesen und Gestrüpp, über Wege und Berge, und die Sonne brannte und verdarb das Heu.

Nein, Er ließ es nicht dabei bewenden, den Gilsstaðirbauern von anständiger Arbeit abzuhalten, sondern Er störte die Konzentration aller in der Gemeinde. Oder ist es etwa nicht verständlich, dass ein normaler Mensch kaum unbeeindruckt mit seiner Arbeit fortfahren wird, wenn er weiß, Gott selbst hält sich in seiner Gemeinde auf? Das Wissen darum muss doch wohl die Konzentration stören. Ist doch wahr!

Was aber will Er überhaupt hier oben im Norden, wo den Leuten Tüchtigkeit und Durchhaltevermögen angeboren sind? Ich meine, ist Er nicht Jahrtausende da unten am Mittelmeer herumgelatscht, wo alles vor Hitze vergammelt, die Menschen halb nackt herumlaufen, von den Bäumen essen und sich nicht groß abmühen müssen? Hier aber ist das Leben Arbeit und Kampf. Macht wenig Sinn, uns aus den Schüsseln der Mittelmeeranwohner das süße Leben anzubieten, »Derartiges gereicht uns zum Ableben«, wie der Dichter sagt.

Derartiges was?

»All diese beschissene Satansfaulenzerei!«, brüllte Böðvar von Fjallabak ins Telefon, dass es aus sämtlichen Hörern schallte.

»Unser Gott hier auf Fjallabak ist kein fauler Sack! Er würde die Ärmel aufkrempeln, und wenn er zur Erde herabstiege, würde er nicht spazieren gehen, sondern mit zehn Schleppern gleichzeitig arbeiten, allradgetriebenen.«

So weit seine Worte.

Doch Böðvars Stimme ist natürlich viel zu schrill, um andere mitzureißen, und das kam ihm auch gar nicht in den Sinn. Er musste nur einmal seinen Ärger loswerden und ging dann wieder seiner Arbeit nach. Er brüllte seinen Unmut hinaus, und jeder guckte für eine Weile betreten in seine Ecke. Dabei war es nur der Schalk in Böðvar, der seine Gemeindenachbarn ein wenig unterhalten und mit dem leisen Verdacht einiger aufziehen wollte, der geheimnisvolle Gast komme vielleicht nicht aus ihrer Welt.

»Vielleicht ist er ja der liebe Gott«, hatte Böðvar ins Telefon geschmäht und dann diesen Unsinn mit Gott und der Landwirtschaft verzapft.

Böðvar war somit der Erste, der Gott und den Besucher in einem Atemzug nannte, und das hätte er besser gelassen. Es war nicht zu leugnen, dass die gleichgültige Einstellung des Apostels zur Landwirtschaft und zu richtiger Arbeit überhaupt vielen seit Jahren ein Dorn im Auge war. Der Mensch muss zuerst die Erde bestellen. Dann hat er Muße, über Wörter nachzudenken. Diese Ansicht war so tief verwurzelt, dass es auch nichts änderte, als der Pastor den Handschuh für den Gilsstaðirbauern aufnahm und die Leute daran erinnerte, auch Petrus und andere wären zu ihrer Zeit von ihrer Arbeit aufgestanden und hätten alles zurückgelassen, buchstäblich alles, um dem Erlöser zu folgen. »Wir sollten nicht«, mahnte der Pfarrer, »den Schweiß irdischer Mühen Gott in uns hinwegwaschen lassen.«

Die meisten fanden das Gleichnis von Petrus gut und schön, aber man könne doch nicht daran vorbeisehen, worauf der ehrenwerte Þórður von Karlsstaðir bereits hingewiesen habe, dass sich all die netten Geschichten von Jesus und den Aposteln bei schönem Wetter abspielten. Sonnengesättigte Märchen seien das, an denen man sich wärmen könne. Hier aber, in diesem eiskalten Land, sei es vergebliche Liebesmüh, allein schönen Worten nachzuspüren, hier lebe nämlich niemand von schönen Worten, die im Übrigen im Winter verdammt wenig Schutz vor Unwetter böten.

So.

Ein gewöhnlicher August, und man könnte die Hänge hinaufsteigen und Beeren pflücken. Beerenpflücken ist gut: Man wird davon blau um den Mund und froh im Herzen. Die Beeren, diese kleinen tiefblauen Kugeln, die der Sommer behütet hat, die sollten wir in Vorratsdosen und Tüten sammeln und für den Winter aufbewahren, denn in ihrem Saft liegt der Geschmack des Sommers.

Als die Naturgesetze außer Kraft gerieten

Ich muss gestehen, dass selbst jetzt noch, so viele Jahre später, wo man die Dinge mit Abstand betrachten und sich über vieles in den Bart schmunzeln kann, das eine oder andere schwer zu erklären bleibt. So fuhren etwa damals ihres Verstandes durchaus mächtige Menschen mit Feldstechern bewaffnet Richtung Brekka, um den gelehrten Wissenschaftler zu sehen, und siehe da: Mit bloßem Auge waren die beiden Spaziergänger klar auszumachen, zwei dunkle Punkte unter der Bergwand. Dann aber geschah das Merkwürdige: Sobald man das Glas an die Augen hob, erkannte man deutlich den Apostel, der Gast aber blieb ein undeutlicher Schemen, wie ein Schmutzfleck auf dem Okular. Tja, es schien dem Glas einfach unmöglich zu sein, die Umrisse des Gastes zu einer menschlichen Figur zusammenzusetzen. Zuerst sagten die Leute noch gelassen, dafür müsse es eine ganz natürliche Erklärung geben. Sie fuhren heim und schraubten das Glas auseinander, wobei sie murmelten: »Das ist alles ganz natürlich.« Sie putzten und wienerten, unablässig faselnd, dass es für alles eine natürliche Erklärung gebe. Dann aber bekamen selbst die geschicktesten Bastler ihre Ferngläser nicht wieder zusammengesetzt, weshalb sie anschließend in Einzelteilen auf einer Vielzahl von Kühlschränken herumlagen. Was jedoch noch viel schlimmer war: Jegliches klare Denken schien das gleiche Schicksal zu erleiden. Ich meine, es war zusammen mit den Feldstechern auseinander genommen worden und niemand bekam es wieder zusammen. Das heißt, innerhalb von zwei Tagen zerbröselten die Leute ihren gesunden Menschenverstand, und er zerrann wie Sand zwischen ihren Fingern. Er wurde ebenso stockfleckig wie die Umrisse des Besuchers in den Ferngläsern, wurde selbst wie ein unscharfes Fernglas.

Hier endet die Realität, heißt es in einem Gedicht, und besser kann ich den Zustand in der Gemeinde auch nicht beschreiben, in jenen merkwürdigen Augusttagen.

Denn es ereignete sich am Abend des dritten Tages nach der Ankunft des Gastes, dass die dreijährige Sæunn zusammen mit dem Hund Þórbergur verschwand. Wir fanden sie drei Stunden später, gut vier Kilometer von Karlsstaðir entfernt in Tränen aufgelöst, am Wegrand, während ihr Þórbergur ziemlich kleinlaut das Salz von den Wangen leckte. In seiner Gier hatte er alle zwölf Schmalzkringel aufgefressen, die Sæunn mit Gott hatte teilen wollen.

»Mit Gott?«, fragten wir vorsichtig.

»Ja«, sagte das Mädchen, »er ist nämlich beim Apostel zu Besuch.«

Wieso sie glaube, dass der Besucher Gott sei?

Sie glaube nicht, sie wisse es.

Woher?

Sie wisse es einfach.

So, so.

Früh am nächsten Tag lief der Telefondraht heiß, und es kam heraus, dass gleich eine ganze Reihe von Kindern im Alter von drei bis sieben Jahren wie abgesprochen am Vortag gleichzeitig aufgebrochen war, und zwar in aller Herrgottsfrühe, denn als die Erwachsenen aufstanden, strebte bereits eine Vielzahl kleiner Füßchen Gott zu, die Kindergesichter leuchtend vor Erwartung. Sie empfanden keinerlei Furcht, sondern die Unschuld selbst trieb sie aus allen Himmelsrichtungen dem Herrn zu, und manches kleine Händchen hielt eine Tüte mit besagten Kleinur-Kringeln aus Schmalzgebäck.

Doch es ist ein traurig-wahres Sprichwort: Spät kommen die Kinder zu Gott, die nicht früh sterben. Alle wurden sie vorher abgefangen. Zwei erreichten immerhin den Holzständer für die Milchkannen unterhalb von Gilsstaðir, doch dann kamen die Erwachsenen mit wedelnden Armen angelaufen, und der geheimnisvolle Gast bekam an diesem Tag keine Kleina. Vielleicht hätte er sich aus so alltäglicher Nahrung auch wenig gemacht, denn im späteren Verlauf des Tages sprach sich herum, dass er und der Apostel in der Ortschaft gesehen worden seien, wo sie im neu eröffneten Hotel tafelten, das der örtliche Fremdenverkehrsvorreiter leitete, gemeinhin der Vorreiter genannt.

Ein unzuverlässiger Zeitgenosse im Ort, und Gemeindevorsteher Jón murmelt Namen fremder Frauen

O wie es mich drängt, vom Vorreiter zu erzählen und allem, dem er, direkt oder indirekt, voranritt. Aber alles hat seine Zeit, und deshalb beschränke ich mich hier und jetzt darauf, kurz auf die mit ihm verbundenen Neuerungen einzugehen. Damit meine ich natürlich Dinge, die in jenen Augusttagen neu waren, als der geheimnisvolle Besucher in Manchesterhosen und blauen Turnschuhen unter uns weilte. Es könnte aber auch Vergnügen bereiten, den Vorreiter dabei zu beobachten, wie er dem Apostel und seinem Gast bei Tisch aufwartete, denn der Vorreiter war jemand, der vor nichts und niemandem Respekt hatte. Oder welchen Schluss sollte man sonst aus seinen dubiosen Geschäften ziehen können?

Ich weiß nicht mehr genau, wann es war, kann den Monat nicht nennen, geschweige denn die Woche; ob es ein halbes oder ein ganzes Jahr vor dem Besuch des Geheimnisvollen war, denn manchmal ist die Zeit eine Halskette, aus unendlich vielen kleinen Kügelchen zusammengesetzt, und im einen Moment ist man sich der Reihenfolge der Tage gewiss, doch schon im nächsten hat jemand die Kette zerrissen, und die Vergangenheit kullert auf dem Boden durcheinander. Egal, der Vorreiter hatte sich in großem Stil auf den Vertrieb von Schlankheitspillen gestürzt. Welche Dreistigkeit! Der ungezogene Lümmel ließ sogar ein halbes Dutzend überdimensionaler Werbeplakate anfertigen und verschandelte damit den Ort. Auf der Hälfte von ihnen prangte in riesigen Lettern der Anfang von Halldór Laxness' berühmtem Gedicht:

ICH KENN EINEN STERN,
KANN HELLER NICHT SEIN

DE LUXE-Schlankheitspillen

Wohlschmeckend, bequem, rasch wirkend.
Die echte MAISONNE für die arbeitende Bevölkerung!

Als wäre das nicht genug, war der Frevel auf den anderen Plakaten noch größer. Sie zeigten das Bild einer Frau mit den Formen einer Sanduhr, die Hände so weich, dass sie garantiert niemals harte Arbeit geleistet hatten. Diese Frauengestalt lockte nun in voller Lebensgröße: Ich bin rank und schlank, denn morgens und abends nehme ich DE LUXE-Schlankheitspillen. Am unteren Rand der Plakate war eine Reihe von Gesichtern zu sehen (bekannte Parlamentsabgeordnete und Landräte, ein Minister, Sportidole, ein populärer Schriftsteller, der nationale Befreier Jón Sigurðsson), die alle zu ihr aufblickten und riefen:

O WIE LEICHT IST DEIN FUSS!

»Gotteslästerung!«, hatte Gemeindevorsteher Jón geschnaubt, aber die Pillen verkauften sich gut. Jetzt hatte der Vorreiter ein Hotel mit Restaurant eröffnet, und da saßen die beiden über einer sündhaft teuren Mahlzeit, der geheimnisvolle Gast und der Apostel.

Kaum hatte sich diese Nachricht herumgesprochen, da griff jemand zum Hörer, unterhielt sich in ungewöhnlich offenen Worten mit seinem Partner am anderen Ende, und ehe man sich's versah, war sozusagen die ganze Gegend in das Gespräch einbezogen.

Zu diesem Zeitpunkt wurde uns auf Karlsstaðir klar, dass in den Köpfen der Leute etwas vorgegangen sein musste. Der Besucher war nämlich nicht länger ein Wissenschaftler oder hochrangiger Beamter auf Erkundungsreise, sondern aus dem Jenseits und obendrein wirklich *magic.*

»Was meint ihr damit?«

»Jemanden, den man aus der Ferne sieht, der aber, wenn man näher kommt, undeutlich wird und sich auflöst. Darum ist er im Fernglas nur ein konturloser Schemen.«

»Für das mit dem Fernglas wird es eine näher liegende Erklärung geben.«

»So? Und welche, bitte schön?«

Schweigen am anderen Ende.

»Da hast du's. Solche Dinge kann man eben nicht begründen. Und weißt du, warum? Einfach deshalb, weil unser kausales Denken auf *diese* Welt hier zugeschnitten ist. Wo sie endet, beginnt aber eine andere, weitergespannte. Und jetzt ist jemand von *jenseits* in unsere enge Welt gekommen. Jemand, der so *magic* ist, dass unsere Kinder glauben, es sei der liebe Gott selbst.«

»Immerhin wollt *ihr* nicht behaupten, dass sich Gott in unserer Gemeinde aufhält.«

»?«

»Nein, das könnt ihr doch nicht im Ernst meinen! Das ist doch mehr als abwegig.«

»Was wissen wir denn schon, außer dass es sich ganz sicher um ein außerweltliches Wesen handelt, und zwar ein so mächtiges, dass es etwas Göttliches an sich hat.«

»Ihr seid doch nicht ganz bei Trost!«

»So? Die Aufgabe, die sie da auf Gilsstaðir haben, das ist wohl keine gewöhnliche Arbeit, oder wie? Die Bibel neu zu schreiben. Und sind wir nicht mit jeder Menge wunderlicher Geschichten von denen groß geworden? Haben wir nicht schon immer geglaubt, jedenfalls einige unter uns, der Apostel könne sich mit Gott unterhalten wie von Mensch zu Mensch. Und wenn man erst einmal *davon* überzeugt ist, welchen Grund sollte es dann noch geben, zu bezweifeln, dass sich ein Wesen aus dem Jenseits auf Gilsstaðir aufhält? Und warum haben sich die Kinder zu ihm auf den Weg gemacht?«

»Das muss aber doch nicht heißen ...«

»Dass es sich um Gott handelt? Nein, vielleicht nicht. Aber was wissen wir schon? Und in dem Zusammenhang: Was weiß der Mensch überhaupt von Gott? Wenn er allmächtig ist, warum sollte er dann nicht unangemeldet hier auf Erden erscheinen können? Und wie wollen wir die Tatsache erklären, dass überhaupt jemand die Eingebung bekommt, der Fremde könnte Gott sein? Liegt es da nicht am nächsten, dass es sich auch tatsächlich so verhält? Wäre es nicht derart skandalös, so etwas einfach nur zu behaupten, dass es schon allein deshalb wahr sein muss, he?«

So stritten die Leute hin und her, ob Gott oder nicht Gott, ob aus dem Dies- oder Jenseits. Und was sagte der Gemeindevorsteher dazu? Das ist rasch beantwortet. Jón war nämlich nicht von ungefähr Gemeindevorsteher. Er wusste, wenn das vernunftgeleitete Denken Schiffbruch erleidet, ist es klug, seine Worte in die Erde zu graben. Deswegen beteiligte sich Jón nicht mit großartigen Worten an dem Konferenzgespräch, sondern verschwand stattdessen in seiner Bibliothek im Untergeschoss und leerte eine Flasche Remy Martin V.S.O.P. – ein Getränk im Übrigen, dass man durchaus Göttern kredenzen kann. Dort saß er, von seinen Büchern umgeben. Und was sind Bücher anderes als Gedanken und Empfindungen zwischen Buchdeckel geleimt und gebunden? Eine ganze Vielzahl von Welten zwischen Buchdeckeln. Und vielleicht taumelte der Gemeindevorsteher in der Hoffnung zwischen den Büchern umher, dass er aus der Welt der Wörter Personen in die Welt beschwören könnte, die seine Heimatgemeinde ausmachte. Denn wenn plötzlich ein Wesen aus dem Jenseits in blauen Turnschuhen beim Apostel auf der Matte stehen konnte, dort unangemeldet in Erscheinung trat und die lieb gewonnenen Gesetzmäßigkeiten des Alltagslebens durcheinander brachte, nein, aufhob, ja, wenn sämtliche Naturgesetze umgestürzt waren und unnütz und vermodert zu Füßen von Mensch und Tier am Boden lagen, sollte es dann nicht auch möglich sein, weise Geister aus den Büchern herbeizurufen, hoch gelehrte Wesen, die ihre Sicht der Dinge kundtun würden, oder, tja, oder was weiß ich, welche Vorstellungen im alkoholumnebelten Verstand des Gemeindevorstehers umherwaberten. Wer weiß, ob er nicht über der *Islandglocke* saß und träumte, Snæfriður Íslandssól würde zwischen den Zeilen hervorgleiten, so gazellenschlank und lichtblond und mit etwas, das wichtiger war als alle Klugheit, nämlich weichen Händen und der Wärme eines unbekleideten Körpers. War es das, woran Jón dachte? Verschloss er deshalb die Tür so fest, dass man sie am nächsten Morgen fast aufsprengen musste? Da lag er jedenfalls in abgrundtiefem Schlaf mit dem Kopf auf der aufgeschlagenen *Islandglocke*. Und als das Haupt der Gemeinde halb gezogen, halb getragen in sein Schlafzimmer bugsiert wurde, da perlten drei Wörter aus der Tiefe seines Traums an die Oberfläche und zersprangen wie Luftblasen auf seinen Lippen: »Snæfriður, lichtblonder Traum.« Überaus peinlich, fanden die Mitbewohner, und diese Snæfriður, dieser blonde Traum, dieses Gedicht, war sie bei näherer Betrachtung nicht ein ziemlich eitel zurecht gemachtes Püppchen? Hätte Jón seine Zuneigung nicht besser der Angebeteten von Þórbergur Þórðarson zugewandt, die nicht nur ebenfalls schneeweiße Hände hatte, sondern darüber hinaus auch fluchte wie ein Fuhrmann, rittlings über Zäune kletterte, hoch gewölbte Brüste trug und herzerfrischend lachte? Aber was rede ich überhaupt, die Kerle sind doch alle gleich: Naschen über den Zaun, obwohl sie genauso gut zu Hause essen könnten. Es war nämlich Jóns eheliche Hälfte, die am Morgen die Tür aufbrechen ließ, dafür sorgte, dass er in sein Bett kam, und die mit Wasser, schwarzem Kaffee und Lebertran aufwartete, als er zu einem gewaltigen Kater und einer Wirklichkeit erwachte, in der die Naturgesetze baden gingen.

Der Held tritt auf und hofft, dass die Ewigkeit nicht im Orkus zerschellt

Wenn die Alltagswirklichkeit aus den Fugen gerät, betritt der Held die Bühne. Diesmal in Gestalt unseres Nachbarn von Karlsstaðir, der aussieht wie ein verkehrtes Ausrufezeichen. Einen Tag nachdem der Besucher und der Apostel im Hotel des Vorreiters gespeist hatten – jener Besucher, von dem einige Kinder rundweg behaupteten, er sei Gott –, da holperte das Ausrufezeichen mit seinem gelbbraunen Russenjeep ein ganzes Stück weit durch höckerübersäte Wiesen, stieg dann aus und rannte dem Gilsstaðirbauern und seinem Gast zu Fuß nach, das halbe Gesicht hinter einer übergroßen Sonnenbrille verborgen, die ihm bis weit über die Wangenknochen hinabreichte. Schon putzig, diese Angewohnheit ausgerechnet kleingewachsener Leute, immer mit den größten Sonnenbrillen herumzulaufen! Dabei muss ausdrücklich hervorgehoben werden, dass nicht etwa die Sonne das Tragen einer Sonnenbrille erforderlich machte. Vielmehr war der Nachbar bei uns auf Karlsstaðir vorbeigeschneit, um sich bestätigen zu lassen, dass in der Bibel stand, von Gott dem Herrn gehe ein so helles Licht aus, dass es den armen Menschen, dem er zu erscheinen beliebe, im Nu zu Asche verbrenne oder wenigstens eine starke Schädigung der Augen hervorrufe.

Das Ausrufezeichen parkte den Russen zwischen zwei Heuballen auf unserer Hauswiese, latschte quer durch die Schwaden und stellte sich Þórður in den Weg, der den Zetor und den gefräßigen Heubinder abstellte, auf die Wiese herabsprang, sich gegen einen der großen Hinterreifen lehnte und bestätigte: Ja, es sei durchaus nicht ungefährlich, Gott diesseits des Grabes zu begegnen, es könne schon sein, dass man dabei dran glauben müsse.

Aber nein, das Ausrufezeichen wollte nicht sterben, und

Gott gehe doch auch jeden Tag neben dem Apostel spazieren, ohne dass die Erde verbrannte oder sich der Apostel in eine lebende Fackel verwandelte.

»Ach, du glaubst also, Er ist es höchstselbst?«

»Nein, natürlich nicht«, antwortet unser Nachbar verlegen, »aber ganz sicher ist es jemand aus dem Jenseits und so mächtig, dass er etwas Göttliches an sich hat, verstehst du?«

»Hm«, sagt Þórður und scheint in tiefes Nachdenken versunken zu sein. »Vielleicht ist es ein Wesen mit einer Art gedämpfter Göttlichkeit in sich, und deshalb vergehen wir nicht gleich in seiner Nähe. Aber nichtsdestotrotz wäre es vielleicht klug von dir, eine Sonnenbrille aufzusetzen und dieses Phänomen nie direkt anzusehen. Na dann, auf Wiedersehen also und alles Gute!«

Sagte Þórður, kletterte auf den Zetor und nahm seine Arbeit wieder auf.

Der Nachbar aber trat, wie gesagt, mit schmalem und zur Hälfte sonnenbebrilltem Gesicht vor den geheimnisvollen Besucher, schaute dabei den Apostel an und warf nur ab und zu einen verstohlenen Seitenblick auf den Gast. Er konnte oder wollte nicht still stehen und schwärmte herum wie eine aufgeregte Fliege, unablässig redend, mit einem nervösen Zucken im Gesicht. So hibbelte er also herum und ließ einen Redeschwall los, der bei losem Zuhören von einem Thema zum nächsten zu schweifen schien. Zusammenhangloses Zeug, mussten die beiden zweifellos denken, doch in Wahrheit war alles vom Ausrufezeichen rhetorisch wohl durchdacht ausgefeilt worden. Den eigentlichen Kern seiner Ansprache ließ er nur langsam, aber dann unmissverständlich zum Vorschein kommen. Zusammengefasst lautete dieser Kern ungefähr folgendermaßen: Es sei nun einmal eine leider unumstößliche Tatsache, dass seine Traktoren mittlerweile beide ein wenig kaputt seien, eigentlich sogar mehr als nur ein wenig. Beide sprangen nur noch an, wenn man sie ein Stück weit den Hang hinabrollen ließe. Auch die Zugkraft habe nachgelassen, und es wäre daher eine Gnade und milde Gottesgabe, ja eine Gabe GOTTES, wenn man eines Morgens aufwachte, zum Beispiel morgen früh – na ja, nicht unbedingt gleich morgen, sagen wir nächste Woche – aufzuwachen also und zu sehen: Auf dem Hof stehen zwei funkelnagelneue Traktoren, sogar kräftige und zuverlässige Deutz, und, mich laust der Affe, der eine von ihnen hat sogar Allradantrieb und eine Räumschaufel. Beide natürlich mit Führerkabine, versteht sich von selbst, und Radio. Sicher, ein Zetor ist auch ganz in Ordnung, vor allem wenn man bedenkt, dass er von Kommunisten gebaut wird, so weit trotzdem recht zuverlässig, aber ein grüner Deutz ... »Du lieber Gott, sich vorzustellen, man wacht auf und draußen auf dem Hof stehen zwei nagelneue Deutz! Da würde ich mit Leib und Seele Gott loben und preisen, und meine ganze Familie und alle Nachkommen bis ins nächste Jahrhundert. Stets würden wir Gott loben und ehren. Na ja, man soll nicht so lange rumreden, und natürlich will man sein Brot im Schweiße seines Angesichts verdienen.«

Sagte das Ausrufezeichen und hastete nach vollendeter Rede spornstreichs von dannen. Zurück blieben die beiden, ein wenig benommen von dem ganzen Wortschwall.

Auf dem Heimweg von dem historischen Treffen machte unser Nachbar wieder auf Karlsstaðir Station. Er stolzierte aufgeräumt über die Wiese herbei, schwang dabei die Arme wie beim Skilanglauf, und versicherte uns ungefragt, dass mit Außerirdischen prima umzugehen sei, denn ganz bestimmt sei der Gast des Apostels nicht von dieser Welt, so viel stehe fest. Dieses Wesen sei ein durch und durch vernünftiger Mensch – hm, nein, natürlich kein Mensch, aber vernünftig sei es. Sein Aussehen? »Nun ja, man hat es ja nicht direkt angestarrt, ihr versteht, es ist nun mal ein etwas besonderes Wesen; aber etwas größer als du, Þórður, ist es schon. Obwohl, ein wenig kleiner als Starkaður. Hm, aber Cordhosen und Turnschuhe, wie jemand gerüchteweise ausgestreut hat, trägt es gar nicht. Nein, nein, es hat einen Tweedanzug an, mit Weste und so, aus richtig feinem Stoff. Und einen glänzenden roten Schlips und eine goldene Uhrkette ... Haha, die Kette zur Uhr der Ewigkeit! Du machst vielleicht Scherze, Þórður! Also, ich muss schon sagen, hihihi, alle Achtung! ... Was? Es soll bloß nicht in den Orkus stürzen und die Uhr zerdeppern? Na, das wäre was! Da ginge die Zeit gleich mit hopps, die ganze Ewigkeit im Eimer. Unglaublich, was dir so alles einfällt! Hihihi ... Nun ja, was soll ich noch sagen? Tja, es trägt das Haar in der Mitte gescheitelt, ein sehr würdiges Gesicht, lang und ernsthaft, wie es sich gehört, ein etwas vorspringendes Kinn und der Ansatz zu einem Bauch. Ja, sehr vertrauenerweckend, muss ich sagen. Man spürt geradezu eine wärmende Sicherheit von ihm ausgehen. Das ist jemand, der sämtliche Fäden in der Hand hält.«

Wenig später nahmen einige die Gewohnheit an, vorbei an Gilsstaðir bis zur Bezirksgrenze oben am Pass zu fahren, dort zu wenden und den Rückweg anzutreten. Die Erklärung für diese Spritztouren mitten in der Erntezeit bestand darin, dass sich der Apostel und sein Gast darauf verlegt hatten, öfter ein gutes Stück an der Straße entlang zu spazieren, weil das offene Gelände aufgeweicht und daher schwer zu begehen war. Wenn sich dann das Auto den beiden näherte, war es doch nur eine selbstverständliche Rücksichtnahme, dass man kräftig abbremste, dem Apostel zunickte und einen raschen Blick auf den anderen warf. Manche patrouillierten aus bloßer Neugier die Straße auf und ab, andere wollten unbedingt wissen, wie ein Wesen aus dem Jenseits aussah, und schließlich gab es noch diejenigen, die (vor allem sich selbst) bestätigt sehen wollten, dass es sich um einen ganz gewöhnlichen Sterblichen handelte. Aber es lässt sich nicht abstreiten, dass diese letztgenannte Gruppe sehr verunsichert wurde, als die Leute ihre Eindrücke vom Aussehen des Besuchers untereinander verglichen.

Da gab es nämlich nicht zwei, die miteinander übereinstimmten.

Einer meinte, der Gast sei keineswegs hoch gewachsen, sondern im Gegenteil eher klein, vielleicht 1,60 m, maximal; untersetzt, aschblond, das Haar aber bereits mehr als schütter, der Blick flüchtig und ausweichend, und der Gesichtsausdruck überhaupt der eines Mannes, dem plötzlich klar wird, dass er eine Aufgabe übernommen hat, die ihm mindestens zwei Nummern zu groß ist.

»Er ist«, sagte ein anderer, »ein sehr wohl hoch gewachsener, rüstiger älterer Herr mit glatt zurückgekämmtem, schulterlangem Haar, einem mächtigen weißen Bart, und in eine Art weißer Kutte aus sehr eigenartigem Material gekleidet – scheint sehr bequem zu sein. Er geht barfuß in Sandalen ... Nein, eine Uhr habe ich nicht gesehen ...« »Doch, groß ist er; aber dunkelhaarig. Richtig pechschwarz sogar, keine Spur grau. Breit in den Schultern, mit einem wachen, scharfen Blick ...« »Abweisend und arrogant, mittelgroß, aber schon ganz schön füllig und träge ...« »Feist wie eine Sau und schleimig wie irgendein verdammter Bischof oder Politiker kurz vor der Wahl ...« »Ein Dussel, der dauernd über seine eigenen Füße fällt ...« »Eine milde Festigkeit geht von ihm aus, und es scheint, als bestehe er ganz aus Licht ...« »Ausweichend bis wabbelig; tritt auf, als würde er sich ständig für seine Anwesenheit entschuldigen ...«

Später behaupteten einige, ihre Beschreibung des Besuchers wäre von vorne bis hinten erfunden gewesen, und zwar einzig und allein zu dem Zweck, die Zweifler ein wenig zu ärgern, und ein wenig auch, um Abwechslung in den Alltag zu bringen.

Selbstverständlich, sagten diese Individuen lange nachdem alles vorüber war, selbstverständlich haben wir nur einen etwa fünfzigjährigen Mann in braunen Cordhosen und blauen Turnschuhen gesehen; das mit der weißen Kutte und so weiter sollte bloß ein Scherz sein. Ziemlich misslungen, sah man dann ein.

Ja, ja, hinterher kann man vieles behaupten.

Da kann man sich einiges zurechtlegen und mit schlauen Erklärungen für saublödes Verhalten ankommen.

Aber niemand ändert nachträglich Sätze, die einmal gefallen sind. Sie können nicht zurückgenommen werden. Man kann sich für sie entschuldigen, aber mehr nicht.

Und Erklärungen, wie clever sie auch ausfallen mögen, ändern nichts, was einmal geschehen ist. Sie ändern auch nicht die wundersamen Ereignisse, deren Zeugen wir alle wurden, während der geheimnisvolle Besuch unter uns weilte.

Der August schritt fort, dem Herbst entgegen, der sich von Norden her nahte, mit anfangs noch windstillen Morgen und dem bittersüßen Geschmack der Vergänglichkeit, dann mit den ersten stürmischen und schneidend kalten Tagen. Die Tage vergingen, und am Morgen des elften zeigte sich, dass die Alltagswirklichkeit genauso undeutlich und verschwommen geworden war wie der Gast des Apostels. Und daher geschah es am Morgen dieses Tages, dass Salvör sagte: »Aus Gegensätzen erwachsen Lösungen.«

Nun ist es mit der Welt so weit gekommen, dass sich tiefste Wahrheiten wie einfältige Phrasen anhören

Am Morgen des elften Tags kleidete Salvör die alte Wahrheit von den Gegensätzen in Worte und löste damit drei Männer aus ihrer Verbohrtheit in Stolz und Dickköpfigkeit. Und so kam es dazu, dass wir an diesem Tag kurz nach Mittag den Landrover des schwarzen Sam W. Jones von Tunga auf der Anhöhe erscheinen sahen wie einen Appell, endlich eine Lösung zu finden. Wenige Minuten später hielt er auf dem Hofplatz von Karlsstaðir, und auf der Beifahrerseite saß, mit breitem Gesicht unter seiner üblichen Kappe, Gemeindevorsteher Jón. Die Ereignisse der letzten Tage hatten seine Mundwinkel herabgezogen und seinem Gesicht eine einschüchternd wirkende Härte verliehen. Dann schritten Sam und Jón ins Wohnzimmer, wo Þórður ihrer harrte. Wie ein trotziges Kind starrte er zum Fenster hinaus und schien nicht einmal seine kleine Tochter Sæunn zu bemerken, die winkend neben mir stand. Nach langen, sonnenerfüllten Tagen sah es endlich wieder einmal nach Regen aus, und Sæunn und ich standen gleich oberhalb vom Rhabarberbeet und warteten auf die ersten Tropfen. Wind war aufgekommen und stakste auf hitzeversengten Zehenspitzen durch die Gegend; regendunkle Wolken kondensierten aus den Tiefen des Himmels, ballten sich über dem Hang zu einer gewaltigen Wand zusammen und zogen dann massig über die Gemeinde, saugten alle Helligkeit auf.

Es wurde schwarz.

Die Schwüle wich aus dem Luftzug.

Um uns herum schienen sich die Berge höher und höher zu recken, in gleichem Maße wie die Wolkenwalze tiefer und tiefer sank, als wollte sie ihre lastende Schwere auf die höchsten Gipfel stützen.

Da fiel der erste Tropfen.

So, als wollte er den Luftwiderstand messen, tropfte er klar und durchsichtig aus einer dunkelblauen Wolke herab, und neben mir quiekte es in Sæunn, die, in eine gelbe Öljacke mit Kapuze gekleidet, seit langem voller Spannung auf den Regen wartete. Nicht nur, um endlich wie eine zwergwüchsige Sonne durch das einschläfernde Regendämmer zu hüpfen, sondern auch, weil sie von ihrem Onkel Starkaður gehört hatte, manchmal wären Regenwolken riesengroße Säcke voller Geschichten und wer einen Regenhut aufhätte, besonders einen gelben, und damit über die Wiese laufe, der würde sofort zum Vertrauten der Wolken gemacht.

So kam es also, dass, während Sam, Þórður und Gemeindevorsteher Jón von schwer wiegenden Fragen niedergedrückt zusammenhockten, Hund Þórbergur, Sæunn und ich über die Wiese sprangen und die Wolken Geschichten über uns ausgossen. Ich barhäuptig und mit einem gequälten Grinsen, Sæunn hicksend vor Lachen, Þórbergur kläffend.

Natürlich kann man es nicht genau wissen, aber vielleicht hätte sich die ganze Gemeinde auf dem Tún versammeln und den Regen auf sich eindreschen lassen sollen. Denn selbst wenn Regentropfen es vorziehen, auf gelben Regenhüten mit kleinen Mädchen darunter zu landen, zeigen sie sich doch zutraulich gegenüber allen, die erst im Gras herumlaufen und dann barhäuptig und mit geschlossenen Augen stehen bleiben, weil man auf diese Weise mitbekommt, dass der Regen den eigenen Kopf allmählich genauso behandelt wie Blumen, Wiesenhöcker und Lämmer, und eine solche Erfahrung ist ausgesprochen heilsam. Erkältung? Dann putzt man sich eben die Nase und schluckt Lebertran. Die Reden der Wolken sind ausgesprochen tiefschürfend. Ein Mensch von heute zu sein und barfuß und barhaupt im Gras zu stehen, während ergiebiger Regen fällt, ist eine Erfahrung, die mindestens zehn Jahre Universitätsstudium aufwiegt und noch darüber hinausgeht.

Bullshit?

Kindisches Romantisieren?

Von mir aus, aber es ist nun einmal so: Wer mit bloßem Kopf und barfuß auf einer Wiese im Regen steht, am besten noch mit geschlossenen Augen, und die Gedanken einfach treiben lässt, der wird spüren, wie er von seiner Überheblichkeit herunterkommt und empfänglich wird für die Botschaft der Wolken; dann ziehen ihn die Regentropfen ins Vertrauen, er empfindet Zusammengehörigkeit ebenso mit dem Gras wie mit dem Regenwurm und wird zu einem Bestandteil des Atems der Natur. Dann, und erst dann, erschließt sich ihm die einfache Wahrheit, die in ihrer Schlichtheit tiefstes Wissen enthält. –

Aber ich erzähle eine Geschichte, und was ich sagen wollte ...

Es war am elften Tag, und während ich mit Sæunn die Weisheit der Erde vernahm, saßen die drei Weisen drinnen im Wohnzimmer und zerbrachen sich die Köpfe, um eine Lösung für den Irrsinn zu finden, der sich der Gemeinde bemächtigt hatte. Vergeblich suchten sie die Unvernunft zu erklären, die der geheimnisumwitterte Besuch nach sich gezogen hatte. Und just im gleichen Moment, in dem sie wieder in Sams Landrover stiegen, der Tungabauer den Zündschlüssel umdrehte und der Diesel tuckernd ansprang, genau da stürzte Starkaður bis auf die Haut durchnässt in den Schafstall auf Gilsstaðir, wartete, bis sich seine Augen an das Halbdunkel gewöhnten und er den Apostel mit seinem geheimnisvollen Gast auf der Krippe sitzend erblickte, wo sie sich gegen die regenbeschlagene Helle des Fensters wie dunkle Schatten abhoben. Starkaður schaute sie einmal direkt an, schlug dann die Augen nieder – es troff aus seinen Kleidern und den pechschwarzen Haaren –, er blickte zu Boden und begann zu sprechen.

Als sich der elfte Tag aus seinem Moosbett erhob, sah er einiges, was ihm Kummer machte

Als sich dieser elfte Tag aus seinem Moosbett erhob, die Nacht sich in die Berge oder die See zurückzog, der Wind die regendunklen Wolken schnäuzte, die Zugvögel sich auf den Wiesen sammelten wie ein melancholisches Abschiedslied, der Fluss einen Schauder von Herbst von den Heiden schöpfte, und die Lämmer in den Bergen nicht argwöhnten, dass das, was sich ihnen so himmelblau und kalt näherte, der Tod war – als sich der elfte Tag aus seinem Moosbett erhob, die Hosen hochzog und schläfrig losstapfte, da war es keineswegs Alltäglichkeit, die ihn in dieser Gegend empfing.

Nein, so sieht gewiss kein Alltag aus, hat der elfte Tag zweifellos bei sich gedacht, als er schlaftrunken, noch mit nassem Hintern vom Tau und Moos im Haar, die Gemeinde vor sich liegen sah. »Das ist wohl kaum alltägliche Routine«, muss er ein übers andere Mal gesäuselt haben, bis er sich über alles ausdehnte und die täglichen Aufgaben ihm seine Befürchtungen von den Schultern bliesen. Der elfte Tag hatte ganz Recht: Das war alles keine Alltäglichkeit. Die Gegend war nicht mehr die gleiche wie vorher. Die Naturgesetze waren außer Kraft gestellt und heimatlose Landstreicher geworden. Oder kann ich etwa, um nur ein Beispiel zu nennen, über das Grauen schweigen, das Ágúst auf Sámsstaðir, einen der Großbauern der Gegend, befiel? Nein, denn das Schicksal des Großbauern war der Tropfen, der für den Gemeindevorsteher das Fass zum Überlaufen brachte und ihn ohne Zögern Salvörs Vorschlag zustimmen ließ, er, Sam und Þórður sollten endlich zusammenkommen, um ihre unterschiedlichen Ansichten eine gemeinsame Lösung finden zu lassen. Und daher saß Jón mit im Landrover des Tungabauern, als der auf den Platz vor der Kirche rollte und das Gesicht des Pfarrers geisterhaft bleich im

Stallfenster erschien. Da war es etwa vier Uhr am Nachmittag des elften Tags.

Bis zum Morgen des achten hatte sich Ágúst auf Sámsstaðir niemals Gedanken über Gott gemacht. Gott war einfach eine Tatsache, und man vergeudet keine Zeit damit, über Tatsachen nachzugrübeln. Sie sind einfach da. So ungefähr hätte Ágúst wahrscheinlich geantwortet, wenn man ihn nach seiner Einstellung zu Gott befragt hätte; aber niemand fragt einen Großbauern nach so etwas, und Ágúst dachte auch nicht darüber nach. Er ging bedenkenlos zur Kirche, wenn es an der Zeit war, ebenso selbstverständlich, wie man Heu einbringt, wenn es trocken ist, isst, wenn man Hunger hat, den Traktor betankt, die Zaunpfähle mit Holzschutzmittel oder Altöl anpinselt, damit die Pferde sie nicht anfressen, und bei Wahlen sein Kreuzchen bei der Bauernpartei macht, wie es sich gehört. Doch am Morgen des achten Tags wurde alles anders.

Besteht Hoffnung, dass jemand, der mit dem Gesang des Himmels in seinem Blute umgeht, gleichwohl ein tüchtiger Bauer sein kann?

Es war der Morgen des achten Tags. Bis zu diesem Datum hätte man sich mit der Behauptung keiner Übertreibung schuldig gemacht, das Glaubensbekenntnis Ágústs von Sámsstaðir seien seine Melkergebnisse, seine Psalmen die Lämmer auf der Bergweide, sein Erstes Buch Mose die Zeugungskraft seiner Böcke. Das war Ágúst. Dieser hoch gewachsene, bolzengerade Mann mit dem scharfgeschnittenen, entschlossenen Gesicht, den eisgrauen Augen, der breiten, flachen Nase wie ein Axthammer. Niemals ging er, sondern schritt; nie mit den Händen in den Hosentaschen. Er lachte rasch, niemals lange, machte nicht viel

Worte, aber schnaubte oft vernehmlich. Als er über vierzig war, legte er sich einen kleinen Bauchansatz zu, aber nicht zu viel und kaum zu sehen, wenn er Winterkleidung trug. Das also war Ágúst von Sámsstaðir, und so ging für ihn der siebte Tag zu Ende. Er legte sich schlafen, und dann dämmerte der achte herauf.

Anstatt wie immer voller Tatendrang aus dem Bett zu springen und die Aufgaben des Tages in Angriff zu nehmen, blieb der Bauer auf Sámsstaðir lange wie in einem Dämmerzustand liegen und kam weder in den Tiefschlaf zurück noch in den Wachzustand hinaus, sondern lag fest in dem wunderlichen Land zwischen Schlafen und Wachen. Es soll klar gesagt sein, dass Ágúst sich nach Kräften bemühte, sich aus diesem Dösen zu reißen und vollständig zu erwachen. Sein Geist war auch schon tatenfroh aufgesprungen – allein, es nützte wenig, denn sein Leib blieb schlaff auf der Matratze zurück, niedergedrückt von einer übermäßigen Schwere. Ágúst versuchte, Kraft zu sammeln, aber er war wie eine Fliege im Netz, verhedderte sich umso mehr, je heftiger er zappelte, und es kam so weit, dass der Großbauer klein in seinem Bett lag und seine Entschlusskraft verrinnen fühlte. Der starke Wille, sonst unbeugsam wie Stahl, leckte aus seinem Körper, und es kam so weit, dass Ágúst der Starke willenlos dalag. So gut wie gelähmt, dachte er, dieser Zustand wäre das Gleiche wie sterben, wenn nicht sogar noch schlimmer: Zu leben und nicht schaffen zu können. Aber Ágúst war nicht wirklich gelähmt, und sein Wahrnehmungsvermögen schärfte sich sogar im gleichen Maß, wie sein Wille abnahm. Und dann geschah etwas Absonderliches: Zuerst hörte er das Gras wachsen, die Spinnen ihr Netz weben und die Fliegen ihre Beine aneinander reiben. Aber das war nur der Anfang. Sobald das letzte Tröpfchen Willenskraft zerronnen war, sprengte sein jetzt überempfindliches Wahrnehmungsvermögen seine fleischliche Hülle. Anders kann man es nicht beschreiben: Es ließ sein Fleisch aufplatzen, und Ágúst, dieser unermüdliche Bilderbuchbauer und Schrank von einem Kerl, erdverwurzelter als ein Berg, war nicht länger ein kräftiger Körper in seinem Bett, sondern er dehnte sich aus, durchstieß die Wände seines Hauses, breitete sich über die ganze Gemeinde und war nicht länger der Bauer Ágúst von Sámsstaðir, sondern ein Meer an Empfindsamkeit. Und es gab nichts mehr in dieser Welt als das Meer, den Himmel darüber und das Schweigen dazwischen.

Später, ja eigentlich kommt es einem sogar viel später vor, als alles vorüber und wieder einigermaßen ins Lot gekommen war, kam eine Unzahl von Erklärungen für die rasante Formveränderung Ágústs zwischen Schlaf und Erwachen auf. Die meisten hielten es für eine Übermüdungserscheinung. Der Bauer auf Sámsstaðir hätte sich einfach überarbeitet, und die Erschöpfung daraufhin genau im gleichen Moment Wirklichkeitstrübungen ausgelöst, in dem das Unterbewusstsein all seine Kraft aufwandte, um den erholungsbedürftigen Körper noch ein wenig länger im Bett zu halten. Mit anderen Worten: Aus einem Zustand der totalen Erschöpfung heraus spiegelt ihm das Unterbewusstsein Visionen vor, die erkennbar von Erzählungen Sams auf Tunga beeinflusst waren, über die wundersamen Dinge, die dem Tungabauern selbst einmal als ein riesenhafter Leib erschienen waren, mit Händen, Füßen und allem. Ein nackter Männerkörper war es, und in seinen Gliedern sah Sam ein untergegangenes Schiff, ein Wirrwarr aus Netzen, Heringsschwärme und einen Blauwal. Der Unterschied bestand darin, dass Ágúst selbst das Meer war, mit der Stille und dem Himmel über sich. So lag er da und wartete. Wusste nicht, worauf und wie lange, wartete nur und fand es völlig selbstverständlich, sich von einem Körper in das Meer verwandelt zu haben, wartete in furchtloser Erwartung. Schließlich vernahm er eine Stimme und im Hintergrund einen gut eingestimmten, nicht zu lauten Chor, und er war dieses Meer an Empfindung, das all dies in sich aufnahm. Die Stimme und der Gesang fielen wie leiser Sommerregen und rannen mit ihm zusammen, mit dem Meer. Dann erwachte Ágúst und stand auf.

Mir nichts, dir nichts wurde das Meer der gesteigerten Wahrnehmung wieder zu einem Ágúst, und da saß er, nahm seinen Schluck Lebertran, aß Dickmilch und ein Brot mit Leberwurst, trank ein Glas Wasser, ging hinaus und schaute im Stall nach dem Rechten. Schließlich schritt er das oberste Wiesenstück hinab, jenes letzte, das er auch immer zuletzt mähte. Ein holpriger Acker war es mittlerweile geworden, mehr Moos als Gras, für Kühe nicht zu gebrauchen, aber für die Pferde taugte es noch. Natürlich war es für den Heubinder schwierig, hier Ballen zu fassen zu kriegen. Du meine Güte, jeder wog gut und gern seine fünfundzwanzig Kilo! Aber die Pferde waren nicht wählerisch, wenn alles Gras tief unter Eis und Schnee begraben lag. Großbauer Ágúst bückt sich, reißt ein Büschel aus, schnuppert daran, blinzelt zum Himmel hinauf. Doch, am besten gleich mähen und nach Mittag zu Ballen binden. So denkt Ágúst zweifellos. Aber ... Ist das wirklich Ágúst, der gute, alte Ágúst, der da steht, ich meine, wieder ganz der Alte, dieses Arbeitstier, was da steht? Nein, liegt, denn plötzlich f
ä
l
l
t er um wie ein Stock und bleibt dort für eine gute Weile ohne ersichtlichen Grund liegen, denn er ist weder krank noch tot, liegt einfach im mähreifen Gras, anstatt nach Hause zu Traktor und Heuwender zu streben und sie für einen letzten Einsatz anzuwerfen. Stattdessen liegt er da wie ein ausgemachter Idiot im Gras, und das ist höchst peinlich. So benimmt sich ein Großbauer einfach nicht. Die lassen sich nicht von einem Traumgespinst zum Narren machen! Sie wer-

den reich und fett, und in ihren Adern fließt ehrgeiziges und tatenbegieriges Blut.

So ist das nämlich.

Doch solches Blut ist es nicht, das durch Ágústs Blutgefäße strömt, als er endlich wieder auf die Beine kommt und zum Haus zurückgeht. Nein, es ist kein tatengieriges Blut, das in den Adern des Großbauern rinnt, sondern wieder der Gesang, der wie Sommerregen vom Himmel fiel. Er strömt durch Ágústs Blutbahnen und lässt sein Herz überfließen.

»Ich bin gerufen worden.«

Mehr sagt er nicht zu seiner Frau, die ihren Mann vom Küchenfenster aus schreckensstarr und das Schlimmste befürchtend beobachtet hatte.

»Ich bin gerufen worden«, verkündet er mit einem so verzückten Gesichtsausdruck, als wäre die Landwirtschaft von der Fessel des Quotensystems befreit worden. Dann holt er die Wagenschlüssel, setzt sich in seinen Bronco und steht eine Viertelstunde später knapp südöstlich des Schafstalls von Gilsstaðir vor seinem Herrn.

Das ereignete sich am Morgen des achten Tags. Gegen zwei sattelt Großbauer Ágúst still und nachdenklich ein Pferd und reitet in die Berge. Ja, still. Denn wer mit dem Gesang des Himmels in seinem Blut umgeht, der spricht nicht. Und wenn es drauf ankommt, kann man mit Worten sowieso nur wenig ausdrücken.

Gegen neun Uhr abends dringt von Westen her vielstimmiges Geblök nach Sámsstaðir. Als die Leute vom Hof aus dem Haus laufen, sehen sie, wie der schweigsame Ágúst eine Herde Schafe herbeitreibt. Wortlos sortiert er fünf, sechs zugelaufene aus und treibt sie wieder den Bergen zu; doch zweihundert verdutzt und ratlos mähende Schafe treibt er in den Stall, klettert dann, ohne dass jemand den Grund dazu einsieht, auf das Stalldach und legt sich zum Schlafen nieder. Auf einem harten und kalten Wellblechdach. Über ihm der gestirnte Himmel mit ein paar vereinzelten Wolken und einem Vollmond, der aussieht wie ein Loch im blauschwarzen Äther, ein Guckloch Gottes, wenn man so will, aber Ágúst ist nun davon überzeugt, dass Gott auf Erden weilt, und zwar auf Gilsstaðir, weshalb Sein Blick leider nicht mit Wohlwollen darauf ruhen kann, wie er, Ágúst, auf dem Stalldach schläft.

Am Morgen des neunten Tags hängt Ágúst den großen Viehwagen an den allradgetriebenen Deutz, treibt Schafe hinein, koppelt daraufhin den mittelgroßen Wagen dahinter, und gegen elf rumpelt der Schlepper mit drei Wagenladungen voller Schafe und Lämmer davon. Ágúst fährt zur Hauptstraße hinab und fühlt sich dabei ein wenig wie ein Psalmendichter des Herrn: Die Anhänger sind seine Botschaft und die Kreaturen darin die Worte. Aber wohin ist der Mann unterwegs?

Niemand kennt die Antwort. Normalerweise fragt man einen Ágúst nicht gründlich danach aus, was er mit diesem oder jenem vorhat. Mag sein, dass er aus dem Fenster schaut und mit den Worten »Ist gut abgetrocknet« das Haus verlässt. Dann schwant den Erntehelfern, dass an diesem Tag das Heu eingefahren werden soll. Also beeilt man sich, ihm zu folgen. Zeitig im Sommer pflegt er einfach »ja ja« zu sagen, die Leute geben auf jede seiner Bewegungen acht, sehen, wie er hinausgeht, den Schlepper samt Hänger rückwärts an den Geräteschuppen bugsiert und hinein verschwindet. Bald darauf fliegt ein Vorschlaghammer auf den Hänger, und dann wissen alle Bescheid: Zäune setzen.

So hat man es auf Sámsstaðir immer gehalten, doch jetzt, am neunten Tag, stehen die Leute dicht gedrängt in einem Haufen am Küchenfenster und schauen hinaus. Alle bis auf das Aushilfsmädchen, das vor dem Ausdruck auf Ágústs Gesicht, als er mit den Schafen aus den Bergen kam, derart erschrak, dass es weinend hinauf in seine Kammer lief, die Tür abschloss und sich nicht wieder hinunter traute, ehe der Bauer mit seinen drei Anhängern hinter dem Traktor außer Blickweite war.

Wo wollte Ágúst hin? Die Mitarbeiter auf Sámsstaðir konnten die Frage nicht beantworten. Allenfalls hätten sie sich vielleicht unter normalen Umständen zu einer Nachfrage aufgerafft, aber heute, an diesem neunten Tag, zerfielen alle Worte bei einem Blick in das Gesicht dieses Mannes zu Staub. Es war, wie in die blendende Helle reiner Freude zu schauen.

Nein, niemand weiß, wohin die Reise geht, aber bald kommt es heraus. Wer in der Gemeinde ein Fernglas sein Eigen nennt, steht draußen auf dem Vorplatz und ruft überrascht: »Ja, leck mich doch ..., wenn das nicht Ágúst ist! Die Hänger bis zum Rand mit Schafen vollgepfercht.«

Was? Was? Was? Die Neuigkeit fliegt geradewegs in das allmählich aussterbende Gemeindetelefon, und alle, die den Vorgängen nicht mit eigenen Augen folgen können, sei es auf Grund ihres Standorts oder, was noch bedauerlicher ist, weil ihr eigenes Fernglas noch immer auseinander geschraubt auf dem Kühlschrank liegt, greifen die Nachricht begierig auf, preisen im Stillen den guten, alten Telefondraht, der sie alle miteinander verbindet, und ohne zu zögern darf man sagen: Die gesamte Gemeinde hängt jetzt an diesem Draht und lauscht voller Hochspannung, wohin Ágústs Psalmen von seiner vierradgetriebenen Inspiration durch den Bezirk geschleppt werden. Sie rollen erst auf der Hauptstraße nach Nordwesten, Bátsfell zur Rechten und Tunguháls auf der Linken, und wo die Ausläufer der Berge enden und das Land seine von grünen Klüften durchzogene Umarmung dem Meer öffnet, da steht der Hof Melholt. Früher einmal ein stattliches Gehöft, doch seit langem fast auf den Umfang eines Kleinbauernhofs geschrumpft. Von mehreren anderen Höfen aus wird beobachtet, wie Ágúst und sein Psalm von der Straße abbiegen und die ansteigende Auffahrt nach Melholt nehmen. Dort hält Ágúst an, die Bewohner treten zögerlich einer nach dem andern aus dem Haus, Eltern und vier Kinder, abweisend und verstockt wie gewöhnlich. Das sieht man sogar aus großer Entfernung. Aber es musste auch äußerst unangenehm sein, so bloßgestellt auf dem Hofplatz zu stehen und zu wissen, dass man von einer Unzahl Feldstechern beäugt und jede Bewegung gleich übers Telefon weiterberichtet wird. Die Erwachsenen und die beiden Töchter stehen steif da, aber die beiden Jungen, sieben und neun Jahre alt, hüpfen wie von Sinnen über den Hof. Nein, wahrlich keine angenehmen Minuten für die Leute von Melholt. Sogar das ungeborene Siebenmonatskind kauert sich im Mutterleib zusammen.

Und was passiert dann?

Ágúst steigt von seinem Traktor. Er geht auf die Familie zu und öffnet erst jetzt zum ersten Mal den Mund, um dürre Worte herauszulassen, obwohl er ganz sicher lieber in Psalmen gesprochen hätte, oder noch eher hätte er am liebsten den Mund weit aufgerissen, um die Gemeinde mit dem Gesang anzufüllen, der in ihm widerklang. Doch Ágúst ist immer ein vernünftiger Mensch gewesen und weiß, hier muss man Worte sprechen lassen.

»Niemand«, sagte er, und bei der Wiedergabe seiner Ansprache stütze ich mich natürlich auf das Zeugnis derer von Melholt.

»Niemand vermag den reinen Ton in sich zu tragen, ohne sich von all seinen weltlichen Besitztümern loszusagen. Das ist ausgeschlossen.« Sagte Ágúst und erklärte dann leise, dies hier sei sein erster Schritt in diese Richtung. Armen oder Leuten, deren Wirtschaft zumindest auf wackligen Füßen stehe, übergebe er sein Eigen, verkündete er weiter mit milder Stimme auf dem Hof von Melholt.

»Es ist keine Schande, wenn es aus weltlicher Sicht schlecht um euch steht. Wies geschrieben steht, verkaufe ich nur, was ich habe, und geb's den Armen, so werde ich einen Schatz im Himmel haben. Dankt dafür nicht mir, sondern dem Allmächtigen.«

Damit beendete Ágúst seine Ansprache und machte sich zu Fuß auf den Rückweg, denn die Familie sollte nicht nur die Schafe behalten, sondern auch den allradgetriebenen Deutz samt der drei Heuwagen.

Die beiden Jungen, die mit offenen Mündern der komischen Rede des Großbauern zugehört hatten, traten beide an den Traktor, befühlten seine heißgefahrenen Reifen mit den Handflächen und sagten: »Wow, Mann!«, »Irre!«

Das geschah also am neunten Tag. Doch als der elfte Tag regenschwer seinem Nachmittag entgegensank und Sam und die anderen auf dem Hof des Pfarrers vorfuhren, da war der Bauer auf Melholt längst wütend und stinksauer bei einem Anwalt in der Ortschaft vorstellig geworden, um sich zu erkundigen, ob es kein Gesetz gab, das anständige und schwer arbeitende Leute vor den Übergriffen solcher Großkotze schützte, die – vor aller Augen – seine Familie entwürdigend behandelten, indem sie behaupteten, er, Ólafur Ólafsson, Bauer auf Melholt, sei ein derart erbärmlicher Habenichts, dass es der Hilfe solcher Angeber bedürfe, um seine Familie zu ernähren. (Oder um seine eigenen Worte vor dem Anwalt wiederzugeben: »Auf solche arroganten Arschlöcher von Großbauern bin ich nicht angewiesen!«) Ob man von diesem Ágúst nicht eine öffentliche Erklärung des Inhalts verlangen könne, er, Ólafur Ólafsson, Bauer auf Melholt, stehe sehr wohl auf wirtschaftlich gesunden Füßen und an seiner Art zu wirtschaften gebe es absolut nichts auszusetzen.

Das etwa hatte Ólafur vorgebracht, und ein entsprechendes

Schriftstück setzte der Anwalt an diesem elften Tag unter anderem auf, denn seine Dienste waren plötzlich überaus gefragt: Auch die Familie auf Sámsstaðir hatte nämlich (ohne Wissen Ágústs natürlich) bei dem angesehenen und überaus bewanderten Rechtsanwalt vorsichtig vorgefühlt, ob es unter gewissen Umständen und nur vorübergehend selbstverständlich und absolut diskret, nun ja, Möglichkeiten gebe, Ágúst für die Zeit seines unerklärlichen Anfalls für unmündig erklären zu lassen.

Der elfte Tag ist angebrochen, schreckliche Zustände herrschen, und der Weltmann Björn Skúlason wird für seinen Mut oder gar seine Tollkühnheit verachtet und verehrt

Der elfte Tag, und Sams rechter Fuß ruhte schwer auf dem Gaspedal. Þórður saß neben ihm und schaute konzentriert vor sich hin. Der Gemeindevorsteher hockte hinten, unter seine rote Baseballkappe gekauert, stemmte die Ellbogen auf die Knie und biss die Zähne zusammen. Es regnete heftig. Als wäre der Himmel ein unerschöpfliches Meer, prasselte der Regen und jagten die Wolken dahin. Vielleicht hatten sie den drei Männern eine Botschaft mitzuteilen, aber das Gaspedal war bis zum Anschlag durchgetreten, und der blaue Landrover hetzte vorwärts, fraß den Weg unter sich, die Ventilation blies mit voller Kraft, der Scheibenwischermotor brummte, die beiden Wischerblätter mühten sich ab: auf, nieder, auf, nieder, auf, nieder ..., bekamen aber doch nicht alle Regentropfen weggewischt, diese durchsichtig klaren Worte der Wolken, die auf die Windschutzscheibe klatschten und dort platt gedrückt wurden. Die drei Männer hatten es eilig, und Þórður beugte sich unwillkürlich vor, als wollte er die Geschwindigkeit des Wagens beschleunigen. Auch das geschah noch am elften Tag. Elf Tage nach der Ankunft des Herrn in der Gemeinde – wenn Er es denn war, und nicht irgendein dahergelaufener Mensch, und alle Aufregung umsonst! Vielleicht war ja auch alles nichts als ein hinterfotziger Versuch des Apostels, die Tatsache zu vertuschen, dass mittlerweile das Jahr angebrochen war, in dem er *das* eine Buch ans Tageslicht bringen wollte, die einzige und wahre Bibel, die prophetisch geschauten Worte, das Werk dreier Generationen. Vielleicht war der Besucher lediglich ein Verwandter des Apostels, ein etwas absonderlicher Knabe möglicherweise, bereit, seinem Verwandten aus der Patsche zu helfen. Ein netter Onkel aus dem Osten, womöglich gar einer aus dem Þingey-Bezirk, wo sie bekanntlich allesamt so aufgeblasen sind, dass es ihnen nur ganz natürlich vorkommt, in anderen Gegenden den lieben Gott zu spielen!

So lautete jedenfalls die Erklärung Björn Skúlasons auf Hnúkar, und bis zu diesem elften Tag war die Zahl seiner Anhänger beträchtlich angewachsen; was niemanden verwundern darf, da ihm bekanntlich Jahr für Jahr die Welt in Form einer ausländischen Zeitschrift ins Haus geflattert kam. Und deshalb, obwohl er hier am äußersten Rand des Weltmeers saß, wo die Nächte entweder finster wie der Abgrund der Hölle oder hell wie der lichte Tag sind, obwohl er in diesem kahlen Land so fernab von den Geschehnissen der Welt hockte, auf dieser von einem bleigrauen Ozean mit tausend untergegangenen Schiffen in seinem Bauch umflossenen Insel, kann Björn Skúlason von fernen Völkermorden und dem privaten Unglück der Filmstars erzählen, als trage sich alles gerade vor seiner Haustür oder kurz oberhalb seines Hofes zu. Aber nicht genug damit, dass die Welt im Zeitungsformat zu ihm kam, begab er sich auch noch selbst in die Welt hinaus, weilte zwei Wochen am Mittelmeer, wo die Sonne die Leute aus den Kleidern treibt und sich Neuankömmlinge am ersten Tag schwere Verbrennungen zuziehen, dann aber braun werden wie Cary Grant. Nun gut; Björn Skúlason hatte sich also erst kurz vor Ankunft des geheimnisvollen Besuchers ganze zwei Wochen am Mittelmeer aufgehalten, plätscherte im warmen Wasser herum, das wunderliche Fische ausbrütet, und verbrachte danach drei Nächte in einem Hotel in der Weltstadt London. Als wir Isländer noch als verlauste Maulwürfe in dunklen, übel riechenden Torfhütten hausten, mit den Gespenstern der Unwissenheit in jedem Winkel und abergläubischen Vorstellungen als Ketten an den Füßen, da wölbten sich schon prächtige Häuser über die Einwohner Londons empor, und die Bevölkerung des ganzen Landes war derart gebildet, dass sie beim Anblick eines vom Baum fallenden Apfels untrüglich auf das Wirken verborgener Kräfte schloss. Dort weilte Björn von Hnúkar mit einer isländischen Reisegruppe drei ganze Tage, und obwohl er vorher kaum über die Grenzen seines Heimatbezirks hinausgekommen war, gab es für ihn in der Weltmetropole wenig, was ihm unbekannt war. Ein echter Mann von Welt, dieser Bauer, wie sich mit einem Beispiel belegen lässt:

Die Gruppe war gerade frisch in London gelandet und kam braun gebrannt vor ihrem Hotel an, da blieben einige unschlüssig stehen. Nicht genug damit, dass vom Portal ein roter Teppich bis auf den Bürgersteig herabreichte, rechts und links von einer goldenen Kordel flankiert, nein, nicht genug damit, dass der rote Läufer wie eine Zunge aus dem Schlund eines aufregenden Märchens hing, stand an seinem oberen Ende auch noch ein Mann aus königlicher Familie. Nervös blickte sich die Gruppe um; einige murmelten etwas davon, dass man vielleicht die Hintertür aufsuchen sollte, aber, bitte sehr, wo sollte die sein? Die Häuserzeile erstreckte sich wie eine geschlossene Felswand zu beiden Seiten, und der streng dreinblickende Aristokrat sah nicht so aus, als wollte er ausgerechnet mit einigen Bauerntrampeln aus Island auf Du anstoßen. In dieser kniffligen Situation war es Björn, der aus der Gruppe vortrat – und das ist es ja, was herausragende Menschen auszeichnet: Sie treten aus der Masse heraus. Björn löste sich damit nicht nur aus der Sicherheit der Horde, sondern er ging umstandslos auf den gestrengen Aristokraten zu, klopfte ihm kumpelhaft und sogar gutmütig herablassend auf die Schulter, fischte eine ziemlich große Münze aus der Tasche und legte sie in die aufgehaltene Hand des hohen Herrn. Doch dieser Herr ließ Björn nicht etwa verhaften und für seine Frechheit, ihm, dem Adligen, wie einem Bettler eine Münze zu spendieren, in den Knast sperren. Nein, nichts dergleichen. Der edle Herr lüftete seinen ellenhohen Hut, nahm eine vergoldete Pfeife zum Mund und trillerte schrill und laut, nein, nicht nach der Polizei, sondern nach drei jungen Kerlchen, die flink das Gepäck der Isländer ins Innere des Märchenhotels schleppten.

»Wenn schon ein Hotelportier«, sagte Björn nicht in London und nicht unter der Mittelmeersonne, sondern bei sich zu Hause, »wenn schon ein Hotelportier unseren Einfallspinseln hier wie ein Adliger vorkommt, dann könnt ihr euch ausmalen, wie es uns erst umhauen würde, wenn wir plötzlich Gott vor uns sähen! Er müsste doch so aussehen, dass selbst Könige, die niemals den Hut abnehmen, vor ihm ins Knie sinken würden. So überwältigend müsste sein Auftreten doch sein. Mild und streng zugleich, und vor Ihm wären wir alle wie verwirrte Kinder auf der Suche nach einem, der uns an die Hand nimmt. Aber die Sache ist doch letztlich die«, sagte Björn Skúlason weiter zu seiner Anhängerschaft, »hätte es Gott gefallen, zu uns Menschen herabzusteigen, um uns entweder zu ermahnen und zu strafen oder seinen Segen zu erteilen, dann hätte er sicher eine jener großen Städte dazu auserwählt, wo es alles gibt und wo das Herz der Welt schlägt; das ist doch wohl klar. Wenn aber – denn seine Wege sind unerforschlich –, wenn es Gott aber gefallen hätte, ausgerechnet hier zu erscheinen, dann würde er, verdammt noch mal, nicht Cordhosen, ein kariertes Arbeitshemd und blaue Turnschuhe tragen. Ausgemachter Blödsinn, sich so was einzubilden! Außerdem hätte sich bei seinem Kommen sicher etwas Eindrucksvolles ereignet, Berge gespalten, Sterne vom Himmel gestürzt, irgendetwas Großartiges, denn Gott selbst wird wohl kaum verstohlen wie ein geprügelter Hund bei uns angeschlichen kommen; bei uns, die wir von vorne bis hinten sein Werk sind. Wer Gott gegenübersteht, mag vor Angst oder freudiger Erwartung schlottern und zittern, vor diesem Gast des Apostels aber ist das vollkommen überflüssig. Das sieht man gleich auf den ersten Blick, denn erst gestern war ich auf Gilsstaðir. Ja, ja, er ist ein netter Zeitgenosse, ruhig, gutmütig und sicher eine treue Haut. Ich aber fuhr also, wie gesagt, dort rauf und holte die beiden Kollegen ein, was übrigens gar nicht so leicht ist, sie machen nämlich große Schritte, möchten wohl ihr schlechtes Gewissen abschütteln, was, aber einen Björn Skúlason schüttelt man nicht ab. Ich holte sie also ein und sagte mit Bestimmtheit: ›Hört mal, ich habe ein Wörtchen mit euch zu reden.‹ Dann stellte ich mich genau vor sie, damit sie vor meinen Fragen nicht davonlaufen konnten. O ja, die wussten beide, dass sich Björn auf Hnúkar nicht so leicht einen Bären aufbinden lässt. Nun, ich schaute diesem Gast direkt in die Augen, was aber wenig Sinn machte, weil er seinerseits meinem Blick dauernd auswich. Ich lächelte, um zu zeigen, dass ich in keiner Weise aufgeregt, sondern ein welterfahrener Mann war und Bescheid wusste. Dann sagte ich geradeheraus und betonte dabei jedes Wort, damit ihnen der Ernst der Lage klar wurde: ›Du bist kein Gott, mein lieber Freund.‹ Genau das sagte ich ihm ins Gesicht: ›Du bist kein Gott, mein lieber Freund.‹ Tja, ihr haltet die Luft an, und im Nachhinein sehe ich auch, dass ich wohl fast ein wenig kühn war, aber man hat nun mal das Wohl der Allgemeinheit vor Augen und fragt wenig nach persönlichem Risiko oder Ähnlichem; man tut nur seine

Pflicht, mehr nicht. Und was antwortete er? Gott? Nein, der Onkel aus dem Osten.

Er wandte rasch den Blick ab und sagte leise: ›Du weißt es natürlich besser, Björn.‹

Aber ich wollte ihn nicht so einfach davonkommen lassen und tat so, als hätte ich nicht verstanden, beugte mich vor, steckte die Hand hinters Ohr und sagte etwas scharf: ›Was hast du gesagt?‹

Da räusperte er sich und flüsterte noch einmal genauso leise: ›Du weißt es natürlich besser, Björn.‹

›Da haben wirs‹, sagte ich vollkommen ruhig und warf einen Blick auf den Apostel, der, vor Scham blutrot im Gesicht, wie angewurzelt dastand. Er wusste natürlich die ganze Schuld bei sich und wusste auch, dass ich das ganze abgekartete Spiel durchschaute, in dem er uns in der Hoffnung, dass wir die peinliche Sache mit seinen prophetisch geschauten Bibelworten darüber vergessen würden, seinen Onkel als Double Gottes aufgetischt hatte. Ich bin ja schon immer der Ansicht gewesen, dass diese vermeintlich nach Höherem strebende Wortklauberei derer auf Gilsstaðir hier in der Gegend mächtig übertrieben wurde und dass man die armen Kerle stark überschätzt hat. Im Frühjahr ist das wohl auch dem Apostel selbst aufgegangen, und da hat er wohl den Einfall gehabt, seinen Onkel als Stuntman für Gott aus dem Hut zu zaubern, aber nicht den ganzen Trubel vorhergesehen, den das auslösen würde. Und jetzt ist die große Frage: Wie bringen wir das alles wieder in Ordnung?«

»Björn Skúlason. Man sollte dir die Zunge herausreißen und sie verbrennen, weil sie ein Werkzeug des Teufels ist und deine Worte Geifer der Hölle.« Sagte Ágúst von Sámsstaðir zu Björn.

Die anderen, die an seinen Äußerungen Anstoß nahmen, befleißigten sich einer landläufigeren Ausdrucksweise oder typisch isländischer Verwünschungen: So hieß es etwa, man solle

Björn bis zu den Schultern im Misthaufen versenken, damit die Scheiße um ihn herum auf das gleiche Niveau steige wie der Mist, der aus ihm herausquelle.

Wenn aber die Linien nur so klar gezogen gewesen wären! Wenn es nur um Pro und Kontra gegangen wäre, dann wäre ja alles in schönster Ordnung gewesen. Dann wäre der Bleifuß Sams nicht so schwer gewesen und der Landrover mit den Widersachern Jón und Þórður an Bord nicht so blau durch den dichten Regen geschossen. O nein. Am elften Tag hatte der geheimnisvolle Besucher die Alltagsrealität längst in Stücke gesprengt.

Es war Ende August, und im Regen lag Herbstrauschen. An und für sich ist das ganz in Ordnung. Sehr schön, wenn in den Wolken die höchsten Gipfel weiß beschneit werden und der Tag von beiden Enden her wieder dunkel wird. Auf die Dauer ist diese überlange Helligkeit der Tage gar nicht gesund. Und die Dunkelheit ist nicht bloß der die Gedanken erweiternde Sternenhimmel und gebiert nicht nur Gespenster, stiehlt am Abend die Berge und bringt sie am Morgen vollzählig zurück, nein, die Dunkelheit ist auch reinster Brennstoff für die Phantasie. Sie drängt uns, über alles nachzudenken, was in der Nacht verschwindet, und schenkt uns dann die tiefe Freude, das ganze Land, Berge, Wiesen, Häuser, Gras und Schluchten wieder in die Helligkeit zurückkehren zu sehen.

Sam bremst, und der Wagen biegt in die Einfahrt zum Kirchhof der Gemeinde. Es ist der elfte Tag. Seit elf Tagen weilt der Besuch in der Gegend und hat das Unterste zuoberst gekehrt. Die Leute, die bisher noch die Ruhe und einen einigermaßen klaren Kopf bewahrt haben, schauen verwundert zu, wie sich ein Großbauer in Übertreibungen ruiniert, ein anderer im Suff versinkt und eine ganze Reihe von Nachbarn behauptet, es gehe ein Wesen aus dem Jenseits unter ihnen um.

Steht die Abrechnung bevor?

Es ist am elften Tag. Þórður, Sam und Jón stehen zögernd an der Tür zum Kuhstall und warten darauf, dass der Pastor herauskommt; aber man hört nur Schweigen. Der große Stall hinter der handkantendicken Holztür ist ein Abgrund des Schweigens, in den sie schließlich eintreten. Ihre Schritte hallen laut. Da hockt der Pfarrer auf einem Melkschemel im Kälberstall – im schwarzen Talar und in Gummistiefeln. Der Hund zu seinen Füßen sieht den Männern entgegen. Der Pfarrer heißt Jóhannes Másson und ist voll. Randvoll. Er trinkt seit sechs Tagen.

»Ich sitze hier und saufe seit sechs Tagen«, sagt er. »Und morgen ist der siebte Tag. Das gefällt mir nicht. Ich, der Hund und die Flasche: So sollte es immer sein.« Das sabbelt er zusammengesunken in seinen Talar. Auf seinem Gesicht mit den ehemals ausgeprägten Zügen, den lebendig funkelnden Augen, dem dichten Netz kleiner Lachfältchen, der hohen, zurückweichenden Stirn, einem Vollbart vom Hals bis über die Wangenknochen, auf diesem ausdrucksstarken Gesicht haben an diesem elften Tag der Schnaps und vielleicht der Gang der Ereignisse jeden Ausdruck gelöscht. Man hätte auf dieses Gesicht zeigen und sagen können: Das war einmal ein Gesicht.

Jóhannes schaut die Männer an und lacht.

Donnerwetter! Er lacht. Aber nicht das ansteckende Gelächter, das die Männer an ihm kennen. An diesem elften Tag ist sein Lachen der Wind, der kalt durch ein wüst gefallenes Gehöft pfeift, durch geborstene Fensterscheiben jault und durch verfaulte Türen zieht. Das Gesicht ist geisterhaft bleich und eingesunken, alles Feuer darin erstickt und der Bart zwei Nummern zu groß.

»Du siehst beschissen aus«, sagt Þórður mit dieser gnadenlosen Offenherzigkeit, die Leute abstößt oder gerade zu ihm hinzieht.

»Soll ich dir eine verpassen?«, fragt der Pastor geistesabwesend zurück. Jedenfalls klingt seine Stimme nicht im Mindesten bedrohlich. Er sitzt zusammengesunken auf dem Hocker, und seine Augen flackern fast erloschen in seinem Gesicht. Flackern unstet von einem zum andern, dann nimmt er einen Schluck aus der Flasche und grunzt zufrieden; schiebt das Gesicht etwas vor und sagt wie im Vertrauen: »Hier sitze ich in harmlosem Vergnügen mit meinem Hund, der es im übrigen Gott klar voraus hat, dass er kommt, wenn man ihn ruft. Außerdem hat er wunderschöne braune Augen. Gott hat bestimmt nicht solche braunen Augen, die all meinen Kummer und meine Freude verstehen. Ihr solltet nach Hause gehen und mit euren Hunden saufen! Das ist eine heilsame Erfahrung. Aber da sitzt man nun hier zu seinem Vergnügen und schluckt das Glück, das im Schnaps liegt, mit seinem Hund, der braune Augen hat und Zähne, um böse Menschen zu beißen, und da kommt ihr so bierernst daher, dass man meinen könnte, man hätte euch die Beine abgesäbelt und als Nächstes käme der Kopf dran.

Wenn ihr gekommen seid, um zu trinken, dann schlagt eure Zelte auf und wir wollen uns gemeinsam voll laufen lassen und vom kalten Wüstensand singen, während die Sterne auf uns herabregnen. Wenn ihr aber nicht zum Saufen gekommen seid, dann frage ich euch aus der tiefsten Aufrichtigkeit meines Herzens«, dabei presste er beide Hände auf seine Herzgegend, »weshalb, zum Teufel, kommt ihr dann überhaupt?«

»Wir suchen Antwort.«

Jóhannes blickt schnell zu Boden, und als er wieder aufschaut, regt sich etwas unter der Ausdruckslosigkeit seines Gesichts. Dann fängt er an zu kichern und zeigt kichernd auf die Mistgrube: »Springt da rein und strampelt in der Scheiße, denn der Mist ist die Antwort! ... Was, ihr springt nicht? Dann macht, dass ihr rauskommt, sonst hetze ich den Hund auf euch! Der hat scharfe Zähne.«

Aber die drei sind schließlich gestandene Bauern und haben keine Angst vor Hunden. Anstatt den Pastor dem Selbstmitleid des Betrunkenen zu überlassen, fangen sie an, mit ihm über Gott zu reden. Da bekommt Jóhannes einen Lachkrampf und fällt fast vom Hocker.

Die drei Bauern sehen sich an und seufzen müde.

»Lieber Jóhannes«, beginnt Sam. Doch der Pfarrer kommt lachend auf die Füße, fuchtelt mit den Armen in ihre Richtung, und ein so ungeheuerliches Lachen bricht mit solcher Gewalt aus seiner Kehle, dass es ihm auf der Stelle den Kopf wie einen Champagnerkorken vom Hals knallen könnte.

»Guter Mann«, flüstert Jón ziemlich erschrocken, doch Sam tritt auf den Pfarrer zu, der am ganzen Körper vor Lachen bebt, legt ihm beschwichtigend die Hand auf die Schulter und sagt beruhigend: »Komm, komm, komm«; aber da, eins, zwei, drei, ohne Vorankündigung: Plaff! Eine Faust ins Schwarze. Und, paff, noch eine. Jóhannes schlägt so schnell zu, dass Sam schlackert. Paff, kracht der zweite Faustschlag des noch immer herzerfrischend lachenden Pastors in sein Gesicht. Erst als der durchgeknallte Pfarrer ein drittes Mal ausholt, kommen in den Dreien rohe Triebe zum Durchbruch, fegen klaren Verstand, Zweifel, Wohlerzogenheit, Anstand und lauter solchen Unfug beiseite und lassen sie sich auf Jóhannes stürzen, sodass sich ein einziges Knäuel von Männerleibern auf dem Stallboden herumwälzt und der Hund bellend um sie herumspringt.

»Kusch!«, brüllen die drei unwillkürlich wie aus einem Munde, und der Hund schleicht sich mit eingekniffenem Schwanz davon, lässt sich in sichererer Entfernung nieder, winselt erst leise und heult schließlich so markerschütternd, dass es von den Stallwänden widerhallt, während die Männer noch immer dröhnend auf dem Boden herumkollern.

»Ich mache euch kalt, ihr Höllenhunde!«, röhrt Jóhannes

und, man muss es so sagen, sieht sich selbst nicht mehr ähnlich. Alle vier rollen auf den Rost über der Mistgrube.

»Scheiße!«, gurgelt Jóhannes und hat einen Stiefel verloren. Sie kugeln in eine Box, von dort in den Stallgang.

»Verdammter Mist!«

Ganz bestimmt ist es die unterdrückte Anspannung der letzten Tage, die sich jetzt gewaltsam entlädt, und es sieht so aus, als wollte das Kleeblatt dem Pfarrer tatsächlich ernsthaft ans Leder. Vielleicht aus der tief in ihrer Seele verborgen wurzelnden Überzeugung: Wenn der Mensch schon Gott nicht umbringen kann, soll er sich wenigstens an seinem Pfarrer schadlos halten!

Blut strömt aus einer Nase, es kracht in Gelenken, der schwarze, ehemals samtweiche Talar knüllt sich verdreckt und zerrissen unter Jóhannes zusammen, rollt sich bis über die Schenkel auf, und nackte Beine zappeln. Doch da, ebenso plötzlich, wie sie aufgeflammt war, weicht die Kampflust aus den Männern. Die drei Bauern kommen auf die Füße, stehen verwirrt und zerschlagen über dem gefallenen Pfarrer mit der blutig weich gequetschten Nase.

Jóhannes brummt etwas Unverständliches.

»Was sagst du, mein Freund?«, fragt Sam, kniet sich unter Mühen neben den Pfarrer und wischt ihm das Blut aus dem Gesicht.

»Ich bin hingegangen«, murmelt Jóhannes mit geschlossenen Augen.

»Du bist hingegangen«, wiederholt Sam mit einem fragenden Unterton.

»Wer hat behauptet, Feigheit sei das größte Laster, was, Sam?«, fragt Jóhannes und scheint gar nicht auf eine Antwort zu warten. Sam schweigt. Alle schweigen sie. Abgesehen von den schweren Atemzügen der Männer nach den Anstrengungen der Prügelei herrscht tiefe Stille.

»Und«, sagt Sam schließlich, »du bist also hingegangen.«

»Was?«, knurrt der Pfarrer, noch immer mit geschlossenen Augen.

»Feigheit«, hilft Jón weiter.

Da grinst Jóhannes wie jemand, der sich kurz vor seiner Hinrichtung vom Henker noch ein Glas Wasser reichen lässt. Dann beginnt er zu reden, eher zu flüstern. Er liegt auf dem Rücken, die Augen geschlossen, und die drei anderen hören zu. Manchmal versiegt das Gemurmel und unterbricht die Schilderung oder die Beichte oder was es nun auch ist. Wenn die Worte erneut aus der Tiefe der Atemzüge zu sprudeln beginnen, ist Jóhannes bereits wieder anderswo. Aber geordnet und einigermaßen verständlich zusammengefasst, sagte er ungefähr Folgendes.

Er begann mit Vorwürfen an die Adresse der Leute in der Gegend, die tatsächlich an den ausgemachten Blödsinn glauben wollten, ein Wesen aus dem Jenseits mit göttlichem Charakter könne ihnen als fünfzigjähriger Mann in Cordhosen erscheinen. Dann beschwerte er sich, dass er am vierten Tag, als er durch die Gemeinde fuhr, um auf die Abwegigkeit des Gerüchts hinzuweisen, von vielen wie Luft behandelt wurde. Dann allerdings gestand er kleinlaut, am fünften Tag selbst von satanischen Zweifeln heimgesucht worden zu sein. Dieser Kampf hatte damit geendet, dass sich Jóhannes in der Nacht zum sechsten heimlich am Rand der Berge entlang nach Gilsstaðir schlich und sich, anstatt auf dem Hof vorzusprechen und allem Zwiespalt ein Ende zu machen, die halbe Nacht lang in einer tiefen und finsteren Schlucht versteckte und schließlich glücklich heimkehrte. Wieso glücklich? Nun, weil er dort in der Schlucht seiner eigenen Feigheit begegnet war: Er hatte sich nicht auf den Hof getraut, weil er Angst vor der Wahrheit hatte. Was, wenn der fremde Gast tatsächlich – entgegen allen Naturgesetzen – die Grenze überschritten hätte und aus einer anderen Welt gekommen wäre? Wie sollte man das interpretieren? Und wenn er mit einer Handbewegung die Membran zwischen unserer Welt und jener anderen einreißen könnte, wäre er, Jóhannes, dann stark genug, hinzusehen? Könnte ich furchtlos in unbekannte Weiten blicken, würde in diesem Fall nichts meinen Seelenfrieden zerstören und mir meine Glaubensgewissheit ruinieren? Ja, da entdeckte man die Feigheit in sich. Aber es tat auch gut, sich selbst besser kennen zu lernen. Damit wird alles einfacher, da geht man mit Klarheit an eine Sache heran. Ohne sich etwas vorzumachen, konzentriert man sich darauf, seine Aufgabe zu lösen.

Damit schließt der Pfarrer seine unverständliche Beichte, öffnet die Augen, will sich aufrappeln, kriecht aber mehr als er geht zum Melkschemel, tastet nach der halb leeren Flasche, die dort liegt, nimmt einen tiefen Zug und beginnt mit sich selbst zu reden, als wären die drei anderen längst gegangen.

Sam, der dem Pastor auf dem Fuß folgte, entdeckt in den Hinterlassenschaften der Kälber eine noch wohl gefüllte Flasche, hebt sie auf, schraubt den Verschluss ab und wirft ihn in hohem Bogen in die Jauchegrube. Dann nimmt er einen ausgiebigen Schluck, reicht die Flasche an den Gemeindevorsteher weiter, der sich ebenfalls gründlich bedient, dann Þórður, und schließlich stellen sie sich alle drei ans Fenster und schauen in den strömenden Regen hinaus.

Sam sagt: »Scheiße.« Dann schweigen sie und trinken. Und über der Gegend, die ein geheimnisvoller Besucher derart gründlich umgekrempelt hat, regnet es sich richtig ein. Gemeindevorsteher Jón nimmt einen kräftigen Schluck aus der Pulle, tritt einmal heftig gegen die Stallwand und schnaubt dann wütend, es wäre wahrscheinlich das Gescheiteste, nach

Gilsstaðir hinüberzufahren und diesem Knaben einen saftigen Tritt in den Allerwertesten zu verabreichen.

»Du hast vollkommen Recht«, sagt Sam kämpferisch. »Verpassen wir seiner Heiligkeit einen kräftigen Tritt mit schönen Grüßen von der Erde. Dann wird sich rasch zeigen, ob er Gott, ein Gespenst oder ein Mensch ist. Schlimmstenfalls ist er Gott oder Geist, denn dann ist es vielleicht genauso, wie einer Wolke in den Arsch zu treten.«

Jón: »Gott könnte so eine richtig altmodische kräftige Abreibung nur gut tun. Einmal die ehrliche Faust eines Mannes aus der arbeitenden Bevölkerung in die Fresse, und zwar gleich!«

Sam: »Was hat er auch hier unten überhaupt zu suchen? Hat er oder haben wir die Erde bestellt? Er soll sich an seinen Himmel halten! Wir tauchen da oben ja auch nicht zu jeder passenden und unpassenden Gelegenheit auf.«

Jón: »Und dann eine ehrliche Faust in die Fresse und ein feuchtes Taschentuch von der Frau.«

Sam: »Und zwar gleich.«

Jón: »Genau: und zwar gleich.«

Dann schlucken sie, die glasigen Augen auf Þórður gerichtet, kräftig weiter, nicht länger ächzend oder niedergeschlagen, sondern heiß vor Zorn von der Art, wie er die Männer dieser Gemeinde packt, wenn sie erfahren, dass eine Schar von Kerlen von außerhalb auf dem abendlichen Ball auftauchen will, darunter notorisch bekannte Schürzenjäger und Raufbolde. Jón tritt gegen die Stallwand, Sam begießt sich.

»Was, Þórður«, sagt er, und beide schauen sie Þórður an, aus dem seit den Konfessionen des Jóhannes kein Wort zu hören war und in dessen Gesicht nicht einmal ein Muskel zuckt.

»Was sagst du denn dazu?«, fragt Sam erwartungsvoll.

Lange sieht es daraufhin so aus, als habe Þórður die Frage nicht einmal gehört. Er schaut nur in den Regen hinaus. Dann bricht es plötzlich aus ihm heraus: »Der Teufel soll alles holen!«

Mit diesen Worten stiefelt er zur Außentür, dreht sich dort noch einmal um und ruft: »Nehmt den Pfaffen mit!« Schon reißt er die Tür auf und ist verschwunden. Die beiden anderen folgen ihm eifrig, den kichernden Pfarrer zwischen sich im Schlepptau. Sie verstauen ihn hinten im Landrover, den Þórður schon angelassen hat, und quetschen sich vorne zu ihm auf die Sitzbank. Der Wagen schießt davon, und drinnen hocken die drei Musketiere, bauernschlau und blau wie die Veilchen, Schulter an Schulter an Schulter.

»Jetzt kriegt der Höllenhund eine verpasst!«, frohlockt es aus Jón, und er meint damit Gott.

»Mit einem schönen Gruß von der Erde«, quiekt Sam.

Und Þórður, was sagt er? Will er auch Tritte und Faustschläge austeilen? Þórður sagt gar nichts. Er tritt das Gaspedal durch, und der Wagen jagt blau durch den strömenden Regen nach Gilsstaðir hinüber.

Kurz bevor sie den Kirchhof verließen, hatte auch Starkaður den Schafstall auf Gilsstaðir verlassen und in den Regen hinausgeschaut. Der Apostel und dieses merkwürdige Phänomen blieben zurück, das Gott oder Mensch oder Gott weiß was war, und es stand ihm nichts Gutes bevor. Der Landrover kämpft sich den aufgeweichten Weg voran, drinnen sitzen drei Männer Schulter an Schulter an Schulter und verkörpern die Erde selbst: Krume, Gras und Steine. Und diese Erde nähert sich jetzt Gilsstaðir, und wenn sie dort ankommt, wird sie auf keine Widerrede und kein langes Herumreden hören und auf kein genäseltes Ääh; denn jetzt ist der Tag der Abrechnung gekommen und nichts Geringeres. Heute wird Gott vor das Jüngste Gericht der Erde gestellt.

Oder nicht? Vielleicht hat Þórður ganz andere Absichten, vielleicht denkt er gar nicht daran, eine ehrliche Arbeiterfaust in das Antlitz Gottes zu pflanzen. Vielleicht will er einfach nur, beide Beine fest auf der Erde, vor den geheimnisvollen Gast hintreten, ihn so lange mustern, bis er sieht, ob er Gott oder Mensch ist, und, sollte es sich um Gott handeln, vielleicht fragen: »Warum bist du gekommen? Warum jetzt, warum in diese Gegend? Hast du ein bestimmtes Anliegen?« Und darauf würde Allvater womöglich zurückgeben: »Schaut in eure eigene Brust!«, und damit meinen: Schaut zurück auf eure Wurzeln, denn die Erklärung für das, was in der Gegenwart vorgeht, findet ihr in der Vergangenheit.

So würde er vielleicht antworten. Jedenfalls zuckte ich plötzlich unter der Feststellung zusammen, dass es wenig bringt, einfach immer nur weiter zu machen und etwa durch den Regen nach Gilsstaðir hinüberzujagen. Verwerflich, ja, unverzeihlich war es vielleicht sogar, die Geschichte von dem geheimnisvollen Besuch überhaupt begonnen zu haben, denn vorher hatten sich diverse Dinge zugetragen, die es durchaus wert sind, dass man sich bei ihnen aufhält. Wenn schon nicht auf der Suche nach Antworten oder Erklärungen, so doch zumindest, um sich an Erinnerungen aus der Zeit zu erwärmen, da Gott der Herr sich noch an den Himmel hielt und klug genug war, sich nicht um Dinge zu kümmern, die ihn nicht länger angingen.

Mit anderen Worten, ich pariere dieses unbändige Pferd von einer Erzählung kräftig durch, halte an, wende auf der Stelle, lasse den Zügel nach und gebe ihm die Fersen, und

huuuuuiiiiiiiiiiii

saust die Geschichte los, wie sehr ich auch rufe und an den Zügeln reiße. Ich klammere mich an ihre Mähne und versuche, oben zu bleiben. Mehr kann ich nicht tun.

II

Man springt zwischen hundert Jahre alten Ereignissen umher, lässt sich über das Klima aus und berichtet von einer Volkszählung, geht aber wenig auf gesellschaftliche Phänomene ein

Vorwort

Ich habe keine Ahnung, wo der Ursprung der Ereignisse liegt. Sie folgen Gesetzen, die über meinen Verstand gehen. Der Plan war eigentlich, Þórður und Genossen auf ihrer Regenfahrt nach Gilsstaðir zu folgen, da fließt plötzlich dieser Satz aus dem Bleistift:

Die Erklärung für die Ereignisse der Gegenwart findet ihr in der Vergangenheit.

Da wurde ich nachdenklich.

Mir fiel der Sommer ein, in dem das Polizeiauto einen Salto machte und die Liebe wie ein Blitz in der Gemeinde einschlug. Das ist doch Stoff für eine Erzählung, dachte ich und beschloss, zu wenden und zwei Jahre in der Zeit zurückzureiten.

Aber eine Erzählung ist nun mal ein wildes Biest, das mich nicht nur zwei Jahre in der Zeit zurückträgt, sondern hundert. Ein ungebändigtes Pferd, das durchgeht und erst hundert Jahre vorher nahe dem Hof Hlíðartún zum Stehen kommt. Heute liegen dort nur noch zusammengestürzte stumme Wände aus Grassoden, doch eineinhalb Jahrhunderte lang wohnten dort die Vorfahren der heutigen Karlsstaðirbauern.

Nicht weit von Hlíðartún also hält der Gaul endlich an, und ich hänge völlig benommen im Sattel, die Ohren dröhnen mir vom Vorübersausen der Jahre. Mir wird klar, dass es an der Zeit ist, von den Ereignissen zu berichten, die direkt oder indirekt mit jener berühmten Volkszählung zusammenhängen, die seinerzeit Hersir von Hlíðartún auf Verlangen des Bezirksrichters unternahm. Hersir war der Urgroßvater Þórðurs von Karlsstaðir.

Diese Volkszählung und die mit ihr verbundenen Ereignisse sind in der Überlieferung der Gegend noch lebendig – allerdings in verschiedenen Versionen, und es versteht sich von selbst, dass die hier vorgelegte nicht alle begeistern wird. So ist beispielsweise Gemeindevorsteher Jón der festen Überzeugung, dass seinem Namensvetter und Großvater darin keine Gerechtigkeit widerfährt. Aber es ist ja eine liebe alte Gewohnheit, für die Seinen immer nur das Beste zu wollen.

Genug dazu. Wir schreiben das Jahr 1897, und da fliegt ein Regenbrachvogel auf, weil sich drei Reiter Hlíðartún nähern. Zwei von ihnen tragen eine Mütze, der Dritte aber, an der Spitze, einen Hut.

Wann endet ein Ereignis?

Sommer. Dunkle Regenwolken hellen auf, und es erwärmt sich rasch, als es vereinzelte Sonnenstrahlen schaffen, sich durch die dichte Wolkendecke zu bohren. Die Männer sind zu dritt und reiten in Formation. Ein Gemeindevorsteher und zwei Gehilfen, die ihn zu beiden Seiten flankieren. Sie nähern sich in flottem Trab. Die Wolken reißen auf; als die drei Reiter die Hauswiese von Hlíðartún erreichen, scheint bereits hier und da blauer Himmel durch. Dann reiten sie auf den Hofplatz. Der Gemeindevorsteher nimmt den Hut ab und reicht ihn seinem Assistenten zur Rechten, während er den anderen anweist, abzusteigen. Der geht zum Hofgebäude, steckt den Kopf in den dunklen Gang zwischen den dicken Torfwänden und ruft hinein. Dann warten sie.

Die Wolkenpakete lösen sich unterdessen weiter auf. Ein Hund kommt aus dem dunklen Gang hervorgetrottet, beäugt die Ankömmlinge ohne großes Interesse, gähnt, rollt sich auf der Hofschwelle zusammen und schläft ein. Groß und schwarz liegt er da und schläft. Daher zögert der Gehilfe, der Anweisung des Gemeindevorstehers Folge zu leisten, seinen Kopf noch einmal in den Gang zu stecken und zu rufen.

»Über so ein Kalb steigt man nicht einfach hinweg«, sagt er zu seiner Verteidigung. »Das Vieh wacht vielleicht plötzlich auf, hebt den Kopf und schnapp …« Er fasst sich zwischen die Beine und verzieht schmerzlich das Gesicht.

Der Gemeindevorsteher heißt übrigens Jón Jónsson. Er ist in den Vierzigern, kugelrund und fett wie eine Robbe, aber mit einem überaus kleidsamem Schnauzbart, den er nach oben zwirbelt, wenn ihm etwas missfällt. Er hat die Bartenden schon sehr hoch gezwirbelt, als der Bauer endlich aus dem Haus geschlurft kommt, mit den Augen in die Helligkeit blinzelt und sagt: »Nein, was für ein liebliches Wetterchen heute! Aber es ist doch immer ein krasser Unterschied, wenn man aus dem dunklen Gang in einen so sonnigen Tag hinauskommt.«

Da aber ist der Gemeindevorsteher, und obwohl er ohne Hut zu Pferd sitzt und auch den Rock aufgeknöpft hat, ist er sich seiner Würde überaus bewusst, die natürlich von innen kommt. Das wissen schließlich alle. Gemeindevorsteher Jón Jónsson stützt eine Hand auf dem Schenkel auf und hält die andere kurz vor den Mund, um zu hüsteln.

»Hersir«, sagt er dann streng, denn dieser Urgroßvater Þórðurs hieß Hersir oder hatte vielmehr diesen Namen mit zwanzig angenommen und war Jónasson.

»Hersir, du hast einen Beamten des Königs zum Besten gehalten, und das sogar ziemlich lange.«

»Ziemlich lange«, echot die hagere rechte Hand Jóns, die seinen Hut vorsichtig in beiden Händen hält und entrüstet auf Hersir herabblickt.

»Doch«, hebt der Gemeindevorsteher wieder an, »du lässt es außerdem nicht nur an der nötigen Ehrerbietung fehlen, die einem Beamten des Königs gebührt, du hetzt darüber hinaus sogar einen bissigen Hund auf seinen Assistenten, und zu allem Überfluss hast du schwerwiegend gegen deine Pflichten als Untertan der dänischen Krone verstoßen, indem du in amtlichen Dokumenten die Unwahrheit gesagt, nein, sie mit deinen absonderlichen Ansichten und Phantastereien geradezu wertlos gemacht hast ...«

Der Gemeindevorsteher unterbricht sich für einen Moment, weil gerade noch mehr Leute aus dem Haus treten. Hersirs ältester Sohn und seine Frau, die einen Zuber zwischen sich schleppen. Ihnen folgen die Wirtschafterin und ein kleiner, etwa dreijähriger Junge. Das Paar stellt den Zuber ab, taucht eine Schöpfkelle hinein und bietet den Gästen von der erfrischenden Molke. Der Gemeindevorsteher beugt sich aus dem Sattel und nimmt die Kelle entgegen. Er trinkt, wischt sich den Mund mit dem Handrücken, lächelt die junge Frau an und richtet sich wieder auf und knöpft den Rock zu.

Jón ist jetzt besserer Stimmung und knurrt aufgeräumt: »Ja, ja, mein guter Hersir.« Dann fährt er mit väterlicher Strenge fort: »Also, mein lieber Hersir, das sieht gar nicht gut für dich aus ...«

Aber schon verfinstert sich Jóns Gesicht wieder. Er hat nämlich den Eindruck, der Bauer auf Hlíðartún würde ihm nicht aufmerksam genug zuhören.

»Hersir minn, hörst du mir auch zu?«, fragt er erst; dann noch einmal nachdrücklicher: »He, hörst du mir zu?«

Und obwohl der Bauer bejaht, wird das Gesicht des Gemeindevorstehers immer düsterer. Vielleicht gefällt es ihm nicht, in welcher Haltung Hersir dasteht oder wie er »Ja« gesagt hat. Jedenfalls hat Jón inzwischen wieder begonnen, seinen Schnurrbart zu zwirbeln, und zwar ziemlich heftig. Seine Stimme wird grollend, und es entspannt die Situation keineswegs, als sich der kleine Junge rittlings auf den Hund schwingt, »hott, hott, hott« ruft und der große Hund vorsichtig aufsteht und mit dem jubelnden Knirps auf dem Rücken eine Runde um den Hof dreht, sehr zur Belustigung aller Umstehenden, inklusive des Gemeindevorsteherassistenten, der vorhin in den dunklen Gang rufen musste. Niemand scheint mehr auf Jón zu achten, und der Gehilfe mit dem Hut fährt deshalb auf und schreit mit gellender Stimme: »Achtung, der Gemeindevorsteher redet!«

Streng genommen ist das nicht ganz richtig, weil der Gemeindevorsteher nämlich mittlerweile brüllt und jeder Satz seinen Zorn nur noch weiter anzuheizen scheint. Er donnert etwas von Respektlosigkeit, Hochverrat und dergleichen schwerwiegenden Anschuldigungen mehr, denn er, Jón Jónsson, Gemeindevorsteher und Großbauer auf Fell, habe höchstselbst und mit diesen Lippen – dabei tippt sich Jón schnell mit dem Zeigefinger seiner Linken an den entsprechenden fleischigen Wulst –, mit diesen Lippen habe er Hersir Jónasson, Bauer auf Hlíðartún, davon in Kenntnis gesetzt, dass der Bezirksrichter beschlossen habe, in der Gegend eine Volkszählung durchzuführen.

»Ich hegte die Hoffnung«, poltert Jón, »diese Aufgabe dir zu übertragen, würde es doch dein Verantwortungsgefühl und auch deinen Respekt vor der Obrigkeit stärken, an denen es dir durchaus mangelte. Aber was geschah? Wie hast du mir dieses Vertrauen vergolten, das ich in dich gesetzt habe? Ja, was zum hundertschwänzigen Teufel noch mal, glaubst du, ist passiert, Hersir? Nichts anderes, als dass du Missgeburt des Satans nichts Besseres zu tun hast, als dem Bezirksrichter, unter Umgehung meiner Person, das Ergebnis der Zählung direkt zuzustellen, obwohl ausdrücklich abgemacht war, dass ich vorher alles noch einmal durchsehen wollte. In dem Fall hätte ich den Skandal noch einmal vermeiden können. Aber nein, dazu reichte dein Verstand nicht aus, und ich bin davon überzeugt, dass der Bauer Hersir überhaupt kein Fünkchen Verstand aus dieser Jauchetonne kratzen könnte, die er seinen Kopf nennt. Jawohl. Du aber schickst dem Bezirksrichter deine angebliche Volkszählung, und dem armen Mann vergeht darüber Hören und Sehen. Wen sollte das auch wundern? Er zitiert mich daraufhin zu sich und fragt: ›Jón, hast du diese Sache zu verantworten?‹ ›Nein‹, sage ich, ›das geht allein auf die Kappe dieses dreimal verfluchten Hersir.‹ ›Will er sich lustig machen über mich, die Obrigkeit, den königlichen Beamten?!‹, fragt der Bezirksrichter und macht mir die Hölle heiß, wie ich ausgerechnet einen sinnesverwirrten Mann in der Gewalt dunkler Mächte dazu ausersehen könne, diese Erhebung durchzuführen. Das waren genau seine Worte über dich, Bauer Hersir: ein Geisteskranker in der Gewalt dunkler Mächte. – Und was sollte er, was sollte die Allgemeinheit überhaupt, auch anderes von dir denken?! Was? Ich werds dir flüstern«, brüllt der Gemeindevorsteher und hebt sich im Sattel. Er beugt sich dabei immer weiter vor und scheint seinen Worten buchstäblich zu folgen. »Die Leute sollen einfach glauben, und zwar mit Recht, dass es solche Individuen wie du sind, die jeglichem Fortschritt im Weg stehen, Leute wie du, die allem, was vorwärts strebt, ein Klotz am Bein sind, Leute wie du, die Anstand und gute Sitten untergraben und Verantwortungsbewusstsein; und wenn ich zu bestimmen hätte, ja, hätte ich, Jón Jónsson, etwas zu sagen«, donnert der Gemeindevorsteher mit solcher Stentorstimme, dass die Vögel in der Umgebung verstummen, der kleine Junge aufhört, den Hund zu piesacken, und sich dort hinstellt, wo er einen guten Blick auf den Gemeindevorsteher hat. Er verschränkt die Arme auf dem Rücken, legt den Kopf zurück, sperrt unwillkürlich den Mund auf und staunt den brüllenden Jón an: Von dem Mann kommen wahrhaft laute Töne, und hätte, wie gesagt, er in der Sache zu entscheiden, dann: »Dann würde ich dich und dein gesamtes Lumpenpack hier auf so einen verdammten Amerikasegler binden und nicht wieder frei lassen, bevor das Schiff drüben angekommen ist ... Ach, das ist mir doch scheißegal!«, tobt Jón, als Hersirs Sohn, Jónas der Ältere, vorsichtig einzuwerfen wagt, dass die Fahrt erst nach Schottland hinüber ginge, dort müsse man das Schiff wechseln und dann ...

»Ist mir völlig schnuppe. Solches Ungeziefer wie euch sollte man mit Stumpf und Stiel ausrotten! All die Rosstäuscher, Schlawiner und Halunken, die aus anderen Gemeinden weggelaufen sind, um im Ausland zu sterben, in fremder Erde zu verrotten, und die deshalb auf immer und ewig keine Ruhe finden werden, dieses ganze Gesocks hat es dir, Hersir, immer noch voraus, und zwar vielfach, dass es sich wenigstens aus dem Staub gemacht hat, anstatt hier zu bleiben und Gift und Geifer um sich zu spritzen und alles Ehrliche und Gute zu ersticken. Und du, das verspreche ich dir hoch und heilig, landest noch vor Ablauf dieses Sommers im Zuchthaus in der Stadt, und deine ganze Scheißfamilie lasse ich auseinander jagen und dem Lausebengel da lasse ich seine Frechheiten aus dem Balg prügeln, der sich anmaßt, die Obrigkeit nachzuäffen!«

Nach dem Ende dieser Ansprache ruckt der Gemeindevorsteher an den Zügeln, reißt sein Pferd herum, gibt ihm die Hacken und sprengt davon. Damit aber hat sich alles in sein Gegenteil verkehrt: Als er aufbrach, hingen schwarz dräuende Wolken über der Landschaft, während er selbst heiter wie ein Sonnentag einher ritt. Endlich hatte er den Hlíðartúnbauern in der

Hand. Doch statt unterwürfiger Reue trifft er auf Sturköpfigkeit und verhärtete Herzen, und daher galoppiert Jón nun unter heiterem Himmel von dannen wie ein schwarzumwölkter Donnergott.

»Zuchthaus, noch ehe der Sommer vorbei ist«, kreischt sein Gehilfe mit dem Hut dreimal hintereinander, und zwar gerade wegen dieses Hutes, den Þorlákur O. Jónsson, seines Zeichens Kaufmann im fernen Reykjavík, Jóns Vater vor fünfzehn Jahren verehrt hat. Wegen dieser kostbaren Kopfbedeckung kann der Gehilfe nämlich nicht beide Hände benutzen, um sein Pferd ebenso schnell zu wenden wie die Obrigkeit, und um diesen peinlichen Abgang einigermaßen zu überspielen, kreischt er die Sache mit dem Zuchthaus dreimal heraus und schleudert zwischendrin Verwünschungen gegen den Hund, der knurrend zu ihm aufschaut. Endlich gelingt es ihm, hinter Jón herzupreschen, den Hut in der ausgestreckten Linken und stocksteif vor Konzentration. Das Pferd sperrt sich dementsprechend, und sein Reiter wird folglich derart im Sattel auf und ab geworfen, dass es an ein Wunder grenzt, wenn es ihn nicht völlig in Stücke rüttelt. Aber vermutlich hält ihn sein Verantwortungsgefühl zusammen und die Überzeugung, dass in dieser sündenverdorbenen Welt wenigstens noch ein paar verlässliche Menschen zu finden sein sollten.

Der zweite Gehilfe, der, der in den Hausgang hineinrief, schlabbert noch schnell etwas aus der Kelle, steigt dann in den Sattel, vergisst aber nicht, sich bei den Bauersleuten artig für die Molke zu bedanken, und eilt dann den beiden anderen nach, wobei er unverständliche Rufe ausstößt, als wäre auch er außer sich vor Zorn.

So endete diese Heimsuchung.

So endete sie?

Wann endet ein Ereignis wirklich?, frage ich und kann mich nicht festlegen, denn in den folgenden Tagen und bis weit in den Herbst hinein berichteten die Bewohner von Hlíðartún wieder und wieder davon. Anschließend, im Winter, nahm der In-den-Gang-Rufer den Faden auf, und deshalb frage ich, wann ist ein Ereignis eigentlich zu Ende? Wieder und wieder musste Gemeindevorsteher Jón auf Hlíðartún einreiten. Natürlich nur in der Vorstellung und in den Erzählungen der Leute. Aber wird so ein Bericht gut vorgetragen, erwacht der Vorgang wieder zum Leben und wird so greifbar, dass man ihn körperlich nachempfinden kann.

Worin aber bestand eigentlich das Verbrechen, dessen sich Hersir schuldig gemacht hatte? Wie konnte eine simple Volkszählung sowohl den Gemeindevorsteher wie den Bezirksrichter derart die Contenance verlieren lassen? Nun ja, man darf schon hervorheben, dass diese Volkszählung ziemlich einzigartig war. Sie liegt sogar als Sonderdruck vor; und zwar gedruckt in Kopenhagen. Auf dem Schmutztitel ein Kupferstich mit dem Konterfei des Bezirksrichters, auf dem Umschlag der Name des Bezirks in goldenen Lettern auf schwarzem Leder und darunter:

VOLKSZÄHLUNG 1897.

1897: Dreizehn Jahre, bevor wieder im ganzen Land gezählt wurde.

Der Grund? Ich gebe ihn so wieder, wie es mir gesagt wurde.

Zuerst aber etwas von der Südwand im Haus des Bezirksrichters sowie über verlorene Worte, die den Atem Liebender bewahren

Der Bezirksrichter war ein feiner Herr und weit gereist. Er hatte in Kopenhagen die Rechte studiert und war so gelehrt, dass er sich sogar nur in Latein unterhalten konnte. Er wohnte in jenem großen zweigeschossigen Holzhaus in der Ortschaft, hatte einen kleinen Garten für Küchenkräuter angelegt und verschmähte fetten Robbenspeck. Stattdessen schoss er kleine Vögel und verzehrte genüsslich ihr bisschen Fleisch. Es waren aber nicht nur seine Gelehrsamkeit, das Kräuterbeet oder die Kleinvögel, die das Gerede der Leute in Gang hielten, nein, vielmehr nannte der Bezirksrichter ein Gemälde von Kopenhagen sein Eigen, das nicht weniger Aufsehen erregte als sein Latein oder gebratene Wiesenpieper.

Es handelte sich auch keinesfalls um ein gewöhnliches Bild, weder was die Größe noch seine Anziehungskraft anbelangt. Gut zwei Meter hoch und reichlich fünf Meter breit, war es direkt auf die Südwand der guten Stube gemalt worden. Und worin bestand der besondere Zauber? Nun, etwas so Geheimnisvolles ging von ihm aus, dass jeder, der aus irgendeinem Grund im Haus vorsprach, den übrigen Einwohnern des Ortes hinterher sofort eine ausführliche Beschreibung abliefern musste.

»So, so, du hast also das Bild gesehen. Dann sag mal, wie sieht es denn aus?«

Aber so einfach war die Frage gar nicht zu beantworten, und selbst die, denen das Mundwerk sonst niemals still stand, mussten sich erst einmal setzen, tief durchatmen und leise seufzen: »Ich habe noch nie ...« oder »Ich bin ja nun älter als ein Zweijähriges, aber so was ...« Dann seufzten sie erneut und versuchten das Phänomen mit Worten zu beschreiben. Doch, doch, es ging schon, die Höhe von Türmen und Häusern mit der Hand zu zeigen oder das Gewimmel von Menschen, Kutschen, Handwagen, Marktständen und Gott weiß was einigermaßen in Worte zu kleiden. Einige hatten sogar verdächtig freizügige Damen in der Nähe der Nikolaikirche gesehen. Das alles konnte man schildern, aber das Geräusch, das lässt sich mit Worten nicht wiedergeben, ein Eindruck, den du nicht in Worte fassen kannst.

Ein Geräusch?

Aus einem Bild?

»Also, jetzt hört aber auf!«, konnte ein Zweifler nicht an sich halten, und bestimmt musste es sich bei diesem Geräusch um eine Täuschung handeln, aber dennoch sollte man mit den Ortsbewohnern Nachsicht haben. Einige Gemälde sind einfach nicht von dieser Welt. Ich könnte als Beispiel ein Bild im Besitz eines Kommunisten anführen, der auf gewisse Weise mit dieser Geschichte zu tun hat. Es stammt von dem brasilianischen Wundermaler Lidio Corró, und es wird einem schwindlig, wenn man es betrachtet. Man verliert sich geradezu darin und bekommt wunderliche Einfälle ... Aber jetzt greife ich zu weit vor; eins nach dem anderen. Zurück also zum Bild des Bezirksrichters.

Wenn Bild denn die richtige Bezeichnung für dieses Machwerk ist, das die gesamte Südwand bedeckte und sämtlichen Ein- und Umwohnern heftige Kopfschmerzen bereitete.

Der Bezirksrichter hatte einmal einen dänischen Freund dazu überreden können, einen Sommer fern seines flachen und milden Heimatlandes zu verbringen. Er war ein mittelgroßer, dunkelhaariger Mann gewesen, schlank und mit blassem Gesicht, aber schwarz glühenden Augen darin. Selten sah man ihn im Freien und wenn, dann in einem schwarzen Kittel, wie aus Finsternis gewebt, sagten die, die ihn gesehen hatten. Dann war er plötzlich verschwunden. Einfach so. Zweifellos heim zu sich. Die Frage war nur, ob das jenseits der Berge und des Meeres lag oder ob er nicht einfach in sein Werk eingetreten war. Jedenfalls wurde er danach dort gesehen. Nicht immer an der gleichen Stelle ... Gerüchte besagten nun, wenn dem Bezirksrichter, einem Mann, dem schließlich das laute Getriebe der Großstadt vertraut war, die Eintönigkeit auf die Nerven ginge, dann atme er tief ein, lege die ausgestreckte Hand auf das Bild und lasse sich kurzerhand von ihm verschlucken. Tagelang könne er dann in der ersten Kneipe im Vordergrund des Bildes, gleich rechts von der Mitte, versacken.

So behaupteten jedenfalls einige der Einheimischen. Wie wollte man auch sonst das regelmäßige Verschwinden des Bezirksrichters erklären? Der Mann löste sich in Luft auf, aber seine Pferde standen auf der Weide.

Lange genug weigerten sich die Vernünftigeren unter den Mitbürgern, solchen Unsinn für bare Münze zu nehmen.

»Niemand verschwindet in einem Gemälde, und was befindet sich auch schon dahinter außer einer Holzwand?! Dahinein kann man nicht einfach verschwinden, ach was, der hat sich nur in irgendeiner Abstellkammer eingeschlossen, wo er sich voll laufen lässt und mit sich selbst auf Lateinisch redet.«

»Nein.«

»Was nein?«

»Das Haus steht leer. Wir sind in jedem Zimmer gewesen. Das Haus ist vollständig leer. Aber jetzt kommts: Unter dem Bild steht eine halb volle Weinkanne und ein steinhartes Stück Brot!«

Da fliegt ein anzügliches Grinsen über das Gesicht des Zweiflers: »Na, dann ist er sicher bei Lovísa.« (Lovísa hieß eine blonde Witwe im Ort, gerade erst über zwanzig, und es war bekannt, dass der Bezirksrichter seine Einsamkeit hin und wieder in ihrem weichen Fleisch und Schoß versenkte.)

»He, he, musste der Ärmste mal wieder seine Fohlen tränken, he, he, he.«

»Nein.«

»Nein?«

»Sie hat ihn seit Tagen nicht mehr gesehen.«

»Ach«, erwidert der Zweifler und wird böse, »und das muss bedeuten, dass er in sein Gemälde eingestiegen ist, was?!«

»Na gut, Junge«, hieß es da. Man packte ihn an Kragen und Hose und trug ihn zappelnd durch den Ort zum Haus des Bezirksrichters, das ein wenig abseits stand. So sicher waren sich die anderen ihrer Sache, dass sie trotz eines tief sitzenden und mit Furcht gemischten Respekts vor dem Bezirksrichterhaus anstandslos eintraten. Sie schleppten den Zweifler von Raum zu Raum, um zu beweisen, dass das gesamte Haus leer stand, hielten vor der Südwand, legten die Ohren daran – und vernahmen ein fernes Summen.

»Das ist doch bloß das Geräusch des Windes im Holz«, lachte der Zweifler.

»Unsinn«, sagten die anderen, lauschten noch einmal und machten betretene Gesichter.

»Hm.« Sagten sie. Lauschten wieder, ausgiebig und lange. Dann begannen sie untereinander zu tuscheln: »Könnte vielleicht doch der Wind sein ... Vielleicht ist es wirklich bloß der Wind ... Warum, zum Donnerwetter, glaubten wir, dass ...«

Doch da hörte der Zweifler auf zu lachen, grinste nicht einmal, sondern sagte: »Wir sollten über die Sache schweigen.«

»Meinst du?«, fragten die anderen kleinlaut.

»Ja. Malt euch nur mal aus, wie sehr sich der Bezirksrichter amüsieren würde, wenn er davon hörte. Er würde uns in Briefen an seine Freunde lächerlich machen. Unsere Einfalt dem Gespött preisgeben. Wir sollten über all das schweigen.«

Und das taten sie. So gründlich, dass selbst die Erinnerung an das mirakulöse Gemälde unter der Last des Schweigens begraben und vergessen worden wäre; verschwunden wie das Haus des Bezirksrichters, das im fünften Jahr des neuen Jahrhunderts verbrannte, mitsamt seinem Besitzer. Nichts davon hätte sich in dieser hier niedergeschriebenen Geschichte wiederfinden können, wenn nicht mein Freund, der Kommunist und Lehrmeister in vielerlei Hinsicht, drei gammelige und bereits ziemlich mürbe Tagebücher gefunden hätte, die jene blonde Lovísa in den Jahren 1896 bis 1911 geführt hatte.

Das Gemälde, der Bezirksrichter und Lovísa selbst hatten in

den ungelesenen Worten dieser Tagebücher einen langen Schlaf geschlafen und würden es vermutlich noch immer tun, wenn nicht die Schnüffelei und Wissbegier dieses Kommunisten gewesen wäre. Er war es, der die Tagebücher fand, sie öffnete, Staub und das Dunkel des Vergessens von den Wörtern wischte: Und wieder geschahen die lange geschehenen Geschehnisse, noch einmal seufzte der Bezirksrichter in hellblonder Umarmung. Dann verbrannten ihre Leiber wie ihre Häuser zu Asche.

Zwölfter Oktober im Jahre des Herrn 1911.
Geliebter! Einst suchte ich dich in der Asche und fand dich nicht, nun werden wir uns im Feuer wiederfinden. Gott sei unserer Seele gnädig.

Letzter Eintrag. Qualen, geschrieben von kleiner, zierlicher Hand. Um das darauf Folgende zu berichten, hätte es der Tagebücher nicht bedurft. Überreich war es noch im Gedächtnis, von Generation zu Generation weitergegeben und hier von mir zu Papier gebracht, dass am späten Abend jenes 12. Oktober 1911 oberhalb des Ortes ein heller Feuerschein aufleuchtete.

Es fiel dichter Schnee in der Dunkelheit, und daher war nicht recht auszumachen, um was für eine Art Feuer es sich handelte. »Blauer Widerschein«, sagten einige, die in den Schneefall hinausspähten.

Nach dieser Feststellung beeilte man sich, in die Überkleider zu kommen, und stakste durch den Schnee in Richtung der leuchtenden Erscheinung.

»Bestimmt ein Irrlicht«, beeilte sich einer dem anderen zu versichern.

»Da hat irgendein Geizkragen seine Schätze vergraben. Hat jemand eine Schaufel dabei?«

»Da«, wisperte jemand, »es brennt da unter dem Hügel. Seht mal, das ist ja fast ein Scheiterhaufen.«

Und dann war es kein flackerndes Irrlicht, sondern die helle Lovísa, die dort verbrannte.

Dieser Bezirksrichter war ein merkwürdiger Vogel und zeigte sogar einmal der halben Gemeinde sein Gemächt

Der Bezirksrichter war ein stolzer Mann mit einem steifen Nacken. Niemals wäre ihm eingefallen, vor einem Adligen oder König eine Verbeugung zu machen, und diese Eigenschaft ist der Karriere von Beamten selten förderlich. Daher erhielt dieser formidable und begabte Mann auch nie ein einträgliches Amt, sondern dämmerte in einem Bezirk vor sich hin, der irgendwie fern aller bedeutenden Ereignisse zu liegen schien. Niemals hatte jemand aus königlichem Geblüt seinen Fuß auf diesen Boden gesetzt, britische Aristokraten ließen sich ebenso wenig blicken, und der einzige Ausländer, der überhaupt jemals in die Überlieferung der Gemeinde aufgenommen worden war, hieß Ebenezer Henderson und war der mit der Lederbibel. Bedenkt man allerdings, welche Folgen diese Heimsuchung nach sich zog, dürften sich berechtigte Zweifel einstellen, ob die Gegend überhaupt den Besuch weiterer Ausländer verkraftet hätte. Oder ging es nicht letztlich auf Henderson zurück, dass der Apostel damit begann, die durchleuchteten Worte Gottes in einem Buch zusammenzustellen? In *dem* Buch eben, das bereits recht weit gediehen war, als in einem August, da die Nächte schon wieder dunkel wurden, ein geheimnisvoller Besucher auftauchte.

Ich wage allerdings zu bezweifeln, ob der Bezirksrichter jemals an diesen Missionar mit der Bibel dachte, so gottlos, wie er war. Er hatte nicht nur keinen Glauben, sondern warf sogar manchmal da mit Spott und Schmähungen um sich, wo andere von Gottesfurcht erfüllt waren. Ja, er war in vielerlei Hinsicht ein besonderer Bezirksrichter. So trank er auch reichlich, obwohl man das eigentlich in derartigen Erzählungen nicht sagen sollte. In den ersten Jahren saß er überwiegend allein in dem neuen Holzhaus, das wie ein Palast die erbärmlichen Hütten der einfachen Leute überragte, und soff. Doch kurz bevor die Volkszählung durchgeführt wurde, begann ihn die Abwechslungslosigkeit der eigenen Gesellschaft zu langweilen. Er nahm die Gewohnheit an, voll bis zum Überlaufen durch die staubigen Gassen der Ortschaft zu wanken oder halb bewusstlos von einem Hof zum anderen zu reiten. Manchmal sattelte er sein Rassepferd auch schon gleich nach dem ersten Glas, steckte drei mit Cognac gefüllte versilberte Flachmänner ein und ritt auf der Suche nach Zechkumpanen von dannen. Ebenso kam es vor, dass er einen der Großbauern förmlich zu sich in den Holzpalast einlud, und wenn dieser dann das Haus betrat und sich nicht wenig gebauchpinselt fühlte, saß dort der ärmste Schlucker der ganzen Gegend und trank Cognac aus silbernem Becher. Was dann folgte, ist noch erzählenswerter.

Kraft seines Amtes nötigte der Bezirksrichter den Bauern, Platz zu nehmen und mit dem Habenichts anzustoßen; dann ließen sie sich gemeinsam zum Pokulieren nieder. Und obwohl der Bezirksrichter selbst vom Alkohol so durchtränkt war, dass ein einziger Sonnenstrahl aus ihm eine lebende Fackel gemacht hätte, vermochte er noch immer mit kalter Beobachtung zu verfolgen, wie der Sprit und seine eigene Gegenwart allmählich Breschen in die dicke Wand zwischen Großbauerntum und Landproletariat rissen, bis sie, aller Benimmregeln und gesellschaftlichen Ränge entblößt, splitterfasernackt von Mensch zu Mensch voreinander standen. Manchmal war es dann noch schwer zu erkennen, wer draußen in der Gesellschaft welchem Stand angehörte. Sobald die Gäste anfingen, einander in die Arme zu sinken, warf der Bezirksrichter sie raus. Stieß sie nackt in die Welt zurück.

So war dieser Bezirksrichter.

Ob er wohlgelitten war?

Na ja, früher hatten die Leute sich nicht viel aufzumucken getraut, aber einmal kam es fast so weit, dass die Obrigkeit dem Volk zu weit ging und von ihm bei der Krone angezeigt wurde. Das geschah an einem ruhigen Sonntag in einer der größeren Kirchen der Gegend. Es war ein Sonntag im Mai, und der Gottesdienst etwa zur Hälfte vorüber, da hörte man mit einem Mal lautes Getrampel auf dem Dach und dann rhythmisches Stiefelklopfen, als säße jemand rittlings auf dem First der Kirche und bearbeitete ein Pferd mit den Fersen.

Wer war da zugange? Etwa der Teufel selbst?

Ja, allerdings! Offenbar der Bocksbeinige höchst persönlich, rußschwarz aus den Tiefen der Hölle, mit einer gespaltenen roten Zunge und Augen, funkelnd vor Bosheit.

»Riecht ihr nicht den Schwefelgeruch? Oh, jetzt reitet er die Kirche zuschanden und wir bekommen die Strafe für den Unrat in unseren Herzen«, riefen die Gläubigen und drängten derart verängstigt ins Freie, dass sie das Portal aus den Angeln sprengten und einige sogar zu den Fenstern hinaussprangen. Es saß aber mitnichten Satan auf dem Kirchendach, sondern bloß ein fröhlich bezechter Bezirksrichter, der sich schallend lachend aufrichtete, sein Glied aus der Hose fischte und, während er in hohem Bogen seine Blase leerte, auch gleich schändliche Reime über die versammelte Gemeinde ausgoss, die bloß unten stand und sich vor Schreck nicht rühren konnte. Von einem bösen Zauber in Bann geschlagen, sahen ihre Augen Harn aus einem Glied sprudeln und vernahmen ihre Ohren Spottverse ausgerechnet aus dem Mund des Bezirksrichters, und zwar nicht nur über Gott, sondern auch über den König. Selbst über den König.

Auch Könige stehen am Ende schachmatt,
und Kaiser ein Totenhemd tragen.
Selbst Götter, die scheitern in dürftigem Boot
an Klippen, die Wogen verbergen.

Doch obwohl der Bezirksrichter offenkundig die gleichen Ansichten hegte wie der Gehörnte selbst und sich auch noch lange danach brutal in die Träume zweier frommer Frauen drängte, wobei er mit seinem liderlichen Glied herumschlenkerte und sie permanent dazu aufforderte, es anzufassen ... – Nein, mit Rücksicht auf die beiden Damen breche ich hier ab. Jedenfalls, obwohl der Mann sich mit dem Teufel einließ, konnte man ihm wenig anhaben, denn eine schlimmere Strafe als die, die Obrigkeit in dieser Gegend zu repräsentieren, gab es ohnehin nicht. Außerdem war es nun einmal so, dass er trotz seiner Fehler und seines schändlichen Betragens ein sehr gelehrter Mann und mit einem großen Schatz an Bildung ausgestattet war, und das wusste er genau, trat dementsprechend auf und duldete so leicht keinen Widerspruch. Zudem war er kräftig gebaut, groß, mit stahlharten grauen Augen, scharfer Nase und dunkler, kräftiger Stimme, kurz, ein Mann, der Autorität ausstrahlte. Und trotz seiner zuweilen derben Späße wusste der Bezirksrichter im Übrigen sehr wohl als Amtsperson aufzutreten. Hinzu kam, dass er es niemandem durchgehen ließ, ihm mit Respektlosigkeit zu begegnen, und daher wurde er fuchsteufelswild, als ihm die Volkszählung zugestellt wurde. Er zitierte den Gemeindevorsteher zu sich und putzte ihn herunter wie einen Lakaien: »Man sollte dich an diesen Hersir geschmiedet nach Kopenhagen schicken und euch beide für den Rest eures Lebens ins tiefste und feuchteste Verlies werfen! Zieh los und bring diesen

Rüpel vor meinem Zorn zum Beben, drohe ihm mit Zuchthaus, sieh zu, dass ihn seine Nachbarn für seine Missetat verwünschen und verfluchen, und mach vor allem, dass du mir aus den Augen kommst!«

Aber Hersir kam nicht ins Zuchthaus, denn es sprach sich bald herum, dass die ganze Volkszählerei nichts anderes war als eine allein auf diesen einen Bezirk beschränkte Eingebung des Bezirksrichters. Daher besaß er keinerlei Handhabe, Hersir zu belangen. Die ganze Affäre schien bald auf das Niveau von Dorfklatsch herunterzukochen. Der Sommer wurde zu Herbst, und der Herbst ging in Winter über.

In einer jener Wochen aber, in denen das Tageslicht nur noch als Unschlittkerze flackerte und ein grimmiger Nordsturm jedem übel mitspielte, der sich zu weit vor die Tür wagte, da entschied der Bezirksrichter, dass nun die Stunde der Rache gekommen war. Er holte ein Päckchen ab, dass ihm mit dem letzten Herbstschiff übersandt worden war, und siehe, da war die Volkszählung eingetroffen. Der Bezirksrichter schickte einen Boten mit zehn Exemplaren und der Anweisung zum Gemeindevorsteher nach Fell, er möge sie in der Gemeinde zirkulieren lassen. Sofern jemand etwas darin zu beanstanden habe, solle sich der Betreffende vertrauensvoll an den Bauern auf Hlíðartún wenden. Hersir allein trage die Verantwortung für den Inhalt.

Die große Rache, eine alte Frau, die zu Hilfe kommt, und endlich der Wetterbericht

Tief in den Eingeweiden des Winters begraben, blätterte das Volk in seiner Zählung. Erst langsam und feierlich, wenn auch Aufregung und bange Erwartung im Blut pulsten. Langsam und feierlich, sogar mit Andacht, denn man sieht seinen Namen schließlich nicht alle Tage auf Papier gedruckt, das in der großen Stadt Kopenhagen gebunden wurde. Mit Bedacht und Würde wurde jede Seite aufgeschlagen, feierlich die Namen der Mitbürger verlesen. Dann war das Buch zu Ende, und nirgends auch nur eine Silbe über unsere Gemeinde vorgekommen. Die wenigen, die noch im Halbdunkel der Tranlampe hausten, hielten das Buch näher an die blakende Flamme, und, doch, eine Gemeinde nach der anderen war da aufgelistet, daran bestand kein Zweifel. Hier, auf Seite neunzehn, endete das Verzeichnis der Nachbargemeinde, und nach altem Herkommen und Brauch müssten doch nun wir an die Reihe kommen, und dann ginge es an der Küste entlang weiter.

»Die nächsten beiden Blätter müssen unsere sein«, flüsterte das Volk; aber die nächsten Seiten waren blank. Keine Gemeinde, keine Namen, bloß leere Seiten, weiße Wüste zwischen den buchstabenüberwucherten Seiten der anderen. Mit anderen Worten: Die Gemeinde existierte nicht. Ihre Bewohner gab es nicht. Die Rache des Bezirksrichters hatte zugeschlagen.

Mit gewaltiger Wucht krachte sie auf die Schultern herab, und wenige ächzten nicht unter der Last. Anfangs stellte sich der eine oder andere noch stur, blätterte weiter in der Zählung, leugnete das Vorhandensein leerer Seiten, machte schlechte Beleuchtung, nachlässiges Lesen oder irgendetwas anderes verantwortlich. Andere redeten dem Buch gut zu, als wäre es ein lebendiges Wesen; sie sprachen wie mit einem Haustier mit ihm, um es abzulenken, während rasch die Seiten umgeblättert wurden. Es wurde zurechtgestoßen wie ein loses Kartenspiel, man riss es auf, stellte es auf den Kopf, blätterte rückwärts ... Alles umsonst: Immer erschien leere Ödnis, wo Namen stehen sollten wie Gedenksteine an gelebtes Leben.

Man konnte mit dem Finger über Buchstaben gleiten, die das Vorhandensein von Bewohnern anderer Gemeinden dokumentierten. Die Buchstaben bestätigten sogar die Existenz der Almosenempfänger und Schwachsinnigen. Niemand war dort so gering und unbedeutend, dass er keine Aufnahme in die Schrift gefunden hätte, und so fuhren die Einwohner unserer Gemeinde mit dem Finger über diese fremden Leben, lasen mit den Augen deren schriftliche Bestätigung, und dann wurde umgeblättert, und es herrschte gähnende Leere. Bis Seite neunzehn kam man, dann: Die Wortlosigkeit des Todes ... *In dürren Worten:* Depression und Verzweiflung griffen um sich. Sie steigerten sich noch dadurch, dass ein neues Jahrhundert vor der Tür stand. Wie ein Speer fuhr den Leuten der Schrecken zwischen die Rippen, die leeren Seiten könnten sie letzten Endes dazu verdammen, im ausgehenden 19. Jahrhundert zu verschmachten, dem Vergessen überantwortet zu werden und niemals ins zwanzigste Jahrhundert einzugehen. Sie könnten in vergangenen Zeiten gefangen sein. So groß ist die Macht des gedruckten Wortes.

Einige kamen auf den glänzenden Einfall, geradewegs nach Hlíðartún zu reiten und Hersir gründlich das Fell zu gerben. Gute Idee, aber er besaß nun einmal dieses Riesenvieh von Hund. Zudem war er nicht der Kerl, der sich einfach verdreschen ließ. Außerdem musste man damit rechnen, dass ihm die übrigen Familienmitglieder mit allem, was ihnen in die Hände kam, Sicheln etwa oder auch Sensen, zu Hilfe eilten; und schließlich und endlich war ja auch noch das Mundwerk dieses Mannes nicht zu unterschätzen. Schläge konnte man einstecken, blaue Flecken vergingen, gebrochene Knochen wuchsen wieder zusammen, aber die verdammten Wörter schlagen Wunden, die kaum oder nie verheilen.

Doch niemand wurde verprügelt. Stattdessen ereigneten sich bald wunderliche und höchst bemerkenswerte Dinge. Man könnte auch sagen, schwarz wurde weiß und umgekehrt. Denn nun ist von der alten Vermína auf Hamrar zu berichten. Genauso alt wie das Jahrhundert war sie, fast blind und schwerhörig, nur noch Haut und Knochen. Manchmal lag sie wochenlang in einem Dämmerzustand auf ihrem Sterbebett und gab keinen Mucks von sich, sodass ihre Angehörigen auf dem Hof ihr mehr als einmal eine Spiegelscherbe vor Mund und Nase hielten, um zu sehen, auf welcher Seite des Grabes sie sich mittlerweile aufhielt. Hin und wieder aber fuhr noch einmal Leben in die alte Vermína, dann richtete sie sich auf und deklamierte Passionspsalmen, Märchen, die Saga von den Leuten auf Eyrr, Gedichte von Stefán Ólafsson, Gunnar Pálsson, Verse von Páll Vídalín. Dabei geschah es natürlich, dass sie sich verhaspelte und alles so durcheinander geriet, dass zum Beispiel der ehrwürdige Gode Snorri aus der Saga folgenden Vers von Páll Vídalín aufsagte:

Ewig hängt mir die Laune auf halb vier,
der Weg versperrt von Steinen.
Gelobt und gegrüßet seiet mir,
Schneeammern, ihr Kleinen!

Aber auch das war so weit in Ordnung, ist der Reim als solcher doch so unglaublich geglückt.

In jenen Tagen der Volkszählung nun kam es also hin und wieder vor, dass es im Kopf der alten Vermína so weit aufklarte, dass sie mehr Geschichten, Prophezeiungen und Weisheiten unters Volk streute als jemals zuvor. Manchmal vergaß die Familie auf Hamrar darüber fast ihre Aufgaben in der Landwirtschaft. Und so trug es sich zu, dass die Alte einmal mitten im Wintermonat Þorri einen Traum träumte. Den erzählte sie allen, die ihn hören wollten, und das waren nicht wenige.

»Mich träumte, ich stünde mit dem, was Hersir aufschrieb und nur der Bezirksrichter zu lesen bekam. Etwas, was ihm höchlichst missfiel. Mich träumte, ich stünde auf dem Berg Miklafell und blickte über die ganze Gemeinde hin, und es war ein schöner und üppiger Anblick. Dann geschah etwas. Ich sah den Bezirksrichter auf einem riesengroßen Falben durch die Gemeinde reiten, und Feuer schlug aus den Augen des Hengstes. [Das mit dem Feuer schob sie allerdings erst seit der vierten oder fünften Wiederholung ein.] Er ritt in Richtung Gilsstaðir, dann wieder zurück und in die nächste Gemeinde hinüber. Kaum war er dorthin verschwunden, als es vom Himmel herab dröhnte, als wollte er zerspringen. Eine gewaltige Stimme erscholl in lautem Zorn, dass die Berge in Stücke sprangen und die Flüsse aufwärts flossen, und unsere Gemeinde begann zu schrumpfen und sich in Luft aufzulösen, aber die Nachbargemeinden lagen noch immer grün im Sonnenschein. [Auch die gewaltige Stimme tauchte erst seit der vierten oder fünften Wiedergabe auf.] Da war mir auf einmal, als hielte ich die Blätter in der Hand, die Hersir beschrieben hatte. Ich fühlte diese Blätter in meiner Linken, und als ich zu lesen begann, was auf ihnen stand, da sah ich, wie noch im selben Augenblick unsere Gemeinde zurückzukehren begann. Und nicht nur das. Es ereignete sich noch etwas, für das mir eigentlich die Worte fehlen. Denn auch unsere Gemeinde leuchtete nicht nur wieder grün unter der Sonne, sondern sie dehnte sich sogar immer weiter aus. Nicht in der Breite auf Kosten der anderen Gemeinden, sondern irgendwie in die Tiefe oder so, als weite sie sich von innen heraus, ohne dass man es an der Oberfläche wahrnahm. Das mag verstehen, wem die Gabe dazu gegeben ist.«

Und das taten die Leute. Ich darf sagen, der Traum der Alten milderte nicht nur die Rache des Bezirksrichters erheblich, sondern riss auch veritable Löcher in die Mauer aus Wut und Ärger, die Hersir und seine Familie seit der Verteilung der Volkszählung umschlossen hatte.

Dann vergehen einige Wochen.

Der Monat Þorri hielt die Gegend fest in seinem frostharten Griff, und der Nordsturm wütete ohne Ende. Er blähte sich tosend zwischen Himmel und Erde, züchtigte das Land mit der Peitsche seiner Schneestürme, drosch auf alles ein, was atmete, brach und knickte, was aufrecht stand, schleuderte die Vögel vom Himmel und befahl ihnen, auf dem Boden zu kriechen. Hundsgemein pfiff er um die unbewegten Bergwände, trieb heulende Gespenster vor sich her, die ihre langen, todbleichen Finger in die Dächer der Höfe verkrallten, dort knatternd im Sturm flatterten und mit ihrem Kreischen schwache Seelen in den Wahnsinn trieben.

Dann brach Góa an, der fünfte Wintermonat nach altem isländischem Kalender; womöglich noch schlimmer: Gemein, verstockt, grobschlächtig und hinterhältig. Einen Tag brüllte der weiße Nordwind mit der Gewalt der Gletscher in seinen Adern. Am nächsten jaulte sich der Südwind wienernd. Triefend nass zog er dem Land das Schneefell ab, und als er sich legte und sich die ersten vor die Tür wagten, lag nur auf den Berggipfeln noch Schnee sowie vereinzelt in nassen Wehen auf den Hauswiesen; erbärmliche, zusammengeschmolzene Mahnmale an den Nordsturm. Ockergelbe Erde starrte ausdruckslos in einen fernen Märzhimmel. Dann kehrten Schnee und Kälte noch einmal zurück; aber das war ganz okay, denn nun begann die Dunkelheit zu schwinden, und die Optimistischsten standen bereits auf den Böschungen ihrer Hauswiesen und hielten in alle Richtungen Ausschau nach dem ersten vom Wind herbeigewehten Regenpfeifer mit dem Frühling in seiner Kehle.

Noch mehr allerdings warfen spähende Blicke um sich und fragten: »Ob Sölvi wohl heute kommt?«

Der Mann, der mit einer geheimnisvollen Frau zusammenwohnt, klärt alles auf und bricht damit einen Eid

Wer ist dieser Sölvi?

Er ist jener Gehilfe, der auf Hlíðartún in den Hausgang rief und der an jenem verflossenen Sommertag, als Jón dem Bauern Hersir eine Lektion erteilen und ihn Ehrerbietung vor dem König und seinen Beamten lehren wollte, von den drei Männern am meisten Molke trank.

Der andere Gehilfe, jener, der den Hut hielt, wurde von allen nur »Kommmalher« gerufen, weil er jedesmal gleich angesprungen kam, sobald der Gemeindevorsteher rief. Und in jenen Wochen, da der Frühling nicht länger ein ferner Traum war, sondern sich bereits als eine nahe Ahnung hinter den Bergen ankündigte, da fiel es keinem ein, um sich schauend zu fragen: »Ob sich Kommmalher wohl heute blicken lässt?« O nein, alle warteten auf Sölvi. Es waren seine Wochen; die von Sölvi auf Fjallabak. Sobald den Winter seine größte Wut verließ, erstand Sölvi aus dem Aschekasten der sozialen Rangleiter und wurde zu aller Augenstern. Sölvi der Kleine, denn mittelgroßen Männern reichte er mit seinem spitzmäusigen Gesicht kaum bis unter die Nase. Seine Brust war auffällig gewölbt, seine Hüften ebenfalls. Überhaupt war an ihm so ziemlich alles windschlüpfrig geformt, und das kam ihm gut zupass, wo er doch in diesem zugigen Loch und Tummelplatz der Winde, auf Fjallabak, wohnte. In Kilogramm gewogen, brachte Sölvi nicht viel auf die Waage. Jeder normale Mann hätte ihn mit Leichtigkeit hoch in die Luft werfen können; aber Sölvi reiste dennoch nach Belieben kreuz und quer durch die Landschaft, gleich, wie heftig der Sturm auch pfiff: Wo Pferde fliegen gingen, stand Sölvi. Er hielt nicht nur Stand, sondern stapfte unverdrossen gegen die heftigsten Orkanböen an, da der Sturm an ihm einfach keine Angriffsfläche fand. Gerüchte besagten allerdings, Sölvi ließe es nicht dabei bewenden, den Wind zu spalten, sondern auch die Beine der Damen. Gestandene sittenstrenge Jungfrauen in mittleren Jahren versahen sich nicht eher, als bis sich ihre drallen Schenkel fest um diesen spindeldürren Mann schlossen, der dann auf sie einrammelte wie ein Bock in der Brunst. Jahrelang hatte Sölvi es getrieben wie eine ungedämmte Naturgewalt. Zuweilen hatte ihn der Trieb sogar bei der Feldarbeit gepackt. Dann musste er einfach die Sense fortwerfen und besinnungslos seiner Gier nach Fleischeslust nachlaufen. Er war unverheiratet und kinderlos, denn sein Same blieb, dem Schöpfer sei Dank, ohne Leben.

Dann traf einmal zu den Ziehtagen, an denen die landlosen Erntearbeiter Stellung suchen, eine unbekannte Frau ein und verdingte sich auf Fjallabak. Sie stand in ihren besten Jahren und war bildhübsch. Niemand hatte eine Ahnung, woher sie kam. Sie erschien einfach und nahm für Kost und Logis Stellung. Die Leute dachten sich bald ihr Teil und munkelten untereinander von einem flachen Hügel nahe dem Hof. Eine irdische Frau würde wohl kaum auf Fjallabak Stellung nehmen. Viele Jahre war es bereits her, seit die letzte Wirtschafterin vor den Nachstellungen des Bauern geflohen war. Und zwar, gegen sämtliche Gepflogenheiten, bevor die Anstellungszeit auch nur zur Hälfte vorüber war.

»Nein, er ist nicht weiter bösartig, der arme Kerl«, hatte das Mädchen gesagt. »Nie hat er versucht, mich gewaltsam zu irgendwas zu zwingen; aber andauernd scharwenzelt er um einen herum und kann nicht auf seine Hände aufpassen. Sonst ist der alte Knacker völlig harmlos.«

Nun ja, sie zog also ab und ließ Sölvi mit den vier Almosenempfängern der Gemeinde zurück, die bei ihm einquartiert, aber meist bettlägerig waren und, selbst wenn sie sich abrackerten, zusammen gerade so viel schafften wie ein einziger mittelmäßiger Arbeiter.

Dann erschien jene Frau.

Plötzlich stand sie unangemeldet in der Stube.

Stand da, und die Morgensonne floss durch die Fensterluke herein.

Ihre erste Amtshandlung war, gründlich das Haus zu schrubben. Eine Arbeit, die längst überfällig war, denn Schmutzspuren gab es überall reichlich. Vier Tage lang schuftete sie und wusch währenddessen auch den nörgelnden Alten tüchtig den Kopf, als die einhellig behaupteten, Dreck sei der beste Schutz gegen Krankheiten und Gespenster. Ein frisch geputzter Hof müsse innerhalb weniger Wochen in sich zusammenfallen und ein Mensch ohne Dreckschicht sei genauso wehrlos wie ein Soldat ohne Waffen. Zur Bekräftigung dieser Ansicht starb einer der Alten noch in der Nacht, nachdem die geheimnisvolle Frau ihre Augiastat vollendet hatte.

Am Morgen des siebten Tags hielt Sölvi es nicht länger aus. Bebend vor geschlechtlicher Erregung stieg er zu ihr ins Bett, und so lautet wortgetreu seine Wiedergabe der Ereignisse oder vielmehr das, was von ihr in der kollektiven Erinnerung bis heute überlebt hat:

»Ich bat sie inniglich und demütig, sich meiner zu erbarmen, denn sie musste doch sehen, wie sehr ich mich in der Gewalt von Kräften befand, die einfach stärker waren als meine Selbstkontrolle. Es schüttelte mich am ganzen Leib. ›Sieh mich an, ich zittere vor Begierde! Kannst du es neben einem Mann aushalten, der so arm dran ist?‹ Das Nächste, woran ich mich erinnere, ist, wie sie mir eine Hand auf meinen Unterleib legte. Eine Hitze strömte von dieser Hand aus! Mir brach derart der Schweiß aus, dass ich wirklich glaubte, mein Fleisch würde in Rinnsalen davonfließen und meine Seele leicht und vom Joch dieses lästerlichen Körpers befreit emporschweben. Dann muss ich in tiefen Schlaf gefallen sein, denn das alles hat sich an einem Morgen in der Frühe zugetragen und als Nächstes weiß ich erst wieder von einem Abend. Seitdem aber ...«

Seitdem ließ er es damit genug sein, den Wind zu spalten; doch die Frau blieb in jenen schicksalsschwangeren Jahren am Ende des vorletzten Jahrhunderts bei ihm. Stets war sie so schweigsam, dass es manchem wunderlich vorkam, und sie verließ niemals den Hof. Wenn einmal ein Gast dort zu Besuch weilte, ließ sie sich höchstens flüchtig sehen; doch Sölvi zufolge gab es keinen angenehmeren Menschen. Von den alten Gemeindearmen ist noch zu berichten, dass zwei weitere sanft entschliefen, während der letzte, fast völlig zusammengefallen unter der Last des Alters, weiter dahinvegetierte. Meist hielt er sich im Schweinekoben auf, denn die Reinlichkeit der Hausfrau reichte nicht bis dorthin. So griesgrämig war er geworden, dass selbst der Tod es immer wieder vor sich herschob, ihn endlich mit seinem kalten Finger auf der Stirn zu zeichnen.

Sobald die geheimnisvolle Frau im Schein der Morgensonne aufgetaucht war, hatte Sölvi von Stund an unermüdlich versucht, sich in der Rangordnung der Gemeinde nach oben zu arbeiten, über den Status des Pächters hinauszukommen und gleichzeitig den Ruf los zu werden, er hänge sein Mäntelchen nach dem Wind und sei ein unzuverlässiger Kantonist, auf den man sich nicht verlassen könne.

Zum beifälligen Claqueur und treuen Boten des Gemeindevorstehers ernannt zu werden war als erste Stufe auf der Karriereleiter gedacht. Doch so sehr Sölvi sich auch bemühte, in sich die Ergebenheit gegenüber der Krone zu schüren, ging doch gerade das über seine Kräfte. Offen gesagt: Der Mann kannte überhaupt keine Ergebenheit und er empfand nicht das geringste Fünkchen Respekt vor irgendeiner Obrigkeit dieser oder einer höheren Welt. Letztlich war es aber genau diese Respektlosigkeit, die ihm die Anerkennung der übrigen Gemeindemitglieder eintragen sollte.

Der Bezirksrichter hatte den Gemeindevorsteher angewiesen, Hersirs Schmierereien selbst zu lesen, »denn was da steht, ist so unglaublich, dass man seinen Ohren nicht traut und es mit eigenen Augen gesehen haben muss«.

In der Absicht, sie ebenfalls richtig gegen diesen Skandal aufzubringen, hatte der Gemeindevorsteher diese Worte seinen beiden Assistenten wortwörtlich wiederholt. Darüber hinaus nahm er ihnen noch das heilige Versprechen ab, niemals etwas über den wahren Status jener Volkszählung verlauten zu lassen, was sie anschließend noch mit einem Eid auf den König beschwören mussten. Sölvi brach dieses Schweigegelübde wie jeden beliebigen morschen Stab. Er sah es sogar noch als so etwas wie seine staatsbürgerliche Pflicht als Isländer an, derart mit einem auf einen König abgelegten Eid umzugehen.

Während der Winter in seinen letzten Zügen lag, zog Sölvi folglich von Hof zu Hof und plauderte bereitwilligst alles aus, was er über Hersirs berüchtigte Volkszählung in Erfahrung gebracht hatte. Dadurch hatte er zusammen mit Vermínas Traum den größten Anteil daran, die Leute aus der tiefen Depression zu befreien, in die der Anblick der leeren Seiten sie versetzt hatte.

Es blieb jedoch nur selten aus, dass Kommmalher Sölvi auf dem Fuße folgte; ausgesandt von einem rasenden Jón, mit dem Auftrag, »mit Hilfe der Wahrheit die unverschämten Lügen dieses Verleumders Sölvi aufzudecken und die ehrenwerten Mitbürger daran zu erinnern, dass man sich auf die Worte besagten Sölvis etwa so verlassen könne wie auf dahinziehende Wolken.«

Doch Sölvis Äußerungen glichen keineswegs heimatlos dahinziehenden Wolken. Vielmehr wurzelten sie sich tief ein, zumal Hersir und seine Angehörigen bestätigten, dass Sölvi in den meisten Dingen die Wahrheit sagte.

Daher also kam es, dass in jenem Frühling viele suchende

Blicke schweifen ließen und sich fragten: »Ob Sölvi wohl heute kommt?«

Sollte er, sprühend vor Erzählfreude, eintreffen und auf eine Weise berichten, dass, sobald die Rede auf die Volkszählung kam, nichts gegen den Bericht des Fjallabaksbauern ankam?

Die Wahrheit nähert sich auf leisen Sohlen

Ist es nicht längst überfällig, dieses ausufernde Geschwätz zu beenden und endlich auszuspucken, was denn nun an dieser Volkszählung so besonders war?

Doch, zweifellos ist die Zeit dazu längst gekommen, aber es hat nun auch einmal jeder seine eigene Meinung dazu, was bemerkenswert ist und was nicht. Außerdem behaupten mehr als einer oder zwei, dass Sölvi von Beginn an nichts als lauter Übertreibungen zum Besten gegeben habe. Sein Bericht sei ein munteres Feuerchen gewesen, in das man immer wieder trockene Zweige geworfen habe, damit es nicht erlösche und aufhöre, die Leute anzuziehen. Wie es den Geschichtenerzählern aller Zeiten anhänge, habe auch Sölvi seine Übertreibungen so weit überspannt, wie es nur ging, um die Aufmerksamkeit seiner Zuhörer nicht zu verlieren, und deshalb sei es, so viele Jahre später, unbedingt notwendig, den Inhalt seiner Geschichten zu halbieren, etwa nach der Formel:

$$\frac{\text{Sölvi}}{2} = \text{Wahrheit}$$

»Schließlich«, machen die vorsichtigen Skeptiker geltend, »kennen wir über die ganze Angelegenheit am Ende nur die Worte Sölvis.« Aus Hersir war nicht viel herauszubekommen, die Akten des Bezirksrichters sind im Feuer verbrannt, der Gemeindevorsteher nahm das Geheimnis mit ins Grab, Kommmalher murrte nur etwas von den Einflüsterungen eines geistig Verwirrten, und es wurde niemals klar, ob er damit Sölvi oder Hersir meinte.

Doch die Wahrheit nähert sich auf leisen Sohlen. Lange hörst du sie wie aus weiter Ferne und kannst nicht unterscheiden, ob sie sich nähert oder entfernt. Dann verstummen ihre Schritte und du brauchst vielleicht Jahre, ehe du begreifst, dass sie dich längst eingeholt hat.

Sölvi behauptete, der eigentlichen Volkszählung sei ein Vorwort Hersirs vorausgegangen, in dem er seine Ansicht dargelegt hatte, dass die Menschen im Allgemeinen mit einer Art von Scheuklappen durchs Leben liefen, wie man sie im Ausland Pferden anlegte. Diese Scheuklappen sollten verhindern, dass man nach rechts und links blicke und sich vom rechten Weg abbringen lasse oder von dem, was einem als rechter Weg vorgegeben worden sei. Mit seiner Volkszählung nun habe Hersir seinen Mitbürgern in der Gemeinde die Scheuklappen von den Augen reißen wollen; will sagen: Er wollte ihren Horizont bedeutend erweitern.

Übertreibungen Sölvis?

Ich will aufrichtig bekennen, dass ich es noch vor wenigen Jahren für solche gehalten hätte. Aber damals hing ich auch noch dem verbreiteten Irrtum an, unsere Redensart »aus dem Gras zu wachsen« für Erwachsenwerden sei buchstäblich gemeint: Man wachse über das Gras empor und stehe dann gereift mit beiden Beinen auf Asphalt. Dann aber reifte in mir die Einsicht, riss mir die Scheuklappen ab, und ich erblickte eine verborgene Wirklichkeit zu meiner Rechten und Linken.

Übertreibungen Sölvis?

Nein.

Und jetzt bringt es gar nichts, überlegen grinsend die Zähne zu blecken und alte Behauptungen von Übertreibung und

Aberglaube wiederzukäuen, denn mir klingt nicht nur der Bericht Sölvis in den Ohren, o nein, die Wahrheit holt dich immer ein.

Vor knapp drei Jahren war es mir vergönnt, die besagten Tagebücher jener Lovísa zu lesen, und darin finden sich Einträge, die nicht nur die Aussagen des Fjallabaksbauern bestätigen. Sie bringen auch die Tatsache ans Licht, dass der Bezirksrichter selbst, der ja ein talentierter und hochgebildeter Mann war und wohlbewandert in der Literatur seiner Zeit – er hatte sich gemeinsam mit Matthías Jochumsson und Steingrímur Thorsteinsson betrunken und musste dazwischengehen, als die beiden sich wegen einer Sammlung übersetzter Gedichte, die sie zusammengestellt hatten, handgreiflich in die Haare gerieten –, dieser Bezirksrichter, der im Winter 1898/99 vor Großbauern und jungem talentierten Nachwuchs Vorlesungen über die Theorien Darwins und Newtons hielt, den »neuen Glauben unserer Zeit«, wie Lovísa in ihrem Tagebuch festhielt, dieser Mann der Wissenschaft und des rationalen Denkens vertraute seiner Geliebten an, dass er die Volkszählung des Bauern auf Hlíðartún anfangs sehr wohl für »bodenlosen Schwachsinn, für eine weitere Dummheit aus dem übelriechenden Rachen des im Volke verbreiteten Aberglaubens« gehalten hätte.

Das Tagebuch bestätigt im Übrigen ebenfalls, dass vor der eigentlichen Volkszählung ein knappes, aber überaus treffendes Vorwort Hersirs stand. Keine Rechtfertigung seines Vorgehens, sondern ein paar einfache Erklärungen.

Nun weiß ich die genauen Worte nicht mehr, mit denen Lovísa den Bezirksrichter zitierte. Jedenfalls las der gelehrte Mann alles zusammen genauestens durch und regte sich furchtbar auf über die seltsame Rechtschreibung, eine Mischung aus Hersirs Eigenwilligkeiten und den Lehrsätzen des Sprachreinigers Konráð Gíslason. Vor Wut und Entrüstung lief er blau und rot an, dröhnte etwas von abwegigen Vorstellungen kleiner Katenbauern und schleuderte das Machwerk in eine Ecke.

Damit war die Sache aber nicht erledigt. Wochen später begannen Sätze aus dem Vorwort an die Oberfläche des Gedächtnisses zu treiben und dort herumzuschwimmen »wie Verderben bringende Kanonenboote, die drohten, jegliches Vernunftdenken in Grund und Boden zu schießen«.

Es ist klar, was passiert war: Beinharter Überzeugung und einem eisernen Willen zum Trotz konnte der Bezirksrichter Hersirs Volkszählung nicht einfach als Blödsinn abtun. Sie hatte nämlich die Wahrheit auf ihrer Seite. Ihr Fehler lag nur darin, dass diese Wahrheit nicht greifbar genug war, sich in Gleichungen und Lehrsätze fassen zu lassen. Ausgeschlossen, sie in einer Prüfung abzufragen.

Sicher wäre es gut, Hersirs Erklärungen an dieser Stelle zu veröffentlichen, aber das Vorwort ist nun einmal im Feuer verloren gegangen. Daran lässt sich nichts ändern. Die Volkszählung selbst ist hingegen noch in guter Erinnerung. Dafür hat Sölvi gesorgt. Die bloßen Zahlen sind natürlich wenig mehr als der Rauch über dem Feuer, der Nachklang der Sinfonie, sie sagen aber doch einiges aus. Und zwar besagen sie etwa, dass gemäß Hersirs Zählung damals elf Seelen auf Brekka wohnten, während es nach dem Ermessen des Gemeindevorstehers nur acht waren. Die drei hinzuaddierten wären damals 108 beziehungsweise 210 Jahre alt gewesen.

Wenige bezweifelten allerdings, dass ihr Geist noch immer irgendwie über der Gegend schwebte, und das Gleiche galt von den bleichen Schatten der sechs auf Narfastaðir, die eine Lawine dem Tod in die Arme gefegt hatte. Nein, es wäre nicht vielen eingefallen, das Dasein dieser verschiedenen Individuen zu leugnen, die dem Alltagsleben der Gegend noch immer ihren Stempel aufdrückten – aber sie in einer Volkszählung aufzuführen, darin lagen der Mut und der Genius Hersirs.

Ist seine Herangehensweise bei genauerer Überlegung nicht die einzig richtige?

Aus unterschiedlichen Gründen waren diese Menschen noch nicht vollständig aus dieser Welt verschwunden und brachten sich sogar immer wieder in Erinnerung. Musste man es da nicht geradezu überheblich und boshaft nennen, an ihnen vorbeizusehen, als wären sie nicht da?

»Man zählt Menschen nicht wie Steine«, war das Einzige, was man aus Hersir herausbekam.

Darüber verging der letzte Wintermonat, die Tage wurden heller, der Frühling kam. Sölvi von Fjallabak machte seine Runde, betete wortgetreu die Volkszählung herunter und unterhielt die Leute damit, die Reaktionen von Bezirksrichter und Gemeindevorsteher zum Besten zu geben. Und noch heute, so viele Jahre später, wird diese Volkszählung diskutiert; spekuliert man darüber, ob Hersir damals jemanden übersehen oder zu viel gezählt hat. Auf den Punkt gebracht: Noch immer stellt man sich die Frage: Wann hört man auf, als Mensch zu zählen?

So kann ein Wohnzimmertisch zur Zeitmaschine werden, die Menschen durch die Jahrhunderte wirbelt

Wie hätte man wohl den geheimnisvollen Besucher verbucht, wenn er sich zu Zeiten der Volkszählung in der Gegend aufgehalten hätte? Oder wie man die Frage elf Tage nach seinem Erscheinen in der guten Stube auf Karlsstaðir stellte: Wenn er weder Verwandter noch Wissenschaftler ist, sondern aus dem Jenseits und mit etwas Göttlichem in seinem Wesen, dann darf man doch fragen: Wie zählt man ein solches Wesen?

Die Frage brach aus Sam von Tunga heraus, aber es gab wenig Ansätze zu einer Antwort. Nicht einmal Þórður wusste etwas zu sagen. Dabei wusste er doch sonst so viel. Unglaublich eigentlich, was der alles wusste; und dazu war er sehr scharfsinnig in der Ausnutzung seiner Kenntnisse. Ebenso Sam. Der war auch kein Hohlkopf und hatte zudem die Begabung, die Luft aus seinen Lungenflügeln in Töne zu verwandeln, die alle Worte übertrafen. Überdies kam auch Sam aus zwei Welten oder genau genommen sogar aus drei.

»Hols der Teufel«, ächzte Sam, »was fällt es einem manchmal schwer, klar zu denken!«

Er stöhnte noch einmal, lehnte sich zurück und setzte einen Fuß auf die Ecke des massiven und soliden Wohnzimmertischs aus Treibholz, das vor vielen, vielen Jahren in Strandir im Norden angetrieben war. Und wer war der Mann, der aus diesem Treibholzstamm einen soliden Wohnzimmertisch tischlerte, auf den der schwarze Sam, in New York geboren, aber mit Wurzeln, die ins sonnenschwere Afrika reichen, und zugleich ein durch und durch isländischer Bauer, an diesem verflossenen Regentag seinen rechten Fuß stellte? Wer anders sollte das gewesen sein als der Fjallabaksbauer Sölvi. Wie es dazu kam?

Das sollt Ihr jetzt hören.

An einem Morgen des Jahres 1920 wachte Sölvi als alter Mann in seinem Bett auf, und die geheimnisvolle Frau war verschwunden und wurde nie wieder gesehen.

»Verdammte Scheiße.« Sagte Sölvi und musste sich lange und kräftig räuspern, um die Knubbel los zu werden, die sich in seiner Brust bildeten. Er räusperte sich ausgiebig und lange, fluchte ebenso gründlich, marschierte dann um den Hof, umkreiste ihn noch ein weiteres Mal und gab dann auf. Er setzte sich auf ihren Lieblingsstuhl und heulte los.

O weh, was gibt es Traurigeres als einen alten Menschen, der Rotz und Wasser heult, weil er allein in der Welt ist? Mutterseelenallein? Nicht ganz; denn wer trampelt und stampft draußen vor der Tür so lange vernehmlich umher, bis der arme Sölvi genug Zeit hatte, sich wieder einzukriegen? Der junge Jónas ist es, gerade Bauer auf dem ertragreichen Hof Karlsstaðir geworden.

»Geh mal hinüber zum alten Sölvi, und zwar ein bisschen plötzlich!«, hatte seine Frau Þóra zu ihm gesagt.

»Was?«

Es war noch sehr zeitig am Morgen und Jónas kaum richtig aufgewacht.

»Wieso?«

»Ja, sofort«, wiederholte Þóra, fasste ihren Mann scharf ins Auge und fügte mit so viel Nachdruck, dass jedes Wort schwer wie ein unverrückbarer Fels fiel, hinzu: »Sölvis Wirtschafterin ist mir heute Nacht im Traum erschienen, und jetzt gehst du und holst ihn.«

»Aha, soso«, grummelte Jónas und ließ sich danach eine ganze Weile lang polternd über die seltsame Manier aus, sich Gründe in Träumen zu holen.

Dennoch stand er jetzt hüstelnd und stampfend vor der Tür, trat dann zögernd und verlegen in die Küche, schaute wie ein Minderbemittelter in den Topf, als mache er sich was aus Grütze, und begann vom Wetter zu schwatzen.

Und während Jónas so gut wie vollständig den umfangreichen Wortschatz leerte, über den die isländische Sprache im Hinblick auf das Wetter verfügt, versuchte der alte Sölvi seine Trauer einzudämmen und seine Verlassenheit, die immer wieder in heiseren Schluchzern und wehen Seufzern aus ihm hervorbrach.

»Alter Trottel, hättest es doch wissen müssen, willst du Dämelack denn niemals aufhören, verdammt, ich werde dir deine Erbärmlichkeit schon austreiben, alter Jammerlappen, pfui Deibel, was für ein Schlappschwanz bist du eigentlich, Mann ...«

So beschimpfte sich der Alte in einem fort selbst, bis er endlich den überfließenden Stausee hinter seinen Augen zum Stehen brachte. Doch da war es an Jónas, sich tüchtig zu räuspern, um endlich fest sitzenden Schleim aus dem Hals zu bekommen. Dazu brummelte er: »Hm, nun ja, ich meine« und »ich fürchte« und »es ist nämlich so«; dann wieder »hm« und anschließend endlich: »Ich habe nämlich andauernd Probleme mit dieser Kuh, die ich von denen auf Brekka habe. Muss sie sogar anbinden, damit sie nicht wegläuft. Außerdem gibt sie nur wenig Milch oder eigentlich so gut wie überhaupt keine. Da ist mir eingefallen, dass du vielleicht einen Tipp für mich hast, Sölvi ... und außerdem liegt mir die Þóra andauernd in den Ohren, wir könnten einen Couchtisch gebrauchen. Findest du das nicht auch furchtbar angeberisch? Jedenfalls kommt es gerade recht, dass sie letzte Woche einen richtig kräftigen Treibholzstamm von Strandir bis zu uns geschleppt haben, und du mit deinen geschickten Tischlerhänden, was ...?«

Wenig später schlurften die beiden vom Hof. Sölvi, nein, er drehte sich kein einziges Mal um, sagte Jónas später. Von nichts wollte er mehr etwas wissen. Nicht von Kleidern, Möbeln oder sonstiger Einrichtung. Doch im Südzimmer des neu errichteten Hauses des Ehepaars auf Karlsstaðir lebte er sich gut ein, und im gleichen nach Süden gerichteten Zimmer habe ich stets geschlafen.

Nachwort

Es sollte noch erwähnt werden, dass der alte Mann, der Almosenempfänger auf Fjallabak, der sich nur im Schweinekoben wohl fühlte, unter dem Gewicht der Jahre zusammenschrumpfte, wie sich die gichtknotigen Finger einer Hand zu einer Faust krümmen. So kümmerte er dahin und nährte sich nur noch von seinem Genörgel. Eines Tages aber war er verschwunden. Hatte sich einfach in Luft aufgelöst. Für die wahrscheinlichste Erklärung hielt man folgende: Als der Tod seine lange aufgeschobene Aufgabe endlich hinter sich bringen wollte, schnickte er den Alten mit seinen kalten Fingern so heftig über die Grenze, dass die sterblichen Überreste der Seele gleich hinterherflogen.

»Auf der anderen Seite« aber muss es dem Sonderling zu reinlich vorgekommen sein und deshalb kehrte er bei nächster Gelegenheit wieder. Wahrscheinlich weilt er noch immer unter uns. Wie wollte man sonst das nervtötende Gewimmer aus der Ostecke des Schafstalls auf Fjallabak erklären, das jedes Mal zu hören ist, wenn jemand mit einem feuchten Tuch über das Fenster wischt, den Staub entfernt, und das Tageslicht ungehindert hereinströmt wie frisch gewaschen aus der Duschkabine des Himmels?

III

Wenn alles aus den Fugen gerät

Wahrscheinlich auch eine Art Vorwort

Was ist die Zeit? Sie, die so unbeirrt darin fortschreitet, es uns immer schwerer zu machen, mit ihr Schritt zu halten. Die Meisterin der Sekundenbruchteile und Jahrtausende mit dem Anfang und dem Ende in ihrem Blut. Sie, die wir in der Hoffnung in den Kreislauf der Uhrzeiger zu bannen suchten, dann würde sie uns nicht durch die Finger rinnen und verschwinden – was ist sie, woher kommt sie, wohin geht sie? Oder steht sie still, während wir uns bewegen? Ist sie ein kleines Frauchen mit Kugelbäuchlein und gelbem Kompotthütchen, völlig unernst, und hüpft nun an mir vorüber, kichernd über das verquere Durcheinander meiner Gedanken? Wahrscheinlich bringt es nichts, darüber zu spekulieren, aber was ich eigentlich sagen wollte, war einfach nur das: Die Zeit vergeht.

Oder was soll ich sonst sagen: Es ist Sommer, und Sam auf Tunga bläst dermaßen in sein Eisenrohr, dass es den Leuten ans Herz greift, und Þórður auf Karlsstaðir singt dazu von bleischweren Sorgen. Vermutlich zur gleichen Zeit schlug der Witwer Stefán auf Hóll seinen Freund Starkaður nieder, sprintete los und steckte seinen sorgenschweren Schädel in den Fluss, um sich von der Strömung das Leben herauswaschen zu lassen.

Das war der Sommer. Er verging. Das Herbstdunkel stieg mit einem frostgeweiteten Sternenhimmel unter dem Arm von den Bergen herab, und nach dem Herbst kam der Winter, groß und grimmig und mit Gletscherklumpen in seinem Bart.

Als das Herbstdunkel von den Bergen herabstieg, wurde ich, der Junge, von einem grünen Bus verschluckt und in seinem Bauch über den Hügel nach Süden transportiert, wo das Land versengt und flach ist; nach Süden über den Hügel, wo sich der Weg aufringelt wie die versteinerten Überreste einer Riesenschlange. Der Bus keuchte und ächzte, der Fahrer fluchte unterdrückt.

Einige Monate später saß ich wieder auf dem gleichen Sitzplatz im gleichen Bus; nun aber fuhr ich, Gott sei Dank, westwärts. Der Frühling stahl sich auf spitzen Zehen um Wiesen und Moore, ich fuhr nach Westen und sah den Hügel mit der Steigung näher kommen. Ich sah sich die Augenbrauen des Fahrers im Rückspiegel verdüstern und ich sah den hohen Berg hinter dem Hügel emporwachsen. Mit anderen Worten: Die Zeit oder etwas war vergangen, denn es war Frühling geworden. Vom Winter lagen noch ein paar Krokodilstränen in wässerigen Schneelachen umher, und kommende Ereignisse mussten erst noch Gestalt annehmen, bis wenige Sommer später der geheimnisvolle Besucher in der Gegend auftauchen sollte. An der Seite des Apostels, an einem späten Augusttag, als dunkelblaue Heidelbeeren eine gewaltige Milchstraße ins grüne Gesträuch zeichneten und man darin herumstrolchen konnte wie eine Taschenausgabe von Gott, den Mund voller Sonnensysteme, mit Planeten, Kometen, Asteroiden und allem, was dazugehört. Für eine kurze Zeit ein unstillbarer Allwalter sein, und dann als kleiner Junge mit blaubeerblauem Mund nach Hause gehen.

Ich wage nicht zu sagen, weshalb der Gast des Gilsstaðirbauern diesen tiefen Eindruck auf die Gemeinde machte, aber ich glaube zu wissen, dass der einzige Weg, einer Antwort auf die Spur zu kommen, darin besteht, in den wirbelnden Ereignissen der Vergangenheit zu stöbern und dort denkbare Erklärungen zu finden. Und dann – helfe mir Engel oder Troll! – das Ganze in Worte zu kleiden. Wo aber soll ich suchen? Im Großen oder im Kleinen? Was ist klein, was ist groß? Wenn ich doch überhaupt etwas wüsste! Aber wie ich dort so in die Kreise vergangener Ereignisse hineinspähe, muss ich immer wieder an jenes Frühjahr denken, in dem Gemeindevorsteher Jón und Bæring auf Þúfa für drei oder vier Stunden die Nationalstraße sperrten, und an den folgenden Sommer, in dem sich einige verliebten und andere etwas auf die Klappe kriegten. Das war noch in jenen Zeiten, in denen man Míranda und Spur trank, das Ausland in weiter Ferne lag, und sich Björn Skúlason auf Hnúkur einen braunen Cortina kaufte.

Bericht von der Aufrichtung der berühmten Tafeln, doch dann wird der Ewigkeit eine lange Nase gedreht und man geht lieber auf einen Ball

Es ist, wie gesagt, Frühling. Spät im Mai, und ein unvergleichlicher Zauber geht von ihm aus. Zum Beispiel steht auf einem Absatz über dem Hof ein Schaf und schaut gedankenverloren ins Unbestimmte, als ob es über etwas Bedeutsames nachdächte. Man geht nur rasch ins Haus, um ein Glas Milch zu trinken oder den anderen zu sagen, was einem gerade eingefallen ist, verschwindet nur eben für zwei, drei Minuten, und wenn man wieder hinauskommt auf den Hof, steht das Schaf da und schleckt zwei neugeborene Lämmer rein. In einer Minute ein Leben, in der nächsten drei. Das ist der Frühling. Es ist Ende Mai, und aus dem Winter ist die Luft heraus; erschöpft hat er sich in den Eisfeldern Grönlands zur Ruhe begeben. Es weht ein frischer Wind aus Ost, die geschlossene Wolkendecke hängt tief, aber es ist schon recht warm. Über dem Gras liegt ein grüngelber Schimmer gleich der Hautfarbe eines lange bettlägerigen Patienten, der endlich wieder beide Beine aus dem Bett bekommt und auf dem Weg ins nächste Geschäft ist, um sich grüne Hosen und gelbe Schuhe zu kaufen. Gegen eins tuckert Gemeindevorsteher Jón die Auffahrt herab, tippt aber das Gaspedal des Deutz nur gerade eben an. Sicher ist der Weg nach den Tobsuchtsanfällen des Winters voller Löcher, aber der Traktor schleicht so behutsam voran, als ob Jón eine Ladung zerbrechlicher Kristallvasen auf dem Hänger transportierte und nicht acht solide Zaunpfähle und zwei Platten aus Sperrholz.

Unten an der Hauptstraße wartet Bæring und spuckt abwechselnd in die Hände, um seine Unternehmungslust zu zügeln. Dann ist Jón bei ihm angelangt. Beide greifen zu langen Brechstangen und Schaufeln und beginnen neben der Straße Löcher auszuheben: Vier auf jeder Straßenseite. Es steckt noch Frost im Boden, und die Arbeit geht ganz schön in die Arme.

Zwei Stunden später sind die Pfosten aufgestellt und Bæring treibt sie mit dem Vorschlaghammer tiefer ins Erdreich. Dazu steht er oben auf dem Wagen, verengt vor jedem Schlag die Augen zu Schlitzen und stöhnt: »Und so!«.

Der Schweiß springt ihm auf die Stirn und beginnt auf dem gewachsten und gebohnerten Schädel zu glänzen. Jawohl, gewachst und gebohnert, denn zweimal pro Woche bearbeitet Bærings Frau seinen eiförmigen, kahlen Schädel mit Wachs und poliert ihn so spiegelblank, dass sogar die Fliegen darauf keinen Halt finden und abrutschen. Der Schweiß perlt ihm auf die Stirn und läuft ihm in die Augen oder sickert in den Haarkranz, der wie ein Waldsaum seine windgefegte Platte umsteht.

Es dauert seine Zeit, bis man die Löcher ausgehoben, die Pfosten eingesetzt und solide verankert hat. Jón stellt den Hänger quer über die Straße und winkt den wenigen Vorbeifahrenden, sie sollten die Stelle einfach oberhalb der Straße passieren.

»Die können ruhig mal obenherum durchs Gelände fahren, kennen sich ja aus«, sagt er zu Bæring. »Außerdem müssen sie ja nicht ständig unterwegs sein, was Bæring?«

Der setzt vielleicht den Vorschlaghammer ab, um seinem Schwager beizupflichten, und so arbeiten sie sich in den nächsten zwei, drei Stunden Stück für Stück voran. Jón löst die Bremsen am Wagen, schwingt sich auf den Deutz, legt den Gang ein und rollt mit hoch emporgehobener Schaufel, als wollte der Traktor beschwörend die Arme heben, zum nächsten Pfahl. Dann klopft der Gemeindevorsteher einige Male mit der Schaufel auf den Pfosten, damit er erst einmal steht und vielleicht noch drei Meter aus dem Boden ragt. Sodann stopft sich Jón eine Pfeife, zündet sie an und pafft, während Bæring mit der Bohrmaschine hantiert, den Mund voll mit Schrauben und Nägeln.

Ab und zu nimmt Jón die Pfeife aus dem Mund und sagt: »Ja, so« oder »Nein, so nicht«, und dann ist der Tag um und die Arbeit vollendet.

Am Abend ruft der Gemeindevorsteher seinen Schwager noch einmal an und sagt: »Das war gar nicht so einfach heute, was?«

»Nein, ganz und gar nicht«, gibt Bæring zurück und setzt ein großes »Uff« hinzu.

Jón: »Tja, so bin ich nun mal. Wenn es um das Wohl der Gemeinde geht, noch dazu wirklich um das Wohl der ganzen Gemeinde, dann scheue ich keinen Einsatz.«

Bæring: »Stimmt genau, Jón. Ohne zu zögern.«

Jón: »Und auch wenn ich mich einmal selbst loben muss, glaube ich doch, dass ich da eine ganz originelle Idee gehabt habe; obwohl es einem natürlich nicht darum geht.«

Bæring: »Nein, aber dir fliegen die guten Ideen einfach nur so zu, kannst praktisch gar nichts dafür.«

Jón: »Alle Achtung, Bæring! Lass mich nicht lügen, aber ich

glaube, das, was wir heute aufgebaut haben, das steht ziemlich einzigartig in der Welt da. Das sage ich natürlich ohne Gewähr.«

Bæring: »Weißt du, Jón, es würde mich nicht einmal überraschen.«

Jón: »Es ist schon beachtlich.«

Bæring: »Mehr als das, Schwager, mehr als das.«

Woran hatten die beiden denn da unten an der Straße überhaupt geschuftet? Welche Botschaft leuchtete denn nun dort zu beiden Seiten der Straße, welche Weisheit war da zu finden? Etwas, das selbst Gott überraschte – obwohl diesem Herrn schon so manches unter die Augen gekommen war, was sich in Worte fassen ließ? – Was stand dort an den Straßenrändern?

Viele wussten es bereits am gleichen Abend, denn die beiden waren ja fast von der halben Gemeinde zu beobachten gewesen, und es soll bereitwillig eingestanden werden, dass sich die meisten ein wenig Sorgen wegen des Ereignisses machten, das die Anbringung der Tafeln zweifellos darstellte. Manche machten sich allerdings auch gleich einen Sport daraus, die ganze Strecke bis zum Ort zu fahren, dort zu wenden, in angemessener Geschwindigkeit zurück zu fahren, sich aufs Neue langsam und mählich den Schildern zu nähern und dabei genüsslich den Anblick zu genießen, wie sie immer größer wurden: Zuerst waren sie nur ein Punkt in weiter Ferne, eine unbestimmbare Masse über ihnen wie ein Misthaufen. Dann kam man näher, im Vergleich zu den Bergen darüber waren die Schilder noch winzig klein, dann wurden sie allmählich größer. Ja, zuerst waren sie winzig, wurden aber rasch größer, bis sie schließlich vor einem aufragten. Schließlich stand man vielleicht auf der Straßenmitte, und obwohl die Berge höher und die Wiesenhöcker zahlreicher waren, waren die Schilder doch etwas Besonderes, eine Welt für sich. Und man stand da, reckte den Hals und las.

Was? Was las man?

Nicht mehr und nicht weniger als einen Hauch der Ewigkeit!

Ja, da stand man mit zurückgebogenem Kopf, selbst nur eine Momentaufnahme im Meer der Zeit, und fühlte den heißen Hauch der Ewigkeit über sein Gesicht wehen ... Ach, ich weiß nicht, vielleicht reißt mich die Erinnerung zu diesem Ausbruch des Entzückens hin, aber ich weiß noch, wie es mich damals anwehte, als ich zum ersten Mal unter diesen Tafeln stand und las – es wird kaum überraschen – einen Auszug aus Halldór Laxness' *Islandglocke* auf der nördlichen Tafel und die Auslegung des Gemeindevorstehers dazu auf der südlichen. Vielen schien nicht wenig Tiefsinn in diesen seinen Worten zu liegen.

Und mir? Nun ja, ich war doch noch ein kleiner Junge, ein Greenhorn; aber als ich da stand und las, war ich davon überzeugt, dass Jón ein weiser Mann war.

Diese Überzeugung trug ich ganze sieben Stunden in meiner Brust, von etwa drei Uhr nachmittags bis gegen zehn am Abend. Aber kann man mir daraus einen Vorwurf machen, brachen doch die meisten anderen vor Begeisterung regelrecht in Stoßseufzer aus? Ja, sogar die, die über das, was in *Tíminn* und dem Bauernblatt stand, hinaus keinerlei Interesse am gedruckten Wort zeigten, standen hingerissen unter den Tafeln.

Dann brach der Sommer an.

Man möge mir einige kleine Schummeleien in der Schilderung der Schilderaktion verzeihen, aber da ist etwas, was mir sagt, diese Aktion von Seiten Jóns habe weitreichendere Konsequenzen nach sich gezogen, als man zuerst vermuten konnte. Sie scheint mir der Ausgangspunkt zu sein. Von ihr gingen weitere Aktionen aus, und von diesen noch weitere. Eine ganze

Kette von Ereignissen kam ins Rollen, die schließlich einen Besucher zu uns in einen blauen August zogen.

Ja, so stellt es sich für mich da, der ich hier auf meinem knarrenden Stuhl hocke, kaum mehr als einen klirrend kalten, aber hellen Tag vom Anbruch eines neuen Jahrhunderts entfernt. Hier sitze ich scheinbar voll und ganz in diesem frostklaren Tag, aber das ist eine Fata Morgana, denn gleichzeitig stecke ich bis zum Hals in der Vorzeit, voll und ganz damit beschäftigt, Menschen, Ereignisse und Umstände in Worte zu verwandeln.

Keine gefahrlose Arbeit, denn jeden Moment muss man damit rechnen, dass die Zeitluke zufällt und mich in der Vergangenheit einsperrt.

Genug! Bevor es weitergeht, wollen wir einen Ball besuchen.

Vorher aber noch ein paar Einzelheiten von Reisen zu anderen Sternen, Lebenskrisen und dem Alltag auf dem Lande

Wahrscheinlich waren es *B.G. & Ingibjörg* oder eine Combo der Art, die zum Tanz aufspielte. Der Zustrom zum Ball schien jedenfalls grenzenlos zu sein. Eigentlich erschienen alle vom vierzehnten Lebensjahr aufwärts – außer mir und unserer Aushilfe Brynja natürlich. Es war ihr letzter Sommer auf dem Lande. Sie war in der ersten Juniwoche gekommen, fuhr zwei Monate später. Wenig Ausdauer, könnte man sagen, aber sie war von A bis Z in Kind des Asphalts, die Straßenlaternen das Sternensystem, in dem sie sich auskannte. Sie hatte mit Jungen Strippoker gespielt, die schon achtzehn waren und rauchten, Kettchen um den Hals trugen und amerikanische Schlitten fuhren, die mit quietschenden Reifen durch die Kurven zogen.

Ich hatte mich eingehend mit den Gestirnen des Himmels beschäftigt. Mir dämmerten die ungeheuren Entfernungen zwischen ihnen. Ich wusste, wie hoch und schnell der Mensch sich auch zu ihnen hinaufkatapultieren mochte, blieb der Abstand zu ihnen doch immer gleich unüberwindlich. Ich wusste das Dunkel der Nacht nicht nur über meinem Kopf, sondern auch in der Tiefe des Raums hinter den blinkenden Sternen. Ich wusste, dass im Vakuum des Alls Millionen über Millionen Himmelskörper schwebten, auf deren Oberfläche es von Leben wimmelte. Und während die Melkmaschine im Kuhstall brummte, ich die Euter abwischte und Saugnäpfe auf Zitzen stülpte, düste ich gleichzeitig mit mehr als Lichtgeschwindigkeit durchs All und erlebte so einiges, was druckreif war. Ich war eine Art Morgan Kane von 1,92 Länge und mit scharf blickenden graublauen Augen; ich kämpfte mit Monstern, rettete kleine Kinder und langhaarige Frauen, stürzte mich verwegen in den Kampf mit den Heeren der Finsternis, erforschte rätselhafte Planeten, auf denen Bäume zwanzig Kilometer in die Höhe ragten, lernte Frauen kennen, die Eier legten, Zwerge mit fünf Augen im Kopf, landete in Kampflaune am Ende der Welt, wo Christus unter einem hellen Wasserfall wohnte. Und obwohl selbst das alles nur einen schwachen Widerschein der Abenteuer hergibt, die ich im Kuhstall durchlebte, muss ich gestehen, dass Brynjas Erfahrungen im Strippoker mit rauchenden Jugendlichen außerhalb der Reichweite meines Vorstellungsvermögens blieb. So etwas gehörte einer anderen Welt in solcher Entfernung an, dass selbst die Lichtgeschwindigkeit der Fantasie nicht hinreichte.

Ich erinnere mich nicht genau, wann der Ball stattfand. Irgendwann im Juni, meine ich; jedenfalls hatte man schon den unseligen Dünger auf die Hauswiesen verspritzt, dieses höllische Gift, das aber wundersamerweise duftendes Grün sprießen lässt. Doch, es muss im Juni gewesen sein; die Frühjahrsarbeiten waren beendet, die Zäune, die der Winter umgerissen hatte, wieder aufgerichtet, und die Schafe waren hinauf ins

Hochland getrieben worden. Weit hatten sie sich über die Heiden dort verteilt, wo das Schweigen seine Heimstatt hat, und die Lämmer hatten die Existenz des Menschen rasch vergessen. Ein Glück, das heutzutage nur noch wenigen Tieren vergönnt ist.

Um den zwanzigsten Juni herum muss es gewesen sein, und der Winter hatte seine letzten wässerigen Schneeflecken geweint. Es ist Abend. Ich bin fertig im Stall und treibe die Kühe ins Moor. Sehe ihnen nach, wie sie langsam den festgetretenen Trampelpfad entlangschaukeln und zwischen den niedrigen Bodenkuppen verschwinden. Langsam und steifbeinig staksend, als litten sie an Gicht und heftigem Muskelkater. Dabei konnten nur wenige sie im Laufen einholen. Abend. Gegen neun kommt das Paar von Tunga zu Besuch. Aquavit und Branntwein thronen auf dem Kühlschrank wie höhere Ziele.

Wir saßen alle zusammen, Sæunn in ihrem gelb gepunkteten Nachthemd weinte ein wenig auf Sams Schoß. Ja, ganz sicher war es um den zwanzigsten Juni, denn Brynja war noch nicht lange bei uns, und ich erinnere mich, dass ich ihr mit ihren dunklen Haaren, den stets etwas geöffneten Lippen und dem weißen T-Shirt gleich an ihrem ersten Abend begegnet bin. Unter dem T-Shirt wölbten sich ihre Brüste wie ein Paar gefährlicher Naturgewalten. Ich ließ mir nichts anmerken, aber anschließend lag ich fast erschrocken bis spät in die Nacht hinein wach. Und das war nur der Anfang.

Einige Abende später – ich betone, dass ich mich nicht vorsätzlich wie ein Spanner angeschlichen habe oder so, sondern ich musste einfach an ihrem Zimmer vorbei, um ins Bad zu kommen –, da sehe ich völlig unerwartet durch die halbgeöffnete Tür, wie sie vor dem Spiegel steht, in einem weißem Slip, und sich das T-Shirt über den Kopf streift ... Ich war kein Frischling mehr, im Sommer davor hatte ich sie schließlich nackt bis hinab zum Bauchnabel gesehen und im folgenden

Winter war mir ein Buch in die Hände gefallen – nein, ich erinnere mich nicht mehr genau, wie, aber der Titel fällt mir sofort wieder ein: *Die Abenteuer des Masseurs*, kleinformatig und rot, auf dem Umschlag eine nackte Frau mit verruchtem »Komm-und-nimm-mich«-Ausdruck, und auch im Innern ging es nicht zimperlich oder prüde zu. Die derbsten Ausdrücke flogen einem da um die roten Ohren.

Ich hatte mithin gesehen und gelesen; aber dennoch, an diesem Abend, ich bin gerade auf dem Weg ins Bad, um mir die Zähne zu putzen, da sehe ich durch die zur Hälfte offen stehende Tür, wie sich Brynja das T-Shirt über den Kopf streift und *sie* zum Vorschein kommen: Groß und weiß, prall voll Leben, schwellendes Fleisch, das ein wenig auf und ab wogte.

Ich will es sagen, wie es ist: Nichts war mehr wie vorher.

Sicher flog man noch immer durch die Tiefen des Universums, doch urplötzlich verwandelten sich Sonnen und Planeten in Brüste, deren Schwerkraft mich unwiderstehlich anzog. Da half es nur wenig, dass man einszweiundneunzig groß war und stechende Augen hatte.

Wie lange dauert es, ein T-Shirt auszuziehen? Eine Sekunde oder tausend Jahre? Vielleicht war die Zeit neben mir stehen geblieben, um auch einen Blick zu riskieren. Ich stand im Flur und schaute und schaute. Ich kam nicht eher wieder zu mir, als bis ich zitternd und dem Weinen nahe auf dem Rand der Badewanne saß.

Ein beschämender Auftritt, fand ich am Tag darauf, feige geradezu; und ich war darüber mächtig bekümmert. Schließlich hatte ich *Die Abenteuer des Masseurs* aufmerksam gelesen und erinnerte mich genau, dass dort nirgends von einem derart jämmerlichen Betragen die Rede war, niemand war dort ängstlich und erregt zugleich, immer nur erregt; und dann ging es gleich zur Sache mit Keuchen und Stöhnen.

Ich aber flüchtete fast ins Bad und klapperte mit den Zähnen.

Dafür gibt es nur zwei Erklärungen, dachte ich in den folgenden Tagen. Entweder sind die *Abenteuer des Masseurs* pure Erfindung, oder ich bin völlig aus der Art geschlagen.

Solche Gedanken beschäftigten mich in den Tagen vor dem großen Ball. Was nämlich, wenn alle gefahren wären, ich meine Þórður, Salvör und Starkaður, wenn die kleine Sæunn und der alte Jónas schliefen und nur Brynja und ich noch auf wären, was, wenn sie dann mit »heiß glühenden Blicken« auf mich losgehen sollte, »mit der Zungenspitze zwischen ihren roten, feuchten und leicht geöffneten Lippen«, und flüsterte: »Bist du ein Mann oder ein Baby?«, dann langsam die Bluse aufknöpfte und uff, puff!?

Als ich mir das vorstellte, ja, die feuchte Zungenspitze direkt vor mir sah und die langen, schlanken Finger, die die Bluse aufknöpften, und die Brüste, die so grausam schön daraus hervordrängten, da, muss ich gestehen, bekam ich wackelige Knie. Aber am Abend, als alle um den Esstisch saßen, da war Brynja kein schwarzhaariges Mysterium mehr, sie war keine lockende Herausforderung, die in dunklen, mit rotem Plüsch ausgekleideten Hinterzimmern Strippoker spielte (oder stammte der rote Plüsch aus den *Abenteuern des Masseurs*?). Nein, da am Tisch war Brynja nur ein Mädchen, fast noch ein Kind, und ihre Brüste bei weitem keine Naturwunder und erst recht keine Planetenkugeln, die aus der Tiefe des Weltraums auf mich zurasten. Ganz und gar nicht. Vielmehr bedauerte ich sie aus tiefstem Herzen dafür, dass sie diese beiden unförmigen Säcke vor sich herschleppen musste, diese beschämenden Dinger, die sich kaum verbergen ließen, ausgestülpte Fettdrüsen und rosarote Brustwarzen wie geschwollene und verheulte Augen. Nein, sie war einfach nur ein missgebildetes Kind, *Die Abenteuer des Masseurs* billiger Schund und Schweinkram.

Als nächstes schiebt Starkaður seinen Stuhl zurück und steht auf. So vorgebeugt, dass die Stirn fast die Tischplatte berührt.

Dann schafft er es, auch seinen schwarzen Schädel zu heben, schwer von Träumen und Gedichten. Es fällt ihm nicht leicht, ruhig stehen zu bleiben, denn der Alkohol scheint seinen Beinen eigenen Willen zu verleihen. Sie zucken andauernd vor und zurück, und der obere Teil des Körpers schlenkert immer hinterher; irgendein verklärtes jenseitiges Grinsen auf den Lippen und Alkoholschlieren in den Augen.

O dieser Abend! Man sieht es im Nachhinein, bis zu diesem Abend um den zwanzigsten Juni, da die Helligkeit niemanden schonte und die Geister in den dunkelsten Ecken der Außengebäude wimmerten, waren Starkaður Träume und Gedichte harmlos nett und kindlich in ihrer Ziellosigkeit. Er fand nur Worte für das, was sich im gleichen Moment ereignete. Er verwandelte das Summen der Schwebfliege und den lautlosen Lauf einer Spinne über den Boden des Melkstalls in Gedichte. Er zog Verse aus den offenen Wunden des Weltgewissens. In seinen Träumen trat er in Berge ein und kehrte angefüllt mit einer seltsamen Helligkeit daraus zurück, mit Geschichten über kraftvollen Wein, langhaarige Frauen, verzaubernde Rhythmen und ...

»Moment mal, was für Rhythmen?«, unterbricht ihn Sam so neugierig, dass er sein Glas abstellt, ohne vorher zu trinken. Wegen dieser Frage war Starkaður aufgestanden und nahm mitten im Zimmer Aufstellung.

»Das ist Musik«, meint er, »die man nicht in Worten ausdrückt, sondern mit dem Körper; denn sie sitzt im Blut und in den Gliedern nicht weniger als in den Ohren.«

Vorgebeugt steht er mitten in der Küche, summt leise, aber beschwörend und allmählich lauter werdend, fängt an sich zu bewegen, als würde sich sein ganzer Körper in ein wundersames »Hmmm« verwandeln, das nicht nur aus seinem Mund kommt, sondern aus seiner Brust ins Blut eindringt und seinen ganzen Körper erfüllt: Hmmmmmmmm, hmmmmmmm, hmmmmmmm, hmmmmmmm, hmmmmmmm, hmmmmmm, hmmmmmmm, hmmmmmmm, hmmmmmmm, hmmmmmmm, hmmmmmmm. Schon ist auch Sam zu ihm getreten, und die ganze Küche schwingt von summenden Akkorden, die uns aufs Meer der Töne hinaustragen, und sicher hätte sich auch das verborgene Volk aus dem Hügel oberhalb mit seinem Lachen und dem guten Wein zu uns gesellt, wenn nicht eine Ungläubige unter uns gewesen wäre; Brynja nämlich, die ständig in ihre vorgehaltene Hand kichert und »Dschises« sagt. Aber sie kommt ja auch vom Asphalt und hat Strippoker gespielt.

Dann geht es auf den Ball. Alle fahren mit, außer Brynja und mir, Sæunn, die seit langem eingeschlafen war, und dem alten Jónas, dem Þórður und ich hinauf in sein Zimmer halfen. Jónas brabbelte im Halbschlaf Bruchstücke aus seinen Geschichten, und Þórður strich seinem Vater übers Gesicht und lauschte geduldig auf die zusammenhanglosen Fragmente, die aus ihm heraus gluckerten. Langsam trat der Schlaf in seine Atemzüge, die Worte sanken halb oder kaum ausgesprochen in seine Traumwelt, fielen dort wie ein milder Regen, und Jónas ist in dieser Welt der Träume gar nicht alt, sondern noch recht jung, vielleicht um die vierzig.

Dieser Jónas erwacht, als der alte und verbrauchte einschläft, die nur zur Hälfte vernehmlichen Worte wie milder Sommerregen fallen. Und wer kommt ihm da lächelnd entgegen, wenn nicht seine Þóra, die Beste und Schönste von allen.

»Ja, wo hast du denn gesteckt?«, fragt Jónas der Jüngere im Traumland, doch Þóra schlingt ihm die Arme um den Hals, lacht und küsst ihn, lacht noch im Küssen; dann bummeln sie beide gemeinsam durchs Sommerland. Jónas erzählt Geschichten, und in der Traumwelt sind seine Worte keine scheuen Lämmer, die andauernd davonlaufen wie im Wachzustand, wo er ein altersssteifes Wrack ist und seine Geschichten meist einem verwehten Büschel Heu gleichen. Möglicherweise erzählt er von seinem Großvater und der Volkszählung. Doch mitten im Satz donnert ein Landrover in den Gang der Ereignisse, und die Leute müssen zur Seite springen, damit sie nicht schon Ende des neunzehnten Jahrhunderts in einen Autounfall verwickelt werden. Doch für den kaum vierzigjährigen Jónas im Traumland, der seine Frau im Arm hält, sind die Worte eine gehorsame Schafherde, die genau dorthin läuft, wo er hinzeigt.

»Sieh mal, wie er lächelt«, sagt Þórður zu mir. »Jetzt erzählt er Geschichten.«

Dann geht es auf den Ball. Ich höre, wie sich der Wagen entfernt, sehe ihn über die Höhe entschwinden. Die Staubschlange löst sich in der Abendsonne auf, und die Welt ist wundersam, lässt sich in Worten nicht festhalten. Denn als ich mich umdrehe, sitzt Brynja noch immer an der selben Stelle, mümmelt Schmalzgebäck und trinkt Milch dazu, aber trotzdem ist sie nicht mehr dieselbe wie früher am Abend: kein ewig offen stehendes Maul und vorne dran keine ausgestülpten Fettdrüsen. Nein. Obwohl sie in kürzester Zeit drei Teilchen verdrückt und einen Milchbart hat, ist sie in ein Furcht einflößendes Mysterium gehüllt: Auf einmal ist sie wieder die lockende Herausforderung, ihre Brüste wogen unter dem schwarzen Pullover wie lähmende Naturgewalten.

Sie erhebt sich, streicht sich die Hände ab, wischt mit dem Handrücken über den Mund und sagt etwas, was ich nicht verstehe, weil ihre Stimme im Rauschen meines Blutes untergeht. Ich glaube, ich habe das Atmen eingestellt. Schau, wie sie mich anlächelt, als hätten wir ein Geheimnis zusammen. Dabei bin ich wahrscheinlich ungefähr so sexy wie ein Stuhl. Nein, nicht einmal das, denn sie wird sich kaum auf mich setzen wollen. Da, jetzt reckt sie sich zum Schrank hinauf, und, uff, ich hatte keine Ahnung, dass Hüften derart rund sein konnten, und erst recht nicht, dass ich angesichts solcher runden Hüften schwach werden könnte. Jetzt streckt sie sich, und gemäß dem Naturgesetz, einem sich hochreckenden Arm folgt der Pullover, hebt sich der Saum, und ich starre auf den hellen Streifen, der darunter zum Vorschein kommt.

Fleisch, denke ich. Das ist Fleisch, so weich, so weiß!

Sie sagt wieder etwas. Hält eine Zigarette und ein Feuerzeug in Händen. Das blaue. Sie sagt etwas und lächelt mir zu. Geht hinaus in den Flur. Ich folge ihr wie eine lebende Kamera. Sie geht aufs Klo, zwinkert mir mit dem Auge zu, schließt die Tür. In der Gewalt schaudernder Wollust zitternd, knie ich vor der Tür nieder. Durchs Schlüsselloch herausziehender Tabaksduft wird zum Vorboten verbotener Abenteuer.

Was geschieht jetzt? Das, was ich seit einem guten Jahr erhofft und gefürchtet habe? Das, wovon mein Blut gesungen hat? Öffnet sich mir die Welt jenseits des Vorstellungsvermögens? Wird die Welt *ein* weiches Fleisch?

Kurz, eine halbe Stunde später lag ich wach in meinem Bett; zugleich schreckgelähmt und bebend vor brennender Begier. Ich dachte: Vielleicht wartet sie nur darauf, dass ich aufstehe, darauf, dass ich mit schweren Schritten zu ihr komme, entschlossen und unbeirrbar. Sie wartet, mich über sich zu sehen, nackt. Dann würde sie mir mit schmalen Händen über die behaarte Brust streichen, seufzen, die Kraft in meinen braungebrannten Armen fühlen, ihre schlanken Hände führen streichelnd tiefer und tiefer und ... ja, bestimmt ist es so. Sie, die raucht und in der Stadt beim Strippoker mitgemacht hat, erwartet so etwas wie *Die Abenteuer des Masseurs*, aber kein verschüchtertes Jüngelchen, bleich wie Schnee und spindeldürr. Nein, besser, schlafen zu gehen.

B.G. & Ingibjörg spielen zum Tanz auf

Es waren bestimmt *B.G. & Ingibjörg*, die »zum Tanz aufspielten«. Das Gemeindehaus im Ort proppenvoll, dröhnend muntere Tanzmusik im großen Saal, auf dem Parkett ein wogendes Meer, aus dem hier und da ein Arm in die Höhe zuckte, gegen den Takt, denn hemmungslose Fröhlichkeit folgt keinem vorgegebenen Takt.

Emporgeworfene Arme? Nein, nicht nur das. Diejenigen, die am Rand des Tanzbodens standen und über die wogende Menge blickten, sahen, wie plötzlich eine ganze Frau kreischend in die Höhe geworfen wurde.

»Seht her!«, wurde gerufen. Die Hände, die sie auffingen, gehörten Guðmundur. Ja, der Troll war beim Tanzen so ausgelassen, dass er seine Frau um die Mitte fasste und sie hoch in die Luft schleuderte. Sie flog wiehernd in die Höhe, und auch Guðmundurs Arme reckten sich hoch über die Menge empor.

An dem langen Tisch oben auf dem Podium sitzt kein anderer als Sveinn auf Brekka. Sein Jackett hat er schon vor geraumer Zeit abgelegt, den Schlips gelockert, die Manschettenknöpfe geöffnet und die Hemdsärmel bis über die Ellbogen aufgekrempelt. Nicht vom Tanz ist ihm so warm, nicht die Füße haben ihm die Stirn betaut, sondern die reine Erzählfreude hat ihm den Schweiß auf die Stirn getrieben. Eine Gruppe von Menschen umringt ihn, und die am entferntesten stehen, recken die Hälse. Einige werden von ersticktem Lachen geschüttelt, das sie aus Angst, etwas zu verpassen, erst am Ende der Geschichte herauslassen wollen. Sveinn sitzt kerzengerade da. Die Konzentration, die auf seinem Gesicht leuchtet, wird hin und wieder von vertrauenerweckenden Augenaufschlägen unterbrochen, die er auf die Umstehenden abfeuert.

Dann ist seine Geschichte zu Ende. Sveinn verstummt, sieht sich verschmitzt lächelnd um, rückt dann etwas vom Tisch ab, haut sich auf die Schenkel und lacht sein befreiendstes, schallendstes Gelächter, das sich auf alle überträgt. Die, die gestanden haben, sinken hicksend vor Lachen auf umstehende Stühle. Þórður hält sich japsend den Bauch. So herzlich lacht er nicht alle Tage. Vorhin, als wir noch auf Karlsstaðir um den Esstisch saßen, mein Mitgefühl und Beileid für Brynja so aufwallten, dass ich ihr beinah aufmunternd auf die Schultern geklopft hätte, da hatte Þórður selbst eine Geschichte von Sveinn zum Besten gegeben. Eine, die er sozusagen aus erster Hand hatte, nämlich von der Schwägerin des Brekkabauern. Sie ging ungefähr so.

Sveinn auf Brekka landet im Unwetter und sagt später Ähemm

Es war einmal spät an einem Ostersonntag, als Sveinn in den Ort fuhr, um seine Schwiegermutter und seine Schwägerin zum Essen abzuholen. Die Schwiegermutter war seit Jahren Witwe, die Schwägerin unverheiratet, hielt aber ein längeres Techtelmechtel mit dem Busfahrer mit den zusammengewachsenen Brauen am Köcheln.

In den Tagen zuvor hatte es starkes Tauwetter gegeben. Die Erde war so gut wie schneefrei, der Frost meist aus dem Boden. Jetzt aber kündigte sich ein heftiger Wetterumschwung an. Die Ortschaft war noch im Rückspiegel zu sehen, da brach von Norden kräftiges Schneegestöber mit wütenden Böen über sie herein.

Die Schwiegermutter fragte: »Wollen wir nicht lieber umkehren, lieber Sveinn, und den Schauer zu Hause abwarten?«

»Au ja«, bekräftigte die Schwägerin, »mit einer schönen Tasse heißem Kaffee.«

»Pah!«, gab Sveinn nur zurück. Er war an diesem Tag mit seinen Gedanken woanders. »Als ob man sich von so einem Lüftchen aufhalten lassen würde!«

»Lüftchen«, wiederholte die Schwägerin höflich und musste sich festklammern, weil das Lüftchen den Landrover schaukelte wie Eltern ein fremdes Kind.

»Bitte, Sveinn ...«, begann die Schwiegermama, doch Sveinn unterbrach sie so harsch und fast brutal, dass ihnen, völlig verdattert, jede Lust auf weiteren Einspruch verging. Sveinn, dieses Heißblut, konnte nichts und niemand stoppen.

Der Wagen kämpfte sich durch das weiße Toben. Die Sicht reichte kaum weiter als bis zur Kühlerhaube, und eine gute halbe Stunde später saßen sie fest.

Sofort hörte der Schneefall auf, und der Sturm ließ nach. Blauer Himmel kam zum Vorschein. Unglaublich! Als hätte das Wetter Sveinn ein Bein gestellt, um mit der unglückseligen Fahrt des Brekkabauern Schabernack zu treiben. Sveinn war nämlich vom Weg abgekommen. Nein, er war nicht im Graben gelandet oder so, sondern einfach nur um eine Radbreite aus der Kurve getragen worden und dann mit dem Wagen in eine aufgeweichte Stelle gesackt. Das war allerdings merkwürdig genug, denn Sveinn gehörte zu denen, die gewissermaßen mit eingebautem Radar im Kopf geboren werden. Er verirrte sich nie, verlor niemals die Orientierung.

Er kletterte aus dem Wagen und befahl seiner Schwägerin, sich ans Steuer zu setzen: »Ich schiebe, du lenkst!«

»Au weia, ich bin seit Jahren nicht mehr gefahren. Mama, du bist doch mehr in Übung ...«

»Hör mit dem Gejammer auf und setz dich ans Lenkrad!«, brüllte der Brekkabauer. Schon sehr befremdlich, wie wenig ihm das gleich sah. Die Schwägerin wagte nichts anderes, als ihm zu gehorchen, traute der Laune ihres Schwagers nicht über den Weg.

»Schon gut, schon gut«, murmelte sie beschwichtigend, aber

Sveinn schien sie überhaupt nicht zu hören und knurrte: »Das Gaspedal nur eben antippen«. Damit war er schon hinter dem Wagenheck verschwunden und begann zu schieben.

Die Reifen des Geländewagens drehten durch. Sveinn brüllte wie ein Ochse, und in ihrer Ohnmacht gab die Schwägerin mehr und mehr Gas, erschrak sich dann aber beinah zu Tode, als die Tür von einem Sveinn mit versteinertem Gesicht aufgerissen wurde. Hinter ihm näherte sich aus Nord die nächste gewaltige Schauerwand, wurde größer und größer, weiß von Schnee, schnaubend vor Angriffslust.

Wortlos stellte Sveinn den Motor ab und knallte die Tür zu. Die Frauen sahen ihn wieder nach hinten stapfen. Seine Umrisse erschienen im Heckfenster, und dann geschah zweierlei, nein, dreierlei, und zwar gleichzeitig: Der Nordsturm war heran und drosch aufs Neue auf sie ein, Sveinn brüllte, und sie sahen ganz deutlich, wie dieser gekrümmte Wurzelholzknorren, nach dem Sveinn bis zu diesem Tage immer ausgesehen hatte, sich zu strecken und zu wachsen begann, ja, sich in einen Troll zu verwandeln schien, der die ganze Heckscheibe ausfüllte.

Dann ereignete sich ein Viertes: Ein Schrei, nein, ein Aufbrüllen, und das Hinterende des Landrovers wurde zurück auf die Straße geworfen, wie man einen Hackklotz zur Seite schleudert. Im nächsten Moment stand Sveinn, von gewaltiger Statur und nicht wiederzuerkennen, schon vor dem Wagen, wo der Motor schwer unter der Motorhaube lastete. Aber als sei es nichts, wuchtete der Brekkabauer auch das Vorderteil herum, und der Landrover steckte nicht mehr fest.

Der Schwiegermutter entrang sich ein: »Derartiges habe ich noch nie ...«, aber da war die Trollkraft schon wieder aus Sveinn gewichen. Völlig erledigt kroch er hinten ins Auto und lag da wie ein leerer Heusack. Die Schwägerin schaute starr nach vorn und jagte los, ohne ein Wort zu sagen. Wohlbehalten und in schönstem Wetter erreichten sie Brekka. Dem Nordwind schien es vor Überraschung derart die Kraft verschlagen zu haben, dass er es aufgab, weiterhin als Unwetter aufzutreten, und er legte sich als leises Lüftchen.

Sveinn war seinerseits so erschöpft, dass er das leckere Essen ausließ, in sein Bett gebracht wurde und erst am Morgen danach erwachte. Da ging er hinab in den Kuhstall, um seiner Frau Guðrún zu helfen. Sie warf ihm andauernd Seitenblicke zu, und er räusperte sich ausdauernd.

Dann war das Melken vorüber, die Kälber gefüttert und hinter den Ohren gekrault, sodass sie vor kälbischem Wohlbehagen die Zungen herausstreckten. Sveinn ging ins Haus, setzte sich zu seiner Schwägerin und seiner Schwiegermutter, sagte noch ein paar Mal »ähemm« und »hm, hm« und bat sie dann für sein rüdes Betragen vom Vortag um Verzeihung.

»Ich weiß gar nicht, was gestern mit mir los war. Es lief einfach nur alles schief, seit ich aufgestanden war.«

»Ach, Schätzchen«, sagten sie und machten Sveinn damit vollends verlegen, denn niemand außer seiner Frau hatte ihn jemals Schätzchen genannt.

»Schätzchen, das war es uns wert. Schließlich landet man nicht jeden Tag in einer solchen Situation mit einer lebenden Legende.«

Einen Schriftsteller darf man ruhig verhauen, aber um Gottes willen keinen Dichter!

Doch wir befanden uns auf dem Ball mit *B.G. & Ingibjörg*. Dort geht das rauschende Fest weiter, und die Teilnehmer waren nicht nur ambitioniert im Tanzen, sondern auch im Verzehr hochgeistiger Getränke. Einige vielleicht zu sehr. So etwa das Ungetüm, das mit der Nachbarstochter geht. Gegen Mitternacht pennt er auf seinem Stuhl ein. Die dicken und schweren Arme liegen quer über dem Tisch, zwischen ihnen ist auch der Quadratschädel auf die Platte herabgesunken, eine apfelrote Wange drückt sich in einer Lache aus Wodka-Cola platt. Von Zeit zu Zeit rumort es in ihm, als ob sich ein Troll in einem seit tausend Jahren bannbelegten Stein herumwälzt. Irgendwann verliert er völlig das Bewusstsein und geht in die Walhalla des Weingottes ein.

Kaum eine Stunde später zieht seine Freundin ein paar duftender, schwarzer Fingerhandschuhe aus, reicht sie dem dürren einzigen Sohn auf Hlíð und bittet ihn, sie zu halten, während sie auf die Toilette geht. Daraufhin fällt der Erbe von Hlíð fast in Ohnmacht. Von der Art sind sie häufig, die Abenteuer in dieser Gemeinde!

Im geräumigen Vorbau steht eine Schlange von Leuten. In einer der Ecken halten sich die jungen Burschen der Gegend an der Flasche fest und warten auf etwas, auf ihr Mädchen zum Beispiel oder auf eine Schlägerei. Ja, eine Schlägerei, du meine Güte! Das eine oder andere passiert halt, wenn sich der Abend in eine leuchtend helle Sommernacht verwandelt.

Tumult und Rempeleien hatten ihren Ursprung im zwanzigjährigen Sohn des Filialleiters der Bank im Ort, einem früh gereiften Früchtchen, das mehrere Winter in der Stadt verbracht hatte. Groß und kräftig, dunkelhaarig und mit muskelbepackten Armen ausgestattet, sah er wie der Märchenprinz der Liebesschnulzen aus. Nur ging ihm jegliche Romantik ebenso ab wie den Schnulzen echte Leidenschaft. Er war bereits voll bis zum Überlaufen und spielte sich mächtig auf, was nichts Neues war (weder das Volllaufenlassen noch die Angeberei). Es war ihm gleichsam in die Wiege gelegt. Am besten sagt man es gleich: In den vorangehenden Jahren hatte schon so mancher von ihm Faustschläge ins Gesicht oder in den Magen einstecken müssen. Deshalb nannte man ihn auch »Die Faust«. An diesem Abend nun hatte er sich ganz plötzlich obenherum ausgezogen.

Er war unbestreitbar gut gewachsen, mit einem tarzanhaft gewölbten Brustkasten und langen, kräftigen Armen. Jetzt steht er mit nacktem Oberkörper da und setzt sich mächtig in Szene. Er dreht dem Fenster zum Vorbau den Rücken zu und ist auf der anderen Seite von einer Schar Fans übelster Sorte aus dem Ort umgeben. Die Faust sitzt fast in der Hocke, die Beine gespreizt, die Knie angewinkelt. Seine Arme vollführen weit ausholende Bewegungen wie ein Magier auf der Bühne. Nur hat er keinen Hut und also auch keine Tauben und Kaninchen, dafür aber mehr als genug Übermut, und auch ein großes Maul fehlt nicht. Damit kreischt er wie ein Irrsinniger. Als durch sein idiotisches Gejaule endlich genügend Leute aufmerksam geworden sind, federt er kurz in die Hocke und *fliegt* dann geradezu in die Höhe und vorwärts. Ein Fuß schnellt vor, und einer seiner Kumpel gut fünf Meter zurück in die Menge; mit verblüffter Miene, aber auch stolz, von seinem Führer für diesen überfallartigen und herrlichen Tritt auserwählt worden zu sein. Die Faust kauert schon wieder federnd in dieser seltsamen Hockstellung, das Maul klappt johlend auf, er fuchtelt mit den Armen nach Zylinder und Kaninchen. Erneut schnellt er in die Höhe und nach vorn, der Fuß kickt vor, einem anderen Kumpanen widerfährt die Gnade, nach hinten geschleudert zu werden und sich anschließend die wehe Brust reiben zu dürfen.

»Geil! Ich bin unbesiegbar!«, kreischt die Faust und kickt schneller, als man gucken kann, Löcher in die Luft. »Unbesiegbar! Reicht mir die größten Bauernlümmel! Ich werde ihnen meine Fußabdrücke in die Visagen pflanzen, haaaa!«, röhrt der Bursche wie von Sinnen.

Die Leute gucken ziemlich verdutzt.

»Der arme Kerl«, murmelt einer.

»Die Hunde sollte man auf den Verrückten hetzen«, flüstert

ein anderer. Da löst sich Starkaður aus der Menge und schlendert dürr, wie er ist, auf den ausgeflippten Jungen zu. Er nimmt vor ihm Aufstellung, ballt die Fäuste und reckt sie vor. Allerdings sieht er mehr wie die Karikatur eines Langstreckenläufers als wie ein drohender Boxer aus, als er laut und feierlich sagt: »Komm, lass uns ein Tänzchen wagen, mein süßer Schnuckiputz!«

Wenn eine Kreatur wie die Faust mit etwas Unerwartetem konfrontiert wird, das vollständig über sein Fassungsvermögen geht, wird ihre Reaktion garantiert darin bestehen, das Unfassbare erst einmal zu Boden zu schlagen. Oder zu treten. So wirbelt nun auch die Faust einmal um sich selbst, der rechte Fuß zuckt vor und trifft Starkaður genau ins Gesicht. Er geht wie vom Blitz getroffen zu Boden.

Etwas Derartiges hat man in dieser Gemeinde noch nie gesehen. Wie betäubt starren die Leute auf die Faust, die Triumphschreie ausstoßend über dem gefällten Starkaður steht. Dann lässt das Indianergeheul nach, verstummt; der Bursche blickt sich um, Schweigen macht sich breit.

Nicht ganz; aus dem Saal dröhnt noch die Musik, aber im Vorraum herrscht gespenstische Stille, und so langsam dämmert der Faust wieder das ungeschriebene alte Gesetz, demzufolge man in dieser Gegend keinen Dichter haut. Einen Schriftsteller möglicherweise, denn die sind Diebe, die fremdes Leben klauen – aber einen Dichter? Niemals. Höchstens in äußerster Bedrängnis, und auch dann allenfalls einen schlechten Reimschmied.

Die Faust richtet sich langsam auf und macht zwei Schritte in Richtung Saal, auf die beiden hohen Flügeltüren zu, die vor kurzem noch sperrangelweit offen standen, als hätte sich die Volksmenge eine Bresche gesprengt, um schneller auf die Tanzfläche zu kommen. Jetzt aber ist die Nachricht von der Schändung des ungeschriebenen Gesetzes offenbar schon bis in den Saal gedrungen; denn die Faust macht gerade den dritten Schritt auf die Türen zu, als sich die Bresche zu einem schmalen Spalt verengt, weil zwei Gestalten Seite an Seite in den Rahmen treten: Guðmundur auf Hamrar und Sveinn auf Brekka. Groß und stark wie ein Troll, breit und kräftig wie ein verzauberter Berg der eine, kein Riese, aber mit breiten Schultern und Armen, die Stiere niederringen und Landrover umwerfen, der andere.

Die Faust erstarrt in der Bewegung. Er ist doch noch ein Junge, der gerade erst erwachsen wird. Vielleicht fallen ihm jetzt auch wieder die Geschichten ein, die er mit Sicherheit schon über die beiden Männer gehört hat. Rasch blickt er auf seine Hände, die kurz zuvor noch so groß und stark wirkten, jetzt aber wie nach einer siebenjährigen Hungersnot geschrumpft sind. Dann nimmt er die Beine in dieselben.

Er wählt den direkten Weg nach draußen, und zwar mit solchem Tempo und solcher Wucht, dass die beiden Türsteher zur Seite fliegen wie Bälle, die gegen eine Wand titschen. Er stürzt die Außentreppe hinab und fällt fast über das Polizeiauto, das dort schwarz und mit Þorvaldur am Steuer auf seinen großen schwarzen Reifen steht.

Ich glaube, das Ganze ereignete sich so etwa ein oder zwei Jahre, nachdem Þorvaldur seine Arbeit als Lagerist aufgegeben hatte und an der Seite Nur-Jóns hauptberuflich in die Polizei eingetreten war. Jetzt sitzt er da am Steuer seines Streifenwagens und sieht die Faust mit nacktem Oberkörper und blankem Entsetzen im Gesicht aus dem Haus und die Treppe herabstürzen. Dann sieht er Sveinn und Guðmundur mit Sturm auf ihren Mienen erscheinen und eine Menschenmenge, die hinter ihnen ins Freie drängt. Kurz: Þorvaldur erkennt, es gibt Unruhe.

Es kommt einem, so viele Jahre später, der Verdacht, heutzutage hätte ein einzelner Polizist bei einem derartigen Auflauf wenig zu bestellen. Seine Lage ähnelte in etwa der jenes Ritters, der in voller Rüstung und mit eingelegter Lanze gegen den Wirbelwind anritt, der Häuser, Bäume, Menschen und lose Gegenstände mit sich riss. Nein, heute hielte sich ein einzelner Streifenpolizist an die Dienstvorschrift. Er würde in seinem Dienstfahrzeug den Gang einlegen, das Gaspedal bis zum Anschlag durchtreten und erst einmal das Staatseigentum, Streifenwagen und Uniform, vor möglicher Sachbeschädigung in Sicherheit bringen. Mit durchdrehenden Reifen würde er davonjagen, dabei zum Funkgerät greifen und den Kanal mit Alarmrufen nach einem Sondereinsatzkommando der Polizei füllen, einen Arzt anfordern und speziell geschulte Leute für psychologische Katastrophenbewältigung.

Aber Þorvaldur? Der konnte sich keine Hoffnung darauf machen, dass aus dem Lautsprecher eine polizeiliche Wikingertruppe mit furchteinflößenden Schusswaffen, schusssicheren Westen und schwarzen Terroristenmasken aufmarschierte. Nein, damit konnte er nicht rechnen und tat es auch gar nicht. Unter keinen Umständen hätte sich Þorvaldur vorstellen können, die vier großen und schwarzen Reifen quietschend aus der Gefahrenzone bringen zu wollen. Er war nämlich ein Mann, der seine Uniform mit Würde trug. Außerdem kannte er seine Pappenheimer wie der Bauer sein Vieh und der Buchhalter seine Zahlen. Er war Morgan Kane und Lucky Luke in einer Person.

Þorvaldur kombiniert rasch. Die Indizien strömen ein und führen zu einem Ergebnis: Wenn die Faust auf der Kühlerhaube des Streifenwagens einen trampelnden Kriegstanz beginnt, dann legt ein Þorvaldur nicht bleich und tatenlos die Hände in den Schoß. Nein, ein Þorvaldur steigt aus, lässt den Wagenschlag offen stehen, schlägt einen Bogen, um außer Reichweite der angriffslustigen Füßchen des Knaben zu bleiben, ... und schon federt der Junge von der Motorhaube, schlüpft durch die offene Tür ins Auto, schlägt sie zu und verriegelt sie und will siegessicher starten und mit heulender Sirene davonpreschen, über alle sieben Berge, acht Täler und neun Seen. – Aber der Zündschlüssel steckt sicher verwahrt in Þorvaldurs Hosentasche.

In aller Seelenruhe steigt der die Stufen zum Gemeindehaus hinauf und übersieht geflissentlich die beiden wutschnaubenden Männer, die wie das rächende Schicksal selbst an ihm vorbei zum Streifenwagen stürzen, und die Menge der Zuschauer, die sich das Spektakel nicht entgehen lassen wollen. Nein, zur allgemeinen Verwunderung verschwindet er im Haus, ohne nach links oder rechts zu blicken.

Drinnen wendet er sich zum Tisch, an dem die Eintrittskarten verkauft werden, und begrüßt mit dienstlichem Gesichtsausdruck Soffía und Karl, die jeglichen Kartenverkauf im Ort unter sich haben. Eine Aufgabe, die schon Soffías Eltern fünfundzwanzig Jahre lang mit größter Verlässlichkeit ausführten, ehe sie sich zur Ruhe setzten. Þorvaldur grüßt knapp, greift zum Telefon, wählt, wartet. – Tuut ... tuuuuut ... tuuuuut.

»Þorvaldur hier«, sagt er in trockenem Amtston. Dann setzt er hinzu: »Wenn ich du wäre, würde ich mir schleunigst was überziehen, mich ins Auto verfügen und die Kiste so schnell wie möglich hierher zum Gemeindesaal prügeln. Was anderes käme gar nicht infrage, als wirklich alles aus deinem neuen Mercedes 'rauszuholen, denn hier tut sich was. Zwei Bauern mit Trollblut in den Adern haben sich vorgenommen, das Aussehen deines Sohnes tiefgreifend zu verändern ... nein, er ist noch unverletzt, sitzt sicher im Streifenwagen ... der aber, wie ich im Moment höre, gerade umgeworfen wird. Stellt sich die Frage, wer eigentlich für den Schaden aufkommt.«

Im Laufe des Gesprächs ist der dienstliche Tonfall aus

Þorvaldurs Stimme verschwunden und durch einen kumpelhafteren ersetzt worden. »Der Schadensersatz könnte übrigens rasch steigen«, fährt er fort. »Wer ersetzt mir etwa die Thermoskanne? Die Dienststelle selbst ist in dauernden Finanznöten. Ich muss sogar die Uniform auf eigene Kosten reinigen und ... – Hallo? Bist du noch dran?«, fragt er in den Hörer, aber es kommt keine Antwort, denn der gestrenge Bankleiter hört schon nicht mehr zu, sondern öffnet bereits das Garagentor. Kaum hat er sich noch Zeit genommen, den bordeauxroten Morgenmantel aus feingewebter Seide überzustreifen und in die fellgefütterten, braunkarierten Pantoffeln zu schlüpfen, da hält er kaum vier Minuten später mit kreischenden Bremsen auf dem Parkplatz vor dem Gemeindeheim und sieht mit eigenen Augen, dass Þorvaldur nicht geflunkert hat: Sveinn und Guðmundur haben den schweren Streifenwagen auf die Seite gekippt. Irgendwie mussten die aufgebrachten Männer ihren Zorn ja auch abreagieren. Das kann man doch verstehen. Sie hatten sich gebückt, mit den Fingerspitzen unter die Unterkante des Wagens gepackt und sich aufgerichtet, ohne loszulassen. Die Folge war abzusehen: Das Auto kippte um. Mit dem kreischenden Jungen an Bord.

»Ich bringe euch alle um!«, hatte er drinnen zu toben begonnen, nachdem er sich von der Seitwärtsrolle erholt hatte. »Ich grabe euch die Augen aus den Höhlen und esse sie zum Frühstück. Ich trete euch die Eier in die Bauchhöhle, ich kicke eure dämlichen Bauernschädel von den Schultern und ficke eure Frauen und Töchter.«

Bumm, bumm, bumm. Um seinen Drohungen Nachdruck zu verleihen, trat er überall, wo er hinkam, gegen das Auto und richtete natürlich einigen Schaden an.

Bumm, bumm. Da kommt endlich sein Vater, der Herr Bankdirektor mit dem Daimler. In Hausschuhen und Bademantel schaut er um sich und erblickt Þorvaldur mit verschränkten Armen oben auf der Treppe. Der ist nämlich ein kluger Mann, hätte sich als Heerführer in jeder Armee der Welt bestens bewährt, weil er genau weiß, wann er angreifen und wann er sich verdrücken muss, und nicht zuletzt, wann es angebracht ist, beiseite zu treten und andere für sich die Kastanien aus dem Feuer holen zu lassen.

Der Bankchef sieht die ganzen Leute, die beiden Trollgestalten und hört das Hämmern und Toben seines Sprösslings. Er geht zu dem umgestürzten Wagen und beugt sich darüber, um hineinzusehen.

»Ich mache euch kalt, allesamt, ihr beknackten Dumpfbacken!«, brüllt der Junge drinnen wieder los, als er draußen eine Bewegung wahrnimmt. »Jawohl, ich schlachte euch, A ...«, doch das letzte Wort geht im Ausruf »Papa!« unter.

Kurze Zeit später sitzt er kleinlaut im Daimler. Þorvaldur und der Bankdirektor wechseln einige Worte miteinander. Genauer: Þorvaldur redet, und der Bankchef nickt dazu mit dem Kopf.

Als der hohe Herr endlich seine Nobelkarosse besteigen und davonfahren möchte, wird er von einem himmelhohen und schrankbreiten Guðmundur aufgehalten, der mittlerweile sündhaft betrunken ist, da erwartungsvoll frohlockende Zuschauer ihm und Sveinn jede Menge Flaschen hingehalten haben, von denen er kräftig Gebrauch machte. Der Herr der Bank wird also von einer gewaltigen Pranke gestoppt, und einige bekommen die bange Vorstellung – es ist eine Sommernacht und nichts unmöglich –, einige also stellen sich bereits darauf ein, gleich zum ersten und sicher auch letzten Mal einen fliegenden Bankdirektor zu sehen. Zeuge zu werden, wie er zappelnd und in hohem Bogen durch die Luft segeln wird. Schon packt der Troll auch mit der anderen Tatze zu. Sveinn tritt erst einen, dann zwei Schritte näher, aber plötzlich hält Guðmundur den Bankier mit Daumen und Zeigefinger am

Schlafittchen seines Bademantels und schält den Mann aus seiner kleidsamen Hülle.

»Aber natürlich, selbstverständlich«, sagt der Bankdirektor im blauen Pyjama beflissen. »Das ist doch das Mindeste«, er ergreift Guðmundurs Pranke, »bester Mann!«

Damit geht er zum Auto, zögert, dreht noch einmal um, tritt auf Sveinn zu und schüttelt auch ihm die Hand.

»Guter Mann«, sagt er noch einmal und macht sich dann mit seinem Sohn auf dem Beifahrersitz schleunigst aus dem Staub.

Der Bauer auf Hamrar begibt sich unterdessen ins Haus und überreicht einem noch immer geknickten Starkaður einen piekfeinen Morgenrock aus reiner Seide. Bordeauxrot.

Draußen richten einige Männer das Polizeiauto auf. Nach vollbrachter Tat genehmigen sie sich einen. Dann stehen sie noch eine Weile schweigend beieinander, bis einer nachdenklich sagt: »Habt ihr diese Pantoffeln gesehen?«

Am Montagmorgen nach dem Tanz. Dann vergeht die Woche.

Es ist Montagmorgen. Þórbergur und ich sind als Erste auf den Beinen. Über der Gegend wölbt sich ein makellos blauer Himmel. Ein Regenbrachvogel steht einbeinig auf einem Wiesenhöcker und trillert.

An einem solchen Morgen steht man wortlos auf, geht vor die Tür und prallt mit der Stille zusammen. So muss es sein, und nicht anders. Þórbergur und ich.

Zusammen schlendern wir westwärts über den Hügel, ich in Pullover, Jeans und Turnschuhen, Þórbergur in seinem schwarzen Fell und weißen Socken, die Stille des Morgens in uns beiden.

Eine Viertelstunde später kehren wir um. Acht Kühe schütteln morgenschwere Schädel. Bei zweien quillt Milch aus dem Euter, und Þórbergur schleckt weiße Tropfen von Gras und Erde.

Dann stehen wir im dämmerigen Kuhstall, wo die Kätzchen gähnen. Ihre hellroten Mäulchen leuchten aus dem Halbdunkel. Die Melkmaschine durchbricht das Schweigen des Morgens. Drei von sechs Kühen habe ich gemolken, zwei Geltkühe, die keine Milch geben, stehen in ihren Ständern und muhen in ihrer Langeweile nach Kraftfutter. Ich bin also mit meiner Arbeit zur Hälfte fertig, da höre ich Schritte im Kies vor der Tür und erkenne Starkaður im Viereck des Rahmens.

Eine halbe Minute steht er vielleicht abwartend da, dann fragt er ungeduldig: »Bist du nicht überrascht?«

»Worüber?«, frage ich zurück.

»Siehst du nicht, was ich anhabe?«

»Nein«, antworte ich wahrheitsgemäß, denn er steht genau in der Tür, wo das Halbdunkel auf den hellen Morgen trifft. An solchen Grenzen verwischen alle Einzelheiten. Menschen verwandeln sich in Schattenrisse. Da tritt er über die Schwelle, und ich erkenne zweierlei: Das Morgenlicht sickert herein und verbleicht auf den Steinplatten des Fußbodens – und Starkaður im Schlafrock.

Ich gucke ziemlich verdutzt aus der Wäsche; er ist zufrieden und sagt: »Lauf und hol Þórður! Aber nicht sagen, warum. Bloß, es sei dringend.«

Ich renne ins Haus zu Þórður und sprudele meine Botschaft heraus, dass Starkaður draußen im Kuhstall warte, ein wichtiges Anliegen, nein, Þórður solle möglichst nicht erst noch den Kaffee austrinken.

»Als ob es darauf ankäme«, murrt er, aber ich bin schon wieder unterwegs. Die Melkmaschine hängt gerade an einer unruhigen Kuh, ich bin ziemlich ungeschickt darin, Läufe zusammenzubinden, folglich könnte sie den Strick abstreifen, ebenso die Saugnäpfe der Maschine, die dann im Dreck liegen und so lange Schmutz ansaugen, bis die Maschine verstopft und die Milch versaut ist. Vielfältig sind die Fallgruben des Landmanns, und Starkaður darf man in landwirtschaftlichen Dingen nicht viel zutrauen.

Als man ihn das letzte Mal mit der Stallarbeit betraute, vergaß er eine Kuh überhaupt zu melken, pumpte dafür zwei andere vollständig leer, molk die vierte nur zur Hälfte und vergaß obendrein, den Filter in das Sieb am Milchtank einzusetzen. Jetzt aber steht er da wie ein feiner Pinkel im Seidenschlafrock (mit Kuhscheiße an den Gummistiefeln) und sagt zu seinem Bruder, der den Kaffeebecher einfach mitgenommen hat: »Da staunst du, was?«

Þórður antwortet nichts, guckt nur und ist natürlich erstaunt.

»Mehr war nicht«, verkündet Starkaður zufrieden und verrichtet in den nächsten Tagen seine sämtlichen Aufgaben im Bademantel. Im gleichen Aufzug macht er Besuche, fährt zweimal in den Ort und erregt überall Aufsehen. Eine Spur des Erstaunens träufelt durch die gesamte Gemeinde, denn es war kein alltäglicher Anblick, jemanden in einem sündhaft teuren Morgenrock aus feinster Seide zu sehen, unter dem mit Stallmist verschmierte Gummistiefel hervorlugten.

Am Abend des folgenden Donnerstags verkündet er zu Hause auf Karlsstaðir, die Erfahrung der vergangenen Tage habe ihn gelehrt, dass er in diese Welt geboren sei, um Verwunderung zu stiften. Lange habe er schon genau diesen Verdacht gehegt, der ihm jetzt zur Gewissheit geworden sei. Seine Aufgabe sei es, Staunen zu erregen und Verwunderung.

Genau das tat Starkaður. Er weckte Erstaunen und Verwunderung. So geglückt waren einige seiner Kapriolen, dass die Leute sie sich noch heute erzählen. Wenn man bedenkt, wie viele Jahre seit der letzten ins Meer der Ewigkeit geflossen sind, dann ist es überhaupt keine Kühnheit, sondern schlichtweg logisch, Starkaður als leibhaftigen Beweis für die Behauptung anzuführen, dass die Vergangenheit niemals vergangen ist. Ich bin selbst Zeuge geworden, dass die erdverbundendsten Bauern plötzlich unerwartet von ihrer Arbeit aufsahen und sagten: »Weißt du noch, wie Starkaður damals ...«

Noch in diesem Frühling zum Beispiel stand ich neben einem solchen Bauern, der im Hang seiner Hauswiese saß, und an seiner Seite schüttelte ein Lamm seinen noch blutigen Kopf in mit Schmerz gemischtem Staunen.

Der Bauer saß im Gras, benutzte die Kniescheiben als Schreibtisch und trug mit konzentrierter Miene ein neues Leben in sein abgewetztes Notizbuch ein. Nichts stand ihm dabei in diesem Moment ferner als poetische Flausen. Dieser Bauer da im Gras braucht das Feld der Dichtkunst ja auch gar nicht mit Worten zu beackern. Er bestellt einfach sein Land, und es trägt wahrhaft mächtige Dichtung, großartige Lyrik. Im Frühjahr sät er seine Ideen. Die grünen Worte sprießen, der Bauer recht sie zu Gedichten zusammen, viele Wagenladungen von Gedichten, Ballen von Strophen füllen die Scheune. Dann frisst sein Vieh diese Poesie, scheidet sie wieder aus; den Mist trägt man auf die Hauswiesen, und da wachsen aufs Neue Gedichte.

Ein studierter Kritiker möchte am Ergebnis sicher Bedenken anmelden: Nicht sehr originelle, ausgetretene Bildsprache; oft wiedergekäut – und das im wahrsten Sinne des Wortes.

Wir aber, die wir Dichtkunst nicht an Äußerlichkeiten messen, sondern an ihrem Saft, wir lächeln nur über eine solche

Kritik. Diese kräftig grüne Bildsprache des Bauern ist nämlich unverwüstlich und immer gleich voll Saft und Kraft. Fragt nur die Tiere! Oder stimmts etwa nicht? Der Bauer saß im Gras, erledigte seine Schreibarbeit und besaß dazu diesen köstlichen Schreibtisch. Das Lammen war in vollem Gang, und jede Unaufmerksamkeit oder Nachlässigkeit konnte den Tod eines Tieres bedeuten.

Daher staunte ich schon sehr, als er plötzlich aufschaute. Sein Gesichtsausdruck war nicht länger angespannt, sondern fast kindlich verträumt, wie wenn wir die hellsten Stunden der Vergangenheit in unsere Gegenwart leuchten lassen. Genau so blickte er plötzlich versonnen auf und sagte: »Weißt du noch, wie Starkaður damals ...«

Und wir saßen dann lange im Frühjahrsgras (auch ich hatte mich nämlich hingesetzt). Das Lamm stakste auf wackligen Beinen zu seiner Mutter hinüber, die leise blökend in der Nähe stand, und auf der vom Frühling gefärbten Hauswiese wurde die Vergangenheit einmal wieder genauso selbstverständlich wie die Gegenwart.

»Ich bin in die Welt gekommen, um Staunen zu erregen. Und Verwunderung.« Das verkündete uns Starkaður beim Abendessen. Es war Donnerstagabend, und ich erinnere mich, dass es Frikadellen gab.

Frikadellen und Salzkartoffeln. Braune Soße dazu, Rotkohl und grüne Bohnen. In den Gläsern erfrischendes Wasser aus den Adern des Bergstocks, der uns vor dem Nordwind schützte. Von uns aus betrachtet, war es ein mittlerer Berg. Weder besonders hoch noch besonders breit und mit Gras bewachsen. Bis weit über die Mitte seiner Hänge hinauf mit Wiesenhöckern bestanden; dann erst begann zerfurchtes Geröll, darüber scharf geschnittener Fels. Doch mit Bergen ist es genauso wie mit Menschen und Ereignissen: Ihr Aussehen hängt davon ab, von wo aus man sie betrachtet. Das Gleiche galt für den Berg, der auf uns in Karlsstaðir herabschaute. Er war nur der Beginn einer Bergkette, die sich nach Norden erstreckt und mit dem unbesiedelten Hochland zusammenläuft, wo die Stille die Menschen verschluckt. Aus den Adern dieses Berges tranken wir das Wasser, das irgendwann einmal in grauer Vorzeit vom Himmel gefallen war. Schon deshalb ist uns die Vergangenheit ganz nah. Nicht nur im viele tausend Jahre alten Licht der Sterne, die hier und heute über unseren Köpfen blinken. Auch im Wasser, das wir heute trinken. Es ist der Regen, der auf die Welt unserer Vorfahren fiel. Wir trinken ihn zum Beispiel zu Frikadellen in brauner Soße.

Wir auf Karlsstaðir tranken gerade das Regenwasser der Ahnen, als Starkaður mit der Ankündigung herausrückte, von Stund an werde sich sein Leben einzig und allein darum drehen, Staunen und Verwunderung zu wecken. Anderes spiele keine Rolle mehr. Sollte heißen, er würde nach Kräften dazu beitragen, die notwendigen Störungen im Getriebe des Alltags herbeizuführen. Dann fragte er noch: »Was meint ihr? Die, die das alltägliche Einerlei etwas durcheinander bringen, nicht mit Drohungen oder Gewalt, sondern mit, sagen wir, ungewöhnlichem Betragen, sind das nicht die Ritter unserer Zeit?«

Þórður bezichtigt einen Magier des Wortes des Diebstahls, der Verfälschung und weiterer Ungehörigkeiten. Jón ist erstaunt.

In diesem Sommer, in dem die Schilder von Gemeindevorsteher Jón neben der Nationalstraße aufragten, ereigneten sich Dinge, von denen schon jedes für sich den Alltagstrott gehörig aus dem Tritt gebracht hätte. Aber hier werden starke Worte gebraucht, obwohl man gegen diesen Alltag gar nicht allzu sehr zu Felde ziehen muss, denn so blass und grau ist er eigentlich gar nicht. Es geht nämlich mit ihm genauso wie mit den Menschen und den Bergen: Es kommt ganz darauf an, von wo aus man ihn betrachtet. Und deshalb ist es vielleicht netter, einfach nur zu sagen: In diesem Sommer trug sich so manches zu, das es wert ist, erzählt zu werden.

Worin nun bestanden diese Ereignisse?

Hm, korrekterweise muss eigentlich von einer Ereigniskette die Rede sein. An ihr werde ich mich im Folgenden (ohne jegliche Abschweifung!) Glied für Glied voranarbeiten, bis ich in jenem blauen August ankomme, in dem der geheimnisvolle Gast unsere Gegend besuchte. Leider ist diese Kette da und dort gerissen, und wenn ich nur in eine Richtung voranmarschierte, würde ich das ein oder andere Kettenglied auslassen, und das hinterließe einen merkwürdigen Eindruck. Mir ist es genauso kostbar und unverzichtbar, jedes einzelne Glied zu berühren, wie es dem, der wirklich das ganze Land erfahren will, notwendig ist, von der Hauptstraße abzubiegen. Das Land erstreckt sich nämlich nicht bloß rechts und links der Nationalstraße.

Klar, oder?

Den ganzen Sommer über und bis weit in den Herbst hinein wechselte Gemeindevorsteher Jón seine Anschläge alle 25 Tage aus. Obwohl seine Handschrift bei weitem nicht an die kalligraphische Vollendung des Apostels heranreichte, war sie gut lesbar, die Zeilen gerade, wie mit dem Lineal gezogen. Überhaupt war es bewundernswert, wie viel Zeit der Mann der Poesie opferte. Den meisten erschienen die ausgesuchten Textstellen gut und mit Geschmack gewählt. Zweimal stammten sie aus den Werken Halldór Laxness', einmal aus dem persönlichen Brief des Dichters an Jón, ein weiteres Mal aus Gedichten von Jónas Hallgrímsson und Einar Benediktsson (gemeinsam auf einer Tafel) und schließlich aus einem klugen Vergleich Jóns zwischen ihnen. Tatsächlich erschienen vielen die Überlegungen Jóns nicht weniger bedeutsam als die dichterischen Werke selbst. Bald war die allgemeine Bewunderung so groß, dass es bereits im folgenden Winter Usus wurde, zu einem großen Ereignis jeweils beim weisen Haupt der Gemeinde ein passendes Geleitwort zu bestellen. Entweder schrieb er es auf geschöpfte Bütten und rahmte es ein oder er schnitt es in Holz. Hochzeiten, Taufen, Beerdigungen, runde Geburtstage, Weihnachten, Ostern, Silvester, kurz, was auch immer bevorstand, das Volk suchte seinen Vorsitzenden auf und behauptete, ein ganz bestimmtes Anliegen an den Herrn des Hauses zu haben. Einige verliehen gänzlich unumwunden ihrer Bewunderung für das Stilgefühl und die Tiefgründigkeit von Jóns Gedanken Ausdruck, sagten, sie seien ganz eigennützig gekommen, um einen Anteil an der Zauberwelt zu erhalten, die er mit seinen Worten heraufbeschwören könne.

»Ich werde ja ganz rot vor so viel Lob.«

»Ach was, das brauchst du nicht. Du bist ein wirklicher Magier des Wortes.«

»Na, na, na«, sagte der Gemeindevorsteher und lachte. Aber es ist Tatsache, dass seine Gedanken noch heute weit in der Gegend und sogar in der Nachbargemeinde verbreitet sind. Überall trifft der Blick auf vergoldete Rahmen und polierte Schilder, in Küchen und Wohnzimmern, ja, sogar über Ehebetten thronen seine Sprüche wie ein Haussegen.

Doch was soll man sagen? Natürlich waren nicht alle in gleicher Weise angetan. Und wer hätte auch erwartet, dass Þórður auf Karlsstaðir den Worten und Gedanken des Gemeindevorstehers erlegen wäre?

»Jón ist ein Dieb.«

»Ein Dieb?«

»Jawohl. Er klaut Ideen, und was noch viel schlimmer ist: Er profanisiert und verfälscht sie.« Das sagte Þórður, der auf seine stille und eigenwillige Art gewissermaßen der Pionier und Neuerer war. Ohne ihn wären jedenfalls die Tafeln des Gemeindevorstehers kaum als Idee, geschweige denn als Realität beiderseits der Hauptstraße aufgestellt worden. Viele, viele Jahre vor der Errichtung der Tafeln hatte nämlich Þórður auf seinem Land bereits eine Unzahl kleiner Täfelchen aus Sperrholz angebracht.

Diese Täfelchen nagelte er auf »Pfosten« von fünfzehn Zentimetern Länge, krakelte einen Satz, manchmal auch zwei, darauf und steckte sie dann zwischen Wiesenhöcker, in Gräben oder auf die Heide. Dort standen sie vom Berg bis hinab zum Hof wie eine Armee winzig kleiner Zwerge mit ausgebreiteten Armen voller Wörter. In einem anderen Jahr, nein, eigentlich waren es zwei, da befestigte er gleichartige Täfelchen an den Schafen, die Wanderblut in ihren Adern hatten, sich weit über das Hochland verstreuten und im Herbst in weit entfernten Gemeinden zu Tal stiegen, wo man natürlich sehr erstaunt, um nicht zu sagen sprachlos war, auf schillernde Worte im Vlies fremder Schafe zu stoßen. Sie konnten aus Lebensweisheiten Þórbergur Þórðarsons, Benedikt Gröndals, Jón Arasons oder des Erzmagiers Hamsun bestehen oder dem verbohrten Trotz Bólu-Hjálmars entstammen. Hin und wieder schrieb Þórður sogar etwas Eigenes auf. Diese Täfelchen aber kauerten irgendwo im dichten Gras verborgen auf der ausgedehntesten Hochheide. Irgendwo steckte er sie im Herbst ein, ohne sich ihren Standort zu merken, und im Frühjahr darauf brachte er ganze Tage damit zu, auf allen Vieren dort herumzukrauchen und mit den Handflächen über den Boden zu streichen, bis die Finger endlich auf eine Tafel stießen. Dann streifte er das Gras zur Seite und riss einige widerspenstige Halme aus. Die Buchstaben waren so winzig, dass er sich manchmal flach auf den Bauch legen musste, um die Inschrift zu entziffern. Er las sie laut, drehte sich dann auf den Rücken und bedachte, den Blick in die Wolken gerichtet, die Unermesslichkeit der Worte, die nach dem Winter gerade frisch ausgetrieben hatten. – Mehr als einmal hatte Þórður gesehen, wie Gemeindevorsteher Jón weit oben in der großen Kluft auf der Suche nach den Sperrholztäfelchen durch die Wiesenhöcker stolperte.

»Es geht schon in Ordnung, Ideen zu klauen«, sagte Þórður. »So ist einfach der Lauf der Welt, und immer wieder kommt es vor, dass Ideen ihre Anschrift ändern; aber dieses untaugliche Zerrbild eines Gemeindevorstehers kann es damit nicht genug sein lassen, sondern muss auch noch die eigentlich zugrunde liegende Idee entstellen und private Aufrichtigkeit in öffentliche Prahlerei verdrehen, Nachdenken in Angeberei.« Das und noch viel mehr sagte Þórður öffentlich am Telefon, kurz nachdem Jón die großen Tafeln an der Straße errichtet hatte.

»Und wir waren gerade Freunde geworden«, seufzte Jón traurig.

»FREUNDE!!!«

Þórður geriet dermaßen in Rage, wurde so fuchsteufelszornbebendhaareraufendwild, dass ihm seine Salvör schließlich kurzerhand den Hörer aus der Hand nahm, nachdem er sich eine ganze Weile totenblass und zitternd in den immer wieder gleichen Wutausbrüchen ergangen hatte und ihn ein aus ihm herausbrechender Strom von Flüchen und Verwünschungen durch und durch schüttelte.

»Das, mein lieber Bæring, ist der Unterschied zwischen Þórður und mir«, sagte Jón am Tag darauf am Telefon. »Der gute Mann hat vielleicht ganz nette Ideen, aber er ist viel zu egoistisch, um sie mit anderen zu teilen, und darüber hinaus fehlt es ihm an der nötigen Ausdauer, ihnen auch nachzuleben. Außerdem hat er nicht die Fähigkeit, andere mitzureißen. Das muss ich doch einmal aussprechen, zumal ich der Vorsteher dieser Gemeinde bin. Ich trage die Verantwortung, und ich kann es mir im Übrigen nicht leisten, laut am Telefon herumzubrüllen.«

Jón verstummte und lauschte auf mühsam beherrschte Atemzüge in der Leitung. Aber ich war der Einzige auf Karlsstaðir, der mithörte, und zudem verhältnismäßig ruhig. Jón hätte besser daran getan, durch sein Fenster hinab zur Straße zu gucken; denn dort stand Þórður unter der Südtafel und notierte sich die Sprüche des Gemeindevorstehers.

Das war kurz nach dem abendlichen Melken. Früher am Tag waren wir alle drei, Salvör, Starkaður und ich, hinabgefahren, um selbst die Pracht in Augenschein zu nehmen. Und obwohl es in den beiden anderen verdächtig kicherte, empfand ich, wie schon einmal gesagt, Achtung vor der Leistung des Gemeindevorstehers.

Dann kam Þórður nach Hause. Wir anderen warteten am Küchentisch, als er hereinkam.

»Und?«, fragte Starkaður.

Þórður legte die Stirn in Falten und zog das Blatt aus der Tasche, auf dem er die Interpretationen Jóns notiert hatte. Du meine Güte, war das komisch, als die Worte nicht mehr hoch vor mir aufragten und sich über die ganze Anschlagstafel verbreiteten, sondern nur noch auf die Ausmaße eines verknitterten Zettels zusammengeschrumpft waren. Es war, als ob ich aus einer Bewusstlosigkeit erwachte, und ich schämte mich in Grund und Boden dafür, mich für einen derart »aufgeblasenen Schwachsinn« begeistert zu haben (um das Urteil Þórðurs zu zitieren). Aber im Nachhinein betrachtet, war Þórður als Kritiker auch nicht unparteiisch und seine Art, vorzulesen, für Jón nicht unbedingt vorteilhaft.

Pompöser, aufgeblasener Mumpitz? Den ganzen Sommer hindurch, bis das Ungestüm des ersten Herbststurms eine der Tafeln zu Streichhölzern verarbeitete, übertrug Þórður sämtliche Auslassungen Jóns von den Tafeln auf ausgebleichte Papierschnipsel. Zuerst leierte er die Texte durchs Telefon, entkleidete sie dann aller Überheblichkeiten und Ruhmeskleider, bis nur noch der nackte Kern zurückblieb, schmächtig und ungeschützt seinem kalten Spott ausgesetzt.

Nachdem man nicht nur zwei-, sondern auch dreimal mit der Nase darauf gestoßen wurde, dass Jóns Stil kaum etwas anderes als eitle Selbstbeweihräucherung sei, rechnete man eigentlich nicht mehr damit, dass der Gemeindevorsteher seine Reputation jemals wieder herstellen könnte. Seine Worte mussten zum Lachen reizen, seine Holztafeln reichlich Brennmaterial für zündende Witze liefern. – Aber es kam ganz anders.

Wie sehr sich Þórður auch darüber aufregte, hielten die Leute doch an der Gewohnheit fest, sich vor den Anschlagtafeln zu drängen, um zu lesen, was dort geschrieben stand, und in Gruppen nach Fell zu pilgern, um sich dort »etwas Zauber zu besorgen«. Die gleichen Personen hatten vorher aufmerksam Þórðurs Vorlesungen gelauscht, sogar gelacht und sich amüsiert.

Jetzt, da ich hier sitze und selbst auf die letzten Atemzüge dieses Jahrhunderts lausche, weiß ich, dass keine Falschheit dahintersteckte, wenn die Leute abends ihren Spaß an der vernichtenden Kritik Þórðurs hatten und am nächsten Morgen Jón aufsuchten, um sich dort etwas Zauber abzuholen und um ein passendes Wort zu bitten. Nachdem mir die Jahre nicht nur allergnädigst wenigstens ein paar Gramm Lebensweisheit eingetrichtert, sondern mich auch ein wenig von den Ereignissen abgerückt haben und mir die Gelegenheit gaben, das Ganze im Überblick und mit Bedacht zu betrachten, kann ich nicht länger bestreiten, dass sie mich wahrscheinlich auch das eine oder andere über die menschliche Natur gelehrt haben.

Ein einziges Mal nur unterließ es Þórður, öffentlich in Jóns Worten von der Südtafel herumzustochern. Selbstverständlich handelte es sich bei diesem Anlass um die Verleihung des Kulturpreises der Landgemeinde an Gemeindevorsteher Jón am

28. Juli. Bei gleichem Anlass enthüllte dieser Vorkämpfer der Kultur eine weitere Tafel.

Es gibt eben Dinge, die man niemals vergisst.

An solche Tage denkt man ewig und vergisst sie nie. Es haben auch alle applaudiert.

So war das also mit dem Kulturfestival, einem der Höhepunkte jenes Sommers, der mittlerweile gemeinsam mit so vielen anderen in die Vergangenheit hineintreibt. Wie sollte man sich auch nicht an dieses große Festival erinnern?! Nicht von Feierlichkeiten wie zum Nationalfeiertag am 17. Juni ist hier die Rede. Ich spreche nicht von Luftballons, Brühwürstchen und pathetisch gestimmten Pfarrern, von Festreden, die vom Wind zerstückelt und vom Regen zu Boden getrommelt werden. Nein, hier ging es um etwas anderes. Vielleicht ist es sogar angemessener, von einer regelrechten Zeremonie zu sprechen, und zwar einer hoch feierlichen, als Jón Jónsson, seines Zeichens Gemeindevorsteher und Bauer auf Fell, der Kulturpreis der Gemeinde verliehen wurde und er die entsprechende, von einem weltbekannten Künstler angefertigte goldene Ehrenmedaille um den Hals gehängt bekam. Selbstredend hatte niemand in der Gemeinde jemals den Namen des Künstlers gehört, aber »draußen« war er sicher weltberühmt. Ich darf sagen, an diesem festlichen Tag schienen zwei Sonnen: die eine am Himmel (wenn auch manchmal hinter einer Wolkenwand verborgen); die andere auf Jóns Brust, denn das Kunstwerk dort glänzte und strahlte wie eine eigene kleine Sonne.

Es war eine sehr feierliche Stunde. Die Einwohner der Gemeinde waren fast vollständig erschienen und unter den Tafeln versammelt. Jón war in der Nacht eifrig damit beschäftigt gewesen, noch einmal neue Texte anzubringen und mit einem großen Tuch zu verhüllen. Er war eben immer im Einsatz, dieser Prachtkerl von einem Mann.

Die Gemeinde stand in Sonntagskleidern in einer sonnendurchwärmten Brise, einige Männer im Anzug und rund zehn Mädchen in knielangen Röcken, weiß, gelb oder rot gepunktet. Stimmt, es waren Röcke aus der Sendung, die die Postangestellte Frau Sigríður vom Genossenschaftsladen an einem frostigen Wintermorgen zugestellt hatte.

»Was ist das denn?«, hatte Frau Sigríður ausgerufen, die im Erdgeschoss des Konsums regierte, seit Abteilungsleiter Brandur seine Aufmerksamkeit nur noch ausschließlich seinen Hobbys, Fernschach und Landkarten, widmete. Aber das ist eine andere Geschichte, die einem anderen Buch vorbehalten ist.

»Was ist das denn?«, hatte Frau Sigríður also gefragt. Es war noch früh am Morgen und sie die Einzige im Laden.

Die Frau von der Post gab etwas spitz zurück: »Deine Frage überrascht mich doch sehr, denn dieses Paket kam gestern eigens mit dem Linienbus. Ich wurde davon so überrumpelt, dass ich nicht einmal auf den Gedanken kam, es dir gleich zuzustellen. Immer wieder musste ich den verwischten Stempel betrachten und unbedingt darauf warten, dass mein Bússi von der Arbeit kommt und ein Foto von mir und dem Paket macht. Sieh mal, Sigríður, wenn mich nicht alles täuscht, steht hier auf dem Stempel ›Kanada‹! Das ist nicht mehr oder weniger als auf der anderen Seite des Atlantiks.«

»Ja, ja«, antwortete Frau Sigríður, »leg es nur da auf den Tisch. Ich kümmere mich drum, wenn die Mädchen kommen.«

»Aber«, keuchte die Postbotin außer sich, »das kannst du mir doch nicht antun, Sigríður. Die ganze Nacht über habe ich das Paket bei mir gehabt, da werde ich es doch wohl hier und jetzt mit auspacken dürfen. Wozu denn auf die Mädchen warten? Sigríður, hörst du?!«

Die aber schaute die Postbotin nur streng an – und diesen

Augenausdruck kenne ich! Der hätte eine Atomrakete auf dem Weg zum Mond aufhalten können.

Ziemlich bittere Worte grummelnd, stapfte die Postbotin wieder hinaus in den knirschenden Frost. Am Horizont dräuten Schneeschauer wie düster gestimmte Geister.

Dann kamen die Verkäuferinnen. Man wickelte das Paket aus, und es enthielt – Sommerröcke. Mitten im Winter. Zwischen den Röcken fand sich, von zittriger Hand geschrieben, ein Brief der Absenderin.

»Eine ältere Frau«, stellte Sigríður fest. Mehr ließ sich auch kaum sagen, denn der Brief war auf Englisch, mit Ausnahme vereinzelter isländischer Wörter, die glitzernd zwischen all dem kahlen Englisch verstreut lagen: »Die alte Heimat ... Saga von Njáll ... Geysir ... Wienerbrot ... die Sonne ... Núpur.«

Núpur. Zu diesem Hof begab sich Sigríður mit dem Brief, denn dort lebte die Frau, die bis über ihr zwanzigstes Lebensjahr hinaus als West-Isländerin in Kanada gelebt hatte.

Die setzte die Brille auf und legte die Stirn in Falten. Ihr Englisch schien etwas eingerostet zu sein, und sie hatte auch Mühe, es wieder zum Leben zu erwecken. Aber sie buchstabierte sich langsam durch den Brief, und, richtig, er kam von einer älteren Dame.

»Ach, von der lieben Árný«, rief die Frau. Besagte Árný schickte dem Konsumladen die zwanzig Röcke unter der einzigen Bedingung als Geschenk, dass sie preiswert weiterverkauft würden. Im Übrigen, erwähnte sie noch, erinnerten die roten Punkte darauf sie an die Abendsonne über der Ortschaft.

Und heute, an diesem hellen Sommertag mit auflockernder Bewölkung, sieht man einige von den Mädchen in den Röcken. Björn Skúlason aber auf Hnúkur trägt weder Rock noch Anzug. Höchstens einen halben, nämlich die Jacke. Dazu Jeans und einen Pulli, den er Sportpullover nennt. Furchtbare Klamotten! Und traurig, mit anzusehen, wie wenig der Mann seinen Neid und seine Bitterkeit verbergen kann. Steht breitbeinig und zurückgelehnt da, mit spöttischem Grinsen und einer Miene, als wäre er bereit, jederzeit schmähende Zwischenrufe vom Stapel zu lassen. Stattdessen rammt er jedoch erst einmal dem Urvieh, das zusammen mit seinem Schwiegervater, dem Ausrufezeichen, einer der treuesten Gefolgsleute des Hnúkurbauern ist, seinen Ellbogen in die Seite. Das Ungetüm lässt einen jämmerlichen Aufschrei ertönen, der in so krassem Gegensatz zur Feierlichkeit des Augenblicks steht, dass der Vorsitzende und ausschlaggebende Mann des Kulturausschusses, Bæring auf Þúfa, einen Moment mit der Medaille in der Hand innehält. Der mit bereits zum Medaillenempfang gebeugtem Kopf dastehende Empfänger der Auszeichnung hüstelt dezent, um Bæring zum Weitermachen zu bewegen. Bæring berappelt sich und streift Jón das Kunstwerk über den Kopf. Der richtet sich lächelnd auf, verneigt sich demütig vor dem Beifall, hält eine kurze Ansprache, allerhöchstens fünf Minuten lang, sagt, sich unverdient unter die Auszeichnung zu beugen, sei er doch auch nur ein Bauer, noch dazu ein schlechterer als die Umstehenden und ... wird von einem neuerlichen Ausruf des Urviehs unterbrochen.

Daraufhin, ja, was macht Jón da eigentlich, außer sich lächelnd umzublicken? Er greift in die Tasche und zieht seine Schafspistole hervor. Langt noch einmal in die Tasche, nach Munition. Dann lädt er, immer noch lächelnd. Viele durchzuckt es: Dreht er jetzt durch? Fünf Hunde schleichen sich mit eingekniffenen Schwänzen vom Platz und da, lieber Gott!, noch ehe die Leute aus dem Taumel der Begeisterung erwachen und wieder einen klaren Gedanken fassen können, hebt Jón die Pistole, zielt auf das Urvieh und drückt ab. Paff. Da liegt es tot zu Boden gestreckt. Wie lange ist es eigentlich her, seit zuletzt jemand hier in der Gegend umgebracht wurde?

Über die rechte Wange des Ungetüms rinnt ein Tropfen Schweiß. Und Jón? Nein, natürlich erschießt er niemanden, sondern richtet den Lauf hinaus ins Feuchtland, und peng! Kreischend fliegen einige Vögel auf, die fünf Hunde stieben jaulend heimwärts, setzen über alles, was ihnen im Weg liegt, Gräben, Matschtümpel, Bäche, und peng!, die Kugel landet sicher irgendwo im Moor, verkürzt einigen Käfern und Insekten das ohnehin kurze Leben.

Man hört den Knall, Sekunden später wird ganz in der Nähe ein Motor angeworfen, und aus der Sandgrube nahe dem Abzweig nach Fell taucht der kleine Lieferwagen der Genossenschaft auf. Keiner hatte eine Ahnung von seiner Anwesenheit. Mitten in der Nacht muss er heimlich durch die halbe Gemeinde hierher gebracht worden sein. Trotzdem erregt nicht das Auto selbst das größte Aufsehen und die Begeisterung, oh nein. Das tut vielmehr der Kirchenchor aus dem Ort, der oben auf dem Wagendach steht und am Dachgepäckträger verzurrt ist. Das Auto schwankt nämlich bedenklich auf dem holprigen Weg. Sachen gibts!

Der Chor ist in eine Art Kutten gekleidet, die Männer in schwarz, die Damen in gelb, und ein mächtiger Gesang hebt an, steigt zum Himmel auf: die Nationalhymne. Mit allem, was man an Herrlichkeiten in eine Strophe stopfen kann: die Sterne am Himmel, tausend Jahre, weinende Blümchen, Gott und wer weiß was noch alles. Das Ganze so hoch gestimmt und feierlich getragen, dass es nur von den geübtesten Stimmen überhaupt bewältigt werden kann. Was soll man im Übrigen der Tatsache entnehmen, dass sich eine Nation eine Hymne zulegt, für deren Absingen es mehrerer Jahre intensiven Trainings bedarf?

Nun ja, wie dem auch sei, so war es jedenfalls eine unbeschreibliche Empfindung, den Lieferwagen der Einkaufsgenossenschaft näher kommen zu sehen. Selbst wenn es nur der kleine war. Das Auto näher kommen zu sehen, die Stimmen sich erheben und mächtiger anschwellen zu hören, den Kirchenchor auf dem Wagendach zu erblicken: Was für ein Aufzug! Eine Gänsehaut rieselte einem über den ganzen Körper, und alle waren von tiefer Dankbarkeit gegenüber Jón erfüllt, der es ihnen vergönnte, einmal an solcher Prachtentfaltung teilzuhaben – bis auf zwei Männer: Björn und den Leiter des Kirchenchors, der sich schmählich hintergangen fühlte. In den nächsten Tagen sollte er die stimmliche Besetzung des Chors rügen. Sämtliche Tonstellen etwa seien schrecklich missglückt.

Er und Björn schrieben dem Gemeinderat einen Brief, in dem sie eine detaillierte Aufstellung der Kosten für die Feier verlangten: Was hatten beispielsweise die Medaille und das Anfertigen der Kostüme gekostet? Wieviel hatte der Chor verlangt? Auf welche Summe belief sich die Miete für den Lieferwagen? So fragten die beiden und gingen mit diesen Fragen von Hof zu Hof, um die Leute aufzuwiegeln. Aber niemandem waren die aufgewendeten Kronen zu schade. Die Leute fühlten nämlich, dass diese Feier selbst noch in der Erinnerung der kommenden Jahre und Jahrzehnte leuchten würde, und so etwas war die Ausgaben wohl wert. Auch ich werde diesen Anblick kaum jemals vergessen, wie der grüne Lieferwagen mit dem Chor auf seinem Dach aus der Sandgrube schaukelte, der donnernde Gesang, der tuckernde Diesel, der leichte Wind in den Haaren, der Chauffeur im Frack, der Chor in seinen schwarzen und gelben Kutten: die Frauen wie Sonnen in der Männer Nacht.

Dann hielt Jón eine Rede. Er gab die Schafspistole an Bæring weiter und hielt eine Rede. Sprach von einem kulturgeschichtlichen Ereignis; nicht weil er nun eine unverdiente Anerkennung um den Hals trage, sondern wegen des Chors und – er wies mit einer ausholenden Geste auf das nördliche der beiden Schilder – wegen der Worte auf dieser Tafel.

»Welcher Art mögen diese Worte sein?«, fragte Jón die Menge.

»Bestimmt ein Kochrezept seiner Frau«, raunte Björn vernehmlich.

Kichern breitete sich aus wie Ringe im Wasser. Auch wir beide kicherten, Starkaður und ich. Wir standen Seite an Seite, er einen guten Kopf größer, aber wie üblich ein wenig gebeugt, als hätte er ein paar Worte fallen lassen und suche sie nun zu seinen Füßen. Ehrlich gesagt, erregte unsere Anwesenheit kein unbeträchtliches Aufsehen. Es wurde sogar von einer historischen Aussöhnung getuschelt, denn man hielt uns beide für eine Art Abgesandte Þórðurs.

Schließlich endete die wortreiche Rede Jóns. Er stieg vom Podest herab, ging zur nördlichen Tafel hinüber und ergriff die Kordel, die seine Frau in Samt gekleidet hatte. Dann ging seine Hand in die Höhe, die Kordel wurde schlaff, tiefes Schweigen machte sich breit, bis auf den Wind, der verlegen im Gras raschelte.

Was verbarg sich unter dem Tuch? Wohl kaum ein Kochrezept und ebenso wenig die Stammtafel von Jóns besten Pferden. Sie war allen längst wohl bekannt und keinerlei Geheimnis mehr. Vielleicht ein Gedicht von Halldór Laxness aus Mosfellsbær? Stellt euch vor, vielleicht ein eigens beim Nobelpreisdichter bestelltes Gedicht, noch dazu über unsere Gegend!

»Los, mach schon, Mann!«, platzte schließlich jemand ungeduldig heraus. Und Jón zog an der Kordel. Einmal. Zweimal, ein drittes Mal und kräftig ein viertes. Er zog und zerrte, ein Eckchen der Tafel kam unter dem schwarzen Tuch zum Vorschein, dann hing alles fest. Es lag kein bisschen Würde mehr darin, den Gemeindeobersten und Bahnbrecher der Kultur dort schwitzend und mit rot angelaufenem Gesicht herumfuhrwerken zu sehen. Kein bisschen Würde.

Noch einmal reißt er an der Strippe, steht dann japsend da

und stiert, kochend vor Wut, auf die freiliegende Schilderecke. Natürlich setzt es jetzt gut gemeinte Ratschläge, und natürlich finden sich einige selbst so witzig, dass sie nicht die Klappe halten können.

Wie reagiert Jón?

Überhaupt nicht. Steht einfach nur da. Dann drückt er Bæring die Schnur in die Hand und zieht erst einmal seine Hose wieder in die Höhe. Die hat sich nämlich, anders als das Tuch, ein gutes Stück nach unten abgesetzt. Dann stampft er einmal kräftig auf, und das Tuch beginnt zu sinken. Langsam und würdig enthüllt es Buchstaben nach Buchstaben. Diese werden zu Wörtern, die Wörter reihen sich zu Zeilen, das Tuch rutscht die Tafel hinab bis zur Mitte. Dann ist wieder stopp. Unwillkürlich hebt Bæring die Kordel und ruckt zaghaft daran. Das Tuch fällt zu Boden. Zwei Gedichte stehen ungeschützt vor aller Augen. Denn es waren zwei Gedichte, die auf der Tafel standen: Die Fieberhitze der Jugend und Die Aufrichtigkeit des Eifers.

Was du auch sagst
Komme ich eilend zu dir
Wie ein Komet auf seinem Flug
Zur Sonne
Alles fällt von mir ab
Erinnerungen Fleisch und Knochen
Und ich komme eilend zu dir
Aber
Nicht als Mensch sondern als
Gedicht

liebe?
psssst, pssst
solche worte sagt man nicht

öffentlich, ich
warte nur darauf, dass du plötzlich erscheinst
dass du
hier bei mir erwachst und eins zwei fünf
flünf flimm simsalabim und dann
bist du nur da bist einfach nur da, mit
lodernder ungeduld im haar und
spöttischem sehnen in den augen und
hm
dein gang erfüllte einen toten mit unruhe oder
wie soll ich dieses aufwühlende beschreiben, das du
bist, die tage schlagen über meinem kopf zusammen
fliegen surren deinen namen was für eine
großmacht bist du eigentlich soll ich
eine berliner mauer chinesische mauer mauer des
schweigens errichten
bomben dich begraben lassen willst du
mir die beine absägen damit ich
nicht zu dir komme bist du
vielleicht ein zauber bist du
eine geheimwaffe aus dem all bist du
der anfang und das ende die sorge die mich zermalmt
bist du außerhalb des alphabets bist du weich oder hart
was machst du in meinen träumen wer
sieht dich jetzt an darf
ich ihm die augen herausreißen und sie
roh verzehren darf ich ein boot bauen nein einen
hubschrauber ein raumschiff
aus worten und dich entführen oder
nur irgendetwas
liebe?
pssst, pssst

Unter dieser Eruption stand, ganz unten in der rechten Ecke, der Name des Verfassers in Schönschrift: Starkaður Jónasson.

So.

Ich weiß, dass ich in der Sommerhitze zitterte, mir von dem Moment an, als die Gedichte unter dem Tuch zum Vorschein kamen, bis in der Menge Raunen laut wurde, das Zeitgefühl abhanden kam. Weiß noch, dass ich vor Schwäche zitterte oder was es nun war, was mir durchs Blut jagte.

Ich hatte diese Worte schon einmal vor mir gesehen. Auf Papier. Und ich hatte sie für mich behalten. Einmal gab es nur *meine* Augen und diese Gedichte; jetzt aber prangten sie über mir, und um mich herum gab es überall Augen, die sie lasen.

Schon unterbrachen vereinzelt bewundernde Rufe das Gemurmel. Doch bevor jemand seine Reaktionen unter Kontrolle bekam und seine Überraschung in vollständige Sätze kleiden konnte, war Jón schon wieder aufs Podium gesprungen, erhob seine Stimme und ließ eine Rede vom Stapel, in der er abwechselnd Starkaður lobte und versuchte, dessen »ungereimte Missgeburten« oder »blanke Idiotien« zu interpretieren oder was Björn ihm sonst noch an Schmähungen entgegenschleuderte in dem Bemühen, den Wortschwall des Gemeindevorstehers zum Stehen zu bringen.

Der hatte sich urplötzlich und ohne jeden Übergang zu einem Fürsprecher moderner Atompoesie gewandelt, obwohl ich nicht besser wusste, als dass Jón bis zu diesem Tag jedes ungereimte Gedicht für ein ebensolches Sakrileg hielt wie einen Versuch, sich unziemlich über das Andenken unseres Nationalhelden Jón Sigurðsson zu äußern. – Was für einen Fürsprecher dieser Mann auf einmal abgeben konnte! Zuerst tat er so, als würde er die hämischen Zwischenrufe Björns gar nicht hören, dann brach er plötzlich genau im rechten Moment ab, zeigte mit dem ausgestreckten Finger auf Björn und sagte eiskalt:

»Dieser Mann da hat die Herausforderungen unserer Epoche niemals verstanden.«

Damit hatte er Björn einen tödlichen Stich versetzt, und der versank für die nächsten Tage in tiefes Grübeln darüber, ob seine ablehnende Haltung gegenüber der isländischen Atomdichtung noch den Keim veralteter Torfhüttentraditionen in sich trug, ob reimlose Gedichte vielleicht die Asphaltstraße in die Zukunft darstellten, gereimte dagegen allenfalls eine Schotterpiste, wenn nicht bloß einen Reitpfad.

Nach diesem leicht errungenen Sieg über seinen Widersacher war Jón nicht mehr zu bremsen und wuchs über sich hinaus. Nach dem Inhalt seiner Rede darf man mich nicht fragen. Meine ganze Aufmerksamkeit galt Starkaður. Ich sah, wie alle Farbe aus seinem Gesicht wich, wie seine Lippen bleich und blutleer wurden.

»Starkaður«, flüsterte ich, doch er hörte mich nicht, stierte nur auf seine eigenen Worte, die er einmal tief aus seinem Innersten hervorgegraben hatte und die jetzt aller Augen preisgegeben waren. Dann lief ein Ruck durch seinen Körper, und er begann sich durch die Menge zu drängen, aus der ihm einige kumpelhaft auf die Schultern klopften.

»Seht, da geht er hin, der Dichter, *der* Dichter!«, unterbrach Jón triumphierend seine Rede. »Lasst uns diesem Dichter gebührend huldigen mit einem dreifach donnernden hipp, hipp, hurra, hurra, hurra!«

Beim ersten »Hurra« tauchte Starkaður im Straßengraben unter, sodass die Menge unwillkürlich lauter brüllte. Dann war er aus dem Graben heraus, kletterte über den Viehzaun, wobei er sich, wie mir schien, am Stacheldraht die Hose zerriss, und stürzte dann in Richtung Bátsfell davon.

Jón aber war nicht von ungefähr das Haupt der Gemeinde. Er ließ sich durch diese kopflose Flucht nicht von seinem Kurs abbringen, sondern formte die Hände zu Trichtern und rief dem Fliehenden schallend hinterher: »Wir verstehen dich, Starkaður! Wir verstehen dich. Du bist der Dichter, und wir, wir bleiben zurück mit deinen Worten.«

Ob dieses aufmunternden Zurufs schien Starkaður noch mitten im Lauf in den Knien einzuknicken. Jón aber klatschte entzückt in die Hände und rief zum Chor hinüber: »Singt!«

Und der Chor brach in Gesang aus, schmetterte Starkaðurs zweites Gedicht nach einer ausländischen Weise, seine Worte stiegen aus den Kehlen der Chormitglieder, stiegen höher und höher und prasselten schließlich in Scherben auf den Dichter herab, der Haken schlagend dem Berg zurannte, schützend die Schultern hochgezogen und die Hände an die Ohren gepresst.

Dann applaudierten alle.

Die Jahre, in denen man sich für den *Kleinen Kári und sein Hund Lappi* schämte

Es tut weh, sich die folgenden Tage in Erinnerung zu rufen. Muss ich Þórðurs Zorn wirklich ausführlich beschreiben und seine Enttäuschung darüber, dass ausgerechnet Starkaður die blasierte Selbstgefälligkeit von Gemeindevorsteher Jón noch zusätzlich kitzelte, indem er ihm zwei Gedichte zur Veröffentlichung überließ? Nein, ich werde die Atmosphäre auf Karlsstaðir in jenen Tagen nicht ausmalen. Keine Details! Zwischen den beiden Brüdern wuchs eine Mauer des Schweigens; ebenso massiv wie die Berliner Mauer, die damals noch stand und die Welt in Gegner teilte.

Nur, wie um alles in der Welt waren Starkaðurs Verse auf die Tafeln des Gemeindevorstehers gekommen? Über diese Frage zerbrach sich die ganze Gegend den Kopf, aber eine Antwort bekam man nicht. Die Leute waren einfach platt. Starr vor Staunen. Ging es vielleicht genau darum? Hatte Starkaður möglicherweise alles inszeniert, inklusive der Flucht in die Berge, um sein Ziel zu erreichen, Verwirrung zu stiften? Oder hatte Jón die Gedichte etwa gestohlen? Sie sich unter Vorspiegelung falscher Tatsachen irgendwie angeeignet und dann in die Gegend posaunt, nicht aus Boshaftigkeit, sondern um Starkaðurs Ehrgeiz anzustacheln?

Ich weiß es nicht. Ich habe Starkaður nie direkt gefragt, und ihm lag begreiflicherweise wenig daran, von sich aus darauf zu sprechen zu kommen. Hatte er Jón die Gedichte vielleicht überlassen, ohne sich die Konsequenzen auszumalen, oder hatte er die Augen vor ihnen verschlossen? War er, mit anderen Worten, doch der heimtückischen Schlange erlegen, die Ruhmsucht heißt und in der Brust aller Poeten wohnt? Oder liegt hier einfach ein weiteres Beispiel für das nicht nachzuvollziehende, unzurechnungsfähige Betragen eines Verliebten vor, der die schwachsinnigsten Dinge anstellt, um die Aufmerksamkeit der Person zu erregen, um die sich für ihn die Welt zu drehen scheint? Trat Starkaður seine Aufrichtigkeit und auch seine Zurückhaltung und sein Eremitendasein mit Füßen und erlaubte Jón, seine Gedichte herauszuposaunen, nur um bei einem Mädchen Beachtung zu finden? Nein, zum Donnerwetter! Aber was kann man als Außenstehender schon wissen? Eins ist allerdings gewiss: Auf welchem Weg die Gedichte auch immer auf die Tafeln gekommen sein mochten, so war Starkaður damit jedenfalls nicht einverstanden. Zwei Tage nach dem Fest bestieg er nämlich sein Motorrad, warf es an und donnerte los.

Wohin?

Nun ja, wohin fährt man im Kreis? Den Rest des Juli und weit in jenen blauen August hinein dröhnte das Motorrad auf dem siebzehn Kilometer langen Rundkurs um das Bátsfell, spulte mit der immer gleichen Geschwindigkeit Runde um Runde ab, bremste nur kurz vor den Kurven und brummte dann wie eine riesige Fliege weiter. Die Hunde hatten längst aufgehört, anzuschlagen.

Ein ununterbrochenes Sechstagerennen. Dann, am siebten Tag, raste das Motorrad plötzlich geradewegs nach Gilsstaðir hinauf, und Starkaður warf sich dort ins duftende Sommerheu, das zur Hälfte die Scheune füllte.

Der Apostel saß über sein Schreibbrett gebeugt und wusste kaum etwas von den Heustapeln, die sich hinter ihm auftürmten. Tief gebeugt saß er da und rang mühsam nach Worten für Gottes Sprache, um das Denken des Menschen aus der Bibel zu verbannen, seine Furcht und seine Eitelkeit.

Auf diese Weise vergingen drei Wochen. Wenn Starkaður nicht ununterbrochen seine Kreise zog, lag er dösend im Heu, lauschte dem Murmeln des Regens auf dem Wellblechdach und der leisen Zwiesprache des Apostels mit Gott, während das feuerrote Motorrad im Stall wartete; es regnete nämlich viel in jenen Wochen, in denen Starkaður um den Berg jagte.

Am Abend des Kulturfestivals waren dunkle, regenschwere Wolken aus dem Maul des Himmels herangesegelt, und es setzte ein vier Tage lang anhaltender Regen ein. Nicht eingebrachtes Heu verdarb, ungemähtes Gras wurde vom Regen zu Boden gedrückt, das Telefon schwieg, die Kühe ließen die Köpfe hängen, die Pferde standen am Gatter und schauten melancholisch zu den Höfen hinüber. Vereinzelt fuhr ein Auto Richtung Ort, aber sonst gab es, außer Starkaður auf dem Motorrad, keinerlei Bewegung. Zu Hause auf Karlsstaðir war aus Þórður kein Wort herauszubekommen, Salvör war schlapp, schlief bis in den Mittag hinein und legte sich am Nachmittag wieder hin. Sæunn lag meist an ihrer Seite, schmiegte ihre Lippen auf den Bauch der Mutter und schwatzte mit dem Baby, das darin wuchs. Langweilig müsste es doch sein, war ihre Meinung, ganz allein in dem weichen Dunkel zu liegen, keine Spielsachen, und ohne mehr als die kleinen Füßchen ein wenig regen zu können. Deshalb kroch sie bei jeder Gelegenheit zu ihrer Mutter, ob früh am Morgen, spät am Abend oder mitten am Tag, presste ihre Lippen auf deren Bauch und erzählte oder sang etwas. Manchmal schwatzte sie so viel, dass Salvör stöhnte und meinte: »Komm, Schätzchen, hör mal mit dem Gerede auf. Ich bekomme ja Kopfschmerzen davon.«

»Psst!«, sagte Sæunn dann. »Ich bin am Babysitten.«

Ich machte mich derweil über die Bücher her, las alles, was mir unter die Finger kam, wenn es mich nur irgendwie mitreißen konnte; las sogar *In der Fischerei sind alle unverheiratet* und *Nonni und Manni. Der kleine Kári und sein Hund Lappi* wagte ich nicht zu lesen, ehe die Erwachsenen schlafen gegangen waren. Es war nämlich in jenen verflixten Jahren, in denen man weder Kind noch Erwachsener ist und sich manchmal wünscht, mit dem kleinen Kári und Lappi spazieren zu gehen und mit Spielzeugautos zu spielen, aber auch schon »verdammte Scheiße« sagt, ohne gleich Angst zu haben, deswegen schlecht erzogen zu sein.

Gleichzeitig erwachte etwas in einem, etwas gefährlich Pochendes tief in mir drin, dunkel, unbegreiflich, stärker als alles andere, Spott und Hohn über Lappi und den kleinen Kári ausgießend. Es strömte durch mein Blut mit unregelmäßigem Pulsschlag, und durch die Gesichtshaut einiger gleichaltriger Kameraden stachen Haare. Nicht nur aus der Gesichtshaut. Überall auf dem Körper. Das Glied schwoll und wurde größer, die Hoden sanken herab, hingen in einem schrumpeligen Beutel zwischen den Schenkeln und spuckten allerlei Naturkatastrophen aus. Die nächtlichen Träume füllten sich mit unberechenbaren, in ständiger Veränderung begriffenen Frauengestalten. In einer Nacht kniete eine hochgewachsene Blondine neben meinem Bett, stach mir einen Plastikstrohhalm in die Schlagader und saugte all mein Blut aus. Dann stand sie auf und ging. Ich blieb zusammengeschrumpft zurück wie die Tüte Kakao, die ich mir einige Tage zuvor im Ort spendiert hatte.

Im Wachzustand lagen die Dinge nicht besser: Da gab es immer noch Brynja, die schon einmal Strippoker gespielt hatte, und ich muss bekennen, das die Stunde kam, in der ich dem Teufel für ein solches Spielchen bedingungslos meine Seele vermacht hätte. Es gab Momente, in denen das Mädchen so überwältigend auf mich wirkte, dass ich auf den Berg steigen musste, um die Kontrolle über mich wiederzufinden.

Es waren die Tage, in denen sogar ein Staubsauger erregende Fantasien auslösen konnte, die Tage, in denen sich die Wohnstätten der Kindheit leerten und nur Stille noch auf allen Plätzen hocken blieb. Nein, die besten Tage waren noch jene, in denen das Rauschen des Regens oder sein Prasseln im Wind das Pochen des Blutes einschläferte und ich in einem Buch versank oder zu Jónas ging, um mich mit ihm in vergangenen Zeiten zu verirren.

Vielleicht war es an einem dieser verregneten Tage, dass Jónas' spezielle Erzählweise, dieses Fließenlassen und die Respektlosigkeit vor einem geordneten Aufbau, seine vollständige Verständnislosigkeit gegenüber den »Gesetzen von Zeit und Raum« endgültig in mich einsickerten, mit meinem Blut verschmolzen und dort eingeschlossen zwanzig Jahre lang in mir heranreiften, bis ich endlich genug Mut zusammen hatte, einmal quer durch die Pulsader zu schneiden. Bis ich endlich über den dazu erforderlichen Mut verfügte und gleichzeitig verstanden hatte: Obwohl ich den Stift in der Hand halte, bin ich nur ein Aufschreiber, ein Ausführender, der nichts lenkt, sondern gelenkt wird. Denn so geht es vor sich: Die Ereignisse selbst binden sich zwischen Buchdeckel, sie allein bestimmen, ab wann es an der Zeit ist, den Sammelbegriff »Buch« zu verwenden. Und wenn man alles bis zum Ende durchdenkt, dann ist es doch eigentlich nebensächlich, was genau in diesem Buch vorkommt und was im nächsten; denn Bücher sind nicht nur ein Sammelbegriff, sie sind auch Schiffe, die man in See stechen lässt, sobald sie vollbeladen sind. Ist am Kai noch etwas zurückgeblieben, muss man halt ein neues Schiff herbeirufen. Es kümmert mich wenig, was im einzelnen in diesem Schiff verstaut wird und was im folgenden, wann sie ablegen und auf dem großen Ozean meinem Blick entschwinden. Hauptsache, sie kommen unversehrt durch Sonnenglut und Sturzsee, finden ihren Kurs bei Tag und bei Nacht, schwimmen mit ihrer Ladung, lassen sich nicht von Nebel in die Irre führen oder durch Eisschollen ihren Rumpf beschädigen, sie segeln ihre Route und gelangen irgendwo in einen Hafen.

Ich hoffe, mir werden meine Redseligkeit und mein Eifer vergeben, aber ich wollte gern von dem einen Sommer erzählen, dann von noch einem, und so mit der schäumenden Hecksee der Erzählfreude in meinem Schlepptau buchstäblich davondampfen und nicht mehr anhalten, bevor ich in die Umarmung Gottes eingelaufen war.

Das mit der Umarmung meine ich in übertragenem Sinn. Ich meinte, ich wollte mich mit Sam, Jón und Þórður in den Schafstall auf Gilsstaðir begeben, während der kichernde Pfarrer draußen im Auto wartete; dann wollte ich Starkaður auf seinem Weg nach Hamrar begleiten; aber da trifft mich die Feststellung, das Schiff sei nun voll. Jetzt müsse es segeln, sonst untergehen.

Nun ja, mir ist piepegal, wie das alles zusammen heißt oder was in welchem Schiff ist, solange sie irgendwo einen Hafen erreichen und alles verschifft wird, was zu befördern ist. Der Rest soll auf dem Kai verfaulen! Gewissermaßen.

Also: Bald sollte dieser Sommer in einen farbenprächtigen Herbst übergehen, denn alles muss vergehen, damit etwas

Neues beginnen kann. Aber man muss auch jedes Ding aufzählen, wenn es an der Reihe ist, und vor dem Herbst kam die Liebe. Ja, die Liebe.

Der Gemeindevorsteher verliert Haare, und ein tüchtiger und cleverer Bauer leidet an einer absonderlichen Krankheit

Selbst die unglaublichsten Menschen können sich verlieben.

So ist es doch. Aber Liebe? Psst! In dieser Gegend war es noch nie üblich, seine Liebe auf den Markt zu tragen, geschweige denn, sie über die Nationalstraße zu spannen wie Starkaður. Aber, dachten die Leute, der Mann ist nun mal Dichter. Und damit war diese Abweichung vom ordnungsgemäßen Betragen gebongt.

Hier begegnete man sich in der Regel auf Zusammenkünften, lief sich im Konsumladen über den Weg und wechselte ein paar Blicke. Zuerst neugierige, dann bedeutungsvolle; sodann zog man zusammen. Nach ein paar niedergedrückten Tagen und schlaflosen Nächten in Weltuntergangsstimmung eventuell. Ansonsten schaute man sich in die Augen und zog zusammen. Komplizierter war es nicht.

Aber Starkaður, hm und tja, Dichter sind nun mal ein bisschen merkwürdig. Was für ein Mädel mochte das wohl sein, das ihn nicht nur in einen Kometen mit glühendem Schweif verwandelte, sondern ihn sogar dazu inspirierte, sich die Beine zu amputieren? Was für ein Untier? Wohl kaum hier aus der Gegend.

Manche sagten auch: »Starkaður gefällt mir gar nicht. Aus dem Jungen wird nie ein tüchtiger Bauer. Ich habe sogar meine Zweifel, ob er damals in der Fischfabrik was taugte! Solche Leute gehören am besten in die Schule. Aber nicht einmal da wollte der Bengel hin. Oh nein! Schwelgt bloß in Träumen und anderem Unsinn. Nein, nein, das gefällt mir nicht ...«

Tja, Starkaður. Ganz sicher waren es drei volle Wochen, in denen er um den Berg sauste. Morgens tankte er voll, füllte auch die beiden Reservekanister, ließ das Motorrad an und jagte los. Tag für Tag donnerte das Motorrad ums Bátsfell, der Fahrer, in seinem Anorak und hinter einer Motorradbrille über den Lenker geduckt, kreiste ohne Unterbrechung vom Morgen bis spät in den Abend hinein wie ein durchgedrehtes Insekt um eine Glühbirne.

Natürlich wunderten sich die Leute, aber man gewöhnt sich an alles, sogar an den Blödsinn mit der Rundendreherei. Schon ab dem zweiten Tag begannen einige, die Rundenjagd des Dichters als Zeitmaß zu verwenden. So hieß es etwa: »Ich setze mich hier in den Stuhl und ruhe mich mal zwei Runden lang aus.« Oder: »Wann wirst du denn fertig?« »Bald, nur noch eine Runde.«

Warum es überhaupt zu diesem Rundstreckenrennen gekommen war, wusste niemand; jedenfalls nicht genau. Starkaður schwieg sich aus, und wir auf Karlsstaðir bekamen ihn kaum zu Gesicht, außer wenn er in fliegender Hast am Haus vorbeikam und sich ein Brot einsteckte. Sonst sahen wir ihn nur auf sein Motorrad geduckt. Was heißt schon, wir sahen ihn? Bei trockenem Wetter war er so in Staub gehüllt, dass es aus der Ferne aussah, als säße der Staubdrachen selbst auf dem Moped, und bei Regen floss Starkaður mit der Gischtfontäne zusammen, dass er wie ein großer Wassertropfen auf Rädern wirkte.

Er fuhr Runde auf Runde auf Runde. Erst am siebten Tag, glaube ich, war es so weit, dass der Gemeindevorsteher mit Starkaður ein Wörtchen wechseln wollte.

Er wartete in seinem Landrover an der Straße, stieg aus, als sich das Moped näherte, lächelte – und Starkaður sauste mit unverminderter Geschwindigkeit vorbei.

Jón fiel das Lächeln aus dem Gesicht. Er sprang ins Auto und setzte ihm, so schnell es mit einem Landrover möglich ist, nach und wollte den Burschen einholen. Eigentlich kein Problem, das Moped hatte nicht mehr als 50 Kubik, aber komisch, der Abstand zwischen ihnen wurde weder größer noch kleiner. Wie tief der Gemeindevorsteher auch das Gaspedal durchtrat, und mit welchem Risiko er auch durch die Kurven schlingerte, mindestens drei Runden lang blieben die Positionen unverändert.

Jóns Wut war schon fast am Siedepunkt angelangt, als ihm endlich die unumstößliche Regel einfiel, derzufolge jemand, der im Kreis fährt, immer wieder an denselben Punkt zurückkehrt. Folglich parkte der Gemeindevorsteher seinen Landrover am Sporn der Brücke knapp westlich von Fell, stopfte sich ein Pfeifchen, wobei er durch das Nachbeben seines Zorns vielleicht ein paar Krümel fallen ließ, und dampfte und paffte und versuchte, sich zu beruhigen. Nur war es leider so: Starkaður tauchte nicht wieder auf.

Eine Stunde später fuhr Jón nach Hause. Bei den Stallungen machte er eine Vollbremsung, stand dann eine Weile an der Scheunenwand und trat schließlich so kräftig dagegen, dass sich das Wellblech eindellte wie nach einem Unfall. Dann setzte er sich absolut ruhig wieder hinters Steuer, streckte einen Ellbogen zum Seitenfenster hinaus und fuhr in mäßigem Tempo bergauf. Bei Karlsstaðir bog er ab, hielt auf dem Hofplatz, steckte den Kopf aus dem Fenster und sagte: »Hör mal, Junge«, denn ich stand gerade dort auf dem Hof.

»Hör mal, Junge, du weißt nicht, wo sich Starkaður gerade aufhält? Ach, nicht? Eh, hör mal ... was, Scheiße!«, ruft Jón, denn eine hinterlistige Windbö schnappt dem Haupt der Gemeinde plötzlich die Schirmmütze vom Kopf. Rasch fährt sich Jón mit der Hand an den Scheitel, um die Glatze zu verdecken, die dort um sich greift.

Ich renne sofort los, sprinte den Hügel hinab und, erlaube ich mir zu sagen, überhole kurz den Wind und nehme ihm die Kappe weg. Höchst zufrieden mit mir komme ich zurück, werfe rasch einen Blick zum Küchenfenster hinüber und hoffe, dass Brynja mich so flink und reaktionsschnell gesehen hat, Zeuge wurde, wie ich dem Wind die Mütze vom Fuß nahm, souverän wie Pat Jennings und schnell wie Gordon Banks. Ebenso schnell schoss ich meinen Blick aufs Küchenfenster ab, denn kurz bevor der Landrover des Gemeindevorstehers auf der Anhöhe erschien, hatte ich Brynja noch geholfen, auf der Leine hinter der Scheune Wäsche aufzuhängen. Nicht dass ich besonders hilfsbereit gewesen wäre, aber als sie mit dem Wäschekorb auf der Hüfte aus dem Haus gekommen war, hatte es mich umgehauen, wie schwindelerregend prall ihre Brüste waren, einfach unglaublich prall, und sie überhaupt total sexy. Also blicke ich zum Küchenfenster hinüber. Aber da ist niemand. Stattdessen steht sie mit Salvör an der Hofecke und palavert mit Jón, der sich noch immer den Schädel hält.

»Furchtbare Kopfschmerzen«, erklärt er, und als Brynja schelmisch lächelnd zu mir herüber sieht, ist sie plötzlich nur noch ein nettes Mädchen, mit dem man reden kann. Was unter ihrem Pullover wogt, irritiert mich nicht mehr als die Zehen in ihren blauen Socken. – Schon erstaunlich, wie schnell sich alles in der Welt ändern kann.

»Danke, Junge«, sagt Jón. Seine Kopfschmerzen verschwinden, sobald die Mütze wieder auf dem Schädeldach thront.

»Unmöglich, leider«, antwortet er auf Salvörs Einladung zum Kaffee. »Vielleicht beim nächsten Mal.«

Dann zeigt der Gemeindevorsteher den Mut, seinen Kopf noch einmal aus dem Seitenfenster zu halten, um so laut, dass man es auch im Haus hören muss, zu bestellen: »Wenn ihr den Dichter seht, richtet ihm doch bitte aus, ich wäre bereit, eine

Ausgabe seiner Gedichte zu finanzieren. In Leder gebunden, gereimte oder Atomgedichte, darauf kommts mir nicht an. Ich verstehe den Ruf der Zeit.«

Mit diesen Worten fährt der Gemeindehäuptling davon.

Was war mit Starkaður? Hatte er sich einfach in Luft aufgelöst? Nein, so weit war es mit seinen Künsten noch nicht gekommen, aber wie schon erwähnt, unterbrach er am siebten Tag sein Rundstreckenrennen und fuhr nach Gilsstaðir hinauf. In den nächsten Tagen konnte man davon ausgehen, dass er, sofern er nicht wieder ein paar Runden drehte, in der Nähe von Gilsstaðir anzutreffen war. An Regentagen in der Scheune, bei erträglich trockenem Wetter folgte er den Trampelpfaden, die ihn tief in unbewohntes Gebiet hineinführten.

Daher suchte der gestandene Bauer Óli auf Skógar Starkaður also auf Gilsstaðir, und wir sind endlich an der Wurzel des einleitenden Ausrufs angekommen: »Selbst die unglaublichsten Menschen können sich verlieben.« Denn die Liebe ... Nun ja, Amor ist nicht so leicht auszurechnen. Aber ausgerechnet der Bauer auf Skógar war mit Liebe geschlagen worden, und zwar gerade in der hektischsten Zeit und mit einer solchen Wucht, dass dieser Landwirt *par excellence*, wie ein Weitgesegelter sich ausdrücken würde, dieser Bauer *par excellence* also von Liebe derart besoffen war, dass er innerhalb kürzester Zeit schlichtweg arbeitsunfähig wurde. Eigentlich hätte man ihn sogar zwangsernähren müssen, denn der Rettungsring, den er seit langem um seine Hüften trug, schmolz nur so dahin.

Zuerst achtete niemand darauf, wie sehr seine Mutter auch über die eigentümliche Gemütslage ihres Sohnes zeterte und jammerte. Dabei war sie kaum zu überhören, denn diese Mutter war, nun ich will nicht sagen, eine ewige Nörglerin, neigte aber dazu, aus jeder Maus einen Elefanten zu machen; besonders wenn es um ihren einzigen Sohn, um den Óli ging. Seitdem

Ágúst, ihr Mann und Ólis Vater, vor gut zwanzig Jahren überraschend gestorben war, drehte sich ihr ganzes Leben um den einzigen Sohn.

Es war an einem Frühlingsabend und Ágúst so sternhagelvoll, dass er unbedingt noch mitten in der Nacht auf ein Pferd steigen musste. Im fliegenden Galopp stemmte der Gaul plötzlich die Vorderhufe ein, und der Reiter flog in hohem Bogen durch die Luft und landete krachend auf einem Steinhaufen. So plötzlich verließ ihn sein Lebensatem, dass Ágúst nicht einmal mehr dazu kam, sich klar zu machen, dass er jetzt tot war und von nun an im Himmel durch Licht und Langeweile waten oder in einem Stein seinen Spaß haben sollte – oder wohin man nun auch nach diesem Leben kommen mag. Jedenfalls hauchte Ágúst so schnell sein Leben aus, dass man ihn noch heute bei dem Steinhaufen antreffen kann, wo er nach seinem Pferd ruft.

An dieser Stelle könnte ich mit einer Unzahl von Geschichten über Reiter aufwarten, die nahe dem Steinhaufen vorüberritten, ohne an Ágúst zu denken, ehe – besonders an milden Abenden – plötzlich ein unterdrücktes Gelächter die Stille zerriss, die eiskalte Hand des Todes an den Sattel griff und sich der Kerl hinter dem Reiter aufschwang. Uff, das war bestimmt nicht schön, den kalten Atem im Nacken zu spüren!

Aber wir waren bei Ólis altem Mütterlein. Wart mal, alt? Jetzt wird mir klar, dass sie in jenem Sommer der Tafeln kaum älter als sechzig gewesen sein kann. Innerlich aber war sie viel älter, und wer würde nicht schneller altern, als die Jahre vergehen, wenn man einen toten Ehegatten hätte, der in stillen Nächten von einem Steinhaufen sein Pferd riefe, das schon vor Jahren geschlachtet, gesalzen und gegessen worden war?

Wie dem auch sei. Jedenfalls hörte niemand auf das Gegreine der Alten, irgendetwas würde ihrem Óli das Mark aus den Knochen saugen und ihn stattdessen mit Unentschlossenheit und Fantastereien füllen. Wer hätte auch ahnen können, dass ausgerechnet dieser gestandene Bauer und Ausbund an Tüchtigkeit sich in die Fangstricke der Liebe verheddert hatte? Erst als Óli in seinem fast neuen Volvo nach Süden in die Hauptstadt fuhr und am Tag darauf in einem drei Jahre alten Lada zurückkam, begann man etwas auf das Wehgeschrei der Alten zu geben. Da erkannte man mit einem Mal, wie sehr die Rettungsringe schon abgenommen und die Bodenständigkeit sich zu Träumereien verflüchtigt hatte, und man seufzte und fragte verwundert: »Wer hätte gedacht, dass es mit unserem Óli auf Skógar einmal so enden könnte?« Mit diesem gut dreißigjährigen Mann mit seinen freundlichen Augen in dem runden Gesicht, ja, Augen voller Fröhlichkeit, die auf das ganze Gesicht abfärbten. Oberflächlich betrachtet sah es so aus, als könne ihm nichts das Leben verdrießen – solange er seine Arbeit hatte.

Einigen fiel die Krankheit Hörðurs wieder ein, der einstmals auf Tunga als tüchtiger Bauer gewirtschaftet hatte, bis er aus Sehnsucht nach der großen Stadt jenseits des großen Ozeans durchdrehte. War es die gleiche Krankheit, die jetzt Óli heimsuchte? Es tat weh, diesen Mann, der von Kindesbeinen an nie untätig gewesen war, in völliger Untauglichkeit dahinwelken zu sehen, der Skógar, früher kaum mehr als eine mittelmäßige Wirtschaft mit wenig ertragreichen Weiden und ein bisschen Heideland, in ein blühendes Gehöft verwandelt hatte. Óli, der die Schafe abschaffte und ihre Ställe abriss, einen neuen Kuhstall samt Scheune baute, das Weideland vergrößerte, Moore trocken legte und Geröllflächen begrünte, der sich dreißig Kühe zulegte und zu einem der angesehensten Bauern der Gegend aufstieg. Nirgends gaben die Kühe mehr Milch als bei Óli, und alle Umstände trugen dazu bei: Pflege und gutes Futter, vor allem aber, wie er mit seinen Tieren umging. Er sang ihnen vor, plauschte mit ihnen über Gott, die Welt und das

Wetter, fragte, wartete auf Antwort, nickte beifällig oder widersprach; kurz: Es mussten die glücklichsten Kühe der Welt sein. Sie wohnten in einem schönen und gemütlich eingerichteten Stall, denn schließlich hielt sich Óli ständig bei ihnen auf, besonders im Winter. Unters Fenster hatte er ein ausrangiertes Sofa gestellt, links davon die Stereoanlage, rechts ein Bücherregal mit sämtlichen Heften der Landwirtschaftszeitung *Freyr*, den eingebundenen Jahrgängen von *Tíminn*, dem *Isländischen Bauern* von Benedikt auf Hofteig sowie einigen ausgewählten Biografien angesehener Bauern. Dort saß er ganze Tage, und seine Kühe brauchten höchstens ihre schweren und gutmütigen Köpfe zu drehen, um den Menschen, den sie vergötterten, auf dem Sofa zu sehen. – Nun aber war Sommer und Óli nur mehr ein Schatten seiner selbst. Man sollte ihm den Arzt schicken. »Da stimmt wirklich etwas nicht.« So sagen die Leute, aber keinem fällt auch nur im Traum ein, dass Óli lediglich vor Liebe wie von Sinnen ist. In diesem Zustand trifft er eines Tages auf Gilsstaðir ein und fragt, ob man Starkaður gesehen habe.

Der Apostel erweist Starkaður großes Vertrauen und klärt ihn über Verschiedenes auf

Ich lege meine Hand dafür ins Feuer, dass Starkaður der einzige Mensch war, der sich jemals in der Scheune von Gilsstaðir aufhalten durfte, wenn der Apostel bei der Arbeit saß und sich mit Gott beriet. Vorgebeugt saß er im Halbdunkel, und nichts unterbrach die Stille außer dem Kratzen seines Bleistifts und dem Knacken seines Stuhls, wenn er sich zurücklehnte, und natürlich seine Stimme, mit der er leise und nachdenklich Gott ansprach, nein, er redete nicht an, sondern redete mit Gott. Er legte Ihm Wörter vor, diskutierte sie durch, und in diesen Stunden beherrschte die warme Stimme des Apostels die ganze Scheune. Sie kroch ins Heu und trug bis hinauf unter die Dachbalken, wo Starkaður im kommenden Herbst und Winter so oft in den Halmen lag und von einem Mädchen träumte, aber auch zuhörte, wie der Apostel mit Gott bramarbasierte.

Aber wie war das eigentlich? Vernahm Starkaður, während er dort halb im Heu begraben lag, den Körper im vergangenen Sommer und den Kopf im Herbst, eigentlich auch Gottes Stimme? Hörte er Seine Stimme auf den Apostel herabträufeln und erläutern, was von ihm selbst stammte und was nicht?

Nein, so war es nicht.

Gott ist nicht der Donner, der die Stille bricht. Gott lässt keine Wörter tropfen oder fallen. Wenn Gott zu Hause ist, dort in den Höhen, wo Entfernung und Farben in Ferne zusammenlaufen, und sich mit dem Apostel unterhält, dann verwendet der Schöpfer keine gesprochenen Wörter. Über solche Petitessen ist Er erhaben. Er hat so viel gesehen und erlebt, dass Ihm Wörter, wie wir sie kennen, nicht länger genügen. Gott ist den Worten entwachsen.

»Und so kommt es«, musste der Apostel erklären, als der Sommer vorüber war, sie in der Küche auf Gilsstaðir saßen und pechschwarzen Kaffee tranken – der Abend draußen genauso schwarz wie der Kaffe drinnen – und Starkaður gerade gefragt hatte, weshalb er immer nur die Stimme des Apostels höre, aber niemals mitbekam, wie der Apostel die Antworten Gottes empfing, »so kommt es, dass ich, wenn Gott zu mir spricht, nicht direkt Wörter höre, sondern, hm, wie soll ich sagen, eher so etwas wie eine Sinfonie ohne Töne. Sieh mal, Starkaður, darin liegt genau der Kern des Problems: Ich muss die Sinfonie des Himmels übersetzen, ich muss sie erst in Worte umsetzen, und das ist schwieriger als eine Shakespeareübersetzung. Ein Wort Gottes ist nämlich weit wie der Ozean, und auf diesem einen Wort schwimmen alle Sprachen der Welt. Tage und

Nächte durchpflüge ich das Isländische, und wenn es mir wohlgerät, fließen mir Worte auf das Papier, die der Herr mit Wohlgefallen betrachtet. Sie sind natürlich nur ein winziges Echo Seiner Worte, nur ein Schatten Seiner Helligkeit, aber wir vernehmen gleichwohl den Ton im Echo und sehen das Licht im Abglanz. Dennoch will ich dir gestehen, Starkaður, mein Freund, und nur dir will ich es anvertrauen, denn du bist der Einzige, der die Voraussetzungen mitbringt, mich zu verstehen – dass mich zuweilen Verzweiflung anfällt. Selbstredend erkenne ich die Worte, die in der Bibel schlummern, und ihrer sind viele. Sicher kann ich mich mit Gott unterhalten, wie wir beide es gerade tun, und Seine Worte sind klar. Hier, im Kopf, und hier, im Herzen. Denn ich verstehe ihren Gehalt. Also kann ich sie aufschreiben. Aber da, wo ich das Licht sehe, sehen andere lediglich Schatten.«

Das hatte der Apostel Starkaður anzuvertrauen, als der Winter nahte und die Seen unter der Kälte erstarrten. Aber man soll sich ja nicht selbst vorgreifen, und was ich eigentlich erklären wollte, ehe es mit der Lovestory weitergeht, ist Folgendes:

Da der Apostel nicht mochte, dass jemand unangemeldet zu ihm in die Scheune schneite, hatten seine findigen Söhne eine Art Haustelefon installiert, das ich nun zu beschreiben versuche: Um Scheune, Kuh- und Schafstall schlängelte sich ein vierzölliges Blechrohr. Es war an beiden Enden jeweils mit einem Trichter versehen, von denen sich der eine beim Schreibtisch des Apostels befand. Wenn ihm jemand aus der Familie etwas mitzuteilen hatte, aber wegen des menschenscheuen Herrgotts nicht in die Scheune durfte, brauchte er nur in den Trichter am anderen Ende zu rufen oder zu pfeifen. Im Scheunentrichter hörte man den Pfiff, der Apostel beugte sich vor, zog den Stopfen aus dem Trichter und lauschte auf die Botschaft: Meist mussten die Söhne in die Scheune, um den Schafen die Krippe zu füllen oder den Kühen Heu vorzulegen, oder das Essen war einfach fertig.

Ja, ja.

So ertönte ein Pfiff auch einen oder zwei Tage nachdem der Wind sich die Mütze des Gemeindevorstehers geschnappt hatte. Es war ein ganz gewöhnlicher Tag: Der Regen rauschte hernieder, der Wind brauste, und der Apostel war überrascht. Er hatte seinen Henkelmann mit dem Essen für den Tag mitgenommen, und bei dem nassen Wetter würde man tunlichst auch keine großen Heulasten bewegen. Warum also pfiff es im Trichter?

Der Älteste ist dran: »Papa, ist Starkaður bei dir? Der Óli von Skógar steht hier neben mir und will unbedingt mit ihm reden.«

Der Apostel ist ein gutmütiger Mensch. Er hat zwar tief versunken an der Arbeit über die Briefe des Apostels Paulus gesessen und kräftig ausgestrichen, was lediglich vom Apostel, nicht aber von Gott oder seinem eingeborenen Sohn Jesus Christus stammen konnte, und er war bereits ein gutes Stück vorangekommen, als der ältere Sohn in den Trichter pfiff und nach Starkaður fragte, besorgt, es könnten ihn bereits zu viele belästigen. Aber der ehrenwerte Mann lehnt sich rasch im Stuhl zurück, reibt sich die Augen und ruft: »Starkaður!«

Ich könnte in ihrem Fleisch ertrinken. – Eine Liebesgeschichte vom Lande.

Starkaður liegt in der zur Hälfte gefüllten Scheune. Nur sein Kopf ragt noch aus dem duftenden Heu, und das Prasseln des Regens und das Sausen des Windes haben vermocht, was den tausend Runden ums Bátsfell nicht vergönnt war, nämlich für einen Moment die Seelenqual zu besänftigen, die ihn unter den Anschlagstafeln befiel, und die mit einer Frau verbundene tiefe Unruhe. Was für eine Frau mochte das sein? Das fragt sich natürlich jeder. Ich möchte deshalb noch einmal betonen, dass es mir fern liegt, aus diesem Mädchen oder der betreffenden Frau ein Mysterium zu machen, denn auch mir ist wenig damit gedient, derart brennende Auskünfte jemandem vorzuenthalten; aber es ist nun mal so, dass eins nach dem anderen kommt, und jetzt befindet sich Starkaður, über und über mit Grashalmen gespickt, erst einmal im Schafstall von Gilsstaðir und richtet seinen fragenden Blick auf Óli von Skógar, der ein Anliegen an ihn hat.

Nun?

Óli wartet, bis der Älteste des Apostels verschwunden ist, und dann kommt es, ansatzlos wie die Faust aus dem Ärmel: Óli ist verliebt.

Aber er ist ja nur ein Bauer und weiß nicht, wie er es anstellen soll.

»Aber du, Starkaður, du bist doch Dichter, und Dichter stehen hoch in der Gunst der Liebe. Was soll ich tun? Ich bin ratlos, nein, ich bin verzweifelt.« – So spricht Óli im Schafstall des Apostels. »Starkaður, was soll ich nur machen?«, fragt dieser Großbauer kleinlaut und fügt hinzu, sein Schicksal liege in des Dichters Hand. Noch einmal fragt er, was er tun solle, schiebt aber dann rasch nach, er sei keineswegs bereit, sich deswegen die Beine abzusägen. Die Liebe als solche störe den Ablauf des Betriebs schon genug; da müsse nicht auch noch eine Amputation hinzukommen.

– Liebe?

Ist das nicht so etwas wie Verbrennungen dritten Grades?

Pssst!

Oder in kurzen, klaren Worten: Die Frau arbeitet in der Raststätte südlich des Passes. In der, die unter dem kleinen Vulkan kauert; nein, Entschuldigung, man kann es kaum Vulkan nennen, denn es handelt sich nur um einen gut fünfzig Meter hohen Krater, geformt wie ein großer Trichter, den man mit gewaltiger Anstrengung in die Erde gerammt hat. Überlieferungen berichten, in früheren Zeiten wären Männer die raue und sehr steile Kraterwand hinabgestiegen, bis hinab auf den Boden, und hätten dort Stunden gelegen, nackt, um ein gewisses Organ mit der Energie und Zeugungskraft der Erde aufladen zu lassen. Die mit dem vulkanischen Feuer in ihren Eingeweiden.

War Óli etwa in den Krater gestiegen und hatte nackt die Mächte verspürt?

Nein, hatte er nicht, und er brachte auch zwei überzeugende Gegenargumente: Zum einen bedürfe er keiner eruptiv gesteigerten geschlechtlichen Regungen, und zum anderen könne es wohl ziemlich ungemütlich werden, wenn man bei einem überraschenden Ausbruch nackt in einem Vulkankrater läge.

»Der letzte Ausbruch liegt tausend Jahre zurück«, wandte Starkaður ein, aber Óli war einer von denen, die die Nationalhymne konnten, und gab postwendend zurück: »Ein Tag wie tausend Jahre und tausend Jahre wie ein Tag.« – Mehr nicht.

Außerdem ist es natürlich so, dass heutzutage zu jeder Zeit und Unzeit Massen von Menschen auf den Gipfel gelaufen kommen. Ganze Busse kommen angefahren und spucken sogar Ausländer aus. Die kraxeln hinauf, stehen um den Kraterrand, den sie mit ihren Rufen füllen, bannen ihn auf Film und schauen sich die Ergebnisse dann Tausende von Kilometern entfernt in anderen Erdteilen an. Vielleicht mochte sich ja Starkaður nacktärschig von Ausländern ablichten lassen, vielleicht wolle er unbedingt mit entblößtem Hinterteil an deren Diaabenden teilnehmen und zu ihrer Ergötzung über die tumben Isländer beitragen; er, Óli auf Skógar, hege nicht diese Absicht.

»Eieiei, nein!«, antwortet Starkaður. Vergessen wirs! Aber die Frau: Wer war sie, die so gewaltsam in das Leben des Skógarbauern gestürmt kam? Wer war sie, und wie hieß dieser aktive Vulkan der Leidenschaften, was machte sie, woher kam sie, die an den Himmel rührte, der sich über Ólaf Ágústsson wölbte, gemeinhin Óli auf Skógar genannt? Also: Wer war sie? Was!? – Was bedeuten schon Namen, wenn die Liebe nicht nur an die Pforten klopft, sondern geradewegs die Tür aus den Angeln sprengt? Jedenfalls arbeitet sie in der Raststätte, serviert hungrigen Reisenden im Lokal das Essen, betankt, wenn es nötig ist, auch Autos mit Benzin oder Diesel und wohnt etwa hundert Meter vom Rasthaus entfernt. Ist also eine der Angestellten, die an Ort und Stelle leben. Unter dem energiegeladenen Krater bettet sie ihr himmlisch schönes Haupt aufs Kissen und träumt etwas Schönes.

»Himmlisch schön?«, fragt Óli.

»Na ja, ich meine ja nur«, sagt Starkaður entschuldigend und versucht in Gedanken die Frauen durchzugehen, die in der Raststätte arbeiten. An dieser Stelle muss noch angemerkt werden, dass sich die Leute aus der Gegend manchmal nach Süden ins Rasthaus begeben, um einmal wieder etwas Besseres zu erleben. Man macht sich ein bisschen zurecht, fährt ein wenig feierlich gestimmt über den Pass und hat von da aus noch etwa zwanzig Minuten Fahrt bis zum Rasthaus. Dort bestellt man ein paar Hotdogs, sieht andere kommen und gehen und erlebt auf diese Weise die erfrischende Unrast und Spannung mit, die dem Reisen eigen sind. Danach spaziert man ein wenig durch die Lava, die der Krater ausgespuckt hat. Natürlich ist sie längst erkaltet und mit Moos überwachsen, aber man muss sich doch wundern, mit welch heißer Nadel die Zeit der Lava ihr Mooskleid genäht hat, denn es ist viel zu weit und einige Nummern zu groß geraten. »Was würde wohl Frau Sigriður zu solcher Pfuscharbeit sagen?«, mokieren sich einige, denn in diesem Sommer hat man viel an sie gedacht. Nicht nur weil sie von jedermann verlangt, bei der Arbeit äußerste Sorgfalt walten zu lassen, und diesen Anspruch so unnachsichtig verficht, dass sie es wohl nicht einmal der Zeit hätte durchgehen lassen, die Lava so nachlässig in Moos zu kleiden. Nein, es gibt noch andere Gründe, weshalb viele mit gemischten Gefühlen an Sigriður denken. Im Frühjahr waren nämlich die treuen Leser der *Roten Serie* und anderer gleich gearteter Schriften, die den Umgang der Geschlechter auf außergewöhnlich freizügige Weise behandelten, über die bittere Neuerung gestrauchelt, dass sämtliche Zeitschriften dieser Art, darunter sogar der informative und hoch geschätzte *Playboy*, aus dem gemütlichen Ambiente der Tankstelle entfernt und in den Kaufladen verbracht worden waren – in eine verschlossene Vitrine, zu der allein Frau Sigriður den Schlüssel besaß. Also wirklich, ich kann euch sagen! Jemand hatte das Problem in seiner Enttäuschung treffend auf den Punkt gebracht: »Würdest du zu Sigriður gehen und sie um die *Abenteuer des Masseurs* bitten?«

Mitnichten. Die Verkaufszahlen dieser anregenden Literatur stürzten ab wie eine zu Boden geschlagene Fliege, und Sigriður hatte davon zu reden begonnen, dass man Waren, die keinen Absatz erzielten, gar nicht erst zu bestellen brauchte.

Im Juni machten sich die Ersten auf die Reise über den Pass, nicht um den Kindern Würstchen und Eis für alle zu spendieren, sondern um verstohlen die *Abenteuer des Masseurs, Ihr Körper war ihr Kapital, Nimm mich* oder wie die Neuerscheinungen der *Roten Serie* in diesem Jahr nur alle hießen zu erstehen.

Ich habe Nachsicht mit diesem Schlenker in Ólis Liebesgeschichte, der darin bestand, dass die Leute seine häufigen Fahrten südwärts über den Pass sehr wohl registrierten, die meisten aber schlossen, sein Junggesellendasein nötige ihn zu Einkaufstouren jener entspannenden Magazine.

Dann aber stellt sich heraus, dass es eine Frau aus Fleisch und Blut ist, die ihn anzieht. Nicht allzeit scharfe Bräute auf Papier, sondern eine Frau. Eine echte Frau. Aus Fleisch und Blut. – »Wie ist sie?«

Fragt Starkaður.

Denn Óli hat den Dichter um ein Gedicht an sie gebeten, ihn gebeten, die Worte zu schmieden, die den Weg in ein Frauenherz ebnen. Doch, doch, Óli war allein im letzten Monat zehn, wenn nicht zwölfmal im Rasthaus gewesen; jedes Mal mit dem festen Vorsatz, seine hoffnungslose Verliebtheit zu bekennen, doch immer hatte ihn sein Mut verlassen.

»Hast du nie mit ihr gesprochen?«

Doch, er hatte es stets so abgepasst, dass sie ihn bediente. Er hatte es sich so gedacht, dass er zuerst eine Kleinigkeit kaufen wollte, ein Malta vielleicht oder Spur, und wenn er das Geld über den Tresen reichte, wollte er geradeheraus sagen, dass er vor Liebe ganz verzweifelt sei.

»Und?«

Nichts. Óli hatte Unsummen von Geld ausgegeben, vertrug kein Malta mehr, ekelte sich vor Spur, vor Würstchen ebenfalls. Sein Magen war verkorkst, er besaß mindestens acht Sonnenbrillen und sämtliche Kassetten, die es in der Raststätte zu kaufen gab. – Fehlte es Starkaður vielleicht noch an Musik? – Die Worte aber, sämtliche Worte, die auch nur einen Hauch von Liebe in sich trugen, saßen wie festgeleimt in seiner Brust, wie sehr er auch hustete und sich räusperte. Anstatt einmal frei heraus zu bekennen: »Ich liebe dich«, bat Óli um noch ein verdammtes Malta und die x-te Kassette von *Beatles for Sale*.

Das ist nicht gut. Doch, die Kassette ist in Ordnung, aber er besaß schon drei oder vier Exemplare, und als er das letzte Mal mit all den unausgesprochenen Worten wie Betonklumpen in der Brust die Raststätte betrat, da hatten ihm die Mädchen dort den Rücken zugedreht und zu kichern begonnen. Nein, nicht sie; die drei anderen.

»Das ist doch ein gutes Zeichen, dass *sie* nicht gekichert hat.«

»Ja, sonst wäre ich auch gestorben.«

Hier und jetzt aber sei er zu Starkaður gekommen und lege sein Leben in die Hand des Skalden. Es fehlte ihm ein Gedicht, das sein ganzes Sinnen zum Ausdruck brachte. Etwas, was seine Gefühle offenbarte und gleichzeitig klarstellte, dass Óli auf Skógar kein schlechter Bauer war, der irgendwelche Traumgespinste über die Wirtschaft stellte. Ein Poem, das er ihr überreichen oder mit der Post schicken konnte. Letzteres sei sogar besser; dann könne sie es in aller Ruhe lesen und dann das Urteil über Leben oder Tod fällen.

»Ich warne dich«, sagte Starkaður, nachdem er sich bereit erklärt hatte, mit seinen Worten ein Leben zu retten, »es wird kein gereimtes Gedicht.«

»Ist mir ganz egal«, stimmte Óli zu.

»Nein«, fuhr der Dichter fort, »heutzutage mag man keine Reimgedichte mehr. Die Atombomben über Hiroschima und Nagasaki haben alle Reime in Stücke gesprengt.«

»Mir gleich«, wiederholte der Bauer, »ob Reime oder Atombomben: Ich verstehe nichts davon. Ich weiß nur, dass ich langsam vor die Hunde gehe. Guck doch, die Hosen schlottern nur noch um mich herum. In vier Wochen habe ich den Gürtel um vier Löcher enger geschnallt. Noch vor dem Herbst habe ich mich zu Tode gehungert«, sagt Óli, und Starkaður fragt: »Wie ist sie denn?«

»Was meinst du?«, fragt Óli scheu und vorsichtig.

»Ich muss doch ungefähr wissen, wie sie ist«, erklärt Starkaður geduldig. »Sie wird doch nicht aus Luft bestehen.«

Óli schweigt.

»Ist sie groß oder klein, rotnasig oder dunkelhaarig?«

Óli schließt die Augen als wäre ihr Bild auf die Innenseite

seiner Lider geklebt, als würde er durch das Schließen seiner Augen in einen Kinosaal versetzt, in dem allein sie auf der Leinwand prangt.

»Sie ist«, beginnt er und lächelt selig wie ein Mondkalb.

»Die Augen?«, hilft der Dichter nach. »Wie sind ihre Augen?«

Der Bauer seufzt. »Ich weiß nicht genau. Habe mich noch nicht getraut, direkt hineinzusehen. Aber ich weiß, dass sie flink und ein wenig stechend sind.«

»Wie lacht sie?«

»Sie lacht laut und schallend.«

»Laut und schallend! So beschreibt man doch nicht das Lachen der Liebe. Laut und schallend! Das habe ich ja noch nie gehört.«

Óli (ratlos): »So lacht sie aber, laut und schallend.«

Starkaður: »Na gut, laut und schallend also. Und wie fühlst du dich, wenn sie lacht?«

Óli: »Manchmal kriege ich furchtbare Angst.«

Starkaður: »?«

Óli: »Na ja, dass sie mich auslacht.«

Starkaður (ermunternd): »Manchmal bekommst du aber auch keine Angst, und dann ...?«

Óli: »Dann werde ich total happy.«

Starkaður: »Wie zum Beispiel ...«

Óli: »Wie zum Beispiel?«

Starkaður (erläuternd): »Du bist glücklich wie ... Ich meine, woran erinnert dich die Freude, die du fühlst, wenn sie lacht?«

Óli (denkt nach, dann eifrig): »Ich erinnere mich, dass ich letztes Jahr einmal dachte, ein Kalb von Stjarna würde sterben. Ein kleines Kühchen. War erst ein paar Wochen alt, als es plötzlich aufhörte, Futter bei sich zu behalten. Erst bekam es Durchfall, magerte ab, konnte nicht länger auf den Beinen stehen und verweigerte schließlich alles Futter. Stjarna ist meine beste

Milchkuh und unglaublich gutmütig. Dann eines Tages begann das Kalb wieder zu trinken und tollte zwei Tage später im Sonnenschein herum.«

Starkaður: »Warum erzählst du mir das?«

Óli (erstaunt): »Na, mir wurde ganz warm vor Freude; genauso, wie wenn sie lächelt oder lacht.«

Starkaður: »Übersetzt: Dein Lachen ist wie ein Kalb meiner Stjarna.«

Óli: »Ihr Lachen, nun ...«

Starkaður: »... und dein Lächeln wie der Morgen, an dem es keinen Dünnpfiff mehr hatte.«

Óli: »Genau.«

Starkaður: »Genau! Mein lieber Freund, man vergleicht die Frau, die man liebt, doch nicht mit einem kackenden Kalb!«

Óli: »Aber es wurde doch wieder gesund.«

Schweigen. Der Bauer schaut beunruhigt auf den Dichter. Schweigen, bis auf das Schütten des Regens und das Jaulen des Winds. Dann

Starkaður: »Ihre Hände, wie sind die?«

Óli (eifrig): »Bei ihrem Anblick vergesse ich mich. Das einzig Gute daran, ein Würstchen bei ihr zu bestellen, ist, diese Hände arbeiten zu sehen! Sie sind so kräftig. Ein bisschen rot und geschwollen, als hätten sie in Salzlake gelegen, und flink sind sie, wie die Augen.«

Starkaður (ohne einen Funken Hoffnung in der Stimme): »Das Haar?«

Óli: »Och, das ist nichts Besonderes.«

Starkaður: »Was?«

Óli: »Ach, weißt du, so wie nass geregnetes Heu. Aber ich glaube, es riecht trotzdem gut. Vielleicht wie gutes Heu.«

Starkaður: »Ihr Wuchs?«

Óli (wieder misstrauisch): »Was meinst du?«

Starkaður (ungeduldig): »Die Brüste, der Hintern, wenn sie sich bückt. Willst du dann nicht über sie herfallen?«

Óli (reckt sofort seine schwieligen Fäuste vor): »Willst du 'ne Abreibung, Mann?!«

Starkaður: »Óli, wir leben im zwanzigsten Jahrhundert. Du *musst* doch auch einmal *daran* denken, oder hast du vielleicht keine Natur in dir, was? Wird dir denn niemals heiß, wenn du sie betrachtest? Du weißt schon, irgendwie heiß eben ...«

Óli (schweigt verbissen, dann endlich zögernd): »Einmal trug sie einen Rock, und ihre Beine waren so ..., waren einfach so viel Fleisch, waren so fleischig, verstehst du? Da brach mir unter den Achseln der Schweiß aus.«

Starkaður: »Na also.«

Óli (entschlossen jetzt): »Ihre Lippen sind üppig und weich und voller Blut.«

Starkaður (triumphierend): »Und die Figur? Die ganze.«

Óli (rasch): »Die ist so, dass sie eine Bohnenstange und einen Frostknochen wie dich einfach schnappen und kräftig durchschütteln könnte! Denn sie hat verdammt Kraft, Starkaður! Und außerdem ist sie so schön, dass ich, dass ich ..., ja, dass ich geradezu ...«

Starkaður: »... in ihrem Fleisch ertrinken könnte?«

Óli: »Dass ich geradezu in ihrem Fleisch ertrinken könnte.«

Zwei Tage vergehen.

Vielleicht auch drei.

Gegen neun am Abend des dritten Tages wird Starkaður gesehen, wie er sein Motorrad nach Skógar kutschiert und dort im Kuhstall verschwindet. Óli sitzt im Sofa. Óli liest im Sofa das Gedicht, während Starkaður nervös auf und ab geht. Óli liest.

Deine Augen, o Frau, sind der Antrieb des Lebens, sie sind der Antrieb,
das Heu vor dem Regen zu bergen, sie sind die Freude an der Arbeit
nach einem guten Schlaf, und dein Lachen ist warm wie die
Sonne auf dem Gesicht, es ist die Lebenslust in den Kälbern, wenn sie
im Sommer hinausgelassen werden. Deine Hände, Frau, sind stark,
und Morgenröte liegt über ihnen, die Arme weiß
wie Milch, und ich glaube, nichts in der Welt ist schön
wie Du, wenn Du Milch in den Tank füllst. Du bist ein einziger
Gesang, Du bist der Wind im Gras, die Stille auf der Heide,
und deine Lippen schwellen üppig von Blut, und deine Beine, Frau,
deine Beine sind stark, sie haben die Kraft
des Stiers, die Anmut des Pferdes, sie holen alles ein, sie
holten mich ein, und einmal gab es nichts, und jetzt ist
alles. Du bist alles. Du bist überall, dein Lachen in der
Sonne, dein Lächeln im Gras, deine Atemzüge in der Brise,
Du bist überall, im trockenen Heu, deine Stimme
in der Drehung der Heugabel, ich höre deinen Namen im Quietschen
der Schubkarre, Du bist, Frau, mein Anfang und Ende, Du
bedeutest mehr Glück als hunderttausend Liter Milch, und
wenn ich auf den Graben in meiner Hauswiese schaue, haarig von Gras und
die Ränder nass von der Feuchtigkeit der Erde, dann erwacht mein Verlangen nach dir
und erlischt nicht wieder, denn dein Schoß, Frau, ist der Schoß
der Erde. Mein Glück liegt in der Erde, und sie ist in dir.

»Das soll ein Gedicht sein?«, fragt Óli zweifelnd. Er fragt, nachdem er die Worte mindestens zehnmal gelesen hat und Starkaður ebenso oft, die Nerven gespannt, auf und ab geschritten ist.

»Das soll ein Gedicht sein?«, fragt Óli, und Starkaður, der sich gerade in der Mitte einer Bahnlänge befindet, geht, nein, springt auf Óli zu und ragt lang und dünn über ihm auf.

»Gedicht oder nicht«, gibt er heftig zurück, »was bedeutet schon ein Name? Alles nur Worte. Die Frage ist: Bist du zufrieden oder nicht? Habe ich es geschafft, Bruchstücke der Sinfonie, die die Frau in dir weckte, in Worte zu kleiden?«

»Hm.«

Wenn Óli über etwas nachdenkt, zupft er an seiner Unterlippe und stößt den Atem durch die Nase aus. Spätsommer, die Abendsonne löst sich aus der Umklammerung der Wolken, fließt durch das Fenster herein und beleuchtet auf ihren Strahlenbahnen Tausende von Staubpartikeln. Es herrscht tiefes Schweigen. Die Kühe sind längst hinter den Stallungen verschwunden, auch alle Kälber sind draußen, und nur das Kühlsystem des Milchtanks unterbricht höflich die Stille. Starkaður schaut den Gang entlang, der zwischen den Boxen verläuft, und dort kommt der Hofhund von Skógar angeschlendert, schnuppert am Kraftfutter auf dem Boden.

»Hm«, sagt Óli nachdenklich. Er zupft sich an der Unterlippe und bläst hörbar den Atem durch die Nase aus. Dann sagt er zögernd: »Hunderttausend Liter Milch sind nicht gerade wenig, was?«

»Ja«, antwortet der Dichter, »das ist ganz schön viel. Aber bedeutet sie dir nicht auch viel?«

»Ach, so meinst du das.«

Schweigen.

Dann sagt Óli: »Eigentlich habe ich für Pferde nie viel übrig gehabt.«

»Aha?«

»Ja, da steht doch was von der ›Anmut des Pferdes‹.«

Der Dichter sinkt aufs Sofa und weist Óli darauf hin, dass der Gang des Pferdes, gleich welche Ansichten man sonst auch über diese Kreatur hegen mochte, doch gemeinhin als anmutig gelte. Geschmeidigkeit und Würde lägen in diesem Gang. Ebenso Kraft und Schnelligkeit.

Óli schaut auf den Hund, der es sich in der Abendsonne, die sich wie ein ruhiger Teich auf den Boden breitet, bequem gemacht hat. Da liegt er sonnennass und gähnt vor Wohlbehagen.

»Ja, aber«, widerspricht Óli zweifelnd, aber hartnäckig, wobei er den Dichter allerdings nicht direkt anzusehen wagt. »Aber vielleicht schließt sie ja daraus, ich wäre einer von diesen Pferdenarren und wollte jeden Abend ausreiten, während sich zu Hause die Arbeit stapelt. Also, ich könnte es nicht ertragen, wenn mich jemand für so einen Reitertypen hielte, am wenigsten sie.«

»Nein, das wird sie nicht«, sagt der Dichter so bestimmt, dass der Bauer endlich aufgibt und nur noch murmelt: »Du weißt es besser als ich.«

Dann bringt er gerade den Mut auf, noch einmal nach der Sache mit der Schubkarre zu fragen: Wie Starkaður denn wissen könne, dass er, Óli, vor ein paar Wochen die Scheune aufgeräumt habe und dass die mit Abfall gefüllte Schubkarre beim Herausfahren auf einmal zu kreischen begonnen hätte?

»Nicht quiiieeetsch, sondern ...«, sagt Óli und geniert sich, ehe er die Worte verschämt ausspricht: »Sondern, hm, ich liebe sie, ich liebe sie.« Sofort räuspert er sich gehörig, steht auf, spuckt in die Güllegrube, setzt sich wieder, schaut den Hund an und fragt: »Also, woher wusstest du das mit dem Quietschen, Starkaður?«

»Ich bin Dichter«, antwortet der, »es kommt mir zu, so etwas zu wissen.«

Stimmt. Da war das Gedicht oder wie man es nun nennen mochte, und worauf sollte man noch warten, als sich in den Anzug zu werfen, Rasierwasser ins Gesicht zu klatschen und ab zur Raststätte zu düsen, mit den Worten, die (ich erlaube mir, den Stil ein wenig zu ändern) die Liebenden vereinen sollten? War sonst noch was? – Nein, fahren wir!

Óli schießt aus dem Sofa und ist, ehe Starkaður sichs versieht, schon draußen. Der Dichter betritt gerade erst den Hofplatz, als Óli bereits wieder in dem Anzug aus dem Haus stürzt, den er nicht mehr getragen hat, seit er die Gemeinde vor drei Jahren auf dem Landwirtschaftskongress vertrat – und das war eine solche Schwatzbude, hatte er damals geäußert, dass kein ehrlicher Mann, der seine sieben Sinne noch einigermaßen beieinander hat, es dort aushielt. Jetzt aber trägt er wieder den Anzug von damals. Vielleicht ein bisschen groß, aber sonst echt vornehm, schwarzblau, das Hemd weiß mit grauen und roten Streifen. Aus dem Umstand, dass sich Óli auf den Beifahrersitz wirft, schließt Starkaður, dass er fahren soll, und ab gehts. Kies spritzt auf, und – wrumm – gehts vom Hof. Keiner von beiden scheint die entrüstete und schimpfende Mutter auf den Stufen wahrzunehmen.

Wrumm. Rasant, aber auch mit Würde und Anstand, denn die beiden wandeln auf den Pfaden der Liebe. Ganz so wie in einem der Filme über die Ritterzeit, in denen junge, stolze Männer zu Pferd dahinstürmen. Der Wind bläht ihre Umhänge, und die Musik schwillt an: Dadadadaaaa. So jagen sie dahin. Starkaður kurbelt das Seitenfenster runter, damit der Rasierwasserduft ihn nicht vollends umbringt, und Óli singt. Da hinten steigt die Straße an und verschwindet hinter dem Pass. Kurz unterhalb von Gilsstaðir fällt Óli ein, dass der Apostel nicht nur ein Mann Gottes, sondern auch ein begnadeter Schwarzbrenner ist. Sein Selbstgebrannter steht den besten Tropfen aus dem staatlichen Alkoholladen nichts nach.

»He, sollten wir nicht eine kleine Stärkung zu uns nehmen? Oder wenigstens den Flachmann für die Fahrt über den Pass auffüllen, wie?«

Schon fegt der Lada den Abzweig nach Gilsstaðir hinauf, Óli singt gerade so etwas Ähnliches wie *Wenn das Wasser im Rhein goldner Wein wär*. In der Tat darf man dem Bauern auf Skógar erlauben, einmal anzustoßen, bevor er die Gemeindegrenze überschreitet, denn jenseits, auf der anderen Seite, da harrt seiner die Liebe, da wartet die Zukunft darauf, endlich abgeholt zu werden, und wenn das kein Grund ist, sich einen zu genehmigen (und auf einem Fuß kann man bekanntlich nicht stehen), dann gibt es wohl überhaupt keinen Grund.

Außerdem ist das Wetter auf einmal makellos schön, die Abendsonne ergießt sich über die Bergzinnen und füllt das Tal, das nasse Heu auf den Hauswiesen glänzt, und die Männer stehen draußen auf dem Hofplatz, Óli und Starkaður, der Apostel und seine beiden Söhne. »Prost, Jungens, skál!«

Óli ist ganz aufgedreht, bricht ständig in Gesang aus; sentimentale Schnulzen wechseln mit munteren Shantys. Die drei Gastgeber bekommen das Gedicht zu lesen oder was es nun ist, und dem älteren Sohn steigen Tränen in die Augen. Er ist überhaupt romantisch veranlagt, heult über Büchern und im Kino, wenn die Liebe über die Ufer tritt. Trotzdem ist er bei der Arbeit ein ganzer Kerl. Jetzt aber pressen sie alle vier Óli abwechselnd an sich, sagen »Mensch, Junge!«, und die Frauen auf dem Hof, die Bäuerin und die Freundin des jüngeren Sohns, kommen ebenfalls heraus und kriegen das Gedicht zu lesen (oder was es nun ist), und der Jüngeren geht es so zu Herzen, dass sie schon ab der dritten Zeile zu schniefen beginnt, und die Bäuerin erdrückt Óli unter ihren Küssen.

»Prost zusammen!«

»Ist das nicht die Tüchtige, die im letzten Frühjahr angefangen hat, was Óli? Die ist es doch? Oh, du bist ein Glückspilz, so eine Frau zu bekommen«, sagt die Bäuerin, und alle beginnen sie die Frau im Rasthaus jenseits des Passes zu loben, und die Jüngere erbietet sich, die Freundin von Ólis Zukünftiger zu werden.

»Wann kommt denn das Kind?«, fragt jemand, und Óli hockt selig strahlend auf der Kühlerhaube des Lada, hat den Schlips gelockert und die Schuhe ausgezogen, die so verdammt drücken. Breitbeinig sitzt er da, die Hosenbeine sind bis zur Mitte der Waden hochgerutscht, und sein Grinsen ist so breit, dass bald die Mundwinkel einreißen.

»Prost!«, rufen alle, »Skál!«, und es wird getrunken, gesungen und auf die Schultern geklopft, was das Zeug hält.

»Óli«, kräht Starkaður putzmunter, »jetzt fahren wir. Und ihr kommt alle mit!« Dabei breitet er die Arme aus, und der Apostel ruft begeistert: »Magga, wo ist der Fotoapparat?« Die Frau läuft ins Haus, die Schwiegertochter will unterdessen Óli den Glücklichen noch einmal an sich drücken, aber was ist das denn? Was? Wie? Ist der eingeschlafen? Óli, Liebesritter, bist du etwa eingepennt? Allerdings. Mit einem unbeschreiblich glückseligen Lächeln sinkt er auf der Motorhaube zusammen und muss ins Gästezimmer getragen werden, wo er mitten in der Nacht aufwacht, unsagbar traurig, denn in seinem Traum lag er daheim in seinem Bett und seine Angebetete streute Küsse über sein Gesicht, aber nun erwacht er nicht nur mit unglaublichen Kopfschmerzen, sondern auch allein, vollkommen allein in einem fremden Bett.

Wie sollte die Geschichte ausgehen? Würde Óli südwärts über den Pass fahren und ihr die Worte über die Theke reichen, voll von den Lohen der Liebe, oder würde er sich daheim auf Skógar in hoffnungsloser Verliebtheit aufzehren und sein Herz am Ende aus Trauer zerspringen oder so etwas Ähnliches? – Nein. Zwei Tage gingen ins Land, dann begann Óli auf einmal wieder Nahrung anzunehmen, und seine Mutter schlich still auf ihr Zimmer, um ein paar Freudentränen zu vergießen.

Die frühere Tatkraft aber ließ noch auf sich warten, doch was war das Leben ohne sie? Óli stand draußen vor der Haustür und blickte über die ungemähten Wiesen, und dann gab es kein Halten mehr: Er machte so überraschend auf dem Absatz kehrt, dass der Hund jaulend zur Seite sprang, und dann fuhr er nach Süden über den Pass. Nicht betrunken und nicht im Anzug, sondern stocknüchtern in seinem braunen Anorak.

Genauso passierte es.

Ólafur Ágústsson, Bauer auf Skógar, begibt sich in die Raststätte. Es ist heller Tag, der Himmel bedeckt, leichter Ostwind, und sie, die Einzige, bedient gerade einen Gast.

»Ein Hotdog mit allem außer rohen Prins Póló und 'ne Coke«, wird er wohl bestellt haben. Aber Óli, oho, der kennt seine Pappenheimer! Er schaut den Kunden nur scharf an, worauf der »Entschuldigung« murmelt und sich eilends fast die ganze Wurst auf einmal in den Mund stopft, sodass nur noch ein Zipfel herausschaut. Ketchup läuft ihm aus dem Mundwinkel. Óli reicht dem Mann eine Serviette und die Colaflasche, und damit verschwindet der Reisende aus der Geschichte.

Aber Óli, ja, der blickt ihr jetzt schnurgerade in die Augen, die so flink sind, und sagt: »Eigentlich ist es schön trocken draußen und man soll mich nie einen schlechten Bauern schimpfen, aber trotzdem bleibt bei mir alles liegen. Das Gras ist längst überständig, aber ich habe leidvoll erfahren müssen, dass mir der Graswuchs ohne dich keine Freude macht. Ich empfinde keine Freude über die Kuh, die mehr Milch gibt als erwartet, unerledigte Aufgaben erfüllen mich nicht länger mit Tatendrang, kurz: Mir scheint, ich verfaule in Nichtsnutzigkeit, weil du nicht da bist. Ich hoffe, du verzeihst mir den ganzen Quatsch, aber so ist es einfach, ich kann ohne dich nicht leben.«

So endet Óli seine Rede, ganz erschöpft von den vielen Worten. Und wie reagiert nun die Frau? Sie hat ihm zugehört, mit verschränkten Armen, und bleibt auch nach seiner Ansprache noch ein Weilchen so stehen, wie um abzuwarten, ob noch etwas kommt. Aber nein, der Bauer sieht sie nur an. Sein Gesichtsausdruck ist ohne Furcht, wie bei einem, der willentlich sämtliche Brücken hinter sich abgebrochen hat. Es gibt keinen Weg zurück. Er weiß nicht, ob der nächste Schritt noch trägt oder sich ein Abgrund öffnet, aber er denkt nur: Jetzt, jetzt tue ich den nächsten Schritt.

Fester Boden?

Bodenloser Abgrund?

Wortlos bindet sich die Frau die Schürze ab, hebt die kräftigen Arme und fährt sich durchs Haar.

»Ich habe gleich gesehen, dass du ein Mann warst und keine Memme. Trotzdem habe ich schon angefangen zu glauben, du würdest den letzten Schritt niemals wagen.«

Sie sagt es ruhig, geradeheraus, mit fast unbewegtem Gesicht, aber ihre wachen Augen, die sind überhaupt nicht unbewegt, denn in ihnen funkelt Freude auf.

Sie hebt die Klappe in der Theke an, schlüpft darunter durch und sagt über die Schulter: »Macht ihr mal weiter, Mädels« zu den Dreien, die da mit offenen Mündern stehen. Eine von ihnen fängt tatsächlich an zu heulen – schreckliche Gefühlsduselei! –, und Óli steht da, fassungslos vor Freude, wie angewurzelt.

»Kommst du?«, fragt sie, und Óli folgt ihr, und als sie ihm über die linke Schulter ein Lächeln zuwirft, ja, da will sein Herz am liebsten zerspringen.

Sie gehen hinüber in die Hütte, wo die Angestellten schlafen, und sie hat schnell ihre Kleider und einige Kleinigkeiten in zwei Reisetaschen verstaut.

»Ich war seit langem darauf vorbereitet«, sagt sie zur Erklärung, warum alles so rasch vonstatten geht.

Óli, Bauer auf Skógar, wird auf einmal rot und verlegen.

»Ööh«, sagt er, »hm« und »öh« und reicht ihr ein zusammengefaltetes, zerknittertes Blatt Papier. Als sie sich aufs Bett setzt, das Papier glatt streicht und zu lesen beginnt, ist er schon fast zur Tür hinausgeflohen. Ja, geflohen, als er ihre Lippen die Worte formen sieht: »Deine Augen, o Frau, sind der Antrieb des Lebens ...« Angstschlotternd wäre er am liebsten zur Tür hinausgestürzt, aber er bleibt wie festgenagelt stehen und beschimpft sich im Stillen für seine Feigheit. Bolzengerade steht er da und spürt, wie ihm am ganzen Leib der Schweiß ausbricht. Er ballt die Fäuste: Wird sie denn nie fertig?

Endlich schaut sie auf, vielleicht ein ganz klein wenig schwindlig, ein Stäubchen reizt ihre Augen.

»Hm, äh, ein Freund, öh, hab ihn gebeten, ehemm, dich beschrieben und wie es mir ging, äh, ein Dichter, weißt du, er ist Dichter, hm, kann man wohl sagen, ein richtiger Dichter, der Junge, also das kann man wohl sagen, öh ...«

Die Frau erhebt sich, tritt auf ihn zu, schließt die Augen und atmet seinen Schweiß, diesen intensiven Körpergeruch, ihre Nasenflügel beben, und er schluckt zweimal.

Wenig später kracht das Bett, ja, verdammt noch mal, es kracht richtig in diesem Bettgestell, und man kann zählen: eins, zwei, drei, vier, fünf, sechs sieben acht neunzehnelfzwölfdreizehn, vierzehn – und dann ist es vorbei, denn in Óli hatte sich manches angestaut.

Dann kommen sie aus dem Zimmer, mit glühenden Wangen, die Augen glänzen unnatürlich, ihre Frisur hat sich aufgelöst. Er offenbar ein wenig geniert, doch auf ihren üppigen Lippen spielt ein verträumtes Lächeln.

Sie gehen hinaus zum Wagen. Hákon, der Besitzer der Raststätte, hat sich dort aufgepflanzt und raunzt: »Wohin willst du denn, bitte schön, mitten in der Schicht?«

»Ich fahre natürlich mit meinem Mann«, antwortet sie, verwundert über eine so überflüssige Frage. Sie schüttelt Hákon die Hand, bedankt und verabschiedet sich, steigt in den Lada und hört gar nicht mehr auf all das ungereimte Zeug, das er von sich sprudelt. Irgendwas von Arbeitsvertrag, Pflichten, anzeigen und so weiter und so weiter. Durch das geöffnete Seitenfenster empfiehlt sie ihm: »Nun benimm dich mal nicht wie ein Dummkopf, Hákon«, aber anstatt sich zu beruhigen, verdoppelt der Besitzer seine Aufregung und geifert etwas von »Verrat«, während Óli die Taschen im Kofferraum verstaut.

Dann schüttelt der Bauer auf Skógar verwundert den Kopf und stoppt den Schwall aus Hákon, indem er ihm mit zwei Fingern auf die Brust tippt.

»Fass mich nicht an!«, kreischt Hákon.

»Pssst«, sagt Óli. »Pass mal auf, mein Freund. Du betreibst hier einen Kiosk. Das ist so weit in Ordnung und eine anständige Arbeit. Die Leute brauchen so was; möchten sich mal ein Würstchen kaufen oder Spur und Prins Póló. Nichts dran auszusetzen, und du musst dich für deinen Laden hier nicht schämen. Aber bei mir zu Hause schießt das Gras über, und jetzt heißt es, die Ärmel aufzukrempeln. Und von heute an trägt diese Frau genauso viel Verantwortung für meine Wirtschaft wie ich. Ich kann mir einfach nicht vorstellen, Hákon, du bist ein solcher Einfaltspinsel, dass du ein Büdchen mit einem Hof gleich stellen willst. Also, machs gut! War nett, deine Bekanntschaft gemacht zu haben.«

Sie fahren davon und lassen einen beschämten Kioskbesitzer in der Landschaft stehen. Rundum wird Heu gemacht.

Als der Lada auf die Passstraße abbiegt, sagt die Frau: »Ich weiß schon, du heißt Óli.«

Óli: »Genau. Ólafur Ágústsson, aber immer nur Óli genannt.«

Die Frau: »Ich heiße Ólöf, Magnúsdóttir.«

Óli: »Óli & Ólöf. Klingt gut.«

Ólöf: »Ja, Ólöf & Óli.«

Dann fahren sie über den Pass.

Bauernhöfe der Gemeinde

KARLSSTAÐIR (= Oddsstaðir): Jónas: Þórður Hergils ~Salvör, Starkaður, Junge jenseits des BÁTSFELL (= Sauðafell)

FELL: Jón hreppsstjóri

TUNGA: Hörður (hört die Wolken rascheln), später Sam W. Jones benachbart

FOSS: 4 km NW Tunga, 4-jähriges Mädchen untersucht Sam Jones

GILSSTAÐIR (= Breiðabólsstaður): höchstgelegener Hof, gleich hinter dem Pass; Postulinn

HÓLL: Witwer Stefán, der schlaflos trauert

HAMRAR: Guðmundur, die alte Vermína

BREKKA (= Kringla): Sveinn (Bauer von untersetzter Statur, aber begnadeter Erzählergabe. Landroverbefreier) & Guðrún

HNÚKAR: Björn Skúlason (með bindivélinni, tímaritinu), fährt ins Ausland: Spanien & London!

Þúfa: Bæring (treuester Gefolgsmann Jóns hreppstjórans)

Staður: Postbote und Mechaniker

Skógar: Óli, ringt einen Stier mit bloßen Fäusten nieder, wird von heftiger Liebe gepackt

Bátsendar: der aufs Pferd gefesselte Bauer

Fjallabak: Böðvar, mit dem selbstgehenden Overall, und Gemeindevorstehergehilfe Sölvi litli

Svarfhóll: wo der Junge von der Doktorsfrau träumt

Núpur: Westisländ. Frau aus Winnipeg

Hlíð: Dürrer Sohn Ársæll küsst auf dem Reiterball die Nachbarstochter

Sámsstaðir: Bauer Ágúst, den seine Kraft verlässt

Melholt: Letzter, ehemals bedeutender Hof unten am Meer. Erhält Almosen von Ágúst auf Sámsstaðir.

Ein Buch wie ein Tanz in einem Geysir!

Jón Kalman Stefánsson
DAS LICHT AUF
DEN BERGEN
BLT
384 Seiten
ISBN 3-404-92138-0

Fernab von Reykjavík ist Island bisher vom Fortschritt verschont geblieben. Es gibt keine Autobahnen, keine Straßenbeleuchtung und – noch – keine Touristen. Doch das soll sich bald ändern: Zuerst hat Björn auf Hnúkar eine ausländische Zeitschrift abonniert, dann verirrt sich das erste deutsche Touristenehepaar in der ländlichen Idylle, und plötzlich ist die Gemeinde in zwei Lager gespalten: Devisen und Globalisierung oder Esoterik und Biokost? Eine etwas andere Gretchenfrage, lauter skurrile Gestalten voll sprühedem Witz: Das ist Island at its best!

»Ein ausgezeichneter Roman in des Wortes doppelter Bedeutung.«

SÜDDEUTSCHE ZEITUNG

Arnaldur Indriðason
ENGELSSTIMME
Island-Krimi
384 Seiten
Gebunden in Buchleinen
mit Schutzumschlag
ISBN 3-7857-1551-X

In einem angesehenen Hotel in Reykjavík wird der Portier erstochen aufgefunden, als Weihnachtsmann verkleidet. Ein rätselhafter Mord, den Erlendur und seine Kollegen von der Kripo Reykjavík aufklären sollen, ohne die internationalen Gäste zu verschrecken. Island darf nicht zu spannend und zu abenteuerlich sein! Um den Tod des alten Mannes schert sich eigentlich niemand, kein Mensch will etwas mit ihm zu tun gehabt haben. Wer aber hat Interesse, einen zurückgezogen lebenden Portier aus dem Weg zu räumen?
Erlendur quartiert sich kurzerhand im Hotel ein, um den Beweggründen auf die Spur zu kommen. Und wieder einmal reichen die Fäden weit in die Vergangenheit zurück …

editionLübbe